FILLES DE LUNE

Tome 3

Le Talisman de Maxandre

Elisabeth Tremblay

FILLES DE LUNE

Tome 3

Le Talisman de Maxandre

www.quebecloisirs.com

UNE ÉDITION DU CLUB QUÉBEC LOISIRS INC.
© Avec l'autorisation des Éditions de Mortagne
© 2008, Copyright Ottawa
Dépôt légal — Bibliothèque et Archives nationales du Québec, 2010
ISBN Q.L. : 978-2-89430-991-9
Publié précédemment sous ISBN : 978-2-89074-763-0

Imprimé au Canada

Remerciements au féminin

À Mylène Gilbert-Dumas, pour son aide et ses précieux conseils sur la Nouvelle-France. Si des erreurs historiques se sont glissées dans le texte, elles sont uniquement de mon fait.

Aux trois sœurs des Éditions de Mortagne, pour leur confiance et leur soutien incroyable dans cette aventure. Comment ne pas croire en son talent quand on est si bien entourée…

Et la dernière, mais non la moindre : à Carolyn, qui sait mieux que quiconque tout ce que je lui dois...

À ma fille Sabrina,
Que les circonstances ont obligée
à vieillir trop vite...
Malgré les embûches, elle a su
le faire avec brio...

Sommaire

Prologue

$\mathcal{A}$u moment même où Naïla traversait le temps et l'espace, un courant glacial envahit Alix, le faisant désagréablement frissonner. Le Cyldias ne put malheureusement pas s'attarder à cette sensation inhabituelle puisqu'elle fut éclipsée par deux choses : un bruit de cavalcade croissant – sûrement Simon et ses hommes – et une série de jurons télépathiques qui le laissèrent bouche bée.

– Arrrrgh... Tu peux vraiment être fier de toi ! Maintenant que tu l'as bêtement laissée partir, il va falloir aller la récupérer. Mais comment ai-je pu engendrer un fils aussi stupide...

Ce n'est pas tant la rage contenue dans ces quelques phrases qui dérangea Alix que la notion de paternité implicite. Du coup, Naïla fut reléguée au second plan et il se concentra pour sonder rapidement les environs. Même si la télépathie pouvait franchir d'incroyables distances et traverser la barrière spatiotemporelle des mondes parallèles à celui de la Terre des Anciens, Alix croyait l'homme éminemment près. Il ne se trompait pas. Repérant une présence à quelques centaines de mètres, il effectua un déplacement magique, laissant derrière lui un Simon furieux.

* *
*

À peine matérialisé, Alix fut cloué de stupeur sur place. Parfaitement visible grâce à la pleine lune, une réplique de lui-même l'attendait, bras croisés. Seuls les effets du temps pouvaient différencier les deux hommes. La chair de poule envahit alors le Cyldias, s'associant à une effrayante impression d'irréalisme. Il était impossible de contester le fait que cet homme put être son père ; pourtant, d'emblée, il éprouva pour lui une haine profonde, convaincu d'avoir des valeurs aux antipodes des siennes. Des centaines de questions se bousculaient dans son esprit, sans franchir ses lèvres. La bouche sèche, il déglutit péniblement, cherchant comment briser la glace. Son vis-à-vis était encore sous l'emprise de la fureur perçue plus tôt, comme en témoignait son visage de marbre.

Le face-à-face silencieux se prolongea, chacun étudiant l'autre avec une fascination quasi morbide doublée d'une exemplaire maîtrise de soi. Puis l'homme éructa soudain :

– Va la chercher et ramène-la-moi ! Et avant qu'elle n'accouche !

L'injonction s'accompagna d'un puissant sortilège. Alix hurla sa douleur tout en s'effondrant sur le sol, en proie à un insoutenable feu intérieur. Quand son calvaire s'acheva enfin, son père avait disparu.

* *
*

La rage qui habitait Roderick, provoquée par le départ de la Fille de Lune maudite, décupla après qu'il eut attaqué son fils, atteignant des proportions dangereuses. Incapable de garder son sang-froid face à Alexis, il allait maintenant devoir vivre avec les conséquences de ses actes. Lui qui avait pourtant su se dominer pendant plus d'un quart de siècle, il avait flanché si près du but. Cette seule pensée lui arracha un rugissement, qui se répercuta sur la pierre, attisant le feu qui courait dans ses veines.

Comme un lion en cage, Roderick arpentait la grotte dans laquelle il avait trouvé refuge depuis son arrivée sur la Terre des Anciens, maugréant contre sa faiblesse, mais cherchant surtout comment rattraper cette gaffe monumentale. L'image de Solianne s'imposait constamment à son esprit, le narguant. Comme elle serait fière de savoir que son ancien amant avait échoué. Maudite soit cette Édnée et sa redoutable famille. Si la mère de Solianne n'avait pas été aussi douée, jamais elle n'aurait réussi à soustraire Alexis au courroux de son père. Roderick avait souvent l'insupportable impression de réentendre ses paroles :

— Jamais tu ne pourras impunément toucher cet enfant, même devenu un homme. Si tu oses lever la main sur lui, ne serait-ce qu'une fois, le sortilège qui le protège se rompra, causant ta mort et obligeant Alix à affronter son destin. Ma seule consolation réside dans le fait que tu ne seras plus là pour lui nuire...

Depuis, Roderick avait su annihiler une partie de la redoutable protection magique de l'ancienne reine des Édnés, adoucissant les conséquences pour lui-même et son autre fils. Ainsi, il n'était plus condamné à mourir et Alejandre conservait en lui, par le sortilège de Dissim, de grands pouvoirs à transmettre à sa descendance, celle que portait la Fille de Lune maudite. Malheureusement, Naïla risquait maintenant d'accoucher sur Brume, lui faisant perdre le puissant petit-fils qu'il espérait tant. Quant à Alexis, il allait amorcer la transformation qui attendait en lui depuis si longtemps, compromettant ainsi les chances de Roderick de s'approprier les inestimables pouvoirs de son fils, qu'il convoitait depuis sa naissance...

*   *

*

15

Alix se releva péniblement, son corps entier l'élançant douloureusement. Il peina même à retrouver son équilibre.

Ayant désespérément besoin de réfléchir et de panser ses plaies dans un endroit plus approprié, il voulut disparaître. À son grand désarroi, il resta bêtement sur place.

– Qu'est-ce que c'est que cette histoire ? lâcha-t-il, éberlué.

Une seconde tentative, de même qu'une troisième, ne donna pas plus de résultats que la première, faisant naître le pire des doutes : sa magie commençait à se ressentir du départ de Naïla. Il ne pouvait pas savoir que ce premier contact avec son père avait enclenché une transformation aussi rare qu'exceptionnelle, qui entraînait des inconvénients majeurs, comme le dysfonctionnement de ses pouvoirs.

Alix s'obligea au calme. Ce début de panique ne lui res-semblait pas du tout. Il inspira profondément puis essaya à nouveau de se déplacer magiquement. À son grand soulage-ment, il disparut en une fraction de seconde avant de repa-raître dans un endroit connu de lui seul. Avant de songer à sa rencontre avec son père, il tenta de se remémorer, dans les moindres détails, les secondes qui avaient suivi le départ de Naïla. Lorsque la jeune femme avait plongé dans les couloirs du temps et de l'espace, un long courant glacé avait trans-percé son Cyldias. Une onde nouvelle et dérangeante. Parce que cela faisait partie des enseignements que Foch lui avait transmis, il savait que ce n'était pas ce qui devait se produire. Tous les protecteurs reconnaissent instinctivement les signes précurseurs de catastrophes. Ce qui était le cas. Quand un être traverse sain et sauf, la sensation est brève, empreinte de chaleur et, surtout, exempte du sentiment de danger imminent. Ce qu'Alix avait ressenti ressemblait plutôt à un avertissement, avec quelque chose de douloureux. Il était pratiquement certain que Naïla avait échoué et qu'elle était loin de l'époque où elle souhaitait se retrouver. Il ferma les yeux et expira bruyamment. Dès l'instant où elle avait abordé la question d'un retour vers le monde de Brume, Alix s'était dit que ce n'était pas souhaitable, qu'il y aurait sûrement des complications par la suite. Il avait bien cherché à se convaincre que son étrange attirance pour la Fille de Lune faussait son jugement, mais sa position de Cyldias désigné ne pouvait mentir. Pire, ses craintes s'étaient sans cesse raffermies, venant même le hanter dans ses cauchemars des derniers jours.

Il rouvrit les yeux, regardant au loin la vallée qui s'étendait en contrebas, scrutant la nuit. Il savait très bien à qui il devait s'adresser pour confirmer ses appréhensions. Par la suite, s'il avait vu juste, il ne lui resterait probablement qu'une seule solution. À cette pensée, son estomac se noua.

1

Seule

Que faire ? Je me trouvais fort probablement en 1666, seule et sans possibilité de retour vers la Terre des Anciens dans l'immédiat. Alix s'imposa vivement à mon esprit. Un protecteur aurait été le bienvenu dans cet univers que je craignais aussi hostile que celui que je venais de quitter, mais pour des raisons différentes. J'allais devoir me passer de mon Cyldias... Il me faudrait donc une bonne dose de courage et de volonté pour affronter mon futur incertain. Premier objectif : trouver la civilisation. C'était essentiel pour me protéger le temps d'évaluer mes piètres perspectives d'avenir. En aval du fleuve, il n'y aurait pas d'habitations avant plusieurs années. Ma seule chance de survie dans cette direction était peut-être le poste de traite de Tadoussac. Il serait donc préférable de remonter le cours du Saint-Laurent vers Québec et espérer pouvoir m'y réfugier jusqu'à... jusqu'à... Je n'en savais trop rien...

J'avalai une bouchée du peu de vivres que mon bagage avait pu conserver intacts : une gourde d'eau et quelques fruits maintenant humides. Je glissai la dague d'Alana dans la ceinture de ma jupe, souhaitant ne pas avoir à m'en servir, puis je remis mon sac en bandoulière. Après ce court intermède, j'entrepris la longue marche vers ce qui allait devenir la capitale de la province. Je devrais suivre le bord de l'eau en permanence, ce qui risquait tôt ou tard de poser problème par rapport aux marées. Par ailleurs, je n'avais aucune idée du temps dont j'aurais besoin pour atteindre ma destination. J'ignorais ce que je pourrais manger, la saison des fruits des champs étant terminée. Je n'avais que peu de talent pour la chasse ou la pêche, rien pour allumer un feu et... et... et... À peine avais-je rejoint les berges que je m'effondrais sur le sable en pleurant...

Je ne sais combien de temps je demeurai prostrée, gémissant sur mon sort, sur ces mêmes berges que je chérirais dans quelque trois cents ans. J'avais fermé les yeux, refusant obstinément de les ouvrir, comme si les minutes qui s'égrenaient pouvaient balayer la vision de cauchemar qui m'attendait de l'autre côté de mes paupières closes. Sans cesse, je me remémorais les derniers moments passés sur la Terre des Anciens. Les mésaventures que j'y avais vécues me semblaient soudain – étonnamment – plus vraisemblables que la situation dans laquelle je me trouvais maintenant, sur cette bande de rivage déserte et inhabitée. Si je n'avais eu qu'une vague idée de ce que me réservait le monde que je venais de quitter avec soulagement, je savais trop bien ce que je devrais affronter ici.

Je me revoyais, adolescente de quinze ans, dans une classe de mon école secondaire, écoutant attentivement l'histoire de la Nouvelle-France que me racontait avec passion une dame entre deux âges que je vénérais presque. Cette matière, que peu de mes camarades appréciaient, me faisait littéralement rêver. J'entendais encore dans ma tête, dix ans plus tard, Mme Letendre qui criait haut et fort devant un groupe d'élèves blasés et quasi somnolents : « C'est toi le gouverneur de la Nouvelle-France, Lacasse. Qu'est-ce que tu crois que tu dois faire pour régler définitivement le conflit entre les nobles et les paysans ? Hein ! Qu'est-ce que tu dois faire ? » Elle avait le don de toujours choisir celui qui était le moins apte à fournir une réponse valable, celui qui sursautait, les yeux perdus, se demandant ce qu'elle pouvait bien avoir à s'énerver comme ça, son chignon soudain de travers, agitant ses bras encerclés de bracelets qui tintaient furieusement. Elle n'attendait pas la réponse et se déplaçait ensuite sur la droite ou la gauche, répandant une puissante odeur de parfum sucré dans son sillage et posait à nouveau sa question à une seconde victime toute aussi hagarde que la première.

Il me vint à l'esprit que j'aurais peut-être dû rêvasser moi aussi en ce temps-là ; cela m'aurait évité de retenir de larges pans de notre histoire qui me donnaient aujourd'hui envie de prendre mes jambes à mon cou. Les Amérindiens, le dur labeur, les conflits armés, le manque de soins adéquats, de confort et de commodités, les châtiments corporels, la religion omniprésente, l'ignorance, l'intolérance, l'inégalité des sexes – quel euphémisme ! – et les préjugés. C'est ce moment de ma réflexion que choisirent les nausées pour refaire une apparition, question de me rappeler que je devrais probablement accoucher ici si je ne parvenais pas à revenir sur la Terre des Anciens, puis chez moi, dans un délai raisonnable.

Je séchai mes larmes d'un doigt tremblant. De toute manière, quoi que je puisse dire ou faire, rien ne pourrait me sortir de ce merdier avant que je ne m'y sois enfoncée jusqu'au cou, j'en aurais mis ma main au feu. S'il y a un don que je possédais, qui ne devait rien à ma visite dans le sanctuaire des Filles de Lune, c'était bien celui de me retrouver dans des situations invraisemblables sans que je comprenne exactement comment et pourquoi.

Je me laissai finalement choir sur le dos avant de me risquer à ouvrir un œil. Je ne découvris que le ciel d'un bleu limpide et sans nuages, où passa un oiseau de mer porté par Éole. Je l'enviai de pouvoir se déplacer ainsi, au gré du vent, sans soucis autres que ceux de se nourrir et se reproduire. Et voilà ! Cette bête réflexion me ramenait inexorablement à mon propre problème, une grossesse que je ne pouvais plus interrompre dans cette colonie en développement sans risquer d'y laisser ma peau. La petite voix sournoise de ma conscience me rappela que, peu importait que je désire me faire avorter ou que je rende les embryons à terme, j'avais des chances égales de ne jamais m'en remettre... Charmante perspective !

Consciente qu'il ne me servait à rien de prolonger indéfiniment cet apitoiement sur moi-même, je me redressai, regardant une fois de plus le paysage s'étendant en aval et en amont. Un instant, j'imaginai que j'aurais pu attendre qu'un bateau passe dans une direction ou dans l'autre. Par contre, je ne savais pas si les navires empruntaient le canal nord ou le canal sud, c'est-à-dire de ce côté-ci de l'Île-aux-Coudres ou de l'autre. À mon époque, la question se posait rarement puisque le tonnage des bâtiments ne permettait à peu près jamais qu'ils naviguent entre Pointe-au-Père et l'île, les fonds marins étant trop près de la surface. Je doutais malheureusement qu'il en aille de même pour les navires qui suivaient aujourd'hui le cours du fleuve.

Je me mis finalement en route, n'ayant rien à gagner en demeurant plus longtemps sur place. Je longerais les berges en espérant avoir toujours suffisamment d'espace pour me déplacer sans que la marée vienne me coincer quelque part au flanc d'une falaise.

Le reste de la journée s'écoula sans anicroche, si ce n'est mon ventre qui gargouillait bruyamment. La faim accentuait mes nausées et la tête me tournait légèrement. J'avais grignoté les derniers vestiges de mes maigres provisions et j'ignorais si je trouverais de quoi me nourrir dans un avenir rapproché. Je me résignai à passer la nuit l'estomac vide. Je remerciai tout de même le ciel que les sources d'eau fraîche fussent légion. Au moins, je ne risquais pas de me déshydrater.

Pour dormir, je repérai un petit coin à l'abri, sous une saillie rocheuse, et sortis ma couverture humide de mon sac. J'espérais que la nuit ne serait pas trop froide. Le sommeil me fuyant, je scrutai le ciel étoilé comme si je pouvais y lire ce qu'Alana me réservait. Je laissai mon esprit vagabonder, souhaitant oublier, au moins quelques minutes, ma situation précaire. Si l'exercice me le permit effectivement, je n'en éprouvai aucune satisfaction. Alix occupa tout l'espace ainsi libéré. Je m'endormis finalement au souvenir de ces ultimes instants passés ensemble. Je m'interrogeais sur ses derniers mots. Pouvait-il réellement venir à ma recherche dans un autre monde ? En secret, je priais pour que ce fût vrai...

Je me réveillai avec le soleil, courbaturée, transie et de fort mauvais poil au rappel de mon triste sort. Je ramassai ma couverture d'un geste rageur et repris bientôt la route, nauséeuse. J'atteignis la baie de Saint-Paul au milieu de la journée, épuisée et affamée. Il ne faisait aucun doute que je ne pourrais pas tenir bien longtemps sans une alimentation adéquate, surtout si je devais marcher jusqu'à ce que je rencontre un semblant de civilisation. Je fournis un effort considérable pour me rendre au centre de la baie. Je m'effondrai en retrait de l'emprise de la marée et m'endormis sur-le-champ.

Je devais rêver. Des voix d'hommes aux résonances étranges se répercutaient en écho dans mon crâne douloureux. Ils ne parlaient pas français, mais je comprenais tout de même des bribes ici et là. Quelques mots comme « femme », « perdue », « blanche », « quoi faire » et « Tadoussac ». Lorsque je saisis le dernier mot, je réalisai que je ne dormais plus vraiment, somnolant plutôt, l'esprit entre deux eaux. J'ouvris brusquement les yeux et me retrouvai face à face avec ce que je présumai être... un authentique Amérindien. Je ne savais trop si je devais m'en réjouir ou non.

L'homme recula précipitamment. Je me relevai lentement, le cœur battant, ne sachant pas si leurs intentions étaient amicales. Une partie de mon cerveau s'échinait à se souvenir des notions d'histoire apprises concernant les peuplades amérindiennes, pendant qu'une autre s'interrogeait sur l'attitude à adopter. Je choisis finalement de ne rien faire et d'observer.

Ils étaient une dizaine autour de moi, des hommes et des adolescents, me dévisageant avec davantage de curiosité que d'antipathie. Certains échangeaient à voix basse alors que d'autres se balançaient d'un pied sur l'autre, visiblement mal à l'aise. Celui qui semblait être le chef fit un signe de la main en direction d'un Blanc d'une vingtaine d'années se tenant légèrement en retrait. Embarrassé, ce dernier se déplaça lentement vers nous. L'Amérindien plus âgé lui demanda s'il était capable d'établir un dialogue entre la femme – il me montra du doigt – et leur groupe. L'autre haussa les épaules en signe d'incertitude, tout en mentionnant qu'il allait essayer.

Inconsciemment, je poussai un soupir de soulagement. Si certaines formes de magie – comme ma faculté à voir la nuit – ne semblaient pas avoir franchi la barrière du temps et de l'espace, la xénoglossie ne rencontrait pas d'obstacle ; je comprenais chaque phrase. Qu'ils me croient incapable de saisir la teneur de leur conversation me paraissait plus prudent. J'attendis donc l'intervention de mon interprète. Celui-ci s'approcha de moi, me souriant timidement, avant de simplement demander, en français, qui j'étais.

« Excellente question », me dis-je. J'aurais mieux fait d'utiliser le court délai entre le moment où ils avaient fait ma découverte et la décision de m'assigner un interprète pour penser à ce que je pourrais bien leur répondre advenant cette question prévisible. Comment justifier ma présence dans ce coin isolé, sans mari ni moyen de subsistance ?

Devant mon absence de réaction, et de réponse, le jeune homme passa machinalement à l'anglais, réitérant sa question.

Je sursautai et répondis précipitamment dans un mélange des deux langues. Alors que tous me regardaient, l'air interrogateur, je me repris, en français uniquement.

– Je suis perdue. J'ignore comment rejoindre un village..., bafouillai-je le plus innocemment possible.

Je savais qu'il était tout à fait improbable que je puisse m'être égarée aussi loin de la civilisation, mais je ne voyais vraiment pas ce que j'aurais pu leur raconter. Aucune réponse ne pourrait être plausible, sauf la vérité, et c'est précisément ce qu'ils risquaient le moins de croire...

Mon jeune interprète me fixa un instant, interdit, une étrange lueur traversant son regard bleu clair.

– Elle dit qu'un homme l'a abandonnée près d'ici il y a deux nuits, avant de s'en retourner avec son embarcation, raconta-t-il au chef du petit groupe.

Ce fut à mon tour de le contempler, bouche bée. Je me forçai toutefois à reprendre une attitude neutre, n'étant pas censée comprendre la conversation. L'homme plus âgé rétorqua :

– Nous l'aiderons à rejoindre le poste de Tadoussac, où un navire pourra la ramener à Québec. Mais il faut d'abord que j'en parle avec Orage d'été.

L'interprète me répéta mot pour mot la réponse de son vis-à-vis. Je le remerciai du bout des lèvres, puis attendis la suite. Rien ne vint. Il semblait bien que tout avait été dit. Le groupe se remit en route, mon guide fermant la marche. Nul ne pensa à m'inciter à les suivre et, un court instant, je me demandai si je ne ferais pas mieux de rester ici. Même si j'avais compris la teneur de leurs échanges, je ne me sentais pas en sécurité. Je me rappelais fort bien qu'il avait été question de traite des Blanches, de même que d'adoption en échange d'un parent perdu aux mains de l'ennemi, dans les cours d'histoire de mon lointain passé civilisé. J'aurais été bien en peine de préciser qui, des Abénaquis, des Montagnais ou des Iroquois, avait ce genre de coutume. Et même si je l'avais su, je n'étais plus certaine de me souvenir lesquels soutenaient les Anglais par rapport à ceux qui appuyaient les Français. J'étais portée à croire que j'avais échoué dans le bon groupe, mais comment en être sûre ? Je fus tirée de ma réflexion par la voix grave de mon interprète :

– Vous devriez nous suivre...

Voyant que j'hésitais, il me sourit gentiment :

– Ne vous inquiétez pas. Ils ne vous veulent pas de mal. Les Montagnais n'ont pas pour habitude de marchander les femmes des colons. Ils préfèrent plutôt les ramener à bon port.

Soulagée, je me mis en marche. Le vent s'était levé dans les dernières minutes, poussant une longue plainte déchirante venue du large. Frissonnante, je me retournai et scrutai l'étendue d'eau, comme si je craignais d'y voir apparaître ceux que j'avais mis tant d'empressement à fuir. Je hâtai le pas, soudainement pressée de quitter les bords du fleuve, une impression étrange me nouant l'estomac.

2

Questionnement

– Ce que tu me demandes est impossible, Alix. Tu le sais aussi bien que moi. Je suis incapable de sonder la terre de Brume.

Morgana dévisagea le jeune homme. La magicienne avait eu plus de temps que quiconque, du haut de son exil, pour étudier la nature humaine et ce qu'elle engendrait trop souvent comme étrangetés. Ce qu'elle percevait aujourd'hui dans le regard sombre d'Alix, de même que dans tout son être, la dérouta un bref instant. Elle n'avait jamais vécu pareille situation ; le temps, les guerres et la séparation des peuples l'avaient privée de cette possibilité si rare et en même temps si extraordinaire dont Maxandre lui avait autrefois parlé : la mutation d'un Être d'Exception. « Un événement comme celui-là est une bénédiction pour notre terre et les mondes qu'elle protège, s'il se produit parmi nos alliés. Je donnerais ma vie pour en être témoin, ne serait-ce qu'une fois, avec l'espoir de sauver cette terre que je chéris plus que moi-même. » Morgana n'avait pas oublié les paroles de son idole. Avec un pincement au cœur, elle pensa combien elle aurait aimé que Maxandre soit en ce moment à ses côtés pour voir l'un de ses rêves les plus chers en voie de se réaliser. Elle remercia silencieusement Alana pour ce début de renouveau et se jura de prier pour qu'il se poursuive indéfiniment. Elle se garda bien de parler au Cyldias de sa découverte. Il devait d'abord être en paix avec ce qu'il savait déjà. Elle ne lui dit pas, non plus, que si ce qu'elle percevait était bien réel, il n'aurait bientôt plus besoin de personne pour retracer Naïla dans les autres mondes...

*   *

*

Quelque part, sur le rivage d'un lac oublié des hommes, Kaïn réfléchissait justement à ce que le début de mutation d'Alix impliquait. En tant que Sage, il détectait immédiatement un changement de ce genre. Il se demanda, pour la millième fois au moins depuis qu'il suivait le cheminement de cet Être d'Exception si particulier, si le jeune homme devait être considéré comme un ami ou un ennemi... Lui et Alix étaient tellement semblables que la situation ne pouvait que devenir explosive s'ils se croisaient.

*   *

*

Bien avant de formuler sa demande, Alix s'était douté de la réponse que lui ferait Morgana. Toutefois, il se devait d'essayer, soucieux d'éviter l'ultime alternative : Wandéline. Cette sorcière lui vouant une haine farouche et quasi irréversible, il voyait mal comment il pourrait la convaincre de lui venir en aide. Il tenta de cacher son désarroi et sa frustration à Morgana, mais n'y parvint qu'à demi. La vieille femme, il s'en doutait, lisait en lui comme dans un livre ouvert. « Certains dons sont une plaie pour autrui même s'ils sont une bénédiction pour leur possesseur », pensa-t-il.

– Pourquoi ne demandes-tu pas simplement pardon à Wandéline ? Cette faute remonte loin dans ta jeunesse et il serait sain, pour toi comme pour elle, de tirer définitivement un trait sur cette histoire.

– Allez donc le lui expliquer, répliqua Alix, la mine sombre et résignée. Je doute qu'elle voie les choses sous le même angle. De toute façon, advenant que je prenne le risque de me pointer là-bas, je ne suis même pas certain d'avoir le temps de dire quoi que ce soit avant qu'elle ne mette fin à mon existence.

Morgana ne put s'empêcher de lever les yeux au ciel, pleinement consciente qu'il y avait du vrai dans ce qu'Alix disait, même si le jeune homme était protégé de par son ascendance. Du moins, il le devrait...

– Ne pouvez-vous pas l'amadouer pour moi ?

La question avait été posée avec candeur, comme un gamin qui quête une friandise, sachant pertinemment que quelques minutes seulement le séparent de l'heure du repas. Morgana voulut protester. Alix ne lui en laissa pas le temps.

– Comme vous êtes une Fille de Lune, elle se doit au moins de vous écouter, non ? C'est déjà plus que ce qu'elle acceptera de faire avec moi. Et si je meurs, vous savez ce que risquera Naïla... Si elle revient jamais...

Alix avait marmonné la dernière phrase, comme si le simple fait d'énoncer ses craintes à voix haute pouvait en précipiter la réalisation. Il ne regardait plus Morgana. Il fixait l'horizon, espérant presque voir la Fille de Lune qui le hantait apparaître au loin, réglant temporairement le problème insoluble qu'elle représentait. Il expira bruyamment, ayant l'impression qu'il ne parviendrait jamais à redonner à ce monde sa splendeur d'antan. Les dieux semblaient s'être concertés pour lui rendre la tâche de plus en plus pénible, parsemant sa route d'obstacles toujours plus difficiles à surmonter. Dans la fougue et le sentiment de détermination inébranlable que procure souvent la jeunesse, il avait naïvement cru que lui, Alix de Bronan, réussirait en quelques années, voire quelques mois, là où plusieurs avaient échoué après toute une vie. Des générations entières s'étaient ainsi succédé dans l'espoir de réaliser le rêve de leurs ancêtres : trouver les trônes de Darius et d'Ulphydius.

— Pour la survie de Naïla, je peux tenter d'amadouer ma consœur...

Alix se tourna vers Morgana avec une reconnaissance non feinte. Elle ne lui laissa pas la possibilité de s'épancher en vains remerciements.

— Attends avant de me témoigner la moindre reconnaissance. Connaissant Wandéline mieux que quiconque, je ne crois pas qu'elle appréciera mon intrusion dans sa vie privée.

Le jeune homme se rembrunit aussitôt, son enthousiasme grandement tempéré. Il ne lui restait plus qu'à espérer.

Morgana étant convaincue que les échanges avec sa consœur pourraient prendre du temps, il fut convenu qu'Alix rentrerait chez lui. Elle lui ferait savoir, par télépathie, le résultat de ses démarches. Avant qu'il ne parte, Morgana lui annonça cependant une nouvelle qui lui enleva un certain poids.

— Tout le temps que Naïla vivra dans le monde qui l'a vue naître, tu ne devrais pas être ennuyé par ton rôle de Cyldias...

Alix eut une moue sceptique, même s'il avait déjà remarqué que ses cicatrices ne semblaient pas souffrir du départ de la jeune femme. Il se garda bien de mentionner sa rencontre avec son père et les problèmes de déplacement qu'il avait eus ensuite. Morgana sourit.

– Je comprends que tu n'y crois qu'à demi et c'est mieux ainsi parce que cet état de choses ne dure normalement que si elle ne croise aucune magie sur sa route...

*   *
*

Alix avait quitté la montagne, las à l'idée de retourner sur ses terres dans une pénible attente. Il n'avait de cesse de se demander s'il s'inquiétait davantage pour la vie de la jeune femme ou s'il s'alarmait plutôt de devoir attendre la venue d'une autre Fille de Lune au potentiel aussi grand que celui de Naïla.

Il arriva chez lui au milieu de la nuit, sur un cheval emprunté à un ami fidèle. Sa femme ignorant presque tout de sa véritable vie, il ne pouvait rentrer à pied sans éveiller ses soupçons. Et Dieu seul savait combien Marianne en nourrissait déjà à son égard. Évidemment, il aurait préféré rester éloigné quelque temps, craignant que la rancœur suscitée par le rôle qu'avait joué son épouse dans le calvaire de Naïla ne vienne menacer le semblant de paix qu'il parvenait à maintenir dans son foyer.

Alix se rendit directement aux écuries. Levant la tête vers le ciel abondamment étoilé, il se demanda une fois de plus si le destin des Êtres d'Exception était réellement tracé à l'avance comme le lui avait dit Wandéline ou s'il y avait toujours une large part d'imprévus et de changements inévitables. Plus que tout autre, il était convaincu que rien ni personne n'avait un destin immuable. Il préférait ne pas penser qu'il pouvait se tromper. C'était précisément cette confiance inébranlable dans le fait qu'il était seul maître de son avenir qui lui permettait de tenir le coup, à chaque lever du jour.

Il délaissa la vision rassurante des astres pour celle plus terre-à-terre de l'écurie. Il y dessella son cheval, lui donna de l'eau ainsi qu'une large part de fourrage avant de refermer le box. Il se laissa ensuite glisser le long de la porte de ce dernier et s'assit par terre, toujours aussi peu pressé de regagner la maison. Immobile, il regarda à nouveau la voûte céleste par la porte restée ouverte. Des images de Naïla s'imposèrent alors à lui. Le visage de la Fille de Lune persistait à flotter dans son esprit, ramenant avec lui une kyrielle de souvenirs. Son imagination s'emballa au rappel des rares baisers qu'ils avaient échangés. Troublé, il se rendit compte que certaines parties de son anatomie réagissaient beaucoup trop fortement à son goût à ces réminiscences. Il tenta d'orienter sa pensée vers un sujet moins propice aux réactions physiques douteuses, de même qu'à la nostalgie. Peine perdue ! Son corps faisait abstraction de sa conscience qui le torturait. Il s'obligea néanmoins à réfléchir à la situation possible de la jeune femme. Elle était peut-être en grave danger, dans un univers sans commune mesure avec le sien une fois de plus. La seule chose dont il était certain, c'est qu'elle était toujours vivante. Il n'avait nul besoin de son rôle de Cyldias pour s'en convaincre.

Il avait veillé, à leur demande ou non, sur des êtres différents, mais surtout étranges, pendant plusieurs années, apprenant ainsi à reconnaître les signes avant-coureurs de la mort imminente d'un protégé au même titre qu'il pouvait garantir de leur survie, même dans un autre monde. Pourquoi en était-il ainsi ? Il n'en savait rien. Il s'y était habitué, tout simplement. Un cheval hennit dans une stalle, ramenant brutalement Alix à la réalité. Il se leva et s'ébroua. Il dut se rendre à l'évidence que, comme les brins de paille qui s'accrochent aux vêtements, certains souvenirs refusent qu'on les abandonne. Résigné, il se dirigea vers le manoir.

Il évita la chambre conjugale, pour gagner plutôt son bureau, seul refuge dans cette maison qui lui restait étrangère.

Il ferma la porte puis se laissa choir sur un vieux fauteuil, dans un angle de la pièce. Là, il ferma les yeux, réfléchissant une fois de plus à la meilleure façon de retrouver Naïla. Il ne croyait guère aux chances de réussite de Morgana. Wandéline n'avait pas vécu si longtemps en faisant le genre de cadeau qu'Alix espérait de sa part. Sur ces sombres pensées, le sommeil s'empara de lui et les cauchemars lui tinrent bientôt compagnie.

Il se réveilla en sursaut, aux premières lueurs de l'aube, jetant des regards frénétiques autour de lui. Rassuré, il referma les yeux, s'appuyant au dossier du fauteuil. Il attendit que les battements de son cœur retrouvent un rythme normal avant de soulever à nouveau les paupières. La crainte de voir ses cauchemars le poursuivre jusque dans la réalité le hantait de plus en plus souvent ces derniers mois, lui qui s'enorgueillissait de ne craindre rien ni personne. Toutefois, il en avait trop vu dans la dernière décennie pour que ses nuits soient propices au repos véritable. Elles devenaient plutôt un terreau fertile où renaissaient des êtres oubliés et des créatures légendaires, pourtant tout à fait réels dans une section de sa mémoire qu'il s'efforçait de stimuler le moins possible.

Étrangement, c'est également dans cette section qu'il classait les souvenirs se rattachant à Naïla. Aurait-il assez d'espace, dans ce recoin de mémoire, pour enfouir ce qu'il appréhendait de devoir affronter dans les prochaines années ? Pas un instant, il ne doutait que ce qui y résidait déjà n'était qu'une infime partie de ce que la vie lui réservait.

Alix se leva avec résignation, craignant de sombrer dans une suite interminable de pensées destructrices. Il sortit, sans même un regard vers la chambre où dormait Marianne, et descendit aux cuisines, attrapant un morceau de pain au passage. Il gagna l'étable, en retrait du bâtiment principal.

Depuis nombre d'années déjà, les hommes travaillant sur le domaine rencontraient le maître de céans en de très rares occasions, faisant plutôt affaire avec Jasnin, l'intendant. Ce matin, Alix ne put qu'apprécier cette absence d'intimité avec les employés. Plus que jamais, il se sentait étranger sur ces terres qui lui appartenaient, ses préoccupations étant à des milliers de lieues de la réalité quotidienne de ceux qui veillaient à la bonne marche du domaine. N'eut été du fait qu'il avait besoin de cette couverture pour ses autres activités, il y a bien longtemps qu'il ne viendrait plus ici. Il avait cru autrefois que son mariage lui donnerait une puissante raison de revenir régulièrement, mais il avait vite déchanté, constatant que les unions d'accommodement avaient davantage de défauts que de qualités. Chaque nouvelle visite se terminait dans les larmes ou les grincements de dents, exacerbant son désir de mettre un terme à cette mascarade. Dommage que ce ne fut pas possible...

D'un pas vif, il traversa l'étable, jetant un œil distrait aux employés, et se dirigea vers l'escalier qui menait à la tasserie, persuadé d'y trouver Zevin.

Alix s'arrêta à quelques mètres du guérisseur qui dormait profondément, aidé en cela par le contenu de la bouteille maintenant vide gisant à ses côtés. Près de trois mois s'étaient écoulés depuis la première rencontre de Zevin avec Naïla, mais les souvenirs alors ranimés ne semblaient pas vouloir regagner les replis d'où ils avaient surgi avec tant de force, dévastant la vie du jeune homme. Alix hésita, tiraillé entre son besoin de parler avec Zevin et la sagesse de faire demi-tour. Au moins, pendant son sommeil, son ami n'avait pas à affronter la triste réalité qu'il s'efforçait de fuir depuis près de trois ans déjà. Nostalgique, Alix se remémora brièvement l'existence simple et heureuse du guérisseur avant sa rencontre décisive avec Mélicis. Pourvu que l'avenir ne lui réserve pas le même calvaire.

Sa décision prise, il se pencha vers son compagnon et le secoua doucement par l'épaule. Ce dernier grogna, avant de se tourner sur le côté, marmonnant quelques paroles inintelligibles. Alix préféra ne pas insister. Il s'en retournait lorsque Zevin ouvrit un œil.

– J'espère que les nouvelles que tu m'apportes sont dignes d'intérêt pour que tu te permettes de me tirer d'un sommeil entamé il y a quelques heures à peine.

– J'ai bien peur que ce ne soit pas le cas. Mais j'avais trop besoin de ton opinion pour attendre que tu veuilles bien reprendre pied dans le monde des vivants.

Zevin feignit de ne pas saisir l'allusion à peine voilée. Alix renonça à poursuivre dans cette direction, sachant que certaines blessures restaient vives pendant de trop nombreuses années.

– Elle est partie malgré tout ?

Trop directe, la question prit Alix au dépourvu. Inconsciemment, il détourna les yeux, regardant l'horizon par une petite ouverture en saillie. Il comprenait mal pourquoi il se sentait soudain gêné.

– Tu crains de finir par me ressembler, n'est-ce pas ?

La question avait été posée sans méchanceté aucune, avec douceur. C'est toute la souffrance qu'elle contenait qui fit l'effet d'un coup de poignard à Alix.

– Ne t'inquiète pas. Au moins, la tienne est toujours vivante...

– Oui, mais pour combien de temps ? lança le Cyldias, amer.

Il se mordit la lèvre, conscient de son égoïsme. Il se sentait soudain si impuissant... Il se retourna vers son ami, qui lui fit signe de s'asseoir à ses côtés. Alix s'exécuta, ne sachant que faire d'autre. Il était venu dans l'intention de discuter avec détachement de Naïla, comme il l'avait si souvent fait pour ses missions précédentes. Il avait maintes et maintes fois échangé avec Zevin, revoyant des stratégies, élaborant des plans et des hypothèses, protégeant ainsi efficacement, et sans jamais faillir, des vies qui lui étaient habituellement étrangères, mais surtout indifférentes.

— Tu ne m'as jamais cru quand je t'avertissais qu'un jour la situation t'échapperait ; tu disais que j'avais manqué de vigilance, que j'avais laissé Mélicis se rapprocher de moi et percer mes défenses au lieu de garder mes distances, de m'en tenir à mon métier de guérisseur...

— Et tu m'avais répondu que je ne pouvais pas comprendre, que l'amour échappait à toute forme de contrôle, qu'un jour je verrais et que ce serait à toi de me faire la morale...

Malgré les souvenirs que cette conversation devait nécessairement ramener en lui, Zevin sourit.

— Que veux-tu que je te dise ? reprit Alix. Que j'avoue que tu avais probablement raison et moi tort ou que...

Zevin l'interrompit.

— Non. Tu as malheureusement appris avec l'expérience ce que de longs discours ne seraient jamais parvenus à te faire comprendre... Je n'ai nullement l'intention de tourner le fer dans la plaie, je me doute qu'elle est suffisamment vive...

Il n'y avait aucune amertume dans le ton. Juste de la compréhension et beaucoup de compassion. Alix ne put qu'admirer son compagnon, remerciant le ciel que leur amitié soit si solide.

– Et si tu me racontais ce qui est arrivé pendant mon retrait temporaire de la civilisation, demanda Zevin, après s'être tout de même autorisé un long soupir douloureux.

Alix résuma les événements des dernières semaines, tâchant de ne rien omettre. Il passa seulement sous silence son bref moment d'intimité avec Naïla. Ce souvenir ne faisait qu'accentuer son inquiétude et le sentiment permanent de danger qu'il tentait de faire taire en lui. Zevin n'essaya même pas de le persuader qu'il était dans l'erreur à propos du voyage de Naïla. Le guérisseur avait depuis longtemps appris à respecter l'instinct de son compagnon.

– Tu n'as vraiment pas la moindre idée de l'endroit où elle a pu se retrouver ? Peut-être n'est-elle qu'à quelques années de distance de celle qu'elle voulait rejoindre. La sensation serait la même, non ?

Dans un geste d'impatience, Alix se passa une main dans les cheveux.

– Tout ce que je peux certifier, c'est qu'elle n'est pas revenue au moment où elle le souhaitait. Je suis porté à croire qu'elle est loin de sa destination ou dans une époque trouble parce que le sentiment d'urgence que j'ai ressenti avait quelque chose d'effrayant.

Considérant un instant que Wandéline répondrait favorablement à la demande d'aide, Zevin s'enquit :

– Lorsque tu sauras où elle se trouve, que comptes-tu faire ?

Alix reporta son attention sur la petite fenêtre, convaincu que Zevin devinerait ses intentions mieux que quiconque. Il avait toujours eu de la difficulté à lui cacher quelque chose.

– Ne me dis pas que tu songes à faire une telle folie ?

Alix s'abstint de répondre, ce qui représentait un aveu en soi.

– L'exemple de Nathaël ne te suffit pas ? Naïla t'a confirmé sa mort et ce que nous avons toujours soupçonné : même un Être d'Exception aux talents hors du commun ne survit pas à la traversée. Tu ne comprends donc pas ? Les talismans, les formules magiques, les longs mois de préparation, l'aide de Morgana, rien de tout cela n'a pu le sauver. Il est mort avant même d'avoir pu faire quoi que ce soit dans le monde de Brume.

Zevin marqua une pause, pensant manifestement que son compagnon lui répondrait, se défendrait. Mais ce dernier ne dit rien, se contentant de fixer l'horizon. Alix se garda bien de mentionner que c'était probablement Andréa qui avait tué Nathaël et non la traversée...

– Ne va surtout pas croire que je te laisserai risquer ta vie de cette façon sans rien faire pour t'en empêcher. Je ne peux tout simplement pas...

Par une simple question, Alix mit abruptement fin au discours de Zevin.

– Tu aurais laissé Mélicis mourir seule, loin de toi, sans rien tenter pour lui sauver la vie ?

– Parfois, j'ai l'impression que c'est exactement ce que j'ai fait et je ne cesse de me le reprocher.

– Tu devrais donc comprendre ! Ma condition de Cyldias signifie que, si Naïla trépasse, sa mort entraînera inévitablement la mienne puisque, bien malgré moi et considérant que j'y ai mis un minimum de bonne volonté, il semble que je sois en train de tomber amoureux d'elle... Et comme je suis trop jeune pour mourir...

Il y avait autant de lassitude que d'ironie dans la dernière réplique. Zevin baissa les yeux, impuissant. La situation d'Alix dépassait l'entendement.

– Mais ce n'est pas la seule raison pour laquelle je suis prêt à tenter ma chance dans le passage maudit, murmura Alix, après un bref silence.

– Et je peux savoir ce qui te fait croire que tu réussiras là où plusieurs ont perdu l'apparence humaine, la raison ou la vie ?

– J'ai omis un détail, annonça Alix, légèrement mal à l'aise.

Le Cyldias avait préféré taire à son ami d'enfance, pour un certain temps du moins, les révélations de Foch sur ses origines, de même que sa rencontre avec son père. Il se rendait maintenant compte qu'il ne pouvait continuer ainsi. Même s'il ne lui plaisait pas d'étaler ses origines présumées, il n'avait guère le choix. Alix savait fort bien que les hybrides – à l'image des Édnés – avaient de très fortes chances de pouvoir traverser par les passages sans avoir besoin de la moindre protection. Il ignorait, par contre, quel était le châtiment que Darius leur avait réservé s'ils s'exécutaient ; il doutait que le grand Sage ait permis pareille dérogation sans sévir. Par ailleurs, Ulphydius avait réussi avec une facilité déconcertante à voyager dans le temps et les mondes ; ce que personne n'avait jamais compris. Alix espérait que c'était une caractéristique propre à tous les enfants mystiques. Il confia donc ses secrets à Zevin.

— Si tu es réellement un enfant mystique, ton père ne peut pas être humain. À moins que j'aie mal compris ? grogna Zevin, légèrement énervé.

Ces révélations ne lui plaisaient pas du tout.

— Si deux Édnés peuvent donner un enfant humain, je ne vois pas pourquoi un humain et une Édnée ne pourraient pas arriver au même résultat, répliqua Alix, exaspéré.

— Peut-être. Mais dans ce cas, tu ne serais pas un enfant mystique, mais seulement un hybride et...

Zevin s'interrompit un instant en voyant gronder l'orage dans les yeux d'Alix. Il valait mieux ne pas s'obstiner. Mais le guérisseur ne pouvait s'en empêcher, tellement sa volonté de nier l'évidence était grande. Il reprit donc :

— Penses-y un peu ! Si tu n'es pas réellement un enfant de la nuit, tu ne peux tout simplement pas...

— Ça suffit comme ça ! Cette histoire d'enfant mystique ne me plaît pas plus qu'à toi, mais je suis bien forcé d'admettre que ce que Foch raconte a du sens et que ma tache de naissance en forme de dragon est bien réelle. Alors, on va partir de ce point de vue et tâcher de voir si ça peut m'aider. Tu es avec moi ou pas ? Sinon, je ne te retiens pas, conclut Alix d'un ton cassant.

Que Zevin s'interroge ainsi ravivait les propres questionnements du Cyldias et cela l'énervait. La seule explication qu'il ait trouvée était celle qu'il avait énoncée à son ami. Que dire de plus sinon qu'il manquait de temps ?

– Bon, bon, ne te fâche pas ! C'est juste que...

– Tu n'aimes pas l'idée que j'aie des affinités ou une quelconque ressemblance avec Ulphydius, je sais. Crois-moi, ça ne m'amuse pas non plus, mais je n'y peux rien alors autant en tirer parti.

– Tu ne portes même pas la marque des élus ! s'entêta Zevin.

Il y avait tout de même une certaine forme d'interrogation dans la dernière phrase, comme si le guérisseur soupçonnait son vieux copain de lui cacher encore quelque chose.

– Tu sais aussi bien que moi que je n'ai pas de tache de naissance en forme de croissant de lune, maugréa Alix. Contrairement à ce que l'on nous enseigne, cette marque n'est probablement pas indispensable aux hybrides. Il se peut aussi que, à l'instar des yeux des Filles de Lune, les porteurs puissent la dissimuler à ceux qui n'ont pas les mêmes caractéristiques.

Le regard de Zevin refléta un profond scepticisme.

– Et tu te la dissimules à toi-même ? répliqua-t-il, sarcastique.

– Bien sûr que non ! Mais imagine un instant que la marque ait été effacée magiquement quand je suis né, justement pour que je ne sois pas l'objet d'une traque aussi destructrice que celle subie par les Filles de Lune. Andréa a bien réussi à berner tout le monde en donnant naissance à Naïla sur Brume, rétorqua Alix, excédé. Le fait que son père soit un Être d'Exception ou un Sage dont on ne connaît rien, semble-t-il, est un exploit digne de mention.

41

À ces mots, Alix détourna la tête, regardant au-dehors. Les doutes qu'il nourrissait sur le père de Naïla le hantaient.

– Cela illustre à quel point un grand nombre de faits nous est encore inconnu et...

– Justement ! Ce qui me fait dire que tenter une traversée frise la folie, persista Zevin.

– Au contraire. Si je suis né sur Bronan, comme le pense Foch, il a bien fallu qu'un de mes parents traverse le temps et l'espace à un moment ou un autre pour qu'ils puissent se rencontrer. Comme une Édnée passerait difficilement inaperçue, je présume que c'est mon père qui a fait le voyage. Pour l'avoir vu, il semble s'en tirer plutôt bien alors je ne vois pas pourquoi je...

– Ça va, ça va, capitula Zevin. Alors, on fait quoi maintenant ?

– Notre possible..., rétorqua Alix, à bout de patience.

3

À travers bois

Nous cheminâmes pendant quelques heures à travers bois, sans jamais nous éloigner beaucoup du Saint-Laurent, descendant le fleuve vers Tadoussac. J'étais fatiguée et mon estomac protestait bruyamment de ne pouvoir être satisfait. Même si j'étais convaincue que le jeune homme parlant ma langue se serait fait un devoir de remédier à ma famine, je ne parvenais pas à franchir la barrière silencieuse qui s'était installée entre nous depuis notre départ de la baie. Il me semblait préférable de déranger les habitudes du groupe le moins possible. Mes dernières expériences de la vie en communauté ne m'incitaient guère à fraterniser.

Tant bien que mal, je tentais d'oublier ma triste situation en observant à la dérobée mes compagnons d'infortune. J'avais déjà compris que le jeune polyglotte devait être soit un coureur des bois, soit un colon ayant fui délibérément le dur labeur du défrichage de la terre – et du mariage ! – pour profiter de la liberté enivrante des territoires encore sauvages et des jolies Indiennes, beaucoup moins pudiques que les femmes de sa propre race.

Il avait les cheveux longs et bruns, noués sur la nuque par un lacet de cuir. Ses yeux bleus regardaient au sol plus souvent que nécessaire, comme si tout l'intimidait. Grand et mince, ses jambes puissamment musclées, de même qu'un teint basané, témoignaient d'une existence au grand air qui n'avait rien de récent. Il est vrai que l'on devenait un homme très tôt au temps de la colonie, ne se fiant ni sur papa ni sur maman pour nous soutenir jusqu'à trente ans... Je souris malgré moi en imaginant nombre de mes connaissances d'une autre vie, obligées de subvenir à leurs besoins avec pour tout équipement un couteau et leur volonté souvent défaillante. Remarquant que je venais de décrire ma propre position, mon sourire s'estompa instantanément.

Les heures passant, j'avançais mécaniquement, mue par le seul désir de survivre à tout prix. Avec bonheur, je vis enfin le soleil descendre derrière l'une des nombreuses montagnes qui nous entouraient, espérant que cela entraînerait la fin du voyage pour aujourd'hui. Je fus cependant surprise de constater que nous rejoignions un second groupe. Vraisemblablement les familles des hommes qui m'accompagnaient, de même que les autres membres de la bande.

Un feu brûlait. Plusieurs s'activaient autour, préparant le repas. Je restai en retrait de la fébrilité qui régnait sur les lieux. Je me sentais tellement étrangère dans cet environnement d'un autre temps ! Je faisais des efforts considérables pour ne pas éclater en sanglots...

Appuyée à un arbre, l'esprit ailleurs, j'étais préoccupée non seulement par la nécessité de me tirer de ce mauvais pas, mais aussi par la façon de revenir sur la Terre des Anciens pour une courte période. En fait, juste le temps de reprendre les démarches pour atteindre la bonne époque. Dans combien de temps ne guetterait-on plus avec avidité mon retour sur les berges de la traverse maudite ? Savait-on que je n'étais pas apparue où je le désirais ? Si c'était le cas, me viendrait-on en aide ? Comment ? Existait-il encore quelqu'un pouvant voyager à mon image, sans séquelles physiques et psychologiques permanentes ? Comment me retrouverait-on puisque les habitants de la Terre des Anciens ignoraient tout du monde de Brume ? Pouvais-je compter sur Alix alors que les voyages étaient réservés aux Sages et aux Filles de Lune ?

– Vous devriez vous approcher du feu. Les nuits sont plutôt fraîches et la chaleur que vous emmagasinerez vous aidera.

La voix de mon jeune interprète me fit sursauter, m'obligeant à mettre un terme à mes questionnements. Je restai pourtant muette. Je n'avais aucune idée de ce que j'aurais bien pu lui raconter pour engager la conversation.

– Venez, dit-il en me tendant la main. Vous verrez, ils sont très accueillants. Peut-être seront-ils aussi un peu curieux. Il est plutôt rare qu'ils rencontrent une Blanche, surtout les femmes et les enfants. Quant aux hommes, ils ont l'habitude de traiter avec les hommes. Ah, au fait..., je me nomme Fabrice.

– Et moi, Naïla.

Je lui tendis la main en retour, le remerciant par ce geste de sa sollicitude. Il me conduisit près du feu où cuisait ce que je présumai être leur pêche du jour, de même qu'une espèce de ragoût dans une énorme marmite de fer. Je m'assis en tailleur, plaçant mes jupes autour de moi, et j'attendis. Un coup d'œil discret me permit de constater que la plupart des individus me jetaient, de temps à autre, un regard curieux, sans plus. Les enfants, quant à eux, échangeaient des messes basses, tout en me pointant parfois du doigt. Les femmes se tenaient à une distance respectueuse, se demandant probablement ce que je faisais parmi eux sans homme. Je cherchai des yeux le chef de la troupe qui m'avait amenée jusqu'ici. Je ne le vis nulle part.

Lisant manifestement dans mes pensées, Fabrice me désigna un abri du menton, plus loin vers la droite.

Je dus avoir l'air inquiet parce qu'il jugea bon de préciser :

– Ne vous en faites pas. Nous vous escorterons jusqu'au poste de traite. C'est la route que nous devons suivre pour rejoindre les campements d'hiver.

On m'apporta bientôt à manger, ce qui mit fin à notre bref échange. Dans un bol d'écorce, je reçus une large portion de ragoût. La jeune femme qui me le tendit prononça quelques mots à l'intention de Fabrice. Je faillis m'étrangler lorsque je saisis la teneur de ses propos. Ne pouvant pas montrer que je comprenais, je dus attendre que mon interprète traduise ce que je savais déjà. Il mit par contre un certain temps à se décider, regardant en direction d'une très vieille femme qui me fixait ; ses yeux me transperçaient, comme s'ils sondaient mon âme. Curieusement, je n'étais pas intimidée ; peut-être avais-je trop vu d'étrangetés dans les six derniers mois pour m'étonner que l'on puisse si facilement lire en moi.

– Uapikun dit qu'il vous faut manger beaucoup si vous voulez que les filles que vous portez soient en bonne santé...

Il cessa de regarder en direction de l'aïeule pour se tourner vers moi, l'air franchement interrogateur. Il attendait visiblement que je réagisse à cette déclaration plutôt inattendue. Je me contentai de sourire, haussant les épaules en signe d'impuissance.

– Elle a vu juste, si c'est ce que vous désirez savoir. Mais je n'ai pas envie de m'étendre sur le pourquoi du comment. J'apprécierais que vous ne posiez pas de questions si...

Il ne me laissa pas terminer.

– Je n'ai nullement l'intention d'enquêter sur votre passé, qui ne concerne que vous. Vous devez cependant savoir qu'Uapikun vous met en garde. Elle dit que ce sera une grossesse difficile et que vos semblables auront peur de vous et de vos pouvoirs si vous regagnez votre monde.

Il soupira.

– Je ne sais pas pourquoi je vous répète tout ça ! J'aurais mieux fait de m'arrêter après la recommandation de bien manger. Je suis désolé...

Je me gardai bien de lui dire que j'avais déjà compris le message de la doyenne en entier.

– Ne vous en faites pas pour cela, dis-je, résignée. On m'a prédit bien pire que cela concernant les enfants que je porte... Je commence à m'y habituer.

Nous n'ajoutâmes rien, nous concentrant plutôt sur le contenu de nos écuelles. Je me demandai cependant si le terme « monde » s'appliquait à la possibilité que je puisse vivre dans la colonie ou plutôt à l'univers que je venais de quitter. Je relevai les yeux, cherchant la vieille femme. Elle n'était plus là. Revigorée par mon repas et la curiosité l'emportant, je voulus en apprendre davantage sur Fabrice.

– Il y a longtemps que vous vivez parmi les sauvages ?

Je pris soin de ne pas parler d'Amérindiens, puisque cette appellation n'existerait que dans quelques centaines d'années. Une ombre traversa le visage du jeune homme.

– Après une vingtaine de lunes, j'ai cessé de compter...

Il soupira à nouveau.

– À l'origine, je ne devais passer qu'une ou deux saisons parmi eux, le temps de comprendre leur langue et leurs coutumes, pour ensuite servir d'intermédiaire pour le commerce. Cette façon de vivre me semblait le meilleur choix. J'avais peu d'attirance pour l'engagement chez un particulier ou le travail de la terre et, comme j'avais payé mon voyage de la France jusqu'ici, j'étais libre de choisir. Toutefois, j'ai rapidement pris goût à cette existence de liberté et d'indépendance où les obligations sont très différentes de ma vie d'avant... Cela doit bien faire six ou sept ans maintenant.

– Pardonnez mon indiscrétion, mais vous semblez nostalgique. Pourquoi ne pas tout simplement revenir dans la colonie ?

Il m'adressa un sourire triste.

– Oh, ce n'est qu'une mauvaise passe. Vous savez, même si l'on n'a aucune aptitude pour la vie de paysan, il arrive parfois que le mal du pays revienne nous hanter durant quelques jours.

Je n'insistai pas, présumant que j'étais responsable de ce mal du pays. La vision de ma personne si incongrue dans cette petite communauté ne pouvait que lui rappeler d'où il venait. Entre-temps, la nuit s'était confortablement installée et Fabrice m'invita à ne pas veiller trop tard auprès du feu.

– La route est longue jusqu'à Tadoussac et compte tenu de votre état... Il faut vous reposer si vous ne voulez pas que la marche devienne un calvaire. Je vais voir si je peux vous trouver une couverture.

Je restai seule, n'osant regarder personne. De toute manière, je n'étais pas censée connaître la langue et donc dans l'impossibilité d'engager une conversation. La plupart des Indiens s'éloignaient du feu pour se retrouver sous des abris temporaires, en petits groupes que je présumai être des familles. Nous ne fûmes bientôt plus que quelques-uns autour du feu, chacun s'absorbant manifestement dans ses pensées. Un calme quasi surnaturel régnait aux alentours, à peine troublé par des murmures ici et là, un hululement dans la nuit ou un craquement de branches.

Malgré les nombreuses présences autour de moi, un long frisson me parcourut et une peur irraisonnée s'empara de moi. J'avais beau me répéter que cette terreur était insensée, elle n'en était pas moins réelle et me paralysait. Des images surgirent dans mon esprit. Je crus même voir des visages, que je tentais désespérément d'oublier, danser dans les flammes. Je détournai vivement les yeux du brasier, espérant que ces visions se dissiperaient. Ce fut peine perdue ! De nouvelles se formaient dans les ombres des arbres ou des abris. Je changeai de position, ramenant mes jambes vers moi. J'entourai mes genoux de mes bras, y appuyant ma tête, et je fermai les yeux.

Une intense sensation de vertige se fit immédiatement sentir, comme si mes pensées se liguaient pour me faire sombrer dans un gouffre sans fond. Des images de scènes que je n'avais jamais vécues ni vues par le passé défilaient dans mon esprit à une vitesse folle, laissant des empreintes sanglantes. Des créatures plus vraies que nature, mais aussi plus bizarres que toutes celles que j'avais côtoyées à ce jour, se livraient des combats sans merci. D'étranges incantations résonnèrent soudain dans mon crâne déjà douloureux, se répercutant en écho sur l'infinité des montagnes que je voyais en toile de fond de mon imaginaire. J'aperçus également des humains, combattant par la parole ou les armes. De surprenantes créatures laissaient de longues traînées rouges, vertes, bleues ou noires dans leur sillage alors que, visiblement blessées, elles tentaient d'échapper à leur assaillant. Je me retrouvai brusquement face à un homme dans la trentaine, étrangement vêtu. Sa tenue me fit penser aux méchants sorciers des contes pour enfants, malgré son visage sympathique. La concentration se lisait sur chacun de ses traits, de même que la colère et une grande lassitude, comme si ce combat durait depuis trop longtemps déjà.

Je pouvais presque discerner chacune des fines rides qui parcouraient son visage. Je voyais ses longs cheveux noirs flotter au vent et je croisai ses yeux bicolores, qui brillaient d'un éclat surréaliste. Des yeux en tous points semblables à ceux d'Alix. Je rouvris brusquement les miens, ne pouvant supporter plus longtemps cette séance aussi subite que traumatisante. Je savais hors de tout doute que je venais d'assister à un affrontement sur la Terre des Anciens. Appartenait-il au passé, au présent ou au futur ? Je n'aurais su le dire.

* *
*

Convaincu d'avoir réussi, encore une fois, à tourmenter l'esprit de la Fille de Lune maudite, Roderick eut un sourire cruel. Il comptait bien répéter ce genre de séance chaque soir, jusqu'à ce que cette garce décide de revenir sur la Terre des Anciens ou qu'Alix la ramène de gré ou de force. Sans elle, il ne pourrait accomplir son plus grand rêve : tuer son fils, s'approprier ses pouvoirs et élever son petit-fils tant attendu. Évidemment, l'idée ne l'aurait jamais effleuré que ce fameux héritier put appartenir à l'autre sexe...

* *
*

Je regardai autour de moi, craignant d'avoir attiré l'attention de l'un de mes voisins. Il n'en était rien. Je réalisai plutôt que j'étais désormais seule devant les dernières flammes. J'expirai bruyamment. Je croyais que la magie ne parvenait pas à franchir la barrière des mondes. Comment des images de cette contrée inconnue du commun des mortels pouvaient-elles me parvenir avec autant de netteté ? Cette expérience eut cependant le mérite de me faire penser à la télépathie ; il ne me coûtait rien d'en faire l'essai maintenant. Je refermai les yeux, m'apprêtant à tenter le coup lorsqu'une main se posa doucement sur mon épaule.

– Je constate que vous n'avez pas suivi mon conseil. Vous allez être épuisée au lever du jour.

Il n'y avait pas la moindre trace de remontrance dans la voix de Fabrice. C'était une simple constatation. Il s'assit à mes côtés, après avoir remis quelques branches sur les braises. Cette soudaine promiscuité avec un homme, près du feu, me ramena brusquement en arrière, sur une montagne perdue au milieu de nulle part, mais surtout à une conversation qui s'était fort mal terminée entre Alix et moi. Agacée, je chassai cette vision dérangeante de mon esprit. Dieu que tout cela me semblait si loin déjà !

– Je présume que vous vous inquiétiez concernant la décision d'Orage d'été ?

Je décidai de ne pas le détromper. Mieux valait que je laisse ses spéculations devenir des réalités pour les besoins de la cause. J'acquiesçai d'un signe de tête, ajoutant :

– J'attendais aussi que vous m'apportiez la couverture promise pour me garder au chaud...

Il se frappa le front du plat de la main et marmonna quelques mots inintelligibles en montagnais, avant de repasser au français avec une facilité déconcertante.

– Je suis sincèrement désolé ! Ça m'est complètement sorti de l'esprit. J'y vais de ce pas...

– Non, non, le retins-je dans un sourire. Je vous taquinais. J'ai tout ce qu'il faut dans mon sac. Vous savez, j'ai dormi plus d'une fois à la belle étoile dans ma vie, dis-je en essayant de paraître désinvolte.

Il n'insista pas. Il me rapporta plutôt sa conversation avec le chef indien. Celui-ci ne voyait aucune objection à ce que je les accompagne jusqu'à Tadoussac où il me serait possible de trouver le moyen de gagner Québec. Tandis qu'il parlait, je sortis la fameuse couverture de mon sac et l'enroulai autour de moi.

– Combien de temps mettrons-nous pour arriver là-bas ? demandai-je, soudain consciente que Tadoussac n'était pas la porte à côté.

– Oh, une semaine, tout au plus.

Je ravalai un juron, mais je ne pus retenir une grimace de dépit. Malgré la faible luminosité des flammes, le jeune homme perçut ma mimique.

– Vous verrez qu'on s'habitue rapidement aux longues marches. Je me souviens très bien d'avoir été rebuté, moi aussi, par les immenses distances à parcourir lors de mes premiers mois de vie avec les sauvages. Je...

Un bruit de pas nous fit soudain sursauter. Orage d'été se découpa sur les derniers rougeoiements du feu. Il prit place à nos côtés. Même assis, il en imposait par sa stature et ses traits burinés par le soleil et le passage du temps. Je ne savais trop comment me comporter en sa présence. J'étais non seulement intimidée, mais aussi ignorante des us et coutumes de ce peuple que je ne connaissais que par le truchement des livres d'histoire. Je gardai donc le silence. Il engagea la conversation avec Fabrice. J'aurais aimé suivre leur échange, mais je fus incapable de me concentrer. Mes paupières se firent de plus en plus lourdes et je m'endormis bientôt, enveloppée dans ma couverture de laine.

4

Le talisman de Yaël

Dès qu'il avait eu le pendentif tant recherché entre les mains, le descendant de Mévérick s'était empressé de quitter les lieux, laissant le squelette noirci derrière lui. Il n'aimait pas l'atmosphère qui régnait autour des ruines de cette cabane perdue au milieu d'une forêt trop vaste. Des relents de magie maléfique flottaient dans l'air, comme s'il rôdait une présence invisible et dangereuse.

Reparu chez lui, dans un coin reculé des Terres Intérieures, il alluma d'abord un feu pour chasser l'humidité. Il n'était pas venu depuis plusieurs semaines et l'endroit empestait, manquant d'aération. Dès que les bûches crépitèrent, il s'assit dans un vieux fauteuil, les pieds au chaud devant l'âtre. À son cou pendait le talisman retrouvé ; d'une main, il tenait le journal de son arrière-grand-père. Il ne pourrait pas crier victoire tant que le bijou ne laisserait pas échapper ce qu'il contenait depuis trop longtemps.

Fébrile, Yaël tourna les pages du manuscrit, cherchant des instructions. Son ancêtre n'avait pas eu la chance de mettre la main sur le précieux talisman, mais il avait noté tout ce qu'il savait à son sujet. Il espérait ainsi que l'un de ses descendants puisse réussir là où il avait échoué. Banni par sa famille pour avoir renié son plus illustre aïeul, Bermard le

Traître s'était autrefois exilé loin de sa contrée d'origine. À l'image de Yaël aujourd'hui, il avait souhaité réparer les torts causés par Mévérick et non pas reprendre à son compte son désir insensé de domination. Pour ce faire, il s'était mis à la recherche de Séléna, la sœur jumelle disparue de Mélijna. Convaincu qu'elle pourrait lui venir en aide, longtemps il refusa de croire à la mort de cette Fille de Lune même si tout prouvait le contraire. Sa quête dura de longues années, le conduisant dans des lieux mythiques, l'obligeant à des rencontres parfois surprenantes, rarement plaisantes. Il fit de belles découvertes, mais fut aussi souvent déçu. Il était mort alors qu'il suivait une ultime piste : celle du talisman que crée instantanément la mort d'une Fille d'Alana, quelle qu'elle soit. Résigné à ne pas trouver un être de chair et de sang, il avait transféré ses espoirs sur ce bijou légendaire. Peut-être renfermait-il le secret permettant de tuer Mélijna, première étape vers un renouveau pour la Terre des Anciens.

Yaël repéra rapidement le passage susceptible de l'éclairer :

Il est dit que seule une Fille de Lune peut extraire d'un talisman lunaire les pouvoirs et le savoir qu'il contient. Ces bijoux servent de dépôt aux connaissances et peuvent être d'une aide extraordinaire pour les Filles d'Alana. J'ai cependant découvert que, dans certaines circonstances, ils peuvent également servir à la création d'un spectre de la disparue. Honneur ultime qu'Alana accorde à ses plus vaillantes Gardiennes des Passages, le retour à la vie sous cette forme n'a été observé qu'en de très rares occasions au cours des sept derniers siècles et ne peut être possible qu'avec l'accord de l'âme de la disparue. Il est donc impensable de faire revivre Acélia la Maudite pour qu'elle répare les torts qu'elle a causés puisque ce serait contraire à ce qu'elle était. Je pense cependant que le spectre de Séléna pourrait accepter de revenir pour prendre sa revanche sur sa sœur.

Yaël se passa une main sur le menton, songeur. Il retira le pendentif de son cou, le soupesant dans sa paume. Même s'il était lui-même magicien, il avait peine à croire que cette représentation d'un hippocampe pouvait contenir l'essence de la jumelle de Mélijna. Pourquoi douter maintenant, après toutes ces années de recherches ? Il se sentait un peu bête. S'obligeant à faire abstraction de cette incertitude soudaine, il reprit sa lecture.

D'après ce que j'ai découvert, n'importe qui possédant un tant soit peu de magie peut tenter de faire revivre une Fille de Lune. Le grimoire des Anciens est très clair à ce sujet. Il décrit la méthode à employer – le sortilège mixte de Milas –, soit l'incantation à prononcer, l'endroit où le faire, de même que la mixture à verser sur le talisman. Le problème réside davantage dans la complexité des trois éléments...

Le rouquin fit alors apparaître le fameux grimoire, livre qu'il avait hérité de Bermard lui-même. Il ne pouvait que remercier son ancêtre puisque les copies manuscrites de ce précieux ouvrage étaient devenues aussi rares que les Filles de Lune. Il repéra rapidement le sortilège dont il était question. La lecture des trois pages suivantes lui prouva que ce ne serait effectivement pas de tout repos...

5

Exigeants chefs de clan

Tapie dans son antre, Mélijna ruminait de sombres pensées. Naïla partie, elle devait absolument retrouver Maëlle. Ses forces déclinaient rapidement, l'obligeant à des sacrifices auxquels elle n'aurait jamais consenti autrement. En rage, elle ne cessait de repenser à sa rencontre avec les mancius.

*   *

*

Dès son arrivée sur les plaines désertiques de Jalbert, Mélijna avait pressenti les ennuis et n'avait pu retenir un soupir d'exaspération devant les problèmes qu'elle voyait poindre. Il fallait bien l'avouer, elle était loin d'être dans une forme physique, intellectuelle ou magique pour négocier de façon efficace avec les trois chefs de clan mancius qui avaient répondu à son appel. Elle était là parce que Griöl, son ravel, avait vu le jeune homme aux longs cheveux roux et aux yeux gris comme un ciel d'orage parler avec un représentant de clan. Comme elle ne voulait pas perdre son alliance avec les mutants, Mélijna n'avait eu d'autre choix que de venir constater la situation. Elle espérait cependant ne pas avoir à leur offrir un nouveau don dangereux pouvant éventuellement se retourner contre elle et Alejandre. Elle ne put réfléchir plus longtemps alors qu'un mancius aux cornes grises et à l'horrible fourrure jaune lui adressait la parole, confirmant ses appréhensions.

– Nous avons reçu deux offres, au cours des dernières semaines, concernant la quête des Terres Intérieures. Nous sommes actuellement en réflexion. Certaines personnes pensent que nous pourrions leur prêter main-forte en échange de quoi elles s'engagent à nous fournir un don particulier répondant à nos exigences.

La voix du mutant avait quelque chose de désagréable aux oreilles de Mélijna, comme une menace sous-jacente. Elle ne supporterait pas que l'on use d'intimidation à son égard. Même si elle avait désespérément besoin de cette alliance avec les clans mutants, elle ne pouvait accepter que des êtres aussi peu évolués la place en position d'infériorité. Elle toisa le mancius poilu avec hauteur et choisit de s'adresser plutôt au mancius ailé qui se tenait à ses côtés, espérant une plus grande ouverture d'esprit.

– Nous avions une entente qui ne devait pas être remise en cause ! Contrairement à ceux qui sollicitent votre aide en ce moment, j'ai déjà payé une bonne partie de ma dette avec l'octroi du feu de Phédé...

La sorcière laissa sa phrase en suspens, s'efforçant d'apaiser la colère qu'elle sentait grandir dangereusement. Le mancius à fourrure profita de l'occasion pour revenir dans la conversation.

– D'un commun accord, nous avons conclu que le pouvoir octroyé lors de notre dernière rencontre n'était que juste réparation pour les torts que vous nous aviez causés par le passé. Le feu de Phédé n'est donc pas un paiement pour nos futurs services. Vous devrez nous offrir autre chose. À la suite de votre proposition, nous évaluerons chacune des offres reçues et nous ferons ensuite connaître notre décision.

– Qu'en est-il des autres clans ? demanda Mélijna avec à-propos. Vous prenez beaucoup de place, tous les trois, par rapport au reste de votre peuple.

Le mancius ailé prit la parole.

– Nous sommes les chefs des trois plus grands clans ; il est normal que nous soyons chargés de négocier. Sans notre appui, les autres ne font pas le poids face aux demandes...

Ainsi, les trois mutants avaient passé outre à la sagesse et au commandement d'Afrion, le plus vieux des mancius. Celui-ci assurait auparavant la liaison entre tous les clans et transmettait les requêtes des seigneurs. Réfléchissant à toute vitesse, la sorcière cherchait ce qu'elle pourrait bien proposer aux chefs pour être sûre de remporter les enchères, sans pour autant se retrouver en fâcheuse position. Difficile de faire un choix judicieux quand on ne sait même pas ce que les autres parties ont offert...

– Avant de vous offrir quoi que ce soit, je crois que je suis en droit de connaître l'identité de ceux qui tentent de recruter des êtres qui m'avaient pourtant juré allégeance.

Les trois mancius se regardèrent en silence, s'interrogeant vraisemblablement à savoir s'il était judicieux de lui donner pareille information. Deux des trois dirigeants semblaient d'accord pour le faire alors que le troisième, celui qui n'avait pas encore parlé, montrait son désaccord. Mélijna obtint finalement un seul nom, Yaël, qu'elle ne connaissait pas. Elle pensa toutefois que ce pouvait être cet homme aux longs cheveux roux. Pour ne pas éveiller les soupçons, elle s'abstint de poser directement la question, s'enquérant plutôt :

– Que vous a-t-il promis que je ne puisse satisfaire ?

Le mutant muet jusque-là – un être avec quatre bras et des yeux sur le dessus de la tête – choisit d'intervenir.

– Vous n'avez pas à en savoir davantage ! Vous pourriez être tentée de nous refuser ce que nous méritons. Dites-nous d'abord ce que vous croyez qui conviendrait à nos besoins.

Ce ton condescendant fit monter la moutarde au nez de Mélijna. Elle se fit violence pour ne pas faire regretter au mancius son comportement, ce qui aurait pour seul résultat de mettre un terme définitif à son alliance. Exaspérée, elle abattit ses cartes. Elle avait trouvé une solution à son problème, une solution qui lui permettrait même, si elle réussissait ce sortilège avec brio, de se garantir les services du peuple mancius pour une très longue période.

– Soit, cracha-t-elle avec amertume, réfrénant toujours sa colère. Puisqu'il semble impossible de s'entendre autrement, je vous offrirai ce que vous souhaitez depuis fort longtemps. Mais vous ne pourrez vous en servir que si vous me jurez effectivement allégeance...

Elle laissa sa phrase en suspens, le temps de voir si l'un des mancius voulait réagir, mais ils étaient suspendus à ses lèvres, réprimant difficilement un sourire de triomphe. En son for intérieur, Mélijna ne put s'empêcher de remercier celle qui lui avait autrefois légué la précieuse formule.

– Au lieu de vous octroyer des terres en bord de mer, comme il en avait été question, je vais plutôt faire naître, au centre du territoire que votre peuple habite, une réserve d'eau salée sous forme de lac...

Déjà, les chefs de clan ouvraient de grands yeux, incapables de paraître indifférents à la nouvelle. L'eau salée était essentielle à leur survie. Les mancius pouvaient difficilement boire autre chose. Ils devaient donc fréquemment effectuer de très longs voyages vers les rivages des immenses mers intérieures pour s'approvisionner, dans une région inhospitalière, à l'abri de la violence des humains, et ensuite rationner ce qu'ils rapportaient. Ils étaient dans l'impossibilité de s'installer en bordure des vastes étendues d'eau : les hommes leur refusaient l'accès à un territoire depuis toujours. Il y a plus de deux siècles, ils s'étaient finalement retirés dans les Terres Intérieures. La nouvelle avait donc un impact énorme pour eux. Mélijna se fit un plaisir de tempérer leur ardeur naissante.

— Ce lac ne fera d'abord qu'une dizaine de mètres carrés ; il s'agrandira avec le passage du temps, chaque jour lui étant bénéfique. Mais attention ! Si vous tentez de me rouler, de quelque façon que ce soit, le lac rétrécira d'autant.

Les trois mutants se jetèrent un coup d'œil en coin. La sorcière ne fut pas dupe.

— Ne croyez pas que je ne serais pas mise au fait d'une trahison...

Après un regard appuyé à chacun d'eux, elle leur dit simplement :

— Je viendrai entendre votre réponse dans trois jours, ici même, au coucher du soleil...

Et sans plus attendre, elle s'en était allée, regagnant instantanément les profondeurs du château des Canac. Elle n'aurait pu s'attarder davantage, même si elle l'avait voulu. Elle s'était sentie de plus en plus faible, à mesure que se prolongeait l'entretien.

*   *

*

L'arrivée impromptue de Nogan tira la sorcière de ses pensées. Heureusement, la nouvelle dont il était porteur ne pouvait être meilleure pour le moral de Mélijna : la naissance d'Exéäs...

6

Une naissance problématique

Dès que Wandéline avait perçu le départ de Naïla, elle s'était sentie soulagée... pour une courte période. Contrairement à ce qu'elle croyait de prime abord, la désertion de la jeune femme n'apporterait peut-être pas de répit pour la Terre des Anciens. La sorcière craignait que le voyage de retour ne se soit pas déroulé comme prévu. Elle avait l'intuition que l'époque où la Fille de Lune était arrivée ne correspondait pas à celle qu'elle avait voulu rejoindre. Pendant quelques minutes, elle se demanda si elle ne devrait pas vérifier ses appréhensions. Elle choisit finalement de ne pas s'en mêler. On lui avait tant de fois reproché son ingérence dans des guerres et des affrontements qui ne la concernaient nullement. Pour une rare fois, elle préféra demeurer à l'écart. Si on avait besoin d'elle, on le lui ferait sûrement savoir. La situation de Cyldias d'Alix l'incitait aussi à la prudence. Elle était parfaitement consciente qu'elle aurait à demander son aide pour la réalisation de la potion de Vidas. Il était donc préférable qu'elle évite toute forme de confrontation avec le jeune guerrier. Pour l'année à venir, le plus important était la réussite de cette concoction et de son contre-sortilège. But ultime : se débarrasser définitivement de Mélijna. Ensuite, il serait toujours temps de voir si elle, Wandéline, avait la même envie de domination et de puissance qu'au temps de sa jeunesse ou si ses vieilles rancunes s'étaient suffisamment estompées pour lui apporter la paix intérieure. Mais peut-être que son plus vieil allié aurait aussi besoin d'elle avant long-temps...

Soudain nostalgique, elle s'ébroua, reportant sa concentration sur la liste des ingrédients qu'il lui fallait préparer. Elle n'avait rien à ajouter avant quelques jours et le feu magique maintiendrait la chaleur constante sous la potion, aussi longtemps que nécessaire. Mévor, son ravel, ne donne-rait sûrement pas de nouvelles avant un long moment encore, au vu de l'immensité du territoire qu'il devait fouiller à la recherche de l'étonnant jeune homme à la chevelure rousse et aux yeux gris d'orage. Foch, pour sa part, lui avait fait savoir qu'il resterait quelque temps avec Madox, le frère de Naïla, pour s'assurer qu'aucune complication ne viendrait nuire à sa remise en forme après sa rencontre avec les forces qui protégeaient l'entrée du Sanctuaire de la Montagne aux Sacrifices.

Relisant pour la millième fois au moins la marche à suivre pour la confection de la potion de Vidas, elle souhaitait ensuite se concentrer sur les infimes possibilités qu'elle puisse trouver les cinq ingrédients manquants. Toujours penchée sur sa liste, Wandéline sursauta : elle recevait une communication télé-pathique de la part de Morgana. Cette dernière lui annonçait une naissance qui laissa la sorcière perplexe. Elle assura cependant la Recluse qu'elle irait vérifier ce qui se passait réel-lement dans la chaumière dont elle faisait mention. Il fut ensuite question de Naïla et la conversation devint aigre-douce...

7

Les Exéäs

*A*rrivé à cheval au domaine, Nyl avait demandé à parler à Zevin. Il disait qu'une amie commune, Sacha, avait accouché dernièrement d'enfants pour le moins étranges. Depuis, elle peinait à en prendre soin, sa santé se dégradait et son mari semblait l'avoir abandonnée. Malgré cela, elle refusait toute aide. L'homme souhaitait que Zevin se rende sur place, si c'était possible, et que le seigneur Alix accueille la jeune femme et ses enfants sous son toit, le temps que la situation s'améliore. Intrigué par la mention des enfants, Alix accepta mais demanda quelques heures pour mettre en ordre les affaires de la propriété. D'instinct, il doutait de revenir avant longtemps. Si les enfants étaient tels qu'il l'imaginait, ce n'est pas ici que serait leur place mais bien à l'orphelinat des Sages.

En retournant vers le manoir, la rencontre avec son intendant terminée, Alix réfléchissait au rapatriement de Naïla. Il était de plus en plus inquiet pour elle, même si cette crainte n'était justifiée que par son intuition. Il espérait seulement qu'aucun coup d'éclat d'un quelconque seigneur ne viendrait entraver son désir d'aller la chercher. En effet, Jasnin lui avait fait remarquer que le nombre de voyageurs traversant les terres d'est en ouest, et inversement, augmentait sans cesse. Jamais il n'avait vu autant de va-et-vient. Alix n'avait pas besoin du don de clairvoyance pour savoir que ces déplacements annonçaient de nouveaux combats dans les Terres Intérieures. Il ignorait cependant qui allait affronter qui, dans l'espoir, une fois de plus, de retrouver les trônes perdus. De nouveaux éléments avaient-ils fait surface au cours des derniers mois, alors que son attention était entièrement concentrée sur Naïla ?

En son for intérieur, il jura, se maudissant d'avoir négligé les sources de renseignements qu'il employait normalement. Il espéra que les informations qui avaient pu lui échapper ne seraient pas trop difficiles à recueillir, même avec quelques semaines de retard. Ruminant les récents événements, il ne vit pas Marianne qui l'attendait sur le seuil. Elle semblait de fort mauvaise humeur. Rien de nouveau...

– Je peux savoir pourquoi c'est la cuisinière qui m'annonce ton arrivée sur le domaine ? Depuis la nuit dernière ? La moindre des choses aurait été que tu me rendes visite. Dois-je te rappeler que je suis ta femme ? Il serait normal que tu m'honores de ta présence en premier lieu, non ? Dois-je aussi te rappeler que tu n'es présent que quelques jours par mois ? Je ne suis pas une simple servante dans cette maison ! Je ne...

Cette tirade s'annonçait aussi longue qu'ennuyeuse et répétitive. Alix n'avait aucune envie de se lancer dans un débat inutile. Jamais il ne pourrait satisfaire aux innombrables exigences de sa femme. Pour la énième fois, il se demanda comment il en était arrivé là... Exaspéré, il tenta de contenir sa colère. Bien que pleinement conscient que Marianne avait une part limitée de responsabilités dans cette situation et qu'elle connaissait fort peu l'homme qu'elle avait épousé, il lui en voulait d'être un fardeau supplémentaire.

– Marianne, tu dois comprendre que...

Redoublant de fureur, la jeune femme le coupa net.

– Je ne t'écouterai pas une minute de plus, Alexis ! Surtout pas pour t'entendre justifier le fait que tu préfères une autre femme à la tienne. Tu as même le culot de la ramener à la maison sous prétexte que c'est une Fille de Lune...

Agacé, Alix se passa une main dans les cheveux. Marianne continua sur sa lancée, sa voix frisant l'hystérie.

– Tu crois peut-être que je n'ai pas remarqué la façon dont tu la couvais du regard ? Je suppose qu'elle attend patiemment que tu la rejoignes, comme je le fais chaque fois que tu quittes le domaine sans même daigner me dire où tu vas. Tu ne t'imagines tout de même pas que je crois encore à tes histoires de missions ou de problèmes étranges que tu dois absolument régler... J'en ai plus qu'assez d'occuper la seconde place dans ta vie ! Si tu ne m'accordes pas plus d'attention, je te jure que je te le ferai payer cher. Tu n'auras de cesse de regretter le jour où tu m'as épousée...

Face à cette furie qui crachait son dépit et sa frustration, Alix se dit avec amertume qu'il ne verrait probablement pas la différence puisqu'il le regrettait déjà bien assez. Et bien plus qu'elle ne pouvait l'imaginer... Ce mariage de raison, qui devait l'aider à couvrir ses autres activités et lui permettre une alliance avec l'une des familles les plus influentes de la péninsule, n'avait jamais donné les résultats escomptés. Trop de choses avaient été passées sous silence, la première étant que Marianne n'avait jamais été en bons termes avec son père, bien qu'elle prétende le contraire. Il était donc impossible qu'Alix puisse se lier d'amitié avec ce dernier. L'homme avait été trop heureux de lui faire savoir qu'il ne désirait pas revoir sa fille, espérant bien être débarrassé à tout jamais de son encombrante présence et de ses innombrables caprices.

La voix vibrante de colère de son épouse monta encore d'un cran.

– Tu pourrais au moins avoir la décence de m'écouter quand je te parle, Alexis.

Il fit un effort manifeste pour ne pas perdre patience.

– Je suis désolé, Marianne, le moment est plutôt mal choisi pour une discussion de ce genre. Je dois partir avec Zevin et...

Les yeux de la jeune femme semblaient sur le point de sortir de leurs orbites, mais Alix n'en avait cure. Il souhaitait en finir au plus vite, ayant des choses beaucoup plus urgentes à régler.

– Peu importe la crise que tu feras, je n'ai pas l'intention de m'attarder à la maison. Si mon mode de vie ne te convient plus, je ne te retiens pas.

Tandis que le visage de Marianne passait du rouge brique au blanc spectral, il tourna les talons, nullement ému. Il ne l'avait jamais aimée et il se sentait soudain soulagé de lui donner la possibilité de partir. Il souhaitait ardemment qu'elle le fasse... Il prit la direction de l'écurie, renonçant à faire un détour par ses appartements. Il se contenterait des vêtements qu'il avait sur le dos – ce ne serait pas la première fois – et trouverait bien de quoi se sustenter en chemin.

* *
*

Alix et Zevin chevauchaient en silence. Ils n'avaient guère envie de discuter de ce qui les préoccupait. Ils n'osaient pas reparler de Mélicis ou de Naïla et les non-dits planaient entre eux. Même si chacun était conscient que l'autre avait agi au mieux dans les circonstances du moment, tous deux savaient aussi ce qu'il pouvait en coûter de ne pas respecter les règles qui prévalaient sur cette terre étrange. Si l'un avait perdu un amour justement parce qu'il avait choisi de ne pas transgresser les lois en place depuis des millénaires, l'autre risquait de se voir réduit au silence s'il persistait à vouloir enfreindre ces mêmes lois au nom de l'amour ou du devoir.

— Prenons à gauche, dit soudain Zevin alors que les deux hommes étaient à une rare croisée de chemins.

Les cavaliers s'arrêtèrent bientôt devant une habitation. La cheminée de la chaumière fumait légèrement, signe d'une présence sur les lieux. Zevin héla les occupants.

— Justin... Sacha...

La porte s'ouvrit sur une jeune femme trop frêle, au visage émacié et au sourire mélancolique.

— Oh, c'est toi, Zevin...

Elle dévisagea le guérisseur de ses yeux chargés de tristesse, avant de poursuivre d'une voix absente :

— Justin n'est pas là, mais je peux peut-être t'aider ?

Quelque chose n'allait pas. Sacha vacilla sur ses jambes, s'appuyant juste à temps au chambranle de la porte. Zevin se précipita vers elle, craignant qu'elle ne s'effondre ; ce qui ne tarda pas. Il la porta à l'intérieur.

Une pagaille indescriptible régnait dans la petite maison. Une odeur nauséabonde flottait dans l'air, lourds relents de légumes pourris, de corps mal lavés et de lait sûr. Le lit disparaissait sous une montagne d'objets hétéroclites. Le temps pressant, Alix chercha un autre endroit susceptible d'accueillir la jeune femme. En vain. Il agrippa alors le bord du lit et le renversa sur le côté. Une assourdissante cascade se fit entendre tandis que le contenu se répandait sur le plancher. Alix remit le lit en place et invita son ami à y allonger la dénommée Sacha. Zevin déposa son fardeau pendant qu'Alix trouvait une couverture pour couvrir le corps décharné. Malgré la fumée aperçue en arrivant, la grande pièce était glaciale. La respiration de Sacha était saccadée, laborieuse ; ses yeux se déplaçaient de droite à gauche sous ses paupières closes. Elle laissa échapper un gémissement qui se mua bientôt en une longue plainte déchirante. Elle croisa les mains sur sa poitrine avant de se recroqueviller en position fœtale. Zevin lui imposa doucement les mains. Son examen dura plusieurs minutes, sa mine devenant de plus en plus soucieuse. Sacha avait retrouvé son calme et semblait dormir.

– Tu as vu quelque chose qui porte à croire que des nouveau-nés vivent ici, toi ?

Alix sourcilla, réalisant soudain qu'il s'était d'abord déplacé pour des enfants et qu'il n'y en avait pas la moindre trace. Se concentrant, il repéra magiquement une présence extérieure, sous une fenêtre, et l'indiqua à Zevin.

Le guérisseur se pencha à la fenêtre arrière, la moitié supérieure de son corps disparaissant par l'ouverture. Il reparut bientôt, triomphant, un panier d'osier à la main. Un doigt sur les lèvres, il fit signe à Alix d'approcher pour apercevoir la frimousse rose d'un bébé, confortablement emmailloté dans une chaude couverture de laine. Avant que l'un ou l'autre n'émette un commentaire, une voix familière lança un avertissement :

– Ne la réveillez surtout pas ou il vous en coûtera !

– On s'en doute un peu, chuchota Zevin. Ne pouvez-vous pas la plonger dans un sommeil artificiel, le temps que nous puissions prendre une décision les concernant, elle et sa mère ?

Wandéline acquiesça. Zevin lui tendit son minuscule fardeau avec une gratitude non feinte. La vieille femme se pencha sur le nourrisson et prononça une série d'incantations qui donna froid dans le dos à Alix et son acolyte ; ce genre de formule était réservé aux cas les plus particuliers. Aussitôt, une lueur verdâtre enveloppa le panier. Le Cyldias comprit alors l'origine véritable de ce poupon. La sorcière le déposa dans un coin sombre de la pièce et, sans plus lui adresser un regard, elle intima aux deux hommes de sortir. Elle les rejoignit quelques minutes plus tard, après avoir brièvement examiné la mère.

– Vous êtes malheureusement arrivés trop tard, maugréa Wandéline. Dommage...

– Il manque un enfant, n'est-ce pas ? demanda Zevin, sourcils froncés.

Nyl avait parlé « des » enfants et il n'y en avait qu'un dans la maison.

– Au moins, Sacha n'est plus en danger et le bébé est sous votre contrôle..., continua le guérisseur.

– Ce bébé oui, mais son frère a disparu. Et je doute que nous parvenions à le retrouver avant qu'il ne soit devenu suffisamment âgé pour causer des dommages incommensurables sur cette terre déjà trop affaiblie. Vous n'êtes pas sans savoir combien ces enfants sont convoités, tant par les sorciers que les seigneurs des autres clans. Et tout cela, sans tenir compte de la plus grande menace qui rôde aux alentours : Mélijna. Une naissance comme celle-ci est trop rare pour passer inaperçue...

– Pourquoi n'êtes-vous pas venue les cueillir avant aujourd'hui ? s'enquit Alix, une pointe de colère dans la voix. Ils sont nés depuis plusieurs jours, non ? Les Filles de Lune en pleine possession de leurs pouvoirs sont censées être capables de repérer des enfants comme ceux-là dès leur premier souffle...

– Ces petits ont une semaine, le rabroua Wandéline. Et contrairement à ce que tu crois, seules les Filles de Lune reconnues par Alana peuvent les repérer. J'ai été mise au fait de cette naissance il y a quelques heures à peine. Morgana pensait que Mélijna n'avait pas eu connaissance de leur venue au monde puisqu'elle n'est pas assermentée et qu'elle avait fort à faire avec le départ de Naïla. De plus, elle n'y croyait pas vraiment, tout comme moi d'ailleurs. Elle n'a donc pas immédiatement transmis le message pour que je m'en occupe...

La sorcière laissa sa phrase en suspens, savourant presque l'expression de douleur qui hantait le regard d'Alix depuis la mention de la Fille de Lune maudite. Le Cyldias se garda bien de questionner Wandéline à propos de sa protégée. Jugeant le moment mal choisi pour aborder le sujet, il se contenta d'espérer qu'elle accepte de lui donner un coup de main pour la repérer. Même si la sorcière ne lui inspirait qu'amertume et animosité, il connaissait l'ampleur de ses pouvoirs mieux que quiconque. Il ignorait toutefois qu'elle aurait besoin de lui dans un avenir rapproché...

– Je verrai ce que je peux faire pour répondre à tes interrogations, mentionna Wandéline, mais tu devras attendre que la question de ces enfants soit réglée.

Alix soutint le regard de la sorcière. Celle-ci eut un semblant de sourire devant l'arrogance du jeune homme. Zevin, que la situation indisposait, ramena la conversation sur les nourrissons.

– Vous êtes certaine que l'autre bébé a pris la direction du château des Canac ? Je veux dire...

– Oh que oui ! le coupa-t-elle. Mélijna s'est fait un plaisir de m'annoncer l'arrivée du garçon à peine une minute avant que je n'apparaisse ici, tout en me disant que la fille était en route. Elle n'a pu s'empêcher de me narguer, sachant que je serais dans l'impossibilité de les récupérer dès qu'ils seraient entre les murs du château. Je présume que c'est votre intervention impromptue qui nous a permis de ne pas tout perdre dans cette histoire. Je me demande toutefois à qui elle a confié cette basse besogne. Vous n'avez croisé personne ?

Alix fit non de la tête, s'interrogeant aussi. Il ne comprenait pas. Les seuls êtres capables d'en transporter d'autres avec eux dans un déplacement instantané, de façon innée, à part certains Êtres d'Exception – qu'il croyait tous connaître –, avaient supposément disparu. Décidément, il y avait beaucoup trop de disparus qui refaisaient surface dernièrement. Quelque chose se préparait, il en était de plus en plus sûr, mais quoi ? Profitant de la trêve tacite entre eux, il interrogea Wandéline.

– Je suis incapable d'expliquer ce qui se passe. La seule chose que je puisse affirmer avec certitude, c'est qu'il y a trop de nouveaux éléments chaque jour pour que l'on puisse éviter une guerre avant longtemps.

Alix était parvenu à la même conclusion avant même d'avoir pu communiquer avec tous ses informateurs. Zevin soupira bruyamment. Il n'avait aucune envie de se retrouver plongé dans des affrontements qui risquaient d'être longs, mais surtout sanglants et cruels.

– Ce qui m'inquiète davantage, remarqua soudain Alix, c'est l'identité du père de ces enfants ! Si ce que je sais de ce type de naissance est exact, nous avons un grave problème...

Wandéline n'eut pas le temps de répondre.

– Ce sont les enfants d'un viol...

La réponse fit sursauter Alix, Zevin et Wandéline. Tous trois avaient oublié la jeune femme jusque-là silencieuse. Sacha se tenait sur le seuil, les yeux plissés sous les rares rayons de soleil filtrant au travers des arbres. Elle fixait étrangement ses interlocuteurs, comme si elle les défiait de la contredire. Zevin se précipita vers elle, la ramenant à sa paillasse. Il lui imposa les mains une fois de plus. Rassuré, il s'éloigna de la couche, cédant sa place à Alix et Wandéline.

– Quand est-ce arrivé ? s'enquit la sorcière d'une voix tellement douce qu'Alix en resta coi.

– Je ne sais plus exactement... J'ai tellement voulu oublier cette histoire, et effacer cette nuit de ma mémoire, que je suis incapable d'évaluer le temps qui s'est écoulé depuis.

– Je sais qu'il est pénible pour vous de revivre ces événements, mais je vous en prie, faites un effort...

Wandéline avait toujours cette voix douce et apaisante, ce qui sembla redonner un semblant de vie à Sacha et calmer ses appréhensions alors qu'elle exaspérait Alix au plus haut point.

– Justin et moi avons d'abord cru que j'attendais enfin un enfant, après plusieurs années d'essais infructueux. Mon ventre se développait trop vite pour que je puisse imaginer que c'était le résultat du viol.

La jeune femme marqua une pause. Fermant les yeux, hochant la tête de droite à gauche comme pour chasser de terribles souvenirs, elle s'expliqua finalement :

– Il ne s'est écoulé que cinq ou six lunes depuis cette nuit d'horreur. Pourtant, les enfants sont déjà là...

– Les mutants de ce genre n'ont pas le même cycle de reproduction que les humains normaux. Il ne faut que six mois de gestation aux bébés avant de venir au monde...

– C'est ce que nous en avons déduit, Justin et moi, quelques heures seulement après la naissance. Les enfants semblaient croître à vue d'œil et ne cessaient d'avoir des comportements étranges.

Sacha soupira. Une ombre traversa ses yeux noisette.

– Nous ne savions plus quoi faire. Nous en avons parlé pendant deux jours, incapables de nous mettre d'accord. Justin voulait que nous demandions conseil au château des Canac. Il avait entendu dire qu'une vieille femme aux pouvoirs étranges y vivait et qu'elle pourrait peut-être nous aider ou, à tout le moins, nous dire quel genre de créatures j'avais enfantées. Mais je refusais que quiconque sache que j'avais été violée par une espèce de monstre à demi humain, surtout pas le seigneur du château. Je me souvenais que Zevin m'avait un jour conseillé de ne jamais mettre les pieds dans cet endroit sinistre...

À ces mots, elle se tourna vers son ami, quêtant une confirmation de ses dires. Zevin opina du chef. Elle reprit son récit.

– Nous avons fini par nous disputer violemment.

Sacha frissonna et son regard se perdit au loin. Elle revivait probablement la scène.

– Justin est entré dans une colère terrible. Il m'a dit...

La jeune femme secoua la tête, préférant garder pour elle la phrase assassine. Elle fondit en larmes.

– Alors, poursuivit-elle entre deux sanglots, je lui ai dit qu'on n'en serait certainement pas là s'il avait su me protéger quand c'était le temps.

Ses pleurs redoublèrent de violence, mais elle s'obligea à continuer.

– Il a claqué la porte et je ne l'ai plus revu... C'était il y a deux jours. Ce matin, un petit homme très laid au visage couvert de verrues est venu cogner chez moi.

– Nogan...

Ce nom échappa à Alix.

– Je ne sais pas comment il s'appelle. Il a débarqué sans crier gare et a réclamé l'enfant.

– Un seul ? s'enquit Wandéline.

– Oui, un seul. J'ai d'abord cru que c'était Justin qui l'envoyait, mais après cette demande, je n'en étais plus certaine. Pourquoi n'en vouloir qu'un alors que les deux se comportent de façon étrange ? À moins que les gens que Justin est allé voir n'aient pas compris que ce dernier parlait de jumeaux ? Je...

Sacha commença à s'agiter sur sa couche, comme si ses spéculations lui faisaient prendre conscience que quelque chose pouvait être arrivé à son mari. Wandéline marmonna aussitôt entre ses dents quelques formules connues d'elle seule. La jeune femme retrouva instantanément son calme. Reprenant cette voix douce qui dérangeait tant Alix, la sorcière demanda à Sacha de poursuivre son récit.

– Ce... Ce Nogan est entré malgré mes cris et mes protestations. Il est allé droit vers Mitchel, comme s'il était guidé par un sixième sens. Lorsqu'il l'a pris, je m'attendais à ce que le bébé se mette à hurler, comme chaque fois que Justin et moi avons essayé de le prendre plus de quelques minutes, mais...

– Il n'en fut rien parce que l'enfant a probablement reconnu une part de ce qu'il est dans cet homme répugnant..., conclut Alix, à la place de la jeune mère.

Sacha se tourna vers le Cyldias, sourcils haussés. Il précisa :

– J'ignore d'où vient Nogan. L'histoire raconte qu'il a été recueilli, nourrisson, au pied de la grille du château, puis élevé par une servante. Une fois devenu adulte, il entra au service des propriétaires, à l'image de sa mère adoptive. Il y est depuis. Alors, il est bien possible que, même s'il n'est pas un Exéäs – parce que ça, je le saurais –, le sang qui coule dans ses veines soit semblable à celui de votre fils, et que fort peu de gens le sachent. L'enfant s'est probablement senti en sécurité pour la première fois depuis sa naissance. Ce n'est donc pas un hasard si Mélijna a envoyé le gardien du château cueillir le précieux poupon. Ce que je ne m'explique pas, par contre, c'est comment cet avorton a fait pour rentrer magiquement. Il est impossible qu'il puisse pratiquer une magie aussi puissante ; il n'a jamais été question qu'il ait le moindre pouvoir.

– Il s'est servi des pouvoirs latents du bébé pour les transporter tous les deux en lieu sûr avant que quiconque ne les aperçoive.

Alix se tourna vers Wandéline, sourcils froncés.

– Les Exéäs sont capables de ce genre d'exploit ?

– Seulement quelques-uns... Les plus doués...

– Donc les plus dangereux...

Zevin avait prononcé la dernière phrase d'une voix blanche. Peu de choses effrayaient le jeune homme dans ce monde, mais les Exéäs occupaient la toute première place. Même s'il n'en avait jamais croisé, ces monstres mutants lui inspiraient une terreur panique qu'il parvenait difficilement à maîtriser. Alix sentit la détresse de son compagnon et entoura ses épaules d'un bras rassurant. Il ne fallait surtout pas que son allié le plus utile, mais aussi son plus fidèle ami, perde son aplomb au moment où s'annonçait une nouvelle guerre.

Alix profita des bonnes dispositions de Wandéline à son sujet pour lui poser certaines questions. L'humeur de la vieille femme étant pour le moins instable, il valait mieux exploiter cette chance au maximum.

– Ce n'est qu'un bébé ! Comment a-t-il pu transmettre une part de ses pouvoirs alors qu'il ne sait même pas qu'il les possède ? demanda-t-il avec justesse.

– Tu oublies que les Exéäs agissent pratiquement toujours par instinct, rarement de façon consciente et réfléchie. Je présume que Mitchel a compris ce qu'on attendait de lui et l'a inconsciemment exécuté. S'il accomplit ce genre de prouesses seulement quelques jours après sa naissance, cela nous donne un très bon aperçu de ce dont il sera capable dans quelques années avec l'aide d'une femme comme Mélijna. Reste à savoir si cette sorcière a compris ce qui s'était produit ou si elle a supposé que c'était ses propres pouvoirs qui avaient permis ce rapatriement aussi rapide.

– Comment pouvez-vous être certaine que c'est le résultat des pouvoirs de l'enfant et non de ceux de Mélijna ? s'enquit Zevin.

– Je suis bien placée pour savoir qu'elle ne peut déplacer une créature au potentiel aussi démesuré avec ses connaissances actuelles. Mouvoir quelqu'un de sa propre espèce sans son accord est déjà un exploit en soi que peu de gens sont capables de réussir. Le faire dans le cas d'une espèce sur laquelle nous avons si peu de renseignements est impossible.

– Vous êtes sûre que..., commença Zevin.

Il ne termina pas sa phrase, Wandéline l'ayant foudroyé du regard.

– Les Exéäs sont les êtres les plus complexes que la Terre des Anciens ait jamais hébergés depuis la Grande Séparation. Bien qu'ils naissent mutants au lieu de le devenir à un moment ou à un autre de leur vie, ils sont créés par des Êtres d'Exception qui ont des bagages génétiques uniques. La grande différence entre les Exéäs et les enfants de mancius, ce sont les pouvoirs magiques. Alors que ceux des mancius sont le plus souvent perdus à jamais, ceux des parents d'Exéäs sont intégralement conservés et souvent même décuplés dans le corps de l'enfant ; c'est pourquoi les Exéäs sont si dangereux.

– Si je comprends bien, le fait que ce soit un Être d'Exception qui ait tenté de franchir les passages sans permission, au lieu d'un simple humain, procure des avantages à la place d'une punition digne de ce nom...

Zevin hochait la tête de gauche à droite, incapable d'assimiler comment ce qu'il venait d'énoncer puisse être possible.

– Difficile d'admettre que Darius ait pu permettre pareille infamie..., murmura Alix, songeur.

Wandéline se mordilla la lèvre inférieure, comme si elle cherchait une réponse satisfaisante, sans avoir à se compromettre. Alix commençait à soupçonner que certaines informations cruciales avaient délibérément été occultées de sa formation.

– Qu'est-ce qu'on ne m'a jamais dit et que je devrais savoir ? gronda-t-il, réprimant mal la colère qui bouillonnait en lui. Comment peut-on espérer que je puisse un jour sauver cette terre si l'on me cache des informations de premier ordre ?

– Puisque ce n'est pas moi qui t'ai dispensé ta formation, je ne peux pas te dire pourquoi on ne te l'a pas mentionné. Ce que je sais, par contre, c'est que ce ne sont pas tous les Êtres d'Exception hors-la-loi qui peuvent engendrer des Exëäs, loin de là. On vous a bien mal renseignés. Ces êtres étranges viennent d'ailleurs : Ulphydius a autrefois essayé d'éviter la mutation aux Êtres d'Exception sous ses ordres qui tentaient de traverser vers un autre monde, mais il n'a réussi qu'à demi. Ses hommes ont tout de même été victimes de leur désobéissance aux lois de la Terre des Anciens : ils ont vu leur corps se modifier. Toutefois, ils conservèrent leur magie intacte et même souvent décuplée, à l'image de leurs descendants directs. Ce fut finalement une victoire pour Ulphydius ; ce qui importait pour lui, c'était la puissance des Êtres d'Exception qu'il dirigeait, quelle que soit leur apparence physique.

– C'est donc un descendant d'un des Êtres d'Exception à la solde d'Ulphydius qui a violé Sacha..., intervint Alix, plus calme.

– Impossible ! Et c'est ce que je ne m'explique pas. Les Exéäs sont incapables de se reproduire. Chacun d'eux voit sa lignée s'éteindre avec sa mort. Pour qu'un Être d'Exception puisse engendrer un Exéäs maintenant, il faudrait non seulement qu'il ait tenté de traverser vers un autre monde, mais qu'il ait aussi profité de la magie d'Ulphydius, ce qui est difficile à concevoir...

Wandéline tapotait ses lèvres d'un index dubitatif, ne pouvant s'expliquer cette nouvelle étrangeté. Alix, quant à lui, s'absorbait dans ses réflexions, se demandant si le responsable de ce cauchemar ne serait pas son propre père. Il se garda toutefois de faire part de ses doutes.

Le nourrisson émergea soudain de son sommeil artificiel en poussant des cris à fendre l'âme, les obligeant à revenir au présent. Sacha se recroquevilla instantanément sur elle-même en plaquant les mains sur ses oreilles. Force était d'admettre que si elle endurait cela à intervalles réguliers depuis la naissance des jumeaux, il n'était pas surprenant qu'elle soit si mal en point.

– Je croyais qu'elle était sous votre contrôle, pesta Alix d'un ton accusateur. Comment se fait-il qu'elle se soit réveillée si rapidement ?

Wandéline ne répondit pas. Elle fixait la petite, le regard vide. Alix se figea lorsqu'il vit la sorcière tendre la main gauche, paume vers le bas, réunissant son pouce, son annulaire et son auriculaire en triangle et ne laissant que le majeur et l'index pointés vers l'avant, collés ensemble. Il voulut crier, mais aucun son ne sortit de sa bouche, soudain sèche. Ses jambes refusaient également d'avancer. Il venait de comprendre qu'il allait être le témoin impuissant de l'élimination pure et simple de l'enfant. Il jeta un œil à Zevin. Lui aussi fixait la sorcière, les yeux agrandis d'horreur. Tous deux savaient qu'il était interdit de faire disparaître un être d'une espèce pensante différente de la sienne à moins d'être capable de plaider la légitime défense. Alix voyait mal comment cette raison pourrait être invoquée dans le cas d'un nouveau-né.

Wandéline prononça trois mots dans l'ancienne langue sacrée. Un éclair violet aveuglant illumina la petite maison. Puis un grondement sourd sembla monter des profondeurs de la terre, faisant trembler le sol. Sacha devint hystérique et Zevin se plaqua au mur, espérant s'y fondre. Seul Alix comprit ce qui se passait. « Cette enfant refuse de mourir. Elle résiste. » Wandéline tendit son autre main, cette fois paume vers le haut, mais avec une gestuelle des doigts identique. Elle prononça à nouveau l'incantation maudite, mais dans le langage des Filles de Lune. L'opposition du petit être se fit sentir avec davantage d'ardeur. Aucun éclair ne survint cependant, la pièce fut plutôt plongée dans le noir le plus total, et ce, malgré la porte ouverte. Alix voulut parler, mais il fut devancé par Wandéline dont la voix semblait provenir d'ailleurs, comme si elle n'était plus dans la pièce. Elle psalmodiait la même incantation, comme une litanie. Puis la lumière revint et le spectacle qui s'offrit aux yeux du jeune homme défiait l'imagination...

8

Vers Tadoussac

Je me réveillai peu après l'aube. Autour de moi, l'activité était déjà fébrile, les adultes se préparant à lever le camp. Je m'assis, cherchant Fabrice, mais je ne rencontrai qu'une demi-douzaine de paires d'yeux débordant de curiosité. Je souris aux enfants, qui détalèrent en riant. Tous sauf une petite fille. La tête penchée sur le côté, elle m'observait avec attention, les sourcils froncés. J'attendis, ne pouvant toujours pas me risquer à communiquer avec l'un d'entre eux sans éveiller de soupçons. La fillette inclina soudain la tête de l'autre côté, la mine toujours songeuse. Puis, comme si elle avait pris sa décision, un flot de paroles m'inonda après un bref haussement d'épaules. Je tentai tant bien que mal de saisir la teneur de ce discours au débit rapide, mais je dus rendre les armes. J'attrapai quelques mots au vol, mais j'aurais été bien en peine de les relier de façon cohérente : « envoyée, ciel, bébé, pourquoi, Tadoussac » et une douzaine d'autres s'ajoutèrent sans que je parvienne à un quelconque résultat. Voyant que je ne comprenais manifestement pas ce qu'elle me disait, elle s'arrêta brusquement, arquant les sourcils, étonnée.

— Toi pas comprendre ? me demanda-t-elle dans un français à l'accent prononcé.

Je fis non de la tête, l'air désolé. Elle me somma de ne pas bouger, joignant le geste à la parole, puis disparut en courant. Elle revint, quelques minutes plus tard, remorquant Fabrice par le bras. Celui-ci se laissait tirer de bonne grâce, franchement amusé par le comportement de la gamine. Elle lui expliqua qu'elle désirait me parler, mais que la dame de la nuit ne comprenait pas. Pouvait-il traduire ?

Pourquoi m'appelait-elle la dame de la nuit ? Je n'eus pas le temps de réagir. Mon interprète acquiesça à la requête de la fillette et le flot de paroles reprit de plus belle, vertigineux. Quand elle finit par se taire, Fabrice s'enquit :

– Tu es certaine de ce que tu affirmes ? N'y aurait-il pas un peu d'imagination dans ce que tu me racontes ?

Plus calme maintenant qu'elle avait réussi à se faire entendre, elle parla lentement, ce qui contribua à ce que je puisse la comprendre.

– C'est grand-mère qui m'a dit que mon rêve n'en était pas vraiment un. Elle aussi sait que la dame de la nuit ne devrait pas retourner vers ses semblables.

Encore une fois, je me questionnai, à savoir si mes semblables étaient les colons de ce monde-ci ou les êtres supérieurs d'une autre terre. J'aurais été bien embêtée de répondre.

– Alors, tu lui dis ou pas ? s'impatienta la gamine.

Fabrice paraissait toujours aussi indécis, ne semblant pas aussi ouvert aux forces occultes et surnaturelles que l'étaient les gens avec qui il avait choisi de vivre. Poussé par le regard déterminé de la jeune Amérindienne, il s'adressa finalement à moi dans un soupir résigné.

– Écoutez, je doute que ce soit une bonne idée de vous répéter les propos de la vieille Uapikun. Son peuple a tendance à toujours croire ce qui meuble leurs rêves et les visions qui les hantent parfois.

– C'est si pire que ça ? m'enquis-je, mi-inquiète, mi-indifférente.

Après tout, ce ne pouvait pas être pire que tout ce qu'on m'avait dit dans un autre monde.

– Tout dépend de vous.

Je l'écoutai avec attention, m'efforçant de ne rien laisser paraître de ma surprise. La gamine, petite-fille de la vieille Uapikun, avait rêvé de moi au cours de la nuit précédente, après que sa grand-mère lui eut dit que je portais plus d'un enfant. Je crus comprendre que les jumeaux revêtaient une signification particulière dans leur culture, mais Fabrice ne s'y attarda pas. La petite avait vu mes filles grandir à une vitesse foudroyante, mais de façon totalement opposée.

– Elle dit que ces deux femmes deviendront des ennemies, qu'elles se battront pour des clans adverses, mais qu'elles seront le complément parfait l'une de l'autre, comme la nuit et le jour, le bien et le mal. Elles ne pourront trouver la paix tant que celle de leur monde ne sera pas acquise, mais aussi...

Il marqua une pause, soudain plus triste, comme si le fait de répéter tout cela lui faisait prendre conscience de la possible réalité de ce qu'il racontait.

– ... la victoire de l'une ne pourra qu'entraîner la disparition de l'autre. Toute leur vie, elles seront tiraillées entre le fait qu'elles sont sœurs de sang et de cœur, mais pas de convictions. Contrairement à beaucoup de gens qui vivent très bien une séparation de fratrie, le fait qu'elles soient jumelles les déchirera toujours. Je suis désolé.

Il avait prononcé la dernière phrase sur un ton d'excuses, en haussant les épaules, comme si l'avenir était inéluctable. Curieusement, je me demandai si c'était effectivement le cas, sachant qu'elles seraient peut-être des Filles de Lune. Il me revint en mémoire que les seules jumelles connues dans cette situation, Séléna et Mélijna, avaient eu une existence parsemée d'embûches et de mésententes, dont les détails nous étaient inconnus. Pour éviter de me retrouver assaillie de questions auxquelles je ne pourrais pas répondre, je gardai le silence, plongée dans mes pensées. Rien de tout cela ne pouvait être une invention de l'enfant puisque la teneur de son récit, et ses implications, dépassait le niveau de compréhension d'une gamine de cet âge. Je la remerciai d'avoir partagé ce songe avec moi et lui promis de veiller à ce qu'aucun destin tragique ne vienne frapper mes enfants.

– Elle peut toujours essayer, lança-t-elle à Fabrice avec une certaine condescendance, mais grand-mère affirme que les esprits ne changent pas si facilement le destin déjà tracé des hommes.

Sur cette phrase pleine de sagesse, elle me souhaita une bonne journée et s'en fut, sûre d'elle. Comment ces indigènes primitifs pouvaient-ils en savoir plus long que moi sur ma propre destinée alors que je n'étais parmi eux que depuis hier ? Je tentais de me convaincre que tout cela n'était que pure invention.

– Vous ne devriez pas trop vous en faire avec cette histoire...

J'interrompis mon interprète pour lui poser une simple question.

– Pouvez-vous me certifier que vous n'avez rien vu d'inexplicable ou d'étrange depuis que vous vivez avec eux ?

Son silence et son regard fuyant me répondirent beaucoup mieux qu'un long discours. Il me fit finalement signe de le suivre. Je récupérai mon sac puis me hâtai de le rejoindre, calquant mon pas sur le sien. Celui que l'on m'avait présenté comme leur chef donna bientôt le signal du départ et nous nous mîmes en route.

Nous marchâmes ainsi, avec armes et bagages, pendant quatre longues journées, ne nous arrêtant que pour manger et dormir. Les repas étaient constitués de viande fumée ou séchée, de même que de poissons frais et de rares fruits. Mes nausées se faisaient plus discrètes que dans les dernières semaines, mais restaient tout de même bien présentes, surtout au réveil. Mon manque d'énergie perdurait. Je dus maintes fois piler sur mon orgueil pour demander un temps d'arrêt – toujours trop court. L'indulgence des indigènes à mon égard était grande, mais je ne me méprenais guère sur les regards de pitié ou de légère exaspération. J'étais la seule à me plaindre de cette longue marche : les autres, femmes et enfants compris, ne regimbaient jamais. Pour ma part, je ne cessais de ruminer tous les éléments du casse-tête qui m'avaient conduite jusqu'ici. La liste des gens que je désirais trucider n'avait de cesse de s'allonger au même rythme que mes forces s'amenuisaient.

Tandis que les heures et les jours s'égrenaient, mon jeune interprète redoublait d'attentions à mon égard. Toutefois, sa bonne volonté ne parvenait qu'à me plonger davantage dans mon mutisme. Je m'efforçais de lui sourire de temps à autre, pour éviter qu'il ne se croit responsable de mon air renfrogné. J'étais assez grande pour courir toute seule au-devant des problèmes...

Ce soir-là, je grignotai du bout des lèvres et m'empressai de me rouler dans ma couverture, essayant d'engranger le maximum de sommeil. Je ne cessais de faire des cauchemars depuis mon retour. Mes nuits étaient remplies de scènes de combats, peuplées de créatures étranges et rarement amicales de même que d'humains qui n'en étaient plus véritablement. La vieille Montagnaise venait me voir chaque matin, s'enquérant de ma nuit. Même si je refusais de lui confier ce qui hantait mes songes, je me doutais qu'elle en avait une vague idée. Alors que j'adressais ma prière silencieuse à Alana, la vieille femme fit soudain son apparition :

– Bois, ordonna-t-elle.

Je saisis la tasse fumante qu'elle me tendait. L'odeur qui parvint à mes narines me fit froncer le nez. J'eus un mouvement de recul involontaire qui lui arracha un sourire édenté.

– C'est pour chasser les présages qui hantent ton sommeil, m'encouragea-t-elle. Bois et tu verras tes cauchemars diminuer de beaucoup.

Je la remerciai dans sa langue. Elle me sourit d'un air entendu.

– Je savais que tu comprenais notre langue, ajouta-t-elle. J'ignore pourquoi tu ne veux pas que les autres le sachent, mais je respecte ton choix. Tu viens d'une terre que les hommes n'ont de cesse de vouloir oublier. Ta sagesse est grande de ne pas répandre ce que tu connais de ce monde étrange.

Je haussai légèrement les sourcils, mais ne posai aucune question, craignant les réponses. J'acceptai seulement qu'elle sache. Je portai la tasse à mes lèvres et bus d'une traite le liquide brûlant. Uapikun m'observait avec attention. Lorsque je lui rendis la tasse, elle ne cacha pas sa satisfaction. Elle prit soin d'ajouter :

— Les cauchemars qui t'habitent sont particuliers. Ils sont des images de la vie qui se déroule en parallèle avec la tienne, de même que des réminiscences du passé. Ce que tu vois est donc réel ou l'a été. Il m'est impossible de les chasser définitivement par cette simple mixture, mais j'espère te permettre de récupérer quelques heures de sommeil réparateur.

De savoir que ce monde existait et que j'en faisais partie me suffisait pourtant amplement ; je n'avais nul besoin d'y vivre même quand je n'y étais pas. Je soupirai à fendre l'âme. La compassion emplit le regard de l'Amérindienne.

— Tu es plus forte que tu ne le crois..., annonça-t-elle simplement, avant de s'éloigner de son pas traînant.

Je m'allongeai sur le dos et contemplai la voûte étoilée. Pendant un bon moment, je cherchai à reconstituer les constellations à l'aide des milliers de points scintillants. Je sombrai finalement dans un sommeil encore trop agité à mon goût. Et pour ajouter à mon calvaire, la seule personne qui aurait peut-être pu représenter une certaine forme de réconfort à mes yeux ne s'y trouvait jamais. Je ne savais pas trop si je devais me réjouir de cet état de choses ou m'en alarmer. Peut-être Alix ne faisait-il pas partie des combats ou, au contraire, y avait-il déjà perdu la vie, expliquant ainsi son absence...

*   *
*

Roderick appréciait chaque jour davantage son partage de souvenirs avec Naïla. Il se plaisait à revivre en pensée les plus grands moments de sa vie comme les moins glorieux. Sa prodigieuse mémoire lui permettait de ne rien oublier de son passé, un don rare et précieux.

Vivant depuis quelque deux cents ans, mais prenant magiquement l'apparence de sa jeunesse quand il le désirait, l'Être d'Exception était également d'une patience infinie, convaincu qu'un jour, tous ses rêves se réaliseraient...

* *

*

Notre périple dura trois journées supplémentaires avant que j'aperçoive enfin, dans une éclaircie de la dense forêt charlevoisienne, les falaises du fjord du Saguenay. Je poussai un long soupir de soulagement devant la fin imminente de mon calvaire. Comme si mon corps percevait cet achèvement prochain, je sentis un regain d'énergie traverser mes membres endoloris et me surpris à presser le pas. Je m'arrêtai brusquement à la vue des remous et des courants qui agitaient les eaux. Juste à l'idée de franchir la courte distance qui me séparait du poste de traite dans un fragile canot d'écorce, je sentis les nausées reprendre du service.

– Vous regagnerez bientôt la civilisation.

Dans mon dos, la voix de Fabrice trahissait une pointe de regret. Probablement que le fait d'avoir quelqu'un dans son entourage qui connaissait sa culture et son passé autrement que par les récits qu'il en faisait devait avoir quelque chose de rassurant. Même si je ne faisais pas partie de son ancienne vie, je comprenais fort bien. Que n'aurais-je pas donné pour avoir près de moi quelqu'un qui vienne de mon époque si lointaine. Pour me sentir moins seule, mais aussi comprise. Je secouai la tête, me forçant à demeurer au présent.

– Comment allons-nous traverser ? osai-je timidement.

Fabrice m'offrit un sourire resplendissant.

– Qu'est-ce que vous croyez ? En canot d'écorce !

Je n'aurais su dire s'il y avait de l'ironie dans le ton de sa voix ou si je l'avais imaginée, mais je préférai ne pas relever.

Finalement, la traversée fut moins terrible que je ne l'avais craint bien que les haut-le-cœur persistèrent. Je ne rouvris les yeux qu'au contact de l'embarcation avec la rive. Je ne prêtai même pas attention à ce qui se dit autour de moi. Je n'avais qu'une hâte : fouler la terre ferme.

La vieille Uapikun vint s'enquérir de mon état dès que le canot dans lequel elle prenait place eut atteint la rive. Puis elle me tendit trois petites bourses de peau. Je les pris, haussant les sourcils en guise d'interrogation. Personne, à part elle, ne savait que je maîtrisais leur langue ; je jugeais le moment mal choisi pour en faire brusquement étalage. Elle demanda à Fabrice de traduire ce qu'elle avait à me dire tout en m'adressant un clin d'œil complice.

– Ce sont les ingrédients nécessaires à la décoction qui vous permettra de conserver un sommeil réparateur jusqu'à votre retour à Québec.

Je me gardai bien de préciser à mon interprète que le « retour à mon monde » dont venait de parler Uapikun n'avait rien de commun avec la ville de Québec. L'Indienne expliqua ensuite comment doser les trois ingrédients et les faire infuser. Elle me mit en garde contre la tentation d'augmenter les doses advenant la diminution des effets bienfaisants. Les herbes employées provenaient de savants mélanges issus du savoir de ses ancêtres et ne devaient être prises qu'en quantités minimes. Dans le cas contraire, les effets bénéfiques pourraient être inversés, suscitant une recrudescence de ces songes effroyables. Je me hâtai de la rassurer sur mon obéissance à ses recommandations et remerciai également Fabrice pour sa précieuse – et inutile – collaboration.

Mon interprète s'en fut ensuite derrière un Indien venu le chercher à la demande du chef de la bande. Sitôt Fabrice disparu, je m'adressai à la vieille Indienne tout en m'assurant que personne ne pouvait entendre cet échange. Je désirais savoir quelle sorte d'herbes elle avait mises dans ses pochettes, question de ne pas me retrouver à court un jour prochain, sans possibilité d'obtenir sa recette. Ma tentative se révéla malheureusement vaine. Ce savoir se transmettait de mère en fille, et seulement si la descendante avait le même don que l'aïeule. Je poussai un soupir d'exaspération. Pourquoi les gens tenaient-ils autant à ce que leurs connaissances ne profitent qu'à un nombre aussi restreint d'individus ? Pas étonnant que la société prenne tant de temps à progresser si tout un chacun gardait pour lui le savoir qui permettrait aux autres d'avancer. Je tentai une approche différente :

– Vous savez que je ne viens ni de votre monde ni de votre époque, il est donc peu probable que je puisse divulguer vos secrets à quiconque. Pourquoi m'avoir aidée si je dois me retrouver à mon point de départ dans quelques semaines ?

Elle me sourit.

– Parce qu'il y a une bien meilleure méthode que les herbes pour mettre un terme à tes cauchemars...

– Alors pourquoi ne me la donnez-vous ? l'interrompis-je.

– Parce que tu dois découvrir toi-même la source de tes angoisses, de même que la façon d'y remédier. La tisane n'est qu'une solution temporaire ; elle ne fera pas effet éternellement, mais elle te laissera le temps nécessaire pour comprendre.

Je voulus protester. Elle m'arrêta d'un geste.

– Cette démarche ne peut que t'être bénéfique pour l'avenir. Qui sait ? Peut-être découvriras-tu autre chose d'encore plus utile...

Sur cette phrase énigmatique, elle s'en fut. Je renonçai à la suivre, convaincue qu'il était inutile d'insister. Je rejoignis le groupe, rassemblé un peu plus loin. Fabrice me héla bientôt, s'accompagnant de grands signes de la main.

– La famille va poursuivre sa route vers l'intérieur des terres pendant que nous vous conduirons jusqu'au poste de traite. Je servirai d'interprète à Loup gris, qui a certaines demandes à présenter. Si vous ne pouvez pas aller à Québec, peut-être pourrez-vous retourner en France pour revenir au printemps. Le voyage en mer ne peut pas être pire que de devoir passer l'hiver ici...

Je réprimai tant bien que mal la panique qui montait en moi. Me croyant venue de France, il n'y avait rien d'alarmant pour lui à ce que j'y retourne quelque temps. Je restai muette, priant pour qu'un navire très en retard se pointe. Je ne voulais surtout pas traverser l'Atlantique et me retrouver à des milliers de kilomètres du passage qui me ramènerait tôt ou tard sur la Terre des Anciens.

C'est donc en compagnie d'une poignée d'hommes que je me dirigeai vers le poste de traite. Le cœur battant, j'appréhendais cette nouvelle incursion dans le quotidien d'une époque pour moi si lointaine...

9

La trouvaille de Justin

Wandéline se tenait toujours au même endroit, mais elle n'était plus que l'ombre d'elle-même. Elle semblait avoir considérablement vieilli au cours des dernières minutes. Ses mains tremblaient, à l'image de tout son corps. Elle vacillait, comme si elle était en équilibre précaire. Son corps émettait un grésillement inquiétant. Cherchant des yeux le panier contenant l'enfant, Alix n'en vit pas la moindre trace, ce qui était inhabituel. Normalement, dans une situation comme celle-là, seule l'enveloppe charnelle de la personne disparaissait ; ses vêtements de même que tout ce qui l'entourait restaient exactement à l'endroit où cette personne se trouvait avant l'instant fatidique. Pour ce qui était de l'âme de la victime, elle était recueillie dans une amulette. L'individu ayant procédé à la mise à mort se devait de la conserver jusqu'à ce qu'elle obtienne la permission, de la part des Sages, de s'en départir. Ces derniers se réservaient ainsi le pouvoir d'inverser le sortilège en réintégrant l'esprit dans un corps différent. Alix eut une brève pensée pour le talisman de Maxandre qui se trouvait quelque part dans cet univers étrange et qui contenait l'essence de ce que la magicienne avait été.

— Alix, aide-moi...

Zevin tira le Cyldias de sa réflexion. Il soutenait le corps de Wandéline. La sorcière semblait avoir perdu tout contact avec la réalité. Ses paupières étaient closes et sa respiration, de plus en plus saccadée. Tandis que le jeune homme aidait le guérisseur à la porter à l'extérieur, espérant que ce changement d'air lui ferait du bien, elle tenta de parler.

– Il faut... retrouver... ces enfants...

Avant qu'Alix ne puisse lui poser la moindre question, elle s'évanouit dans une dense fumée orange. Le guerrier ne put qu'admirer le fait qu'elle ait probablement réussi à retourner chez elle pour se soigner malgré l'état dans lequel devaient se trouver ses pouvoirs en ce moment.

Laissant Zevin encore ébahi par la vitesse à laquelle Wandéline avait disparu, Alix regagna l'intérieur pour s'enquérir de l'état de Sacha, après toutes ces émotions et la vision des actes de sorcellerie de Wandéline. Qu'allait-il bien pouvoir faire d'elle maintenant ? Il craignait qu'elle ne puisse plus vivre seule. Et puis, il serait dangereux qu'elle ébruite le récit des derniers événements. Même si la population était rare dans les environs, le jeune homme savait qu'une nouvelle de ce genre atteindrait rapidement les Terres Intérieures. La chasse à l'homme, ou plutôt aux enfants, ne tarderait pas. Ceux-ci, si tant est que la petite fille était toujours en vie comme le croyait Wandéline, avaient une valeur inestimable aux yeux des forces obscures.

Dans la chaumière, il faisait plus sombre que tout à l'heure ; les rayons du soleil sur son déclin ne parvenaient plus à percer le léger couvert de feuillage. Alix plissa les yeux dans la demi-pénombre. Il repéra la jeune femme accroupie devant l'âtre, tisonnant avec une vigueur exagérée quelques bouts de bois trouvés Dieu sait où. Alix l'appela doucement, pour ne pas la faire sursauter, même s'il était convaincu qu'elle avait perçu sa présence. Elle ne broncha pas, soufflant sur les braises rougeoyantes, espérant redonner vie aux flammes.

– Sacha..., répéta Alix aussi doucement que possible, je crois que nous devrions parler de tout ça...

– Il n'y a rien à dire...

La réponse était cassante. Alix sentait la colère et la frustration percer sous les propos. Il comprenait le sentiment d'impuissance que la jeune femme devait ressentir. Elle n'avait plus ni mari ni enfants et rien ne laissait présager que la situation redeviendrait un jour normale. Le Cyldias se sentit soudain mal à l'aise. Sacha lui rappelait cruellement Naïla, qui avait si souvent été dépassée par les événements lorsqu'elle était sur la Terre des Anciens. Elle aussi avait ressenti de la colère et de la frustration face à ce qui se passait et qui l'impliquait sans qu'elle puisse se défendre. Il fit un effort monumental pour chasser la Fille de Lune de ses pensées et se concentrer sur Sacha.

– Est-ce que je peux au moins vous expliquer ce qui s'est passé ? Vous...

La jeune femme lui coupa sèchement la parole.

– Je sais très bien ce qui s'est passé. Cette vieille folle a fait subir le Châtiment Suprême à ma fille alors qu'elle n'était encore qu'un bébé. Elle représentait une si grande menace pour nos vies que cette sorcière devait en venir à cette solution radicale ? Je croyais que cette formule était utilisée en dernier recours, quand plus rien n'avait d'emprise sur notre adversaire et que notre existence était menacée...

Au fur et à mesure que Sacha parlait, sa voix avait monté vers les aigus et les larmes avaient fait leur apparition. Elle tisonnait toujours le feu, d'un mouvement machinal. Zevin intervint alors et il finit par la convaincre d'écouter. Alix était encore sous le choc de ce que Sacha lui avait dit. Il commença donc par l'interroger.

– Comment se fait-il que vous soyez au courant de l'existence du Châtiment Suprême ?

Sacha haussa les épaules, comme si la réponse à cette question n'avait pas la moindre importance, comme s'il était tout à fait normal qu'elle connaisse cette information.

– Le grand-père de Justin est mort de cette façon. Mon mari était encore un gamin, mais il se souvient de chaque détail avec une grande précision. Cet événement l'a marqué à vie. Il en parlait souvent, espérant probablement que ça lui permettrait un jour de tirer un trait sur cet épisode et de ne plus en faire de cauchemars. Quand les enfants ont affiché leurs particularités, Justin a tout de suite craint qu'ils ne perdent la vie de cette manière...

Alix comprit qu'elle revivait ces moments tragiques ; son regard perdu dans le vague, elle hochait doucement la tête en signe de dénégation, comme si elle savait d'avance que son compagnon ne réussirait jamais à effacer ces souvenirs.

– Qu'est-ce que le grand-père avait fait pour mériter pareille punition ?

La jeune femme expira bruyamment, avant de lui agripper l'avant-bras.

– Il faut que vous me promettiez de ne jamais révéler ce que je vais vous dire...

Alix donna sa parole, de même que Zevin, mais Sacha semblait avoir besoin de plus qu'une simple promesse.

– Faites le Serment des doigts.

Alix écarquilla les yeux et répondit promptement :

– Non ! Il est hors de question que je coure le risque de ne plus pouvoir me servir de mon épée simplement pour entendre une histoire dont j'ignore si elle est vraie. De toute façon, vous n'avez pas les pouvoirs que nécessite votre extravagante demande.

– Qu'en savez-vous ? le défia Sacha.

Devant ce comportement immature, l'exaspération gagna Alix. Il ne se sentait guère d'humeur à négocier.

– J'en sais beaucoup plus que vous ne le croyez, à commencer par le fait que vous ne possédez aucune aptitude surnaturelle alors que moi, si.

Joignant le geste à la parole, Alix disparut une dizaine de secondes, puis reparut simplement.

Malgré tout ce qui venait de se passer, Sacha n'avait pas encore compris à qui elle avait affaire. Bouche bée, la jeune mère dévisageait Alix une lueur méfiante au fond des yeux. Zevin vint à sa rescousse, craignant qu'elle ne se referme soudainement, taisant ce qu'elle savait.

– Nous ne te voulons aucun mal. Les informations que tu détiens peuvent peut-être nous aider ; voilà pourquoi tu dois nous les révéler. Tu comprends, n'est-ce pas ?

Zevin avait parlé d'une voix douce, empreinte de sollicitude. La jeune femme se tourna finalement vers le guérisseur.

– Tu ne nous as jamais dit que tu connaissais des gens comme lui...

D'un doigt aussi accusateur que le timbre de sa voix, elle pointait le Cyldias. Zevin eut une moue incertaine.

– Je ne sais pas trop ce que signifie ce « comme lui », mais de toute façon, je ne pouvais rien te dire. Sois logique ! Tu hésites toi-même à nous faire part de ce que tu sais alors que tu n'as aucune idée de la valeur réelle de tes informations.

– Oh ! Et puis zut ! soupira Sacha. C'est juste terriblement frustrant de se rendre compte que l'on connaît si peu les gens que l'on fréquente.

Zevin sourit, tout en hochant la tête. Il comprenait très bien.

– Adrien est mort parce qu'il en savait trop. Il a voulu marchander ses découvertes contre des privilèges auxquels il n'avait pas droit.

Zevin l'interrompit, indigné.

– Mais ce n'est pas une raison pour mourir de cette façon atroce ! Je croyais qu'il y avait vérification chaque fois que cette méthode cruelle était utilisée puisqu'elle laisse des traces dans les livres sacrés du Sanctuaire des Sages.

Il s'adressait à Alix, sourcils froncés. Ce dernier haussa les épaules.

– Je ne serais même pas étonné que quelqu'un ait trouvé le moyen de contourner cette magie. Il y a un certain temps déjà que plus rien ne me surprend. Je suppose que j'en ai déjà trop vu... Mais savez-vous ce qu'il avait découvert ? conclut-il en s'adressant à Sacha.

– La raison de sa mort nous a paru tellement bête. Justin et moi nous sommes souvent demandé pourquoi on l'avait tué pour ça. Vous allez rire, mais Adrien se vantait d'avoir mis la main sur une carte représentant une partie des Terres Intérieures. Justin est pourtant convaincu qu'elle n'avait aucune valeur.

Alix et Zevin n'avaient pas du tout envie de rire.

– Comment peut-il savoir qu'elle n'avait aucune valeur puisqu'il n'était qu'un gamin lors des événements ? s'enquit Zevin avec justesse.

– Parce que Justin possède l'original et que rien, sur celui-ci, ne peut être d'une quelconque utilité pour qui que ce soit.

– Vous avez l'original ? s'écria Alix.

– Bien sûr ! C'est pour ça que je voulais que vous me promettiez le secret. Le grand-père de Justin est mort pour une copie qu'il en avait faite. Je ne tiens pas à ce que Justin et moi subissions le même sort.

Alix ne l'écoutait plus qu'à demi, réfléchissant à ce que cette découverte représentait s'il s'avérait qu'elle contienne ce qu'il soupçonnait.

– Est-ce qu'il y a une marque particulière sur le parchemin ? Quelque chose qui vous a semblé ne pas être à sa place sur une carte ?

– Une marque particulière ? répéta Sacha, intriguée. Comme quoi ?

Ce fut Zevin qui répondit, ayant vraisemblablement suivi le raisonnement d'Alix. Le guérisseur fit mine de réfléchir intensément, dupant la jeune femme, mais pas Alix, qui dut se retenir de sourire.

– Une ancre de bateau dessinée au beau milieu de la terre ferme ou encore un animal inconnu, un soleil ou une lune, des montagnes en pleine mer...

C'était au tour de la jeune femme d'avoir l'air profondément concentré. Les deux compagnons respectèrent son silence, espérant que leur attente serait récompensée. Le visage de Sacha s'illumina soudain.

– Maintenant que vous en parlez, je me souviens d'une remarque de Justin sur des signes de ce genre, la première fois qu'il m'a montré le parchemin.

Sacha ferma les yeux quelques instants, se remémorant vraisemblablement la scène.

– C'était l'hiver. Une tempête de neige faisait rage et Justin venait tout juste de remettre du bois dans le foyer. Il faisait très froid à l'intérieur ; nous n'étions pas parvenus à bien fermer les fenêtres. Les peaux de bêtes ne restaient pas en place malgré les tentatives répétées de Justin pour les fixer solidement. L'une d'elles s'est détachée soudain, laissant pénétrer une rafale. Le parchemin, que nous venions à peine de dérouler sur la table, s'est envolé vers les flammes. Justin s'est précipité à la fenêtre, sans remarquer l'envol de la carte. J'ai récupéré le document avant qu'il ne s'abîme dans l'âtre. Lorsque Justin s'est rendu compte de ce qui avait failli arriver, il m'a remerciée d'innombrables fois, les larmes aux yeux. C'est alors qu'il m'a expliqué ce que ce parchemin signifiait pour lui, de même que le décès tragique de son grand-père. Nous nous connaissions depuis de nombreuses années, mais il n'avait jamais partagé ce souvenir avant ce soir-là.

Sacha parlait avec nostalgie et les deux compagnons choisirent de ne pas la brusquer. L'obscurité ne tarderait pas à tomber, il était donc inutile d'imaginer pouvoir se rendre ailleurs aujourd'hui. Il valait mieux laisser passer la nuit et peut-être enfin mettre la main sur des informations pertinentes concernant les Terres Intérieures et ce qu'elles cachaient.

– Nous avons ensuite regardé le parchemin, détaillant ce qui y était tracé et spéculant sur sa valeur potentielle. Malgré tout, nous refusions de croire qu'Adrien était mort inutilement. Mais nous ne voyions rien qui nous semblait digne d'intérêt par rapport à n'importe quelle autre carte, si ce n'est le fait qu'il était rare de trouver des détails sur ces terres maudites. Nous avons fini par conclure que c'était justement la rareté de ce genre de document qui le rendait aussi précieux. Nous avons ensuite essayé d'imaginer quel genre de personne pouvait désirer se rendre si loin à l'intérieur du continent.

Sacha fit une pause. Évoquer ces souvenirs, alors qu'elle ne savait pas où se trouvait Justin en ce moment, devait être douloureux. Elle essuya une larme, puis reprit son récit.

– Nous avons alors mis en commun nos connaissances des légendes et des mythes de la Terre des Anciens, des peuples d'avant la séparation et combien d'autres choses encore dont nous ignorions le pourcentage de vérité par rapport au passé réel. Nous ne faisions que répéter ce que nous avions entendu tout au long de notre courte vie.

Sacha regarda Zevin et Alix tour à tour, espérant que l'un des deux consente à lui en dire davantage. Muets, ils se contentèrent de sourire, l'encourageant à poursuivre.

– Alors que je parlais des géants, Justin s'est soudainement levé pour déplacer la bougie qui éclairait la table. Je lui ai demandé ce qu'il faisait, mais il m'a fait signe d'attendre un peu. Pendant quelques minutes, il a déplacé la chandelle de façon à ce qu'elle éclaire la carte sous des angles différents. Il s'est finalement arrêté, mentionnant simplement : « Il y a quelque chose d'étrange là-dessus. » Puis il m'a dit d'examiner un endroit particulier, une montagne, avec la bougie. Selon l'angle de la lumière, il y avait un petit dessin qui apparaissait au pied du mont. Je pensais que Justin m'expliquerait, mais il m'a plutôt montré d'autres points de la carte où il se produisait la même chose.

– Est-ce que les signes étaient toujours les mêmes ? demanda Alix.

– Non, certains symboles se répétaient alors que d'autres n'apparaissaient qu'une seule fois. C'était vraiment très étrange. La plupart avaient l'air banal et nous nous sommes amusés un moment à deviner ce que chacun pouvait signifier. C'est à ce moment que nous nous sommes aperçus que certains signes, deux plus particulièrement, ne semblaient pas avoir de signification logique.

Sacha se tourna vers Zevin.

– Quand tu parlais, tout à l'heure, d'ancre de bateau, par exemple, eh bien il y en avait, mais nous déduisions que c'était des points de repère pour traverser des lacs ou des points d'eau. Par contre, nous n'avons pas compris la présence de plusieurs croissants de lune dans lesquels un signe, parfois plusieurs, était dessiné et...

Alix sut que cette carte recelait encore plus qu'il ne l'avait d'abord cru quand il entendit ainsi décrit le signe des Filles de Lune, donc la marque probable de passages vers les différents mondes. Un trésor inestimable pour quiconque en connaissait la signification. Mais il ne put spéculer bien longtemps sur la valeur de cette découverte car les derniers mots de Sacha le ramenèrent instantanément à la réalité.

– ... un cercle dans lequel étaient dessinées trois étoiles.

« Pas un cercle, pensa Alix, mais une pleine lune ou un soleil. Un astre incrusté d'une pyramide d'étoiles : le signe de Darius... Enfin ! »

10

Une étrange expérience

Être d'Exception particulièrement doué, Yaël avait créé une cellule temporelle permettant la préparation de la potion essentielle à la création du spectre de Séléna. Pendant plus d'une semaine, il s'était acharné, recommençant une dizaine de fois la curieuse mixture. Il n'y avait pourtant pas d'ingrédient particulier ou très rare dans ce bouillon, mais le résultat ne donnait jamais la couleur jaune nécessaire alors que la micale – une pierre précieuse propre à Dual – ne fondait pas. Il avait beau suivre les instructions à la lettre, c'était chaque fois l'échec. C'est dans des moments comme ceux-là que sa vie en solitaire lui pesait le plus. S'il avait eu de la compagnie, peut-être aurait-il déjà trouvé la solution. Après tout, deux têtes valent mieux qu'une, non ?

Las, le jeune homme se gratta le sommet du crâne, ébouriffant ses cheveux devenus trop longs à son goût.

– Qu'est-ce que j'ai bien pu louper dans cette recette pourtant archi-simple ? grommela-t-il pour la millième fois au moins. Il n'y a que des herbes, des fleurs et une pierre précieuse. Je ne vois pas pourquoi ça ne fonctionne pas !

Se penchant sur le grimoire des Anciens, il relut à voix haute la quinzaine de lignes qui composaient les instructions, mais n'y vit rien pouvant porter à confusion. En désespoir de cause, il relut la liste des ingrédients, chose qu'il n'avait pas faite souvent. Après tout, quand on a ce qu'il faut, on l'a. C'est là qu'il se rendit compte de sa possible erreur...

Songeur, il fixa le liquide blanchâtre encore chaud. Puis, dans un élan, il agrippa le petit chaudron qu'il vida à l'extérieur de sa cabane, brisant sa cellule temporelle au passage. Après avoir récupéré la micale tombée dans l'herbe, il se hâta de refaire la concoction en changeant une fleur pour une autre. Dans son empressement des derniers jours, il ne s'était jamais attardé au fait que l'hélina – une fleur minuscule poussant dans les montagnes limitant le territoire des mancius – changeait de teinte au cours de sa longue vie. Cette fleur hors du commun poussait blanche au printemps, s'épanouissait totalement en devenant bleutée et mourait peu de temps après que ses pétales aient pris une horrible couleur ocre. Et c'était là l'erreur de Yaël : il avait utilisé les pétales blancs ou bleus, jamais les jaunes. Ce qu'il fit. Moins d'une heure plus tard, à sa grande satisfaction, le liquide se colorait enfin comme il se devait. Une fois refroidie, la mixture fut mise dans un contenant de verre scellé puis dans une sacoche de cuir avec le talisman. Le jeune homme quitta ensuite son repaire pour l'île de Mun, dans l'archipel de Hasik.

Sur place, il repéra trois arbres, si collés les uns aux autres que l'on aurait pu croire qu'ils avaient poussé sur la même souche, n'eut été de leur essence distincte. Avec difficulté, Yaël grimpa pour atteindre le centre de ce triangle étrange. À la rencontre des trois troncs, il versa le contenu de la fiole sur le pendentif, tout en prononçant les incantations qu'il avait retranscrites. Il prit soin de parler lentement pour ne pas buter sur les mots complexes de la langue sacrée des Anciens. Nerveux, il attendit ensuite la confirmation de sa réussite. Il lui fallut s'armer de patience puisque le résultat n'apparut que vers la fin du jour suivant, alors qu'il commençait à désespérer. Les racines des trois arbres émirent soudainement de petites volutes de fumée bleuâtre qui prirent doucement de l'ampleur. Quatre longues heures s'écoulèrent avant que leur point de rencontre, au faîte des arbres, donne naissance à une forme vaguement humaine. Longtemps, l'amas gazeux resta suspendu dans les airs sans que rien se produise. Puis le couvert nuageux se déchira enfin, laissant filtrer les rayons lunaires qui effleurèrent l'étrange création. Du coup, la magie opéra : Séléna venait de renaître...

-11-

La découverte d'Alejandre

En route vers la ville de Nasaq, Alejandre ne savait rien de la disparition de Naïla. Le temps s'écoulant différemment sur Brume, il aurait été encore plus furieux d'apprendre qu'elle y était depuis une semaine déjà. Il croyait que la jeune femme l'attendrait au château, de retour grâce aux bons soins des hommes de Simon et remise à sa place par Mélijna. Il pourrait donc s'occuper de ses projets jusqu'à ce qu'elle mette au monde l'héritier qu'il souhaitait si ardemment. D'ici là, il comptait bien se renseigner sur le sortilège qui l'empêchait d'utiliser les pouvoirs qui dormaient en lui depuis sa naissance.

En fin de journée, il pénétra dans la ville la plus mal famée de la péninsule sans la moindre crainte. À tort ou à raison, il croyait que rien ne pouvait lui arriver dans un endroit où tant de gens lui ressemblaient : des êtres sans cœur et sans autre attache que le goût du pouvoir et de l'or. Il se dirigea sans plus tarder vers la demeure de celle qu'il était venu consulter.

La vieille Elisha habitait une petite maison sise entre deux immenses habitations appartenant à de riches bandits. L'entrée n'était visible que pour ceux qui en connaissaient l'existence puisque la voyante s'était retirée des affaires depuis de nombreuses années déjà. Comme beaucoup d'individus possédant des dons hors du commun, elle ne cherchait plus, en vieillissant, la reconnaissance à tout prix, mais plutôt une certaine forme de tranquillité. Elle avait connu ses heures de gloire dans sa jeunesse alors que les seigneurs, au même titre que les bandits de grand chemin, venaient la consulter pour qu'elle leur révèle leur avenir. Elle s'exécutait de bonne grâce, cette activité lui permettant de très bien gagner sa vie. Elle ne faisait plus de prédictions de cette nature désormais ; elle réservait ses services pour des questions beaucoup plus pointues, particulièrement axées sur le passé d'une personne. Elle tentait de découvrir la source d'un mal, d'un sortilège, d'un pouvoir ou le pourquoi de certains événements. Elle se faisait grassement payer pour ce genre de trouvailles, mais jamais en or. Elle était plus fine que cela...

Alejandre s'annonça à la tombée du jour, sans même avoir pris le temps de se nourrir ou de chercher un endroit où passer la nuit. Il était beaucoup trop pressé de savoir si la vieille femme serait capable de lui venir en aide. Il n'avait pensé que tout récemment à la consulter, se souvenant que son père l'avait amené là-bas dans sa jeunesse. Il s'était ensuite renseigné, à savoir si cette voyante était encore en vie et recevait toujours des visiteurs. Devant la réponse affirmative, il n'avait pas perdu de temps, n'en informant même pas Mélijna. Il voulait ainsi s'assurer que cette vieille peau ne ferait pas de rétention d'information à son désavantage, comme il la soupçonnait de le faire depuis trop longtemps.

La porte s'ouvrit sur une jolie jeune femme au regard soupçonneux. Même si Elisha lui avait dit qu'elle pouvait ouvrir sans crainte, Séphonie avait hésité. Elle n'avait pas hérité des mêmes dons que sa grand-mère en ce qui avait trait à la voyance, mais elle en avait reçu d'autres, tout aussi étranges, mais surtout utiles. Elle pouvait percevoir la méchanceté ainsi que la soif de pouvoir et de domination d'un être au premier contact, ce qui était actuellement le cas. Au contraire

114

de son aïeule, elle réussissait difficilement à côtoyer le mal qui occupait malheureusement chaque parcelle de la ville qu'elle habitait. Elle s'y était résignée uniquement pour éviter que sa grand-mère ne vive seule dans un environnement aussi dangereux. Elle souhaitait cependant que le jour vienne où elle pourrait quitter cet endroit sinistre pour un village plus calme de la côte, où les talents de sa grand-mère seraient mis en valeur pour la bonne cause et non pour aider des mécréants à asseoir leur domination.

— Je suis venu consulter Elisha.

Le ton hautain et le regard dédaigneux que lui renvoya le sire de Canac confortèrent Séphonie dans son idée : elle n'aimait pas du tout cet individu. En retenant difficilement un soupir de dépit, elle fit signe à l'homme aux cheveux noirs et au regard vert mousse de la suivre. Elle le conduisit dans une sombre pièce où brillait la lumière diffuse de cinq longues chandelles pourpre et or. Une vieille femme au visage tanné par les ans les attendait, assise en tailleur à même le sol. Elle leva à peine les yeux vers son visiteur, avant d'énoncer, sûre d'elle :

— Ce que vous êtes venu chercher demande une maîtrise de mon art hors du commun puisque les deux sortilèges en cause ont été prononcés dans un monde qui n'est pas le mien. Je ne peux donc certifier que des images accepteront de revivre dans votre mémoire. Si je veux bien essayer de répondre à vos interrogations, ce n'est pas tant pour vous satisfaire vous que moi. Je n'ai jamais tenté de remonter dans le temps et l'espace de cette façon. Il serait donc intéressant de voir si j'en suis capable. Il va de soi que le prix demandé sera plus élevé...

Nullement impressionné qu'Elisha connaisse déjà la raison de sa venue, Alejandre s'enquit, d'une voix légèrement tendue :

– Combien ?

La vieille ricana, provoquant un long frisson sur l'échine de Séphonie. Quand elle se comportait de cette façon, sa grand-mère avait l'habitude de demander quelque chose d'à peu près impossible à dénicher. Sachant qu'elle n'était pas autorisée à rester, la jeune femme referma la porte de mauvaise grâce. Toutefois, son instinct l'emportant sur la prudence, elle se rendit dans une pièce contiguë. Elle n'avait jamais avoué à Elisha avoir trouvé le moyen d'assister à certains entretiens malgré son désaccord. Séphonie était convaincue que le jour viendrait où le fait d'avoir enfreint les règles servirait le bien de tous. Elle ne se doutait pas que ce jour était arrivé. Elle eut tout juste le temps de s'installer avant que la réponse de la voyante se fasse entendre, surprenante :

– Rien que tu puisses m'offrir aujourd'hui.

Séphonie vit le visiteur ouvrir d'abord de grands yeux étonnés avant de devenir méfiants. Fronçant les sourcils, le sire de Canac s'enquit :

– Mais encore ?

Le silence meubla l'espace quelques minutes.

– En échange de mon aide pour parcourir les chemins de ton enfance, j'exige la formule de la potion de Vidas, dans son entier il va sans dire, accompagnée d'une fiole de chacun des ingrédients nécessaires à sa réalisation – il y en a trente-trois en tout. Et pour être bien certaine que tu respecteras notre entente, si tu l'acceptes bien sûr, je retiendrai une partie des renseignements que je parviendrai nécessairement à retracer.

Séphonie fronça les sourcils. Elisha n'avait mentionné cette potion qu'une seule fois et le souvenir que la jeune fille gardait de ce jour n'était pas des plus heureux. Ce qu'elle voyait poindre derrière cette demande ne lui plaisait pas du tout.

Quant à Alejandre, il pencha la tête sur le côté, songeur. Son père lui avait autrefois parlé de cette potion mythique, de sa complexité, mais surtout de ses formidables effets sur la longévité de celui ou celle qui en buvait. S'il savait ce que la vieille voulait obtenir, il se doutait qu'il ne serait pas aisé de lui donner satisfaction. Il n'avait aucune idée de l'endroit où il pourrait dénicher une formule aussi recherchée. Comme si elle lisait dans ses pensées, Elisha lui donna une piste de solution.

– Puisque le château de tes ancêtres héberge encore aujourd'hui une sorcière qui connaît parfaitement ce sortilège, il ne devrait pas t'être trop difficile d'accéder à ma requête...

Alejandre fit de son mieux pour ne pas laisser paraître sa surprise face à pareille affirmation. Il dut pourtant admettre que le secret de la longévité de Mélijna résidait peut-être dans ce sortilège d'un autre temps. Il allait devoir jouer serré s'il voulait satisfaire la voyante sans pour autant révéler sa visite en ces lieux à Mélijna. Sans plus réfléchir, le jeune homme donna son accord.

– Bien ! Le moment est donc venu de remonter le cours du temps. Assieds-toi.

Alejandre s'exécuta, s'installant en tailleur devant Elisha. Puis la voyante ferma les yeux, demandant à son vis-à-vis de l'imiter.

– Tu dois purger ton esprit et ne plus penser à rien d'autre que ce pour quoi tu es venu. Concentre-toi sur ton désir de savoir et non sur les raisons qui le motivent. Si je parviens à faire revivre ta mémoire temporelle, il te faudra être attentif. Le fil de ta vie se déroulera alors dans ton esprit et ce sera à toi d'y découvrir ce que tu cherches. Prêt ?

Le retour en arrière s'enclencha aussitôt. Des images de la vie d'adulte d'Alejandre et de son adolescence commencèrent à défiler dans son esprit. Elles passèrent rapidement. Son enfance refit ensuite surface, de sa douzième année en régressant. Alejandre se revit lors de ses premières véritables escarmouches avec son frère, ses crises de colère parce qu'il ne possédait ni don ni pouvoir comme son jumeau même s'il restait le préféré de Nathias, son incompréhension face à l'absence de sa mère et sa crainte de la sorcière qui habitait les profondeurs du château. Le recul se fit de plus en plus rapide alors que se déroulaient des événements qui ne l'intéressaient pas. Arrivèrent enfin les premières images d'Alexis et de lui-même encore bébés, emmaillotés dans des couvertures de laine épaisses. Alejandre fit alors ralentir le rythme du défilé d'images.

Il vit le retour au château de sa mère portant l'un des enfants. Cheminait à ses côtés un homme qu'il ne connaissait pas, mais qui regardait la Fille de Lune avec une adoration non feinte tout en tenant le deuxième poupon. Les yeux toujours fermés, Alejandre plissa le front de concentration. Pourquoi sa mère se trouvait-elle en dehors de l'enceinte du château avec les enfants que son père avait si ardemment désirés ? Et avec un autre homme de surcroît ! Il était convaincu que Nathias n'aurait jamais permis cela. Mais le sire de Canac n'était pas au bout de ses surprises. Il revécut en sens inverse la longue chevauchée de sa mère jusqu'à l'amorce d'une bande de terre. Commença alors une autre chevauchée – vers le passé toujours – qui avait dû prendre plusieurs jours, surtout avec des bébés, sur une mince lanière de terre bordée d'eau de part et d'autre. Finalement, la route se transforma en un élargissement massif recouvert d'une dense forêt. Andréa et l'homme qui l'accompagnait s'y engouffrèrent jusqu'à ce qu'ils atteignent un tout petit lac au centre duquel trônait un rocher surmonté d'un arbre solitaire. C'est alors qu'Andréa reprit le deuxième enfant, celui qui cheminait auparavant dans les bras de son compagnon. Elle s'aventura ensuite sur l'eau sans crainte aucune et traversa la minuscule étendue en marchant comme sur la terre ferme. À peine arrivée sur l'îlot, une lumière blanche aveuglante se manifesta. La jeune femme d'alors s'évanouit dans la nature pour reparaître dans un décor tout à fait différent.

Le froncement de sourcils du sire de Canac s'accentua encore sous la surprise ; il n'y avait plus de végétation dans ce nouvel environnement, juste une immensité rocheuse d'un bleu ardoise profond. Pas la moindre trace de civilisation non plus. Pendant un instant, Alejandre pensa que la vieille Elisha venait d'échouer à remonter plus loin dans son passé, mais ce n'était qu'une déception temporaire ; le fil du temps se remit soudain en route. Alejandre comprit alors que la Fille de Lune était parvenue à cet endroit par magie, se déplaçant depuis la Terre des Anciens. C'est dans un village étrange qu'il assista, impuissant, vingt-sept ans après les événements, à la remise des deux nouveau-nés à l'Élue de la lignée maudite. Avant même de comprendre où il se trouvait ou de réussir à mettre un nom sur les êtres qui allaient hanter ses nuits à partir de ce jour, Alejandre réalisa enfin que sa vie n'était qu'un épais tissu de mensonges. Il n'était pas le fils d'Andréa ! La nouvelle lui fit rouvrir les yeux et perdre le contact psychique avec la voyante. Cette dernière ne s'en formalisa pas. Au contraire ! Cela convenait fort bien à ce qu'elle avait déjà prévu.

— Ce que vous venez de voir est suffisant pour vous permettre une réflexion sur vos origines, de même que sur votre vie en entier. Quand vous aurez ce que je vous ai demandé, revenez ; je vous montrerai les quelques jours qui manquent encore à votre connaissance. Vous serez ensuite à même de faire les choix qui s'imposent...

Alejandre aurait voulu protester. Il savait pertinemment que cela ne servirait à rien ; il devait d'abord remplir sa part de l'engagement. Il ne put se retenir de demander une dernière chose :

– Je vois seulement ce que vous voulez bien que je vois, je le sais. Mais compte tenu de mon passé, duquel vous n'ignorez plus rien, croyez-vous que je puisse fissurer la carapace qui m'empêche d'user de mes pouvoirs ?

Le sourire d'Elisha se fit énigmatique.

– Probablement, puisque votre père a veillé à fragiliser le sortilège, il y a de nombreuses années. À vous de terminer le travail...

12

Le poste de traite

La cheminée de la cabane de bois rond laissait échapper de longues volutes de fumée. L'air ambiant embaumait le conifère. Il n'y avait que quelques constructions aux alentours, dont une petite chapelle. À mesure que nous avancions vers le bâtiment principal, je sentais grandir en moi une irrésistible envie de rebrousser chemin, même si je n'avais nulle part où aller. Je n'étais pas du tout convaincue de ma capacité à trouver les mots justes, ceux qui me permettraient d'obtenir un transport vers Québec sans pour autant m'attirer une légion de questions embarrassantes. Il me faudrait également faire attention à ma conduite puisque la place que tenaient les femmes ici, trois siècles avant la montée du féminisme, n'avait rien de commun avec ma vie antérieure.

Tandis que je poursuivais ma réflexion silencieuse, nous arrivâmes, mon escorte et moi, au poste de traite. Juste à temps semblait-il puisque quelques gouttes de pluie froide me piquèrent soudain le nez. Trop absorbée par l'anticipation de ce qui allait suivre, je n'avais pas remarqué qu'une averse menaçait.

— Peut-être vaudrait-il mieux que vous nous attendiez ici, suggéra Fabrice, tout en me détaillant des pieds à la tête.

Il est vrai que, dans mes vêtements sales et déchirés par endroits, je ne devais pas avoir très fière allure. Je n'étais même pas certaine qu'ils puissent avoir une quelconque ressemblance avec l'habillement du temps, mais je n'y pouvais rien. À ma connaissance, les habits de l'époque étaient cousus à la main, par chaque femme responsable d'une maisonnée. Je regardai Fabrice terminant sa brève inspection et haussai les épaules, impuissante. Il eut un sourire désabusé.

– Je suppose qu'il faudra faire avec cette tenue...

Sur ce, il s'engouffra à l'intérieur, suivi des quelques hommes qui nous accompagnaient. Il me laissa seule avec mes angoisses et mes craintes. Mais ma situation ne devait pas être pire que celle des jeunes filles qui débarquaient sur les quais de la future capitale après des mois passés sur un navire où l'hygiène était pratiquement inexistante...

Mon attente s'éternisa. Mon interprète ressortit finalement, m'enjoignant à le suivre. J'entrai enfin dans ce poste si important pour la traite des fourrures dans le Québec du dix-septième siècle. Il y faisait sombre. Il n'y avait que deux hommes dans la vaste pièce où régnait une forte odeur que j'attribuai aux peaux plus ou moins bien tannées et à la poudre à fusils. Ils me saluèrent autant qu'ils me jaugèrent. J'eus un instant la triste impression d'être de la marchandise avant de réaliser que c'était probablement le cas. Je retins ma langue, craignant de ne pouvoir me contrôler comme il se doit. L'un des occupants se tenait derrière un comptoir, alors que l'autre y était accoudé de ce côté-ci. Si l'un était blond comme les blés, le second était aussi noir que la nuit. Tous deux portaient une barbe de plusieurs jours et des vêtements ayant un urgent besoin d'être lavés. Je présumai que c'était un état de choses auquel je devrais m'habituer. Le plus jeune des deux, celui derrière le comptoir, me dévisagea un instant avant de m'adresser la parole.

– Comme je le disais à Fabrice, nous attendons encore le passage du navire *La Fortune Blanche*. Son arrivée était prévue pour le mois dernier, mais je suppose qu'il a quitté le port en retard ou qu'il a rencontré des problèmes en cours de route. C'est votre seule chance de rallier Québec. Sinon, comme Fabrice vous l'a sûrement mentionné, il est toujours possible que vous regagniez la France sur un navire en partance. À condition, bien sûr, d'être en mesure de pouvoir payer les droits de passage et d'y trouver une place...

L'autre ajouta son grain de sel, précisant qu'il y avait plus d'une façon de payer son transport, surtout pour une jolie jeune femme. Je préférai ne pas relever.

– Vous pouvez demeurer ici jusqu'à ce que vous ayez choisi l'une ou l'autre des possibilités. Mais je vous préviens, c'est assez rudimentaire. Je ne sais pas à quoi vous êtes habituée, mais si vous restez, il faudra vous faire à notre mode de vie.

« Crois-moi, mon bonhomme, tu ne veux pas savoir à quoi je suis habituée », pensai-je. Je lui offris mon plus beau sourire, en même temps que ma réponse.

– N'ayez crainte, je m'adapterai à vos conditions.

Sans plus se préoccuper de moi, les hommes se mirent à discuter entre eux. Je sortis en douce. Dehors, la pluie tombait dru et le temps sombre ajoutait à la morosité qui menaçait de m'envahir. Pleinement consciente que ma situation ne serait plus jamais facile ni confortable, j'avais quand même beaucoup de mal à composer avec l'incertitude permanente. Je soupirai, levant les yeux au ciel. La pluie glissa sur mon visage, mes larmes s'y mêlant, m'apaisant légèrement. Je portai la main à mon cou puis refermai mes doigts sur mon pendentif, comme si ce geste pouvait m'apporter un certain réconfort. Le souvenir de Tatie s'imposa alors très fort à mon esprit. Pendant un instant, j'espérai de tout mon cœur pouvoir me retrouver à ses côtés et me blottir dans ses bras comme lorsque j'étais enfant alors qu'elle consolait mes peines et mes déceptions. Les yeux fermés, je priai pour avoir la chance de la revoir un jour...

– Le temps est venu de nous dire au revoir.

La voix de Fabrice creva ma bulle de nostalgie.

– En effet, admis-je à regret. Je vous remercie de m'avoir conduite jusqu'ici, mais surtout de m'avoir servi d'interprète...

– Oh ! C'était la moindre des choses. J'espère que vous pourrez regagner Québec comme vous le souhaitez, même si je me demande bien ce que vous comptez y faire puisque vous ne désirez visiblement pas y retrouver votre mari.

Le tout avait été dit sans méchanceté aucune, mais avec un je-ne-sais-quoi qui supposait que le jeune homme ne m'avait pas vraiment crue. Il avait tout simplement accepté le fait que je ne veuille pas m'ouvrir davantage et je lui en étais reconnaissante.

– Pour être honnête, je ne sais pas... Ne vous en faites pas, je me débrouillerai très bien.

– Je n'en doute pas une seconde.

Les Amérindiens sortirent à ce moment du poste de traite et lui jetèrent un regard interrogateur. Fabrice leur dit de se mettre en route, qu'il les rejoindrait dans un instant.

– La vieille Uapikun m'a demandé de vous transmettre un dernier message...

Je haussai un sourcil interrogateur, curieuse de savoir ce que cette étrange femme avait bien pu lui raconter.

– Vous portez la solution à vos problèmes de sommeil.

Sur cette phrase énigmatique, il se détourna pour rejoindre ses compagnons.

– C'est tout ? lui criai-je.

Il se retourna, sourire en coin.

– Vous ne vous attendiez tout de même pas à ce qu'elle soit plus claire ?

– Non, en effet, répondis-je dans un faible sourire.

– Au revoir, Naïla. Et que votre dieu, quel qu'il soit, vous protège sur cette terre de misère... ou ailleurs.

Il s'en fut ensuite, me laissant avec ses paroles et celles de l'Indienne, résonnant en écho. Elles me firent m'interroger sur ce que les gens pouvaient réellement penser de moi.

– Vous devriez rentrer. Le temps est propice à attraper la mort...

Le jeune homme blond, debout dans l'embrasure de la porte, me regardait étrangement. Il ne devait pas avoir plus que mon âge. Je le suivis à l'intérieur.

*   *
*

Il s'écoula plus d'une semaine avant que l'on aperçoive un premier navire... qui n'allait même pas dans la bonne direction. Je m'ennuyais ferme dans ce coin perdu de la colonie, sans aucune vie sociale. Je passais la majeure partie de mon temps à flâner sur la grève dans l'attente de voiles à l'horizon ou à l'abord des forêts environnantes. Mes nausées se faisaient un peu moins insistantes et j'espérais qu'elles disparaîtraient bientôt. Elles représentaient un rappel quasi constant de ma triste situation et de ce qu'elle pouvait engendrer dans un monde qui me paraissait, en ce moment même, encore plus lointain que celui de la Terre des Anciens.

J'étais dans la petite chapelle de pierre, en retrait du poste de traite. Je m'y réfugiais de plus en plus souvent, alors que s'égrenaient les jours. L'endroit avait l'avantage de m'apporter un semblant de paix intérieure, me permettant de réfléchir. Je ne croyais plus guère en un dieu, quel qu'il soit, depuis les décès tragiques qui avaient bouleversé ma vie. Toutefois, la sérénité m'était nécessaire pour continuer et c'est ici que je m'en rapprochais le plus. Je fermai les yeux quelques instants, extirpant de ma mémoire les images de ceux que j'avais profondément chéris, de même que de celui que je croyais aujourd'hui aimer. Cette dernière image était la plus douloureuse, ne portant que des incertitudes et des questionnements. Pour la première fois depuis que je fréquentais ce lieu, je priai réellement afin de revoir un jour cet homme d'un autre temps.

Je me relevai sans hâte et sortis dans la fraîcheur de l'automne. Les feuilles tombaient sans relâche depuis le matin. Le vent s'était levé avec le soleil, entreprenant un grand ménage avant l'hiver. Je resserrai sur moi les pans de ma cape trop mince avant de me diriger vers les berges. J'aurais dû rentrer et me réchauffer près du feu, mais je n'avais nulle envie de me retrouver en tête-en-tête avec Joseph. Je préférais fuir sa compagnie, non pas parce qu'il n'était pas gentil ou intéressant, mais bien parce que je ne trouvais rien à lui dire qui puisse détourner la conversation de mon passé suffisamment longtemps pour éviter les questions gênantes. Déjà que mon besoin d'hygiène personnelle le déroutait, alors que la mode en Nouvelle-France était aux couches de crasse en strates multiples.

Je regardai loin en aval, guettant toujours *le* navire qui pourrait m'amener à Québec. J'eus beau scruter l'horizon, je ne vis rien qui puisse m'arracher un cri de joie. Je décidai de faire une promenade vers le fjord. J'avais fait quelques pas à peine lorsque je me retournai instinctivement, parcourue d'un long frisson semblable à ceux qui s'emparaient de moi quand je faisais des cauchemars la nuit. Pendant quelques instants, j'eus la nette impression que je n'étais pas seule sur les rives de ce grand fleuve. Je tremblais, mon cœur battant la chamade. S'il fallait que mes visions me hantent même le jour, jamais je ne parviendrais à tenir le coup.

Je prenais religieusement la tisane d'Uapikun avant de me coucher, mais elle était de moins en moins efficace, comme un médicament dont les effets s'amenuisent avec le passage du temps. Je n'avais toujours pas réussi à décrypter le message de l'Amérindienne, affrontant chaque jour des images de plus en plus dérangeantes de batailles sanglantes et de monstres sanguinaires. De nouveaux personnages avaient brusquement fait leur apparition au cours des dernières nuits. L'un d'eux ricanait sans cesse bêtement, tandis qu'un autre ne se déplaçait jamais à visage découvert ; il portait constamment un capuchon. Mélijna avait aussi fait un retour remarqué dans mes pensées. Elle était cependant plus jeune et l'homme qui se tenait à ses côtés n'était pas Alejandre. Était-ce le précédent sire de Canac ? Jusqu'où ce retour dans le temps allait-il me projeter ?

Tous ces questionnements me ramenaient à un autre, plus troublant : pourquoi étais-je incapable de la moindre magie ? Chaque jour, j'essayais d'accomplir une prouesse quelconque, mais il ne se produisait jamais rien. Comble de malheur, toutes mes tentatives de télépathie se soldaient par un échec cuisant. Alix avait peut-être raison d'affirmer que je n'étais qu'une piètre imitation d'une véritable Fille de Lune...

*   *

*

Le lendemain, à l'aube, je m'éveillai le cœur battant. J'enfilai mes vêtements à la hâte et sortis en vitesse, autant pour aller soulager ma vessie que pour chasser de mon esprit de nouvelles visions de cauchemar. Mordant, l'air froid dissipa mes angoisses, mais donna le coup d'envoi à mes nausées somnolentes. Je bifurquai de ma destination initiale pour vomir dans les ifs, n'ayant nulle envie de me pencher au-dessus des latrines. Par habitude, je jetai ensuite un œil vers le large. Quelle ne fut pas ma surprise d'y apercevoir de grandes voiles déployées, tout juste sur la ligne d'horizon. Mieux valait déjeuner et faire un brin de toilette, au cas où...

*   *

*

— Vous n'êtes que deux pauvres imbéciles !

Sur ce, je claquai la porte dans un élan rageur. Les yeux brouillés de larmes, je me précipitai vers la chapelle où je m'effondrai sur un banc. Plusieurs minutes s'écoulèrent avant que je ne retrouve mon calme, mais la fureur qui m'habitait ne diminua pas d'un iota ; je la maîtrisais, point.

J'inspirai profondément, tentant de faire taire la petite voix dans ma tête qui me serinait que je n'étais qu'une idiote. Comment avais-je pu croire que je prendrais tranquillement le bateau comme on prenait l'autobus dans mon ancienne vie ? Pourquoi n'avais-je pas pensé que les navires ne s'arrêtaient que rarement au poste de traite quand ils voguaient vers Québec ? Si j'avais réfléchi un tant soit peu, j'aurais compris qu'ils n'avaient rien à faire à Tadoussac à leur arrivée, que les échanges se déroulaient plus tard, quand ils retournaient en France. J'étais maintenant prisonnière de ce coin perdu de la colonie, à la merci des hommes...

Moins d'une heure auparavant, je me précipitais pourtant vers la cabane, criant que *La Fortune Blanche* arrivait enfin. Mon enthousiasme n'avait pas suscité les réactions escomptées ; Arthur affichait un sourire narquois pendant que Joseph détournait le regard, mal à l'aise. Soudain moins enjouée, je les avais harcelés jusqu'à ce qu'ils crachent enfin la vérité, à savoir qu'il n'avait jamais été question que je puisse embarquer pour Québec cet automne. Arthur avait plutôt convaincu son compagnon de ne rien dire, espérant stupidement que je me résignerais à passer l'hiver ici avec eux. Au sourire de convoitise que m'avait alors adressé le dénommé Arthur, il était clair qu'il voyait en moi un incroyable potentiel de divertissement. J'avais laissé exploser ma colère, proférant une série de jurons dignes des pires charretiers et leur promettant – surtout au plus vieux – un hiver à côté duquel même le pire des calvaires serait une sinécure...

13

Cauchemar

Sacha avait terminé son récit peu de temps après avoir mentionné le signe de Darius. Alix n'avait eu aucune peine à comprendre pourquoi quelqu'un avait tenté de mettre la main sur ce parchemin inestimable. Ce qu'il ne s'expliquait pas, c'est comment le grand-père de Justin avait pu en prendre possession et comment son assassin était arrivé à en connaître le contenu. À moins que ce ne soit tout simplement le propriétaire légitime qui ait récupéré le bien qu'il avait égaré ou s'était fait dérober ? Sacha n'avait pu fournir la moindre explication à ce sujet. Tout ce qu'elle savait de cette histoire, elle l'avait déjà raconté. Il vaudrait mieux retrouver Justin.

En réfléchissant, le Cyldias contemplait les étoiles par l'une des fenêtres de la chaumière. Sacha et Zevin dormaient paisiblement. Alix enviait son compagnon. Le guérisseur réussissait toujours à s'endormir quand il en avait besoin, peu importe la situation. Seul le souvenir de Mélicis, sa Fille de Lune perdue, pouvait troubler son sommeil. Alix soupira longuement. Cette association d'idées le fit penser à Naïla, ce qui ne lui apporterait sûrement pas la paix nécessaire au repos. S'il avait pu faire abstraction de la jeune femme pendant la majeure partie de cette journée surchargée, elle était revenue le hanter sitôt le silence installé. Alix avait à peine fermé les yeux que son visage lui était apparu, aussi clairement que si Naïla s'était soudain matérialisée devant lui. La crainte qu'elle soit en danger revint également avec une telle force que le jeune homme eut l'impression qu'il ne parviendrait jamais à se raisonner. Il haïssait l'emprise que l'Élue avait sur lui. Jamais une femme ne lui avait fait perdre ses moyens auparavant ! Il en avait pourtant connu plus d'une au cours de ses années de cavale, et ce, malgré qu'il fut marié. Jamais il n'avait eu le moindre remords à ce sujet d'ailleurs. Mais depuis quelques mois, la situation s'était modifiée à un point tel qu'il avait peine à se reconnaître.

Alix chercha longtemps le sommeil, en vain. En dépit de la fraîcheur nocturne, il alla s'allonger à la belle étoile, espérant trouver le repos. S'il s'endormit enfin, ce ne fut pas dans la quiétude qu'il souhaitait. À peine les bras de Morphée l'avaient-ils enveloppé qu'il se retrouva bien malgré lui sur un champ de bataille qu'il aurait préféré ne jamais avoir à contempler, même dans ses pires cauchemars...

Il se réveilla en sursaut, alors que la lune était encore haute dans le ciel obscur. Il transpirait abondamment et dut reprendre son souffle. Il eut besoin de quelques minutes pour se remémorer l'endroit où il se trouvait. Il poussa bien malgré lui un soupir de soulagement, constatant que le cauchemar en était bien un et que ce triste portrait de l'avenir n'avait pas encore rejoint la réalité. Était-ce une question de mois, d'années ? Il secoua la tête, espérant chasser les cris de douleur et de haine qu'il entendait encore résonner à ses oreilles, tel un avertissement.

– Est-ce que ça va ?

Zevin avait posé la question presque timidement, craignant vraisemblablement que son ami se rebiffe, fidèle à son habitude, et ne veuille pas lui confier ce qui le tourmentait.

Alix sursauta violemment. Comme toujours lorsqu'ils voyageaient ensemble, Zevin avait perçu le sentiment de détresse de son ami, bien qu'il ne dormait pas à ses côtés. Cela faisait partie des nombreux dons du guérisseur. Alix s'empressa de lui expliquer la raison de son réveil subit et de sa quasi-panique, ce qui ne lui ressemblait pas.

– Il y aura des combats dans les Terres Intérieures. Ça ne saurait tarder. Le problème, c'est que j'ignore qui seront les belligérants. Je sais par contre qu'il y avait un nombre beaucoup trop élevé de mancius et de représentants des autres mondes pour qu'il n'y ait pas eu de recrutement à l'extérieur de la Terre des Anciens. Ça veut dire que Naïla reviendra et sera capable d'accéder à tous les autres mondes, sous la contrainte ou pas, ou que quelqu'un aura encore une fois réussi à dénicher une nouvelle Fille de Lune.

À la lumière de ce discours décousu, Zevin comprit qu'Alix avait fait un rêve prémonitoire, ce qui, habituellement, annonçait de très mauvaises nouvelles. Dans ce genre de situation, le Cyldias ne rêvait jamais d'événements banals de la vie à venir ; il voyait les grands bouleversements, les guerres ou les sorciers devenus trop puissants.

Le silence s'installa pour de longues minutes, chacun des deux hommes réfléchissant à ce que ces révélations impliquaient. Ce fut finalement Zevin qui le brisa :

– Ce n'est peut-être pas le bon moment pour te le demander, mais ce cauchemar vient de me rappeler autre chose. Quand tu as rêvé de Naïla, il y a quelques années, est-ce que tu te souviens du contenu de cette prémonition ?

Alix se tourna vers Zevin, bouche bée.

– Je n'ai jamais rêvé de cette Fille de Lune avant de la rencontrer ! Tu dois te tromper...

– Oh non ! Je ne me trompe pas. Peut-être as-tu simplement occulté ce souvenir de ta mémoire ?

Sous le clair de lune, Alix plissa le nez, se creusant visiblement la cervelle.

– Zevin, si j'avais rêvé d'elle, crois-moi, je m'en souviendrais...

– Je ne te dis pas que tu as rêvé d'elle exactement comme elle est, mais bien que tu avais prédit sa venue prochaine. Rappelle-toi ! Nous chevauchions vers les Terres Intérieures, à la poursuite de ceux qui avaient enlevé Mélicis. Je refusais que nous nous arrêtions pour la nuit, mais tu as insisté, prétextant que nous ne tiendrions pas en selle plus longtemps. Même si je savais que tu avais raison, je ne voulais pas t'écouter. J'étais obnubilé par la peur de ne jamais pouvoir les rattraper et de perdre à jamais celle que j'aimais.

Au fur et à mesure que Zevin parlait, la scène refaisait surface dans la mémoire d'Alix.

– Tu as fini par t'arrêter, me disant simplement que tu refusais d'aller plus loin ; tu avais besoin de sommeil. Je t'ai traité de lâche, de sans-cœur et même de jaloux. Je t'ai accusé d'espérer que je ne la retrouve jamais parce que toi tu ne savais pas ce que c'était d'aimer pour vrai.

Alix aurait souhaité interrompre son ami, lui dire que c'était du passé et qu'il avait oublié cette colère mue par un désespoir qu'il connaissait trop bien aujourd'hui. Il comprenait toutefois que Zevin avait besoin d'en parler, de se remémorer. Il le laissa donc poursuivre.

– J'ai continué seul sur une courte distance, avant de me rendre compte que ça n'avait aucun sens. J'avais moi aussi besoin de repos si je voulais poursuivre. J'ai donc rebroussé chemin et je me suis couché près de toi. Tu ne m'as même pas entendu tellement tu étais épuisé. J'ai alors réalisé que nous chevauchions depuis plus de vingt-quatre heures et que ton amitié indéfectible t'avait gardé à mes côtés malgré la folie de cette entreprise...

Zevin leva les yeux vers Alix.

– Je ne t'ai jamais remercié par la suite, mais je le fais aujourd'hui. Jamais je n'y serais parvenu sans toi...

Alix balaya le tout d'un geste de la main, haussant les épaules.

– Qu'aurais-je pu faire d'autre ?

Zevin sourit.

– Toujours est-il que tu t'es réveillé en sursaut au beau milieu de la nuit, en nage et en hurlant. Tu...

Mais ce fut Alix qui continua, le souvenir ayant refait surface avec une telle netteté qu'il s'attendait presque à être propulsé trois ans en arrière.

– Je me souviens d'avoir ouvert les yeux, surpris par la noirceur, alors que je me trouvais dans une vaste plaine, en plein jour, quelques secondes auparavant. J'ai mis un certain temps à comprendre que j'émergeais d'un rêve, mais je me rappelle t'avoir dit que je ne le pensais pas prémonitoire. Tu n'as pas voulu me croire après que je te l'ai eu raconté. À cette époque, je n'avais pas encore remarqué qu'une jeune fille accompagnait toujours mes songes qui se révélaient vrais...

– Tu dois admettre que j'ai eu raison, non ? insista Zevin.

– Je ne sais pas. Je n'ai jamais vu le visage de la femme qui se prétendait Fille de Lune et...

Zevin l'interrompit.

– Elle t'a dit descendre de la lignée maudite ; elles ne sont tout de même pas légion ! Et comme il n'y a pas eu d'autre Fille de Lune depuis ce temps, il ne peut s'agir que de Naïla.

– Et si c'était simplement un rêve étrange et inexplicable, comme il nous arrive à tous d'en faire chaque jour ? s'entêtait Alix.

– Tu connais beaucoup de gens qui rêvent d'une Fille de Lune enceinte – détail que tu oublies de mentionner – et qui a pour aïeule une certaine Acélia ?

– Non mais...

– Et que l'arrivée de cette femme annoncera la fin d'un cycle et le début d'un autre et...

– Ça suffit comme ça ! Je me rappelle très bien cet épisode, trop bien même. Puisque tu sembles y accorder autant d'importance, je vais te dire pourquoi ce souvenir est resté enfoui dans ma mémoire et que je n'ai rien fait pour qu'il ressurgisse. La suite de ce rêve, personne ne l'a jamais entendue, Zevin. Personne. Parce que j'espérais bêtement que ce n'était pas un rêve prémonitoire et que ce qu'il annonçait ne se réaliserait jamais... jamais...

La voix d'Alix se perdit dans les basses, comme si ce murmure pouvait les préserver d'une quelconque malédiction.

– La Fille de Lune m'a prévenu que je n'aurais pas trop du reste de ma vie, à partir du jour où je la rencontrerais, pour tenter d'apaiser les guerres et les dissensions que susciterait son retour. « Sois heureux si jamais tu parviens à réaliser ne serait-ce que le quart de ce que les dieux t'ont réservé pour l'avenir. » Ce sont ses paroles exactes. Le pire était encore à venir puisque je me suis réveillé au moment où elle me disait : « Il ne devrait y avoir qu'un seul descendant direct de la lignée d'Ulphydius en ce moment sur la Terre des Anciens, mais le sort en a décidé autrement. Peut-être l'un des jumeaux a-t-il les aptitudes nécessaires pour succéder à son illustre ancêtre... »

Alix se tourna lentement vers Zevin, son corps entier couvert de chair de poule. Il n'avait d'autre choix que d'admettre, à la suite des révélations de Foch, qu'il pouvait effectivement être un descendant d'Ulphydius. Restait à espérer que son frère n'ait jamais connaissance de cet état de choses, lui qui faisait déjà passablement de dommages en se croyant descendant de Mévérick.

Le Cyldias reprit son récit :

– Inutile de te dire que je n'ai jamais prié Alana aussi fort que ce soir-là pour que ce songe résulte d'un pur délire. Je préfère ne pas penser que je puisse être l'un des jumeaux en question. Si Mélijna ou Alejandre découvrait des renseignements à ce sujet... Je n'ose imaginer ce que cette sorcière ou mon frère pourrait tirer d'une occasion comme celle-là.

Alix leva les yeux vers le ciel, comme s'il espérait que les dieux lui viendraient en aide au lieu d'observer passivement sa descente aux enfers. Zevin regrettait d'avoir remis cette vieille histoire sur le tapis.

– J'espère que tu me comprends maintenant !

La phrase avait été dite sans méchanceté ; la voix d'Alix était plutôt teintée de lassitude.

– Je suis désolé, répondit Zevin, contrit. Je croyais que c'était à cause de ta relation avec Naïla que tu refusais d'aborder le sujet.

Alix rit doucement.

– Depuis le temps qu'on se connaît, tu devrais savoir que je ne me cache pas derrière des prétextes pour éviter de discuter d'un problème comme celui que représente Naïla... Je m'abstiens simplement de le faire. Allez ! Il vaudrait mieux dormir si l'on veut se lever tôt demain. Nous ne sommes pas au bout de nos peines avec cette histoire d'Exéäs.

Quand Zevin eut retrouvé le sommeil, Alix se permit de remercier Alana pour la diversion providentielle que son compagnon avait lui-même amenée. Le Cyldias avait ainsi évité de parler de son cauchemar avec Zevin. L'enfer annoncé trois ans auparavant par Naïla – parce qu'il ne doutait pas un instant que ce fut elle, même s'il continuait d'obstiner Zevin à ce sujet – n'était rien en comparaison de ce qu'il venait tout juste de voir. Il devait retrouver la Fille de Lune au plus vite s'il ne voulait pas que son chemin de croix ne finisse jamais.

La Fille de Lune... Il préférait l'appeler ainsi, ayant moins l'impression que sa vie éclatait quand il pensait à elle de cette façon. La distance que cette appellation mettait entre eux apaisait légèrement son ressentiment et lui permettait de voir sa position de Cyldias avec davantage de recul et moins d'émotivité. Il contemplait les étoiles, ses pensées s'évadant malgré lui vers la jeune femme. Il se demanda une fois de plus où elle se trouvait et si elle était en sécurité. Après le rêve de cette nuit, il le souhaitait plus que jamais parce qu'il savait qu'il aurait désespérément besoin d'elle dans les mois et les années à venir.

*   *

*

Debout à l'aube, Alix donna à manger et à boire aux chevaux en attendant que son compagnon ouvre les yeux. Il réfléchissait à la situation de Sacha et à l'absence de Justin. Il ne voulait pas laisser la jeune femme seule ici, mais il ignorait aux bons soins de qui la confier.

– Tu songes à tes anciens péchés ?

– Non, je me demandais plutôt s'il était encore possible de réhabiliter les tiens !

Zevin éclata de rire.

– Qu'est-ce que nous allons faire de Sacha ? s'enquit-il, reprenant son sérieux.

– Je me posais justement cette question avant que tu ne viennes interrompre ma brillante réflexion !

– Et ?

– Pour être parfaitement honnête, je ne sais pas, répondit Alix. Je ne vois pas d'endroit susceptible de lui apporter la sécurité nécessaire et je doute qu'elle puisse se défendre seule.

– Es-tu certain qu'elle n'a pas quelques pouvoirs ? Après tout, elle est la mère de puissants Exéäs.

À ces mots, Zevin grimaça de dégoût. Alix lui adressa un sourire d'encouragement. Son ami devrait bien se résigner un jour à accepter l'existence de ces êtres étranges.

– Pas besoin d'aptitudes particulières pour enfanter ce genre de créatures. Wandéline a expliqué hier que les pouvoirs venaient plutôt du père.

– Si tu le dis.

Alix tiqua, légèrement exaspéré.

– Comment peux-tu être aussi doué en guérison de toutes sortes et dans je ne sais combien d'autres domaines et à la fois incapable de retenir des informations si importantes pour la protection de la Terre des Anciens ?

– Probablement parce que si je devais me rappeler toutes les horreurs que tu ne cesses de me raconter, il y a longtemps que je ne serais plus à tes côtés ! rétorqua le guérisseur, excédé. Je n'ai pas ton détachement ni ton courage. Je suis ce que je suis par accident tandis que toi, tu étais destiné à cette folie et...

– Bon, ça va, j'ai compris, répliqua Alix tout en levant les yeux au ciel.

– Et si nous revenions à Sacha. Elle...

– Elle est déjà debout et prête à partir.

Les deux hommes pivotèrent vers la maison où la silhouette de la jeune femme se dessinait à contrejour. Depuis combien de temps était-elle là ?

– Sacha, est-ce que tu connais un endroit où tu serais en sécurité en attendant que nous sachions exactement à quoi nous en tenir concernant tes enfants et ton mari ? s'enquit Zevin.

– Ne vous en faites pas pour moi. Je vais me réfugier chez une amie, dans un village des envi...

La fin de sa phrase se perdit dans un nuage de fumée orangée accompagné d'un bruit de détonation. Wandéline se matérialisa à travers cette nappe de brouillard, le sourire aux lèvres et nettement plus en forme que la veille. Alix ne put s'empêcher d'admirer la capacité de cette femme à défier la vie.

– Il serait plus sage que vous disparaissiez, le temps que Mélijna comprenne qu'elle n'a pas besoin de vous. Je peux vous conduire où je le désire, la seule condition étant d'avoir votre accord – ce qui ne devrait pas poser de problème dans les circonstances actuelles.

La jeune femme plissa le nez, une moue dubitative incurvant ses lèvres. Elle ne semblait pas certaine d'avoir envie de voyager par le seul pouvoir de cette étrange femme, même si cela pouvait lui assurer la sécurité.

– Vous avez tenté de tuer ma fille et vous voudriez que je vous fasse confiance ?

Zevin intervint.

– Tu n'as rien à craindre, Sacha. Il ne te sera fait aucun mal et c'est effectivement la meilleure façon de te soustraire aux recherches le temps que...

– Êtes-vous en train de me dire que vous aimez ces enfants ? intervint Wandéline.

– Ce n'est pas parce qu'ils sont différents que je ne peux pas les aimer ! rétorqua Sacha, acerbe.

– Mais ils sont le fruit d'un viol, s'écria Zevin, interloqué.

– Peut-être, mais quand on souhaite avoir des enfants et qu'on a espéré ce jour de tout son cœur et de toute son âme, on ne peut pas renoncer si facilement. Toute ma grossesse, j'ai cru que c'était mes enfants et ceux de Justin. Jusqu'à ce qu'ils se comportent d'étrange façon, j'étais convaincue de leur origine humaine. Ce n'est qu'ensuite que je me suis questionnée, mais il était trop tard pour les haïr..., conclut Sacha en pleurs.

Compréhensif, le guérisseur passa un bras autour des frêles épaules de la mère pour la réconforter, avant de s'adresser à Wandéline.

– Où la conduirez-vous ?

– Chez les Insoumises. Personne ne s'aventurera à la pourchasser jusque-là. Ce peuple lui apportera la meilleure des protections.

Alix voulut parler, mais la sorcière lui intima de se taire. Le jeune homme émit un grognement ; la trêve entre eux avait pris fin.

– Pour ce qui vous concerne...

Wandéline s'adressait aux deux hommes d'une voix beaucoup moins douce, teintée d'exaspération, comme s'ils étaient eux-mêmes une source d'ennuis en puissance.

– Contrairement à ce que je vous ai dit hier, il vaudrait mieux ignorer ces enfants pour le moment. Il est préférable qu'Alexis évite le château. Ces bébés ne représentent pas un danger sérieux tant qu'ils n'atteindront pas la maturité, c'est-à-dire dans une dizaine d'années. À moins que...

La sorcière s'abîma soudain dans ses pensées. Alix vit ses yeux s'agrandir en même temps qu'elle marmonnait « Non, elle ne peut pas être capable de cela, c'est impossible » et qu'elle balançait la tête en signe de dénégation.

– Je dois m'assurer que cette vieille folle est incapable d'accélérer la croissance de ces enfants...

Wandéline chuchotait presque, se parlant à elle-même, ayant vraisemblablement oublié la présence des autres. Puis elle sembla se rappeler où elle était. Elle se tourna finalement vers Sacha, muette depuis que Zevin lui avait suggéré de suivre la sorcière.

– Tu es prête, mon enfant ? susurra-t-elle, retrouvant sa voix douce.

Alix pinça les lèvres. Décidément, cette douceur ne seyait pas à une femme comme Wandéline. Après un dernier regard vers Zevin, qui opina du chef, Sacha acquiesça timidement. Wandéline lui prit alors la main et, sans plus de cérémonie, disparut avec elle dans un épais nuage.

– Un problème de réglé. La Fille de Lune maintenant, maugréa Alix.

– *Rends-toi à Nasaq, chez la vieille Elisha. Elle te guidera vers ton passé...*

*　　*

*

Tout près de la chaumière de Sacha, Roderick, invisible, se fit un plaisir d'aider son fils. Si Alejandre connaissait maintenant une part de la vérité, il était impératif qu'Alexis sache toute l'histoire. Le Cyldias aurait ainsi la confirmation qu'il pouvait traverser les frontières spatiotemporelles sans dommage puisqu'il l'avait déjà fait à sa naissance. S'ensuivrait, Roderick l'espérait, le départ d'Alexis pour le monde de Brume afin de ramener la précieuse jeune femme. Si tout se déroulait comme prévu, Roderick hériterait des immenses pouvoirs de son fils juste avant la transformation finale de ce dernier, devenant ainsi d'une puissance phénoménale. Il s'approprierait également l'enfant de Naïla. Ensuite, il s'attaquerait à Saül, son seul véritable adversaire pour le trône d'Ulphydius.

Roderick avait disparu avant même qu'Alix puisse réagir à son étonnante communication.

14

Sur les traces de Naïla

Wandéline venait tout juste d'arriver chez elle, après avoir conduit Sacha chez les Insoumises. Contrairement à sa visite précédente, la sorcière avait reçu un accueil quasi cordial de la part de ce peuple si méfiant. Elle n'avait pas posé de question sur ce changement d'attitude à son égard, croyant, à tort ou à raison, que d'avoir délivré Andréa des griffes des gnomes avait joué en sa faveur. Elle n'avait jamais eu de nouvelles de l'Insoumise Lunaire après que celle-ci ait recouvré sa liberté. Elle ne s'en offusquait pas puisqu'elle savait qu'Andréa devait toujours lui en vouloir d'avoir causé la mort du père de Madox et Laédia. Wandéline savait ce qu'elle faisait à l'époque et n'en avait jamais éprouvé le moindre remords. Elle était cependant consciente que ses agissements avaient plus d'une fois causé des torts incommensurables à des gens qui ne le méritaient pas. Elle préférait ne pas s'attarder à ce genre de considérations de peur que sa conscience ne lui joue de bien vilains tours dans l'avenir.

Elle se pencha sur la mixture qui mijotait dans le petit chaudron suspendu dans l'âtre. Très bientôt, il faudrait y ajouter deux nouveaux ingrédients, avant de laisser s'écouler une autre semaine. Mévor n'avait toujours pas donné signe de vie concernant le jeune homme aux cheveux de feu, Foch non plus. Wandéline devrait communiquer sous peu avec son vieil ami, lequel veillait sur la guérison de Madox. Elle désirait savoir ce qu'il pensait des six derniers ingrédients – ceux qui manquaient toujours à l'appel. Ils se trouvaient pratiquement tous dans un autre monde. Les griffes d'Édnés étaient à Bronan, les peaux de serpent provenant des cheveux d'une gorgone étaient à Dual et le sang de trois nymphes ne pouvait se retrouver qu'à Elfré. Seules les écailles de mancius pouvaient être recueillies sur la Terre des Anciens, mais encore fallait-il trouver un mancius qui en ait.

Alors que Wandéline s'apprêtait à consulter le volumineux grimoire d'Ulphydius, espérant, une fois de plus et contre toute attente, tomber sur une formule qui lui permettrait de se débarrasser de Mélijna plus facilement que grâce au contre-sortilège de la potion de Vidas, elle se souvint de la demande de Morgana pour retrouver la trace de Naïla sur Brume. Elle était plongée en plein dilemme. Répondre favorablement à la requête de Morgana impliquait nécessairement de venir en aide à Alexis. Était-elle prête à cela ? Elle avait dû faire des efforts considérables pour ne pas s'en prendre au jeune homme lors de leur rencontre et avait été incapable de garder un ton neutre bien longtemps. Immanquablement, les souvenirs de son précieux grimoire refaisaient surface. Elle revoyait encore le guerrier, alors adolescent, s'enfuir après avoir causé la perte du volume. Si seulement elle parvenait à en parler ouvertement, sa rancœur s'en trouverait peut-être diminuée.

Elle décida de tenter quelque chose pour l'Élue de la lignée maudite, mais elle ne s'acharnerait pas. Si elle réussissait du premier coup, tant mieux. Sinon, il leur faudrait à tous se débrouiller sans elle. Elle déposa une grande marmite dans l'âtre, y versa une importante quantité d'eau de pluie qu'elle conservait magiquement pour certaines formules. Avec d'infinies précautions, elle ajouta au liquide une vingtaine d'ingrédients soigneusement pesés et hachés, des herbes pour la plupart. Elle attendit que le bouillon frémisse et dégage un fort arôme d'aneth avant d'y intégrer les trois derniers éléments de la longue liste : une racine de chêne, une coupe de vin de groseille et un cheveu de la jeune femme. Par bonheur, la Fille de Lune en avait laissé quelques-uns lors de sa visite.

Une mince vapeur bleu-gris ne tarda pas à monter du chaudron. Les volutes tournoyèrent quelques instants avant de s'estomper, progressivement remplacées par d'autres. Le manège dura ainsi de longues minutes sans que Wandéline bouge. Elle attendait un changement de couleur survenant normalement après la dixième série de fumerolles.

Bientôt, les dernières volutes muèrent du bleu gris au marine profond en s'élevant. Subitement, elles formèrent un écran de fumée dense et blanche qui renvoya l'image de Naïla. Elle se tenait sur les rives d'un large cours d'eau, aux abords d'une immense forêt. La sorcière fronça les sourcils. Elle avait vu la jeune femme se retourner et regarder vers elle comme si elle était consciente que quelqu'un l'observait. Naïla semblait fouiller le vide, cherchant vraisemblablement une présence. Wandéline réprima un hoquet de stupeur ; c'était la première fois qu'une personne qu'elle recherchait de cette façon s'en apercevait ou, du moins, avait l'impression qu'il se passait quelque chose. Cela confirmait ce qu'elle avait pressenti : cette jeune femme portait un potentiel supérieur à tout ce qui avait été vu sur la Terre des Anciens depuis des siècles.

Tentant d'oublier que la Fille de Lune semblait avoir remarqué son manège, la sorcière prononça une courte incan-tation dans la langue sacrée d'Alana. À peine eut-elle terminé que des signes apparurent à la surface de la mixture. Ils se formèrent un à un dans les rides que dessinaient les bouil-lons. Le Cyldias de la jeune femme ne s'était pas trompé : Naïla n'était pas revenue à l'époque qu'elle souhaitait. Si

Wandéline ne voulait pas savoir ce qui s'était passé pour que pareil résultat se produise, elle prit par contre bonne note des indications de temps et d'espace pour la retrouver. Naïla pourrait-elle revenir seule ? Songeuse, la sorcière réduisit la vigueur du feu de cheminée, laissant seulement la chaleur nécessaire à la potion de Vidas et regarda les dernières volutes de fumée se dissiper lentement dans une douce odeur d'aromates. Elle devait maintenant communiquer avec Morgana.

* *
*

Mélijna avait été agréablement surprise de l'ampleur des pouvoirs que possédaient les jumeaux Exéäs. Elle en avait eu une fascinante démonstration alors que, attirée par la présence de son frère, la petite fille avait fait son apparition dans la cour du château, quelque temps après l'arrivée de Mitchel. Tous deux avaient ensuite été confiés aux bons soins de Nogan, le seul qui puisse les approcher. Contrairement à ce que croyaient Wandéline et Alix, la sorcière ne s'était jamais préoccupée de Sacha. Puisqu'elle avait les deux enfants, le reste de la famille lui importait bien peu.

Ceci étant réglé, Mélijna avait fait une courte escapade chez les mancius, après qu'ils eurent accepté son offre. Elle avait fait apparaître une très petite mare au centre des territoires occupés par les nombreux clans mutants. Les chefs avaient assisté, avec un bonheur évident, à ce début de renouveau. L'espoir était palpable dans les rangs de ces créatures si souvent oubliées des hommes. Chaque jour, l'étendue d'eau prendrait du volume, et ce, tant et aussi longtemps que les mancius resteraient fidèles à la sorcière des Canac.

Revenue, Mélijna devait maintenant se pencher sur un problème beaucoup plus important. Avec d'immenses difficultés dues à sa faiblesse grandissante, elle avait magiquement rapatrié Alejandre au château. Le jeune homme avait alors tenté de justifier sa visite à Elisha et de minimiser la portée de ses trouvailles. Mais Mélijna n'était pas dupe. Elle avait fouillé ses pensées et ce qu'elle avait découvert ne lui plaisait qu'à moitié.

Elle avait été heureuse de découvrir les indices qui menaient à un passage vers un autre monde, celui de Bronan. Alejandre ne le savait pas encore, mais elle, elle avait compris qu'Andréa les avait ramenés, son frère et lui, de cette terre inhospitalière. Mélijna s'en était voulu que la jeune femme ait réussi à la berner si facilement à l'époque, mais elle ne pouvait plus rien y changer. Elle s'était ensuite questionnée sur la résistance du sortilège qui conservait les pouvoirs du sire en dormance. Aux dires d'Elisha, il était déjà fragilisé ; il restait à terminer le travail. Mais ce qui la tracassait le plus, c'était la volonté de la voyante de se voir remettre la formule du sortilège de Vidas ainsi que chacun des ingrédients qui la composait. Mélijna savait qu'Alejandre ne tarderait pas à fouiller son antre pour trouver le parchemin et les ingrédients indispensables à la fabrication de la mixture. Le jeune homme serait très déçu. Normalement, elle aurait fait en sorte qu'il trouve rapidement ce qu'il cherchait, afin que tous deux aient enfin les réponses aux questions qu'ils se posaient concernant le passé, mais elle ne pouvait pas. Lorsque Alejandre avait laissé libre cours à sa colère, au moment où elle était partie au-devant de Maëlle et de sa mère, certaines des préciseuses fioles avaient été renversées ou brisées, privant Mélijna d'éléments particulièrement difficiles à se procurer. Elle devait maintenant se mettre à la recherche de ces précieux ingrédients, doutant toutefois d'avoir la force nécessaire. Par ailleurs, elle cherchait toujours un passage menant au nord du territoire de Dual, où vivaient les gorgones. Vers ce monde d'hybrides, elle ne connaissait qu'un passage récemment découvert au sud et qui ne semblait pas conduire dans une région habitée. Autrefois, elle n'avait pas cherché bien longtemps pour se procurer des peaux de serpent ; elle n'avait eu qu'à voler la réserve d'un sorcier aujourd'hui décédé.

Mélijna soupira profondément. Elle était dans une impasse et, pendant ce temps, s'écoulait un temps précieux qui voyait ses forces s'amenuiser. Son dernier espoir, en attendant de trouver une solution à ses problèmes, résidait dans l'unique fiole de Vidas qui subsistait encore, bien cachée dans les sous-sols du château. Elle ne désespérait pas de parvenir à localiser la jeune Maëlle, arrivée en même temps que sa défunte mère. Si cette Fille de Lune mourait, Mélijna aurait alors les capacités et le temps nécessaire à la cueillette de ce qui lui manquait pour produire une nouvelle réserve de la précieuse potion.

*   *

*

Forte de ses immenses connaissances acquises pendant ses interminables années de réclusion, Morgana savait qu'elle pourrait soustraire Maëlle encore longtemps aux recherches de Mélijna. Par contre, elle ne parvenait toujours pas à sortir la Fille de Lune du mutisme dans lequel elle s'était emmurée depuis leur conversation. Morgana était convaincue que celle-ci ne lui avait pas tout dit des raisons qui les avaient conduites, elle et sa mère, sur la Terre des Anciens. En attendant que Maëlle accepte de reprendre contact avec le monde des vivants, la Recluse cherchait à retrouver le talisman de Maxandre pour y conduire Naïla. Il était impératif que la jeune femme l'obtienne peu de temps après son retour de Brume. Elle savait toutefois que ce ne serait pas facile. Alix lui avait expliqué comment le précieux bijou avait été perdu, par la faute de Yodlas, et jamais revu par la suite...

*   *

*

Incapable de refaire ses forces à cause du sortilège de Ralent, Andréa, après l'équivalent de trois mois passés dans la cellule temporelle créée par son Cyldias, en eut assez et comprit qu'elle devrait faire appel à ses anciennes alliées. Elle avait d'abord cru qu'elle réussirait à se remettre uniquement grâce à l'aide de Derek, mais ce n'était pas possible. Malgré toute sa bonne volonté, l'homme ne pourrait jamais développer les pouvoirs requis. L'Insoumise allait devoir renaître pour celles qui la pensaient à jamais perdue.

Avec un soupir, elle ouvrit les yeux et tourna la tête vers celui qui avait veillé sur elle depuis sa sortie des grottes des gnomes. Elle lui sourit tendrement. Il lui rendit son sourire, en dépit du pli d'inquiétude qui marquait son front.

— Est-ce que tu perçois enfin un changement dans les forces qui t'habitent ?

Andréa fit doucement « non » de la tête et sentit bêtement les larmes lui monter aux yeux. Elle avait soigneusement élaboré ce qu'elle s'apprêtait à dire, sachant qu'elle briserait à nouveau le cœur de cet homme bon et généreux qui n'avait jamais cessé de l'aimer.

— Je vais devoir te quitter, Derek. Je ne peux malheureusement pas t'emmener avec moi. Là où je me rends, il n'y a aucune place pour les hommes, quels qu'ils soient, et ta venue serait perçue comme un affront. Je n'ai pas le choix ; seules les femmes qui habitent ces contrées glaciales peuvent peut-être encore me venir en aide.

— Et que feras-tu si ce n'est pas le cas ?

Derek avait compris que sa protégée s'apprêtait à regagner les plaines enneigées du territoire des Insoumises.

Andréa resta silencieuse, cherchant quoi répondre. Elle ne pouvait pas confier à son Cyldias qu'elle tenterait alors de retrouver celui qu'elle avait autrefois aimé et perdu. Elle savait Kaïn capable de lui rendre la pleine possession de ses pouvoirs. Elle voulait cependant tout faire pour éviter de quémander cette faveur. Elle ne comprenait pas qu'il ne soit pas déjà venu à son chevet comme elle n'avait pas compris qu'il ne l'ait pas délivrée des gnomes. Elle était convaincue qu'il avait toujours su qu'elle n'était pas morte, qu'elle avait lutté avec acharnement pour sa vie quelque part dans les souterrains de la Terre des Anciens. Elle lui en voulait de l'avoir lâchement abandonnée pour sauver cette terre qu'elle détestait plus souvent qu'elle ne l'aimait. Parce que dans ce monde, seul le désir de vengeance la maintenait en vie ; cette haine féroce et viscérale qu'elle vouait à tous ceux et celles qui avaient fait de sa vie un enfer permanent où elle finissait toujours par perdre ceux qu'elle aimait.

– Je ne sais pas, Derek. Je ne sais pas, éluda-t-elle.

Le Cyldias était pleinement conscient qu'il risquait une fois de plus de ne jamais la revoir, mais il accepta cette fatalité comme il avait accepté tout le reste. Par amour pour elle...

* *
*

Plus tard ce jour-là, l'Insoumise Lunaire quitta son refuge pour une terre de glace et de misère avec l'espoir de revivre enfin, utilisant les forces qu'elle était parvenue à emmagasiner pour faire la route magiquement. Derek la regarda partir, la mort dans l'âme. Il ne fut cependant pas le seul témoin du départ d'Andréa. Un peu plus loin, sur un escarpement rocheux, invisible pour le commun des mortels, Kaïn épiait la femme qu'il aimait, incapable de la retenir, de lui demander pardon, de lui expliquer. Maudites soient les responsabilités des hommes comme lui, mais aussi leur orgueil...

15

La fuite

Avec la complicité de Joseph, qui n'était maintenant plus qu'un point sur l'horizon, je venais de quitter le poste de traite. Arthur étant parti à la chasse à l'aube, j'en profitais pour déserter. Je jetai un dernier regard derrière, avant de me concentrer sur le fleuve que je devais remonter jusqu'à Québec, assise dans un fragile canot d'écorce. Bien que je n'aie jamais été à l'aise dans une petite embarcation, j'avais tout de même préféré cette option et ses dangers à celle de passer l'hiver à Tadoussac... et ses dangers...

Depuis le passage de *La Fortune Blanche*, Arthur s'était fait de plus en plus entreprenant et donc, de moins en moins agréable. Deux jours plus tôt, il avait tenté de m'embrasser alors que, la veille, il m'avait acculée dans un coin du poste, sous les yeux effarés de Joseph, qui avait décidé, tout comme moi, que c'en était trop. Tôt ou tard, la situation deviendrait explosive et je ne serais pas de taille à me défendre. Il me fallait donc partir. Ce que j'avais fait.

Le poste possédait quelques canots d'écorce ; j'étais partie avec le plus petit. Puisque j'étais seule, il serait plus malléable, plus facile à contrôler, mais surtout moins lourd à porter sur les berges en cas de besoin. Joseph avait mentionné qu'il me faudrait tout au plus deux semaines pour gagner Québec, en tenant compte des courants, des marées et de mon expérience limitée. J'avais apporté des vivres et de l'eau, deux couvertures et tout ce que je possédais de courage ; nul doute que j'en aurais besoin.

* *
*

Comme Joseph me l'avait conseillé, je pagayais en ne m'éloignant jamais beaucoup des berges, tout en me méfiant des marées et des rochers. Le soir, je hissais le canot avec précaution loin de l'emprise du fleuve et me couchais dans un abri de fortune, bien enroulée dans mes couvertures. Je partais toujours dès l'aube et m'arrêtais parfois en cours de route, terrassée par l'épuisement. Mes premiers jours de navigation se déroulèrent péniblement, mon manque d'expérience et ma mauvaise forme physique étant autant de fardeaux. J'avais des courbatures partout, j'endurais des nausées persistantes et des maux de tête résultant de ma concentration extrême sur mon environnement et la navigation. Je n'avais de cesse de m'imaginer des scénarios catastrophiques, convain cue de ne jamais atteindre une région colonisée. Mais ma première véritable épreuve arriva le onzième jour...

* *
*

Si je me fiais à la position du soleil, il devait être aux environs de midi. Le vent soufflait très fort, contrebalançant les rayons solaires plus vifs que les derniers jours, et la marée terminait sa descente. Les courants se joignaient donc à Éole pour me rendre la tâche plus pénible que jamais. Chaque coup de rame se répercutait dans mes muscles douloureux, mais ne donnait souvent qu'un maigre résultat. J'avais la triste impression de ne pas progresser depuis des heures, alors que les points de repère que je fixais à l'horizon, au fur et à mesure que j'avançais, refusaient aujourd'hui de grossir, restant inaccessibles. Résignée, je songeais à regagner la rive pour attendre au lendemain lorsque mon embarcation heurta violemment un rocher, me projetant brusquement vers l'avant. Mes mouvements désordonnés déstabilisèrent le canot qui tangua dangereusement. Paniquée, je commis l'erreur de me redresser trop vite. Quelques instants plus tard, l'embarcation chavira, me plongeant dans l'eau glacée.

Je me débattais maintenant avec une énergie nouvelle, cherchant désespérément à reprendre pied. Je ne voulais pas mourir. Toutefois, je m'aperçus rapidement que j'avais un autre problème, aussi urgent : mon canot. Telle une coquille vide flottant sur les eaux, il dérivait vers l'aval, se fichant bien que je sois restée derrière. Contre vent et marée, je nageai vers lui. Pour mon plus grand malheur, il avançait plus vite que moi, menaçant de me quitter définitivement. Ma panique primitive franchit un échelon de plus sur l'échelle de la gravité. Il me fallait redoubler d'efforts, mais j'avais mal partout et l'eau froide du fleuve engourdissait mes membres, me faisant perdre lentement toute sensation. Mes vêtements gorgés d'eau alourdissaient mes mouvements, de même que mon sac resté en bandoulière, qui menaçait de me faire couler à pic. Me sortirais-je de ce bourbier ? Certainement pas indemne. Incongru, l'espoir que ce bain forcé me fasse perdre les enfants que je portais me traversa l'esprit un trop bref instant, immédiatement remplacé par les visages de Francis et d'Alicia. Ils s'imposèrent avec force et je revécus alors la dualité de leur mort.

Mon mari avait baissé les bras devant l'adversité, refusant d'affronter les écueils que la vie lui avait imposés tandis que ma fille s'était battue jusqu'à la toute dernière minute, refusant de mourir, repoussant sans cesse le moment de quitter une existence qui ne lui avait pourtant apporté que souffrances. Je compris alors que je devais choisir lequel de ces exemples j'avais envie de suivre : celui de l'abandon ou celui du courage. Alicia l'emporta...

Ce qui me restait d'énergie fut soudain décuplé par ma rage de vivre pour faire honneur à la petite fille que j'avais mise au monde dans un passé pas si lointain. *Je ne pouvais pas mourir ici.* Je devais me battre. Avec cette force qui caractérise parfois les plus grands moments de désespoir, j'allongeai de nouveau un bras vers l'avant, ramenant l'autre vers l'arrière, puis je recommençai le même mouvement encore et encore, battant des jambes avec frénésie. D'un regard souvent brouillé par les embruns, je repérais mon embarcation entre chaque brasse, priant pour qu'elle se rapproche. Au bout d'une éternité, mes doigts gourds effleurèrent enfin l'écorce du canot, que je ramenai difficilement à la limite des eaux. Je le traînai ensuite avec peine dans la boue, évitant avec soin les nombreux galets qui risqueraient de déchirer la coque. Puis je m'effondrai, dans un état au-delà de l'épuisement.

Est-ce que je m'évanouis ou si je sombrai plutôt dans un demi-sommeil ? Je l'ignore. Mais ce que je sais, c'est que ce fut certainement de courte durée. J'ouvris les yeux alors que la marée ascendante se réappropriait les vastes étendues précédemment découvertes. Une mince couche d'eau m'encerclait déjà, s'insinuant sous moi et léchant l'écorce de mon canot renversé. J'allais devoir bouger. Et vite !

Me relever fut un pur calvaire. Mes membres rigides et entravés par mes vêtements trempés s'opposaient à ma volonté. Je dus me reprendre plusieurs fois, ravalant les larmes qui me nouaient la gorge. Puis j'entrepris de gagner la berge en portant mon canot sur mon dos, exercice aussi ardu que pénible. Bien que l'embarcation d'écorce ne pèse pas plus de quinze kilos, elle n'en mesurait pas moins près de trois mètres et se manœuvrait très mal. Je n'avais encore jamais eu besoin de faire du portage depuis mon départ et je trouvais le moment franchement mal choisi pour commencer.

Dans un effort surhumain, je me mis en marche, un pas après l'autre, faisant héroïquement abstraction de la douleur, les yeux rivés au sol pour ne pas me laisser décourager par la distance à parcourir. J'atteignis finalement l'orée d'une forêt, une éternité plus tard, déposai le canot avec précaution malgré mon mal-être puis je tombai à genoux, vomissant un mélange d'eau de mer et d'un très lointain déjeuner...

16

Nasaq

— *Rends-toi à Nasaq, chez la vieille Elisha. Elle te guidera vers ton passé...*

Alix s'était empressé de répéter la phrase transmise par télépathie à Zevin. Le Cyldias était maintenant convaincu que son père l'épiait. Mais pourquoi cette attention subite à son égard ? Ce ne pouvait être que pour récupérer Naïla puisque Roderick le surveillait déjà avant qu'elle ne disparaisse par le passage maudit. À moins que ce ne soit justement l'arrivée de la Fille de Lune qui ait contraint le père à s'intéresser au fils. Il lui faudrait tirer cette histoire au clair.

— Qu'est-ce qui te dit que ce n'est pas un piège ? s'enquit Zevin, soudain soupçonneux.

— Je ne crois pas, répliqua Alix, songeur. Si je me fie à sa colère, le jour du départ de Naïla, il a vraiment besoin qu'elle revienne. Il a donc tout intérêt à m'aider à aller la chercher le plus rapidement possible.

— Tu vas lui donner satisfaction ? s'écria Zevin.

Alix sonda les environs pour s'assurer qu'ils étaient seuls, avant de répondre :

– Il est hors de question que je lui livre Naïla. Mais je ne vois pas pourquoi je ne profiterais pas de ses conseils en attendant. Tout ce qui peut m'être utile est bienvenu.

– Tu ne crains pas qu'il perce à jour tes intentions ? s'alarma le guérisseur, qui s'inquiétait de l'apparition de ce nouveau joueur.

– Quand bien même, il devra patienter jusqu'à ce que je revienne pour régler ça. Ce qui me donne amplement le temps d'élaborer une stratégie..., termina Alix dans un demi-sourire rassurant. Allons donc trouver cette Elisha, que je sache enfin si je peux voyager vers d'autres mondes...

– Euh... Alix ? Je me demandais... Si tu peux réellement franchir les passages... Eh bien...

– Eh bien quoi ? le brusqua Alix, pressé de partir.

– Tu ne t'es jamais questionné sur toutes ces particularités qui te rapprochent davantage des Filles de Lune que des Êtres d'Exception ? Prends juste la prémonition, elle est censée être réservée aux Élues, aux Sages et aux Déüs, pas aux gars dans ton genre.

– Tu crois vraiment que je ne me suis pas rendu compte de l'étrangeté de mes dons ?

– Non ! Non, ce n'est pas ce que je voulais dire, se défendit Zevin, mal à l'aise. C'est juste que...

– Tu devrais comprendre mieux que quiconque pourquoi je n'ai pas envie d'en savoir plus sur mon père ou ma mère ou de repenser au rêve dont nous parlions la nuit dernière ! trancha Alix. Je ne suis pas certain que ce que j'apprendrais me sera bénéfique et j'ai déjà assez de difficulté avec ce que je suis sans en rajouter.

– Je...

Alix perdait patience. Il fit un effort manifeste pour rester calme.

– Quoi encore ?

– Que feras-tu si tu es vraiment un descendant d'Ulphydius ?

Zevin avait parlé à voix basse, craignant manifestement que l'impatience d'Alix grimpe encore d'un cran.

– Mon possible..., marmonna le Cyldias, cynique.

Puis, tournant les talons, il monta à cheval. Zevin comprit que le sujet était clos. Il enfourcha lui aussi sa monture et tous deux prirent la route vers l'est, espérant ne pas se tromper.

*   *

*

Si le voyage se déroula sans incident notable, il fut cependant ponctué de récits étranges. D'autres voyageurs leur signalèrent qu'il y avait davantage de va-et-vient sur les routes depuis quelques semaines. En outre, plusieurs déplacements s'effectuaient de nuit, ce qui n'augurait rien de bon.

Pour la première fois depuis le départ de Naïla, le Cyldias douta de pouvoir aller à sa recherche ; il craignait de devoir rester sur la Terre des Anciens. Il était plus que probable qu'on lui confie une mission de la plus haute importance et il pourrait difficilement refuser. Uleric avait été trop silencieux dans les derniers jours pour ne pas bientôt se manifester. Alix devait donc se hâter d'obtenir des informations.

– Ton père ne t'a pas dit où, dans Nasaq, nous pourrions trouver cette Elisha ?

Zevin faisait la moue, peu intéressé à chercher. Le soir tombait, étendant des ombres inquiétantes sur la ville. Même en plein jour, Nasaq n'était pas des plus accueillantes. C'était une espèce de repaire pour les bandits et les mécréants de tout acabit. Ici, personne n'accordait d'emblée sa confiance et les bavards étaient plus rares encore que les Filles de Lune. Les rues étaient étroites, la plupart des habitations délabrées, les maisons de débauche légion et les tavernes remplies d'hommes pour qui le mot sobriété n'avait aucune signification.

– Non. Et nous ne commencerons nos recherches que demain matin. Il vaut mieux ne pas faire de vagues cette nuit.

– Et comment comptes-tu faire pour rester vivant jusqu'au lever du jour, dans une ville comme celle-ci ?

– Ce n'est pas parce que tu fuis Nasaq comme la peste depuis toujours que nous sommes tous comme toi. Suis-moi et tu verras que l'on peut dormir en sécurité, même ici.

– Tu as déjà fréquenté la vermine de Nasaq ? s'étonna Zevin.

– Mais bien sûr ! gronda Alix, excédé. Où crois-tu que je m'étais réfugié après mon départ définitif du château ? Il a bien fallu que je gagne ma vie ! Avec mes talents, je ne pouvais quand même pas me contenter d'être garçon de ferme.

Alix se tut un instant, avant de conclure :

– Je ne suis pas un ange, Zevin. Il commence à être temps que tu le comprennes...

– Je sais très bien que tu n'es pas un ange, répliqua le guérisseur, piqué au vif. Mais ce n'est pas une raison pour...

– Si, c'en est une, coupa Alix, et la meilleure que je puisse te donner. Dans un silence pesant, les deux amis empruntèrent plusieurs petites rues jusqu'à ce qu'ils se retrouvent au cœur de l'agglomération. Alix se rappelait chaque ruelle comme s'il était venu la veille. Il avait sorti son épée de son fourreau, la gardant bien en vue pour ceux qui le regardaient passer. Il n'avait pas du tout l'air amical avec sa barbe de plusieurs jours, ses cheveux défaits qui lui descendaient dans les yeux et ses vêtements sombres et déchirés.

Dans la pénombre grandissante, Alix esquissa un sourire. Il se demandait quelle tête ferait Dame Frénégonde quand elle le verrait apparaître à sa porte. Il ne doutait pas qu'elle soit encore de ce monde malgré les années écoulées depuis sa dernière visite, pas plus qu'il ne craignait qu'elle lui refuse son hospitalité. Les services qu'il lui avait autrefois rendus n'auraient pas trop d'une vie pour être remboursés. Perdu dans ses souvenirs, Alix en fut tiré par un cri.

– Hé, regardez où vous allez, jeune voyou !

Il sursauta lorsque son cheval fit un écart pour éviter une vieille dame qui traversait la rue. Cet incident ramena brutalement Alix à la réalité. Il se tourna pour glisser un mot à Zevin mais, à sa grande surprise, le guérisseur ne le suivait plus. Le Cyldias eut beau scruter la nuit et tendre l'oreille, il ne percevait que les habituels bruits de bagarres meublant le quotidien de la place. Alix jura entre ses dents ; il n'avait vraiment pas besoin de ce contretemps. Par-dessus tout, il craignait pour la sécurité de son compagnon. Zevin ne serait jamais capable de se défendre dans cet endroit où les règles n'avaient rien de commun avec ce qu'il connaissait.

Alix décida de se rendre chez Dame Frénégonde et d'y laisser sa monture. Il irait ensuite rendre une petite visite aux mécréants les plus susceptibles de le renseigner sur son compagnon et Elisha. Il soupira bruyamment ; ce n'est pas ce soir qu'il pourrait se coucher au chaud et en charmante compagnie... Alix franchit les deux derniers pâtés de maisons à pied, tenant la bride de son cheval, écoutant chaque murmure, chaque claquement de chaussures sur les pavés, chaque chuintement d'épée sortant de son fourreau ; on n'était jamais trop prudent à Nasaq. Il poussa finalement la porte d'une habitation sise au fond d'une ruelle encore plus sombre que les autres, confiant sa monture à un garde posté à l'entrée.

À première vue, l'endroit n'avait pas beaucoup changé depuis la dernière fois. Le Cyldias se retrouva dans un petit vestibule faiblement éclairé ; trois portes lui faisaient face, chacune percée d'une meurtrière. Il savait que trois paires d'yeux inamicaux l'observaient. Une seule fausse note et on laverait joyeusement son sang sur le carrelage au petit matin.

– Alors, tu te décides ? grommela une voix bourrue et antipathique.

Alix poussa un imperceptible soupir de soulagement. Il connaissait cette voix. Il avança lentement, sortant de l'ombre afin que son visage soit dans l'angle éclairé. Puis il sourit franchement, avec un soupçon d'arrogance. Il se tenait maintenant au centre de la pièce, jambes écartées, bras croisés sur la poitrine, sans la moindre peur dans son regard étoilé. La réaction ne se fit pas attendre.

La porte de gauche s'ouvrit sur un grand gaillard d'une trentaine d'années. Il avait les yeux d'un vert profond et les cheveux coupés très courts – fait plutôt rare dans ce coin de pays. L'ensemble lui donnait beaucoup de ce charme très utile auprès des femmes de la maison. Malheureusement, il ne l'utilisait pas toujours à bon escient. Sarel tendit les bras à son vieil ami. L'accolade fut longue ; les deux hommes avaient beaucoup partagé au fil du temps qu'Alix avait passé en pension dans la maison. Le Cyldias se demandait combien de personnes avaient la chance de voir la véritable nature de Sarel.

– Qu'est-ce qui t'amène dans les parages après tout ce temps, vieux frère ? Et ne viens surtout pas me raconter que je te manquais...

Alix éclata de rire tandis que la porte d'entrée s'ouvrait à nouveau. Sarel poussa le jeune homme dans la pièce et le suivit, refermant derrière lui en un temps record. Il jeta un œil par la meurtrière avant de revenir à son visiteur.

– C'est bon. Mes collègues s'en occupent. Donne-moi deux minutes pour prévenir que je quitte mon poste, puis nous irons voir Dame Frénégonde.

*   *

*

– Veinard, va ! La patronne est tellement ravie de ton retour qu'elle t'a réservé la perle de la maison. Encore heureux que je sois de garde parce que je ne suis pas certain que j'aurais accepté que Nadja passe les prochaines heures à tes côtés alors que je suis dans les parages...

Alix eut un bref sourire de défi. Il est vrai que Dame Frénégonde l'avait accueilli chaleureusement, mais il n'avait guère de temps pour profiter de ses largesses. Le Cyldias exposa ses préoccupations à Sarel : retrouver Zevin et rencontrer une femme du nom d'Elisha. Le gardien proposa spontanément de lui donner un coup de main. Il connaissait la ville mieux que personne. Alix laissa son ami annoncer leur départ à la propriétaire et organiser son remplacement.

Ils quittèrent ensuite la maison close pour les rues sombres de Nasaq, un retour dans le passé pour Alix. Les deux hommes chevauchèrent rapidement vers la périphérie, là où les chefs de clan avaient leurs quartiers. Elisha y demeurait.

En chemin, Alix s'était souvenu d'un détail lui faisant croire que ceux qui étaient venus chercher Zevin savaient exactement ce qu'ils faisaient. Son ami lui avait un jour expliqué que les guérisseurs dégageaient une aura différente du commun des mortels, un peu comme les Êtres d'Exception et les Filles de Lune. Une personne aux pouvoirs particuliers pouvait les repérer à des kilomètres à la ronde. Quelqu'un ayant désespérément besoin des dons de Zevin avait dû percevoir son approche et avait choisi de l'enlever plutôt que de lui demander son aide. Il fallait que la situation soit urgente... Alix ayant fait part de son hypothèse à Sarel, ce dernier avait assuré que la voyante pourrait le renseigner aussi à ce sujet.

Il y avait peu d'animation dans ce coin de la ville comparativement au centre. Pas de ruelles sombres, ni de maisons entassées les unes sur les autres, plutôt de petites propriétés, avec des gardes rébarbatifs à l'entrée – quartier presque incongru par rapport au reste de la cité. La *crème* de la place en quelque sorte !

Alix resta en retrait pendant que Sarel conversait avec une jeune femme.

– Tu connais les règles, mentionna-t-elle à Sarel avant de lui faire signe d'entrer.

Une bourrasque de vent surgissant de nulle part souffla soudain sur les deux hommes qui furent un instant déstabilisés, puis une seconde porte s'ouvrit en grinçant de façon sinistre. Dans une grande pièce faiblement éclairée, une femme aux rides profondes était assise à même le plancher. Ses longs cheveux d'un blanc quasi iridescent s'étalaient autour de ses jambes repliées en tailleur. Ses mains reposaient bien à plat sur le sol, comme si la vieille femme puisait son énergie à même son environnement. Elle ne bougea pas lorsque les hommes s'approchèrent d'elle. Elisha prit quelques minutes avant de lever les yeux dans une profonde inspiration et de les poser directement sur Alix, qui éprouva alors une étrange sensation. Cette femme savait qui il était, il n'en douta pas un instant.

— Nous recherchons un jeune mage-guérisseur qui a probablement été enlevé à son arrivée dans la cité. J'ai pensé que vous seriez la seule personne apte à nous aider dans nos recherches, expliqua Sarel en s'inclinant légèrement.

Les deux hommes avaient convenu de cette entrée en matière au lieu de parler du père d'Alix. Mais Elisha ne broncha pas, fixant toujours Alix avec une concentration et une attention qui frisaient la fascination. Le Cyldias commençait d'ailleurs à ressentir un certain embarras. Il jeta un coup d'œil à son compagnon, qui haussa les épaules en signe d'ignorance. Cette contemplation passive sembla durer une éternité pour les deux hommes toujours debout au centre de cette pièce froide et inhospitalière. Puis la voyante daigna enfin porter une attention différente à ses visiteurs.

Sa bouche s'étira en un large sourire.

— Sois le bienvenu, Alix de Bronan...

Sarel écarquilla les yeux, alors que le Cyldias se réjouit plutôt de savoir qu'il pouvait accorder sa pleine confiance à la vieille femme qui l'avait spontanément appelé Alix.

— Sois rassuré, jeune guerrier d'un autre monde : ton compagnon est en sécurité. La personne qui l'a fait chercher a trop besoin de ses dons pour lui faire le moindre mal.

Il faudra probablement plusieurs jours à ton ami guérisseur pour mener à bien ce que l'on attend de lui. Ne t'inquiète surtout pas, il saura très bien se débrouiller.

Alix sentit le poids qui pesait sur ses épaules s'alléger. Il avait l'impression d'avoir failli deux fois plutôt qu'une en perdant Zevin quelques jours seulement après Naïla et il commençait à douter de ses capacités.

– Où est Zevin ? demanda Sarel.

La vieille femme tourna lentement les yeux vers lui, comme si elle avait oublié sa présence.

– En route pour l'une des demeures sises sur les rives de l'Anguirion...

Sarel recula involontairement d'un pas, les sourcils froncés.

– Mais..., commença Alix, son assurance à peine retrouvée menaçant de lui fausser compagnie à nouveau.

– Je sais ce que tu crois, mais détrompe-toi ! Il n'est pas en danger. Contrairement à ce que plusieurs s'imaginent, les berges de ce lac n'abritent pas que des dirigeants de la Quintius. Les hommes à la tête de cette religion ont aussi des femmes et des enfants qui ne partagent pas toujours leurs convictions, mais qui ne peuvent pas le dire haut et fort. Si son environnement immédiat peut te sembler hostile, je te répète qu'il est en sécurité...

Alix esquissa une moue dubitative. Il voulait plus que tout croire que la vie de Zevin n'était pas en danger.

– Comment pouvez-vous être certaine de ce que vous avancez ?

Sarel ravala un hoquet de stupeur en entendant son ami douter ouvertement des capacités de la vieille femme.

– Ce n'est rien, Sarel, le rassura Elisha. Ce jeune homme ne peut s'empêcher de toujours tout remettre en cause. C'est l'une des forces qui lui permettent de si bien s'en tirer dans le monde auquel il appartient. Il doit par contre continuer à s'interroger sur la suprématie dont se revêt un certain mage et se demander ce que son frère manigance depuis quelques jours...

Alix voulut riposter, mais la vieille lui intima le silence d'un index autoritaire.

– S'il est vrai que la vie de ce mage risque de s'éteindre avant que tu ne le démasques, la nouvelle quête de ton frère n'est pas près de s'interrompre...

Elisha sourit bizarrement avant de poursuivre d'un ton léger, sautant du coq à l'âne.

– L'aura de ton ami guérisseur est beaucoup plus puissante qu'il ne le croit et facilement repérable pour une personne douée. Un jeu d'enfant donc pour bien des résidants du lac Anguirion. Les pouvoirs de Zevin augmentent de jour en jour ; il aura besoin d'une protection spéciale lorsque les combats feront rage dans les Terres Intérieures. Ses dons seront une denrée que plusieurs voudront s'approprier. En attendant, inconsciemment, il perfectionne son art chaque fois qu'il en fait usage à bon escient. Il sera sous peu en mesure d'accomplir de grandes choses. Surtout s'il réussit à guérir la jeune Molly, ajouta la vieille à voix si basse qu'Alix n'était pas certain d'avoir bien entendu.

– Quand puis-je espérer le revoir ?

– Laisse-lui au moins trois jours avant de partir à sa rencontre. On ne l'empêchera pas de quitter les lieux s'il parvient à réaliser la prouesse attendue. Reviens me voir demain et je te parlerai de tes origines, puisque c'est ce que tu souhaites. C'est une trop longue histoire pour cette nuit...

Sur ces mots, Elisha reprit sa position d'origine et ferma les yeux, non sans avoir jeté un coup d'œil vers le mur à sa gauche. L'entretien était clos. Il ne leur restait plus qu'à retourner dans les bas-fonds de la ville et prendre un peu de repos avant le retour du jour...

*   *

*

Au moment où Alix se demandait comment il parviendrait à éclaircir le mystère d'Uleric, ce dernier rendait son dernier souffle dans la douleur. L'hybride venu de Dual, et qui se faisait passer pour un Sage depuis près d'un siècle, perdit la vie aux mains mêmes de celui qu'il avait fidèlement servi pendant toutes ces années. Malheureusement, fort de quelques découvertes récentes, Uleric s'était risqué à jouer double jeu et s'était fait prendre. Malgré ses suppliques, Saül n'avait pas eu de pardon pour le serviteur qui s'était brusquement écarté du droit chemin de l'obéissance.

Accompagné de ses deux plus fidèles serviteurs, le sorcier encapuchonné contemplait d'un œil cynique le corps du vieil homme à ses pieds. Il n'avait qu'un seul regret : cet imbécile n'avait pas été capable de lui livrer la Fille de Lune maudite. Il allait devoir attendre que cette dernière revienne de Brume. Il n'avait pas envie de la traquer jusque-là, même s'il avait besoin d'elle. Brume était un monde trop différent des six autres pour qu'il coure ce genre de risque. De toute façon, beaucoup de travail restait encore à faire sur la Terre des Anciens et ailleurs avant que le jour de la grande offensive vienne enfin...

170

17

Ingrédients manquants

Mélijna fulminait. Non seulement Alejandre lui tenait tête de plus en plus fréquemment au sujet des décisions importantes, mais il tentait également de l'attirer hors de son repaire, espérant ainsi pouvoir le fouiller en toute impunité. Il possédait déjà la formule de la potion de Vidas que Mélijna avait sciemment laissé traîner. La sorcière ricana. Pauvre imbécile ! Alejandre ne savait vraiment pas dans quoi il s'était embarqué en donnant son accord à Elisha. Il n'était pas près d'avoir les réponses aux nombreuses questions qu'il se posait encore concernant ses origines...

Le ricanement de la sorcière fut de courte durée, cédant la place à une lassitude profonde. Si Alejandre ne pouvait pas obtenir les renseignements qu'il désirait, cela impliquait que Mélijna ne les aurait pas non plus. La voyante devait posséder une importante protection empêchant quiconque de se servir de ses talents sans son consentement. Mélijna savait que les êtres comme elle développaient des mécanismes de défense particuliers. Pour briser la barrière de protection d'Elisha, et lui soutirer des informations, la sorcière devait être au sommet de sa forme. Ce qui était loin d'être le cas !

Tentant d'oublier Alejandre un moment, la sorcière tourna la tête vers l'âtre, où bouillait paisiblement une mixture de son cru. Elle espérait que cette création lui permettrait de localiser Maëlle. La Fille de Lune échappait toujours à son emprise après avoir mystérieusement disparu dès son arrivée de Golia. Mélijna avait désespérément besoin de la trouver pour revivre ; le dernier flacon de la potion de Vidas ne lui serait d'aucune utilité si elle ne trouvait pas une véritable Fille de Lune assermentée.

Décidément, alors que la vie d'Alejandre semblait prendre un tournant qui le mènerait peut-être sur les chemins de la gloire et de la richesse qu'il avait tant souhaités, la vie de la sorcière déclinait. Quelle ironie ! Ce n'était pas tant le nouveau comportement du jeune homme qu'elle craignait, que la fissuration prématurée de la carapace qui l'empêchait de se servir de ses pouvoirs. Elle ne voulait surtout pas qu'il la brise avant qu'elle-même puisse exercer son plein contrôle sur lui. Dans son état actuel, il y avait peu de chances qu'elle y parvienne.

Toujours songeuse, elle regarda le perchoir vide de Griöl. Le ravel n'avait pas donné le moindre signe depuis que Mélijna l'avait chargé de retrouver l'Insoumise Lunaire. Pas davantage de nouvelles de ses cinq Traqueurs. Trois étaient à la recherche de la Fille de Lune arrivée de Golia et les deux derniers tentaient inlassablement d'en repérer une autre. La seule bonne nouvelle, c'était l'allégeance des mancius qui ne vacillait pas. Ces êtres inférieurs aux yeux de Mélijna étaient bien trop heureux d'avoir enfin une source d'approvisionnement en eau salée pour tenter quoi que ce soit. Elle en était là dans ses réflexions lorsqu'elle perçut l'approche d'Alejandre dans l'escalier. Quelques minutes plus tard, il se tenait dans l'embrasure de la porte, de fort belle humeur.

– Pendant mon absence, nous avons atteint les mille cinq cents hommes pour l'armée. Je pense qu'il est temps de partir à la recherche de ces fameux trônes. Le moment ne pourrait être mieux choisi. Je viens d'avoir la confirmation que deux des plus puissants seigneurs, partis depuis quelque temps, se sont affrontés dans les plaines à la limite des Terres Intérieures. La bataille a été tellement longue et ardue qu'ils ont finalement dû revenir sur leurs pas, les pertes étant trop importantes. Le temps qu'ils mettront à lever de nouvelles armées nous sera précieux pour prendre de l'avance sur eux. C'est une excellente nouvelle puisqu'une éventuelle confrontation avec Gringoix nous est ainsi évitée. Je vous rappelle que la défaite de ce traître était l'une des demandes que nous avions adressées aux mancius...

Mais la sorcière n'avait que faire du sieur de Gringoix ; en ce moment, elle s'inquiétait davantage pour elle-même et cette quête prématurée des trônes.

– Et comment comptes-tu nourrir et entretenir mille cinq cents hommes, sans l'aide de Naïla et de sa magie ? Comment comptes-tu les convaincre de ne pas rebrousser chemin dans les moments de doute et après les combats alors que leur seule rétribution est la promesse d'une fortune à leur retour ? Comment les soigneras-tu ? As-tu oublié que je ne peux t'accompagner en permanence dans ce périple ? Ce n'est pas un hasard si j'ai établi mes quartiers précisément ici, sur cette péninsule et sur les berges de ce lac. Je ne fais jamais rien au hasard, tu devrais le savoir. Je ne peux me permettre de quitter cet endroit pour une longue période, pas plus qu'il ne m'est possible de trimballer avec moi tout ce qui m'est nécessaire pour mes potions et mes formules...

La sorcière laissa sa phrase en suspens. Elle ne voulait surtout pas être obligée de lui avouer qu'elle ne croyait pas avoir la force de se déplacer magiquement sur de très longues distances pendant des mois, voire des années, dans sa situation actuelle.

– Et que fais-tu de la Fille de Lune qui attend ton enfant ? De tes pouvoirs en latence ? Tu sembles tout à coup vouloir sauter bien des étapes essentielles.

Mélijna croyait très peu aux chances de réussite d'Alejandre s'il partait maintenant. D'un autre côté, elle aurait le champ libre pour mettre Naïla à sa merci dès son retour de Brume. La sorcière ne doutait pas un instant que la jeune femme reviendrait se venger lorsqu'elle se rendrait compte qu'elle ne pouvait se débarrasser d'aucune façon des enfants qu'elle portait.

– Vous pouvez très bien voir à ce que je me déplace magiquement en cas de nécessité. Vous n'avez nul besoin de mon aide pour gérer le domaine de main de maître et voir à l'éducation de l'enfant à venir. C'était d'ailleurs ce qui était convenu : une nourrice qui deviendrait ensuite gardienne pendant que la mère et moi avancerions vers notre destin. Nogan veillera pour sa part à l'éducation des Exéäs que vous avez si brillamment recueillis. Je n'ai aucun doute sur votre capacité à m'envoyer la Fille de Lune devenue docile. Vous voyez ? Rien ne s'oppose à mon départ.

Curieuse, Mélijna fouilla les pensées du sire à propos d'Elisha, y découvrant que ce jeune sot espérait bêtement que le sortilège prendrait fin de lui-même puisqu'il était plus fragile qu'à l'origine. Sinon, Alejandre croyait que le voyage dans des terres inconnues lui permettrait de réunir la totalité des ingrédients nécessaires à la fabrication de la potion de Vidas. Il demanderait alors à Mélijna de l'amener magiquement jusqu'à Nasaq, le temps de payer sa dette et de recevoir les informations promises sur ses origines.

– ... pour que je quitte le domaine d'ici une semaine. Mon seul regret sera de ne pas avoir pu régler définitivement le cas de mon frère avant de partir.

Mélijna s'obligea à ramener son attention sur Alejandre. Il fut donc convenu que le départ était imminent. Ils réglèrent les détails de la longue expédition à venir, après quoi l'ambitieux sire regagna ses quartiers, au grand soulagement de Mélijna. Elle pouvait se reposer enfin. Trop réfléchir l'épuisait. Décidément, il fallait qu'elle trouve une solution au plus vite...

18

Château-Richer

C'est probablement parce que je naviguais tout près de la rive nord du Saint-Laurent que j'eus la vie sauve. Je m'étais effondrée en bordure des arbres, à l'abri du vent, mais pas des rayons de soleil qui me réchauffèrent lentement, m'évitant l'hypothermie.

J'ouvris les yeux en fin d'après-midi. Je m'assis péniblement, grelottant toujours et légèrement confuse. Les derniers événements me paraissaient totalement irréels. Du regard, j'embrassai mon environnement, tâchant de remettre en marche les rouages embrumés de mon cerveau. Quelques minutes plus tard, je regrettais ma démarche. Réfléchir m'avait permis de constater que j'étais dans une situation pire que tout ce que j'avais précédemment vécu. J'étais trempée, je n'avais plus ni vivres ni couvertures et la nuit allait bientôt tomber. Je n'avais sauvé que ma dague, mes mocassins – pour une fois, cette habitude amériendienne de toujours se déchausser pour embarquer dans un canot d'écorce m'apparaissait comme une idée géniale ! – et ma gourde de peau puisque ces objets étaient dans un sac léger que je portais sans faute en bandoulière. Je me levai finalement pour rassembler du petit bois et des herbes sèches, dans l'espoir d'allumer un feu à l'ancienne, c'est-à-dire avec un arc formé d'une branche souple et du ruban pour les cheveux – que m'avait galamment offert Joseph –, d'une branche droite et effilée, et de toute ma bonne volonté.

Une bonne heure plus tard, j'avais une immense ampoule dans la paume gauche, mais un sourire éblouissant. Si jamais je revenais au vingtième siècle, je promettais solennellement de remercier ma monitrice du camp d'été de mes quatorze ans. Cette jeune femme m'avait honteusement obligée à allumer un feu sans allumettes ni aucun autre moyen moderne, de même qu'à avouer à la face du monde que les techniques de survie en forêt avaient leur utilité. Aujourd'hui, je n'en doutais plus...

Des larmes de joie glissèrent sur mes joues alors que j'alimentais de minuscules braises avec de l'herbe très sèche et d'infinies précautions. De mon corps, je protégeais ma création du vent tout en priant pour qu'elle ne s'éteigne pas. Il me fallut une bonne heure supplémentaire pour obtenir un feu suffisant pour que je puisse le laisser brûler sans surveillance. Durant cette période, je me fabriquai un petit abri temporaire à l'aide de longs bouts de bois et de branches de conifères. Ensuite, je rassemblai davantage de combustible. Heureusement, le bois rejeté par le fleuve était abondant, de même que les branches sèches et les arbrisseaux morts. J'avais profité de mon approvisionnement pour regarder si la marée n'avait pas rejeté également, par un coup de chance extraordinaire, une de mes couvertures. J'en fus quitte pour une amère déception.

Je restai près du feu le plus longtemps possible, m'ingéniant à sécher mes vêtements au maximum, malgré que je tombais de fatigue. Je finis cependant par me résigner à étouffer les flammes, tard dans la nuit, pour ne pas provoquer d'incendie ; je ne parvenais plus à garder les yeux ouverts...

*   *
*

En dépit de mon épuisement, je dormis mal, à la merci des cauchemars. Si je mourais noyée dans le premier, il en était tout autrement du suivant alors que j'assistais, impuissante, à la torture de ce que Meagan m'avait autrefois expliqué être des nymphes. Pendant que les pauvres créatures rendaient leur dernier souffle, de petits êtres palmés et répugnants recueillaient dans des fioles de verre leur sang aux teintes si particulières.

*   *

*

Heureux que son fils soit enfin sur les traces de ses origines, et donc en voie de récupérer bientôt la Fille de Lune, Roderick n'avait partagé avec Naïla qu'un seul souvenir. Mais ce n'était qu'un répit temporaire...

*   *

*

Debout dès l'aube malgré ma fatigue, je constatai avec bonheur que le vent était complètement tombé au cours de la nuit. Je n'avais rien mangé depuis près de vingt-quatre heures, mais je m'efforçais de ne pas y penser en dépit des borborygmes de mon estomac affamé. Décidée à rejoindre la civilisation, je glissai mon sac en bandoulière puis m'approchai de mon canot pour l'examiner, priant pour qu'il soit intact. Habituellement, je faisais cette inspection chaque soir, comme Joseph me l'avait montré, pour repérer la moindre déchirure dans l'écorce et la colmater avec un mélange de gomme de résineux et de graisse animale que je traînais avec mes vivres. Après ma journée mouvementée de la veille, j'avais omis cette étape importante. Dès que je me penchai sur mon embarcation, je compris que cet oubli m'avait permis de passer une nuit somme toute reposante. En effet, s'il avait fallu que je me rende compte hier soir que mon canot était fichu, je serais déjà morte d'angoisse à l'heure actuelle...

L'écorce était déchirée sur quelques dizaines de centimètres à l'avant. Ayant perdu le mélange de résine en même temps que mes couvertures, je n'avais rien pour réparer les dégâts. J'allais devoir abandonner la navigation au profit de la marche à pied. Et dire que j'avais failli me noyer pour récupérer une épave...

*   *

*

Je marchai pendant deux longues journées sans rien avaler d'autre que de l'eau que je trouvai heureusement en abondance. Je savais toutefois que ce ne serait bientôt plus suffisant. J'avais déployé tout ce que j'avais d'énergie au cours des deux dernières semaines, suant sang et eau pour rejoindre la civilisation. Je me rendais compte trop tard que j'aurais probablement mieux fait de rester sagement au poste de traite. Une petite voix me susurra toutefois qu'après mon expérience au château des Canac, je n'aurais jamais pu supporter la proximité d'un homme trop entreprenant...

Ce soir-là, lorsque je m'allongeai sur ma couche de fortune, je fis tristement l'inventaire de mes nombreux maux et problèmes. Outre les courbatures et les élancements lancinants de mes membres raidis par l'effort, j'avais des ampoules aux pieds d'une taille à faire frémir les plus endurcis et de multiples écorchures à divers stades d'infection. Mes vêtements n'étaient plus que des loques me couvrant à peine et mes mocassins à la semelle trop mince me faisaient sentir chaque pierre comme chaque racine sur laquelle je marchais. Je n'étais pas convaincue de pouvoir tenir un jour de plus. Et pourtant...

*   *

*

L'avant-midi tirait sûrement à sa fin quand je crus voir un mirage : une première habitation ! De dimensions modestes, elle était construite en pièces de bois blanchies à la chaux et le toit en bardeaux de cèdre. Tout autour, le terrain avait été défriché. Des poules se promenaient aux environs et un enclos contenait moutons et cochons. Deux enfants jouaient sur un côté, tout près d'un immense potager. Plus loin, j'apercevais deux autres maisons et d'autres espaces défrichés. Pour le reste, c'était la forêt à perte de vue. Le plus étrange, c'est que je percevais tout cela à travers une espèce de brouillard que j'associai à la fatigue extrême. Au moment où les enfants m'aperçurent, je m'écroulai...

* *
*

Lorsque je rouvris les yeux, j'étais allongée dans une pièce sombre. Seule. Je me redressai en position assise, puis m'adossai au mur derrière moi avec précaution ; chaque parcelle de mon corps regimbait à fournir le moindre effort. Je ne portais que ma chemise et mes pieds avaient été pansés à l'aide de bandes d'étoffe. Je jetai un œil aux alentours.

L'intérieur de la petite maison n'avait pas de divisions. Mon lit occupait un angle de la pièce et se trouvait dans une espèce d'alcôve ; ce devait être le lit des maîtres. À même le sol, tout près, il y avait deux autres paillasses, probablement celles des enfants, de même qu'un berceau. Dessus reposaient des peaux d'animaux, ours ou orignal. Il n'y avait guère de meubles, si ce n'est une table, des chaises, deux coffres de bois et quelque chose qui ressemblait à un buffet. Sur le mur de gauche, il y avait un foyer où pendait une crémaillère. Un chaudron y était d'ailleurs suspendu, duquel s'échappaient des effluves fort appétissantes pour quelqu'un n'ayant pas mangé depuis trop longtemps. Je m'apprêtais à me lever quand la porte s'ouvrit.

Une femme entra et me sourit timidement. Elle devait être au début de la trentaine, mais elle paraissait facilement une dizaine d'années de plus. Le travail incessant, les tâches ménagères et les grossesses avaient vraisemblablement eu raison de sa jeunesse. Triste constat.

– Bonjour !

– Bonjour, répondis-je dans un sourire. Où suis-je ?

– À Château-Richer. Philippe, mon mari, vous a portée dans la maison après que les enfants vous aient vu vous effondrer, hier. Vous avez faim ?

Mon regard, qui ne cessait de se tourner vers le chaudron fumant, m'avait certainement trahie. Je hochai la tête.

– Venez vous assoir... Au fait, je m'appelle Marie.

– Et moi, Naïla.

Je m'installai à la table, légèrement mal à l'aise de venir troubler son quotidien, mais pleinement reconnaissante d'avoir quelque chose à me mettre sous la dent. Étonnamment, elle ne me posa pas de questions sur moi. Elle m'expliqua plutôt qu'elle et son mari avaient quitté la région de Charente, en France, cinq ans plus tôt. Ils avaient choisi de traverser l'Atlantique davantage par goût de l'aventure que pour fuir une situation devenue difficile. Ils avaient eu envie de découvrir de nouveaux horizons et de participer à la création d'une nouvelle nation. Avec un haussement d'épaules, et l'air un peu gêné, elle conclut :

– Bien peu de gens de notre entourage comprenaient notre décision, mais nous sommes tout de même partis.

Nous ne regrettons rien puisque nous n'avons jamais été aussi heureux...

* *
*

Au cours de la journée, je fis la connaissance de Philippe et des trois enfants du couple, une petite fille de quatre ans et demi, un petit garçon de deux ans et un nourrisson de quelques mois, aux bouclettes blondes comme les blés. J'eus un choc en voyant la plus vieille ; si ma fille Alicia avait sur-vécu, Agnès et elle auraient certainement pu être jumelles. Ce n'était pas seulement des similitudes subtiles que je voyais, mais bien une copie, et j'en fus remuée au-delà de toute expres-sion. Était-ce un signe du destin ?

Ne sachant pas comment expliquer mon arrivée impromp-tue sur leur terre, je racontai avoir fui Québec après que mon père, avec qui j'étais arrivée ici, fut décédé. Le couple ne me posa aucune question et me proposa spontanément de demeurer avec eux, le temps de me trouver un mari. En riant, ils m'expliquèrent que j'aurais l'embarras du choix ; les filles étaient une denrée rare et les hommes ayant besoin d'une femme, légion. J'acceptai leur offre de rester avec plaisir, mais ne pipai mot sur la question du mari. Avec un peu de chance, j'aurais disparu avant d'avoir besoin de convoler...

* *
*

Je dormis mal, mais l'inconfort de ma paillasse n'y était pour rien. J'avais insisté pour dormir à même le sol, comme les enfants, et je contemplais maintenant le toit, l'intérieur de la maison étant faiblement éclairé par les rayons de lune qui filtraient à travers les fougères servant de rideaux. Mes cau-chemars défilèrent en rafale, fidèles à leur habitude retrouvée.

Une fois de plus, j'avais assisté à un affrontement, mais d'un genre nouveau. L'homme aux cheveux noirs avait combattu, avec l'aide de son armée hétéroclite, des êtres à la peau couverte d'écailles cuivrées qui s'enflammaient au contact d'une arme. Un moyen de défense peu banal qui avait rapidement fait des dommages importants. Mais cet homme n'avait pas dit son dernier mot ; il s'était défendu de belle façon alors que des êtres à l'apparence humaine, dans ses rangs, s'étaient métamorphosés en créatures constituées d'eau. Même si les forces représentant les deux éléments étaient inégales, les trois êtres aquatiques avaient triomphé des êtres de feu. C'est lors de la débandade de ces derniers que j'avais remarqué Mélijna. Était-ce le père adoptif d'Alix qui combattait ainsi pour que cette sorcière soit dans les parages ? On m'avait pourtant dit qu'il ne possédait que bien peu de pouvoirs magiques alors que l'homme que je voyais était plutôt doué. Après le départ des perdants, j'avais assisté au décompte des morts, à la vision d'un champ de bataille maculé de sang et parsemé de guerriers, humains ou non, agonisant sur une terre inhospitalière, loin des leurs.

Seule en cette nuit de 1666, je désespérais de voir poindre l'aube. Je cherchais avec ardeur ce que la vieille Uapikun avait voulu dire en affirmant que je pouvais cesser de faire ces rêves étranges si je le désirais. Je me rendormis finalement, toujours ignorante de la façon de faire et craignant un jour de croiser Madox ou Alix en songe. Mort.

*   *

*

Cette fois-ci, Roderick s'était remémoré des bribes de l'époque où Mélijna cheminait avec lui, époque où il croyait atteindre ses objectifs avec beaucoup plus de facilité. Mais c'était sans compter l'apparition de Saül. Ce puissant fils de sorcier avait tout chamboulé, retardant indûment sa quête de gloire et de richesse. Depuis trop longtemps qu'il attendait, sa patience commençait à s'effriter sérieusement.

Penser à Mélijna le fit s'interroger une fois de plus sur ce que la vieille pouvait bien se rappeler par rapport à lui. Une seule chose était certaine : elle le croyait disparu depuis belle lurette puisqu'il avait simulé sa mort voilà plus d'un siècle. Il ne s'étonnait donc pas qu'elle n'ait jamais fait le lien entre lui et ses fils. De toute façon, à cette époque, Roderick ne ressemblait en rien à Alexis. Puisqu'il avait la capacité de se métamorphoser à volonté, il ne prenait que rarement sa véritable apparence. Et s'il le faisait, il se rajeunissait, question de ne pas effrayer son interlocuteur...

*　　*
*

Deux semaines s'écoulèrent alors que la famille Dusseault se préparait pour la saison froide. Je donnais un coup de main aux corvées et tentais de mon mieux de me faire oublier. Je n'avais pas encore mentionné mon état de femme enceinte : je ne voyais pas comment l'expliquer ni le faire accepter. Que cette famille ait la particularité de ne ressembler en rien à la famille type de colons ne voulait pas dire qu'elle fermerait les yeux sur une grossesse. Je ne vomissais plus à tout moment, à mon grand soulagement. Par contre, je craignais le jour où mon ventre commencerait à s'arrondir ; je devrais alors m'ingénier à le camoufler. Les voisins, bien que loin en distance, s'obstinaient à être tout près en présence, me voyant comme une curiosité et prétextant tout et rien pour venir fouiner. Ils cherchaient sans cesse à me prendre en défaut, alléguant que j'avais souvent des comportements bizarres. Je pensais à tout cela alors que je voyais Ernestine – ladite voisine – s'amener d'un pas vif sur le chemin de terre battue. Je m'empressai de disparaître parmi les hauts plants de maïs du potager, tenant Agnès par la main. Je fis signe à la fillette de se taire. Elle me renvoya un magnifique sourire. Elle non plus n'aimait pas la voisine.

– Marrrrrie, Marrrrrie, Marrrrrie..., s'égosillait-elle.

À travers les plants jaunis par le gel, je vis Marie sortir de la maison en s'essuyant les mains sur son tablier. Je savais qu'elle devait retenir un profond soupir d'exaspération, mais elle affichait néanmoins une expression neutre. Ernestine se mit à déverser un flot de paroles, gesticulant et jetant de fréquents coups d'œil vers le potager – signe qu'elle connaissait ma présence.

Toujours confinée sur le seuil de la porte, elle fit plusieurs fois mine d'entrer, mais Marie ne bougea pas d'un poil, bloquant poliment mais fermement le passage. Malheureusement, Philippe était au champ, sinon il aurait déjà renvoyé l'indésirable chez elle. Il ne la supportait pas. J'étais incapable de saisir la moindre bribe de son monologue, mais j'entendais la voix de la voisine monter dans les aigus. Marie hocha plusieurs fois la tête en signe de dénégation puis recula avant de fermer la porte. Ernestine cria une dernière fois et s'éloigna enfin, jetant encore plusieurs coups d'œil vers le potager où je me trouvais. Dès qu'elle fut hors de vue, j'allai aux nouvelles.

19

Révélations

À peine Alix sortait-il de chez Elisha qu'il s'entendit interpeller.

– Hé, monsieur, attendez...

Le Cyldias se retrouva nez à nez avec une très jolie femme d'une vingtaine d'années. Elle lui souriait comme si elle venait de faire une découverte des plus extraordinaires. Il vint à l'esprit d'Alix qu'une jeune femme comme elle n'avait pas sa place dans une cité comme Nasaq ; elle se voyait tout simplement trop, risquant de gros ennuis...

Avant que l'une ou l'autre ne parle, Sarel s'interposa.

– Tu ne devrais pas sortir sans protection, Séphonie.

Sans se sentir le moins du monde fautive, elle répliqua du tac au tac :

– Je ne suis pas sortie seule puisque ton compagnon et toi êtes là pour me défendre en cas de besoin.

Les deux hommes réprimèrent un sourire. Cette fille avait certes du mordant. Sarel maugréa tout de même :

– Peut-être, mais tu ne devrais pas courir de risque. Je ne voudrais pas que...

Séphonie n'avait pas du tout envie que Sarel se lance dans une leçon de morale. Elle se tourna plutôt vers Alix :

– Vous vous entendez bien avec votre frère ?

Cette fois, Sarel fut incapable de contenir son amusement. Quiconque connaissait un peu Alix n'aurait jamais osé pareille question.

– Non. C'est la réponse que vous désiriez entendre ?

Sourire en coin, Alix attendit qu'elle poursuive, les bras croisés sur la poitrine. Il n'avait porté qu'une attention limitée aux activités de son frère ces derniers temps, trop absorbé par ses propres problèmes.

– Il est venu voir ma grand-mère. Il voulait qu'elle remonte le cours de ses souvenirs jusqu'à sa naissance...

Séphonie n'en dit pas plus, attendant qu'Alix réagisse.

– Est-ce qu'Elisha a réussi ?

– Bien sûr qu'elle a réussi...

Le ton de la jeune femme était un rien condescendant.

– Elle lui a dit d'où il venait ?! explosa Alix.

Il n'avait vraiment pas besoin que cet imbécile découvre ses origines en ce moment.

– Pas exactement. Elle ne lui a dévoilé qu'une portion de son passé. D'après ce que j'ai compris, elle a gardé le plus important pour une rencontre ultérieure, en échange des ingrédients d'une potion et d'un sortilège.

Malgré lui, le Cyldias sentit ses muscles se relâcher. Avant qu'Alix ne puisse demander des précisions, Sarel s'enquit :

– Comment en sais-tu autant sur le frère d'Alix alors qu'Elisha t'a toujours interdit d'assister à ses entretiens ?

Séphonie eut le bon goût de rougir. Grâce à ses facultés de nyctalope, Alix le vit en dépit de l'obscurité. Séphonie releva finalement la tête dans une attitude de défi.

– J'ai toujours été convaincue qu'il me serait un jour utile d'avoir écouté ce que je ne devrais pas et je pense que c'est le cas.

D'un regard, elle quêta l'approbation d'Alix.

– Elle a raison, Sarel. Si elle peut me rapporter la conversation entre Alejandre et Elisha, je gagnerai un temps précieux.

– Et elle se retrouvera en danger si jamais ton frère apprend qu'elle sait quelque chose, compléta Sarel.

– C'est un risque qu'elle doit assumer, riposta Alix en fixant Séphonie.

Celle-ci hocha la tête en signe d'assentiment.

– La question ne se pose même pas ! De toute façon, il est trop tard pour reculer.

Alix sourit devant l'audace de la jeune femme.

– Vous ignorez quel genre d'homme est mon frère, ne put-il s'empêcher de préciser.

Séphonie haussa les épaules.

– Détrompez-vous ! J'ai moi aussi des dons, bien qu'ils diffèrent totalement de ceux de ma grand-mère. Je peux voir l'âme et le cœur des gens au premier contact et ainsi savoir s'ils méritent ma confiance. Ce n'est pas le cas de votre frère. Le vôtre, oui...

Alix comprenait maintenant pourquoi Séphonie n'avait pas hésité à sortir pour lui parler. Elle lui révélerait sûrement tout ce qu'elle savait, mais cette rue sombre n'était pas le meilleur endroit pour le faire. Lisant vraisemblablement dans ses pensées, Sarel leur offrit d'aller chez lui pour discuter.

* *
*

Ils s'installèrent dans le petit appartement contigu à son lieu de travail. Sans plus attendre, Séphonie fit un bref récit de la conversation entre Elisha et Alejandre ; le retour dans le temps s'était surtout déroulé en images auxquelles Séphonie n'avait pas eu accès. Lorsqu'elle eut terminé, le Cyldias jura. Même si son frère ignorait encore les principaux éléments de son passé, il se doutait bien que ce dernier mettrait tout en œuvre pour le découvrir. Restait à espérer qu'Alejandre ne parle pas de sa récente découverte à Mélijna. D'un autre côté, il savait que son frère ne pouvait espérer trouver les ingrédients nécessaires à la curieuse potion ailleurs que dans les quartiers de sa sorcière. Mais Alix était surtout inquiet pour cette histoire de carapace à fissurer ; si son frère se retrouvait un jour doté du moindre don, les problèmes ne feraient qu'empirer... Dès qu'il aurait consulté Elisha à nouveau, il lui faudrait s'entretenir d'urgence avec Foch.

* *
*

Dame Frénégonde était une grande femme mince, aux traits anguleux, au nez droit et à la longue chevelure blonde, striée de blanc. Bien qu'elle n'ait aucune difficulté à sourire pour les besoins du commerce qu'elle dirigeait, ses yeux trahissaient souvent sa nature froide et calculatrice. Contrairement à Alix, peu de gens parvenaient à établir une véritable relation d'amitié avec cette femme. La plupart fuyaient même la tenancière au point de préférer faire des affaires avec des maisons de moins bonne réputation...

— Ta présence rehaussera avantageusement le niveau de la clientèle qui fréquente mon établissement, se réjouit la patronne en lui donnant l'accolade. J'espère que tu es en forme parce que Nadja attend là-haut depuis un certain temps déjà.

Alix fronça les sourcils.

— Je ne crois pas que..., voulut-il protester.

— Tut, tut, tut, l'interrompit la mère maquerelle. Ne me dis pas que tu passeras la nuit ici sans une de mes filles dans ton lit. Ce ne serait pas raisonnable...

Tout en parlant, Dame Frénégonde avait saisi le bras d'Alix et le remorquait vers l'une des chambres du second palier. Alix leva les yeux au ciel. Il ne se sentait vraiment pas d'attaque pour ce genre d'exercices ! Son crâne allait exploser sous la pression tant il avait besoin de réfléchir.

— Je connais suffisamment les hommes pour savoir qu'ils ne trouvent pas de meilleure façon d'oublier leurs problèmes qu'en buvant plus que de raison et en compagnie de jolies femmes.

Dame Frénégonde ouvrit une porte et poussa le Cyldias à l'intérieur.

– Allez ! Il est grand temps que tu te changes les idées. En plus, c'est la maison qui offre...

Sur ce, elle lui adressa un clin d'œil coquin et ferma la porte. Une splendide jeune femme était étendue sur le lit. Ses longs cheveux bruns étaient tressés en une natte unique et elle ne portait rien, si ce n'est une couverture qui couvrait le bas de son corps, à partir des hanches. La jeune femme esquissa un sourire moqueur tandis que le regard qu'Alix aurait préféré poser sur le visage de Nadja dériva plutôt vers ses seins fermes à la pointe dressée. Une curieuse bataille se livra alors entre le corps, l'esprit et le cœur du jeune homme. En d'autres temps, il n'aurait pas hésité une seconde devant ce spectacle, mais ce soir, le souvenir de Naïla le retenait.

Ses tergiversations furent pourtant de courte durée. Son corps trop longtemps privé de jouissance gagna aisément sur le cœur et l'esprit d'Alix. Il s'abandonna bientôt dans les bras de Nadja avec un plaisir non feint. Il voulut ensuite profiter de quelques heures de sommeil bien méritées, mais Morphée ne se montra qu'en compagnie des habituels cauchemars.

Le lendemain, Alix se leva la tête emplie d'horreurs sans nom. Assis sur le bord du lit, il se massa les tempes, les yeux fermés. Un profond soupir lui échappa avant qu'il ne s'habille pour descendre. Il lui fallait retourner voir Elisha, mais il se demandait s'il ne regretterait pas ensuite les révélations à venir...

Les quartiers des filles de joie occupaient l'arrière de la maison. Alix savait que l'animation y était vive à toute heure du jour et de la nuit. Avec une pointe de nostalgie, il pensa aux moments qu'il y avait passés autrefois alors qu'il jouissait d'une permission spéciale pour s'y rendre. Tout cela lui semblait tellement loin, même si c'était il y a quelques années à peine.

Il se rendit directement dans les cuisines de l'établissement, où la cuisinière lui réserva le même accueil enthousiaste que la propriétaire. Il déjeuna sans grand appétit. Dame Frénégonde apparut bientôt sur le seuil.

– Tu es bien reposé ? demanda-t-elle, légèrement ironique.

Alix eut un sourire en coin, mais resta muet.

*   *

*

Alix dut quitter Nasaq en catastrophe, sans avoir revu Elisha. Alors que le soleil voguait vers son zénith, il avait reçu une communication télépathique où une voix hachurée s'apparentant à celle de Foch appelait à l'aide. Il avait tenté de communiquer avec le sage, mais ses appels étaient restés sans réponse. Alix avait rapidement décrété que ses origines pouvaient bien attendre quelques heures de plus.

Malheureusement, pour la seconde fois depuis le départ de Naïla, ses pouvoirs de déplacement eurent des ratés : le Cyldias se matérialisa deux fois au mauvais endroit. Au troisième essai, il apparut enfin tout près du repaire de Madox. Les énergies en présence lui donnèrent pourtant l'impression de ne pas être le bienvenu. Il tenta à nouveau d'établir un contact avec Foch, mais il échoua à chacune de ses tentatives. Le même phénomène se produisit lorsqu'il voulut communiquer avec Madox. Pourquoi ?

Il s'approcha prudemment à quelques dizaines de mètres du refuge. Aucun son ne filtrait, il régnait un calme inhabituel. On n'entendait même pas le gazouillis des oiseaux ni le bruissement du vent dans les arbres aux feuilles devenues rares. Alix éprouva la même sensation que s'il avait inconsciemment pénétré dans une immense cellule temporelle. Cela n'avait aucun sens. On aurait dit que le temps était suspendu dans l'attente d'un événement imminent.

– Nooooooooooooooooooooooon !

Ce cri inhumain fit se tourner brusquement le Cyldias vers la droite. Pourvu que ce ne soit pas Foch ou Madox ! Rien ne bougeait sous le couvert des arbres, mais Alix eut l'impression que des ombres se mouvaient dès que ses yeux quittaient un point pour en fixer un autre. Un long frisson le parcourut. Il se souvenait d'avoir vécu une situation semblable, une dizaine d'années plus tôt, peu de temps avant de faire la connaissance de Foch. Il s'était alors réfugié temporairement à la limite des Terres Intérieures pour échapper aux incessantes poursuites de son frère. Il était à bout de forces et il n'avait eu d'autre choix que de s'arrêter pour se reposer. Au moment où la nuit tombait sur la forêt, il avait également éprouvé la sensation que des ombres se déplaçaient en périphérie de sa vision. Incapable de trouver le sommeil, il avait passé la nuit à scruter les ténèbres dans l'appréhension... Aujourd'hui, il en aurait le cœur net.

Alix s'avança dans les fourrés épais à la recherche de l'être qui avait poussé ce cri strident. À peine eut-il franchi une trentaine de mètres que l'appel se répéta une nouvelle fois, avec un accent de supplication à donner froid dans le dos. Alix courut dans cette direction et prit son élan pour sauter un ruisseau. Il se retrouva alors suspendu dans les airs, juste au-dessus du cours d'eau. Figé. Il ne pouvait plus bouger. « Une frontière temporelle ! » s'étonna-t-il. Mais pourquoi dans un endroit aussi accessible que celui-ci ? En d'autres temps, il aurait été ravi de faire pareille découverte, mais en ce moment, il y avait plus urgent.

Il ferma les yeux, se concentrant sur le monde qui l'entourait, cherchant les limites de cette frontière. Il savait pouvoir se déplacer le long de ces limites entre deux époques s'il faisait preuve de prudence. Alors qu'il tentait toujours de délimiter sa marge de manœuvre, un troisième cri lui parvint, plus assourdi, mais aussi inhumain que les précédents. La créature qui avait besoin d'aide s'affaiblissait. Ce n'est pourtant pas ce qui retint le plus l'attention d'Alix, mais plutôt le fait que le son lui était parvenu comme dans un couloir. Était-ce le gardien qui était en péril ? Si c'était le cas, la situation était beaucoup plus grave qu'une simple agression.

Les frontières temporelles n'étaient pas une création magique, mais plutôt une particularité du monde des Anciens. Elles avaient toujours été présentes, aussi loin que les souvenirs de cette nation pouvaient remonter. En de rares lieux sur cette terre, dans les endroits les plus inattendus et habituellement difficiles d'accès, des brèches dans le temps s'étaient formées. Ces frontières permettaient de passer d'une époque de la Terre des Anciens à une autre, mais sans la choisir. Chaque frontière conduisait à une époque bien précise, avant de ramener le voyageur dans le présent s'il l'empruntait en sens inverse. Dans sa volonté de justice et de paix, Darius avait fait recenser chacune des frontières connues et y avait assigné un gardien permanent, qui ne pouvait partir sans avoir été remplacé. Ces gardiens empêchaient tout être de se servir des frontières temporelles pour modifier le passé par le biais d'un simple voyage. L'espèce pensante devenant gardienne d'une frontière dépendait de son emplacement. L'histoire raconte que Darius avait ensuite caché la carte de ces frontières et espéré que leur existence sombre dans l'oubli.

Il y avait discordance dans la protection de la présente frontière. Convaincu que le gardien avait besoin d'aide, Alix suivit avec précaution la fracture du temps, souhaitant que ce ne soit qu'une courte brèche. À peine quelques minutes plus tard, il entendit une respiration sifflante ; des gémissements, de même qu'une voix gutturale lui parvenaient en sourdine. Il ralentit le pas. Il ne savait pas si les êtres en présence pouvaient percevoir la sienne. Sans endroit où se cacher dans l'espace-temps, il continua d'avancer, sur le qui-vive. Des silhouettes se découpèrent bientôt en relief, des ombres mouvantes, des voix toujours assourdies ; l'affrontement avait donc lieu à l'intérieur même de la frontière.

Alix ignorait s'il pouvait se rendre invisible dans un endroit comme celui-ci. À son grand désarroi, il eut besoin de deux tentatives pour réussir. Était-ce sa magie ou l'effet de la frontière ? Il continua sa progression, espérant que les protagonistes seraient trop absorbés par leur différend pour le sentir venir. Ce qu'il découvrit le cloua sur place.

Devant lui, les ombres devinrent quatre êtres distincts : trois contre un en fait. Une naïade – nymphe qui veille sur les ruisseaux et les rivières – était étendue dans le lit du cours d'eau, gémissant faiblement. De son corps s'échappaient plusieurs filets d'un bleu argenté, témoignant non seulement de ses nombreuses blessures, mais aussi de son statut. Le bleu prouvait son appartenance au peuple des nymphes et les reflets argentés, sa position de gardienne du temps. C'est probablement pour cette raison qu'elle n'avait pas quitté la Terre des Anciens pour Elfré lors de la grande migration ; ses obligations de gardienne d'une frontière l'avaient retenue dans ce monde-ci. Il était impossible d'identifier les trois autres êtres puisqu'ils se dissimulaient sous de longues capes noires à capuchon. L'individu du centre était le plus petit, mais Alix était certain qu'il était le plus puissant.

Le Cyldias réfléchissait à toute vitesse, cherchant la meilleure façon de tirer la nymphe de sa fâcheuse position sans s'attirer les foudres des trois autres. En d'autres circonstances, il aurait simplement pris la créature dans ses bras pour ensuite disparaître, mais les couloirs temporels ne lui donnaient pas cette latitude.

– Pour la dernière fois, dis-moi à quelle époque mène ce passage.

Alix fut parcouru d'un long frisson au son de cette voix d'outre-tombe. Plus que jamais, il se demanda à qui appartenait cette voix inhumaine qui avait maintes fois hanté ses cauchemars. Le langage était celui des nymphes, mais l'accent était à couper au couteau. L'être ne possédait donc pas d'anneau de Salomon, ce bijou qui permettait de passer d'un langage à un autre sans que rien paraisse.

– Mon maître t'a demandé quelque chose !

L'un des deux êtres qui flanquaient le premier envoya un violent coup de pied à la naïade. Celle-ci se recroquevilla en gémissant, faisant non de la tête dans un langage universel. Sans attendre, l'être lui administra un second coup dans un ricanement sinistre.

– Ces créatures sont si bêtes qu'elles préfèrent mourir plutôt que de trahir leur serment à Darius. Comme si ce vieux fou pouvait encore les protéger, des siècles après sa mort...

C'est l'être de gauche qui venait de parler avec un mépris sans borne. Alix fronça les sourcils. Il y avait une femme et un homme. Mais pourquoi le chef de ce triste trio n'avait-il pas d'anneau lui permettant d'utiliser le langage des nymphes alors que ses subalternes semblaient en posséder un ? Cela n'avait guère de sens. N'importe qui aurait normalement réquisitionné l'anneau d'un des deux autres. À moins que ces deux-là n'en possèdent pas. Mais si c'était le cas, qui pouvaient-ils bien être ? Alix ne connaissait que Naïla,

Madox, Andréa, Mélijna et Wandéline qui n'avaient pas besoin d'anneau pour comprendre et parler toutes les langues. Madox en portait bien un, mais pour une toute autre raison. Le langage haché du personnage central tira Alix de sa réflexion.

– Je vais devoir mettre fin à tes jours pour aller voir par moi-même où mène ce passage. Si ce n'est pas celui que je cherche, tu mourras pour rien. Ton sacrifice laissera sans surveillance une extraordinaire façon de modifier le passé.

La pauvre nymphe se recroquevilla davantage sur elle-même, en proie à la terreur. « Pourquoi ne se défend-elle pas ? se demanda Alix. Darius a pourtant donné d'immenses pouvoirs à ceux qui veillent sur les frontières temporelles. »

– *Tu dois utiliser le sortilège d'Ekla pour entraver la magie de Saül. Même si tu ne connais pas cette formule, elle te viendra en temps opportun. Ce monstre a pris Nichna par surprise et sa puissance empêche maintenant la nymphe de se défendre. Dès que ton sortilège sera lancé, elle retrouvera ses pleins pouvoirs malgré son apparente faiblesse. Surtout, reste invisible et laisse la nymphe agir seule ensuite, pour éviter que ta présence ne soit perçue. Tu ne dois pas...*

Le reste de cette communication télépathique se perdit dans un nouveau cri de Nichna. Reconnaissant la voix de son père, Alix ne tergiversa pas. Il ferma les yeux et formula le sortilège qui lui vint sans effort. Les effets se firent immédiatement sentir. La bulle silencieuse dans laquelle Alix évoluait depuis son arrivée près de la retraite de Madox vola en éclats et tous les sons revinrent en même temps dans une cacophonie assourdissante pour ses oreilles si peu sollicitées dans les dernières minutes. Saül et ses acolytes sursautèrent et scrutèrent les environs, cherchant l'origine du contre-sortilège. La nymphe profita de ce moment d'inattention de la part du sorcier pour disparaître en compagnie d'Alix, et scella la frontière derrière elle. La disparition du Cyldias se fit alors que son visage exprimait une intense surprise : il avait vu les êtres qui suivaient le sorcier. Le jeune homme se dit qu'il aurait préféré ne rien savoir de ses nouveaux adversaires : deux Ybis. La dernière chose qu'il entendit, c'est le cri de rage de celui qui les accompagnait.

*　　*

*

Si Roderick avait attiré son fils sur place, ce n'était pas pour sauver la vie d'une nymphe. Il se fichait bien de cette existence comme de toutes les autres ; seule sa propre vie comptait, de même que celle de son petit-fils à venir. Il avait d'autres raisons. La plus importante : infliger une cuisante défaite à Saül et ses acolytes. Il ne comprenait toujours pas comment ce sorcier de malheur était parvenu à convaincre les Ybis de le servir tandis que lui-même avait consacré près de dix ans de sa vie à ces créatures. Il les avait libérés de leur prison sur Bronan, leur avait appris à maîtriser leurs immenses pouvoirs, leur avait enseigné l'histoire de la Terre des Anciens et combien d'autres choses encore. Et qu'avait-il récolté ? À la première occasion, les Ybis lui avaient faussé compagnie pour se rallier à son plus grand rival.

Si la débandade de Saül contentait Roderick, la parfaite réussite d'Alexis l'inquiétait. L'Être d'Exception avait prévu transmettre mentalement le sortilège d'Ekla à son fils au moment opportun, mais il n'en avait pas eu le temps. Le jeune homme l'avait formulé instinctivement, sans le moindre effort, ce qui signifiait que la transformation en latence depuis sa naissance était déjà bien amorcée. Il devenait urgent qu'Alexis ramène Naïla et qu'ils meurent tous les deux...

*　　*

*

Alix reprit pied dans un paysage singulièrement différent de celui qu'il venait de quitter. Il n'y avait pas le moindre arbre autour de lui, pas de végétation, pas de cours d'eau, rien. Que le vide total, une plaine aride s'étendant à perte de vue. Des centaines de squelettes à demi enterrés jonchaient le sol sablonneux : des ossements qui appartenaient vraisemblablement à plusieurs espèces. Pourtant, le jeune homme était convaincu d'être exactement au même endroit que quelques minutes plus tôt.

– Tu es sur le champ de bataille de Verdim, dix ans après les événements et quelques minutes à peine avant la mort de Darius. D'ici quelques heures, quand le choc premier de sa mort sera passé, les rares elfes restants sur la Terre des Anciens, avec l'aide des Sages, feront disparaître les vestiges des grands champs de bataille pour enclencher le processus d'oubli du passé. Ils espéraient que l'histoire d'Ulphydius ne se reproduise jamais et que les souvenirs de ce qu'il était s'effacent des mémoires collectives.

La nymphe parlait d'une voix éteinte, les larmes aux yeux, tout en pansant magiquement ses plaies. Soudain, le temps se modifia considérablement. Le soleil disparut, le ciel se couvrit de nuages et le tonnerre gronda. Du sol monta un tressaillement de la terre qui se mua progressivement en tremblement ; des éclairs zébrèrent bientôt le ciel et le vent se leva, soufflant en une longue plainte déchirante. Nichna étouffa un sanglot, murmurant simplement :

– Darius vient de s'éteindre...

Alix s'ébroua, tentant de chasser le sentiment d'irréalité qui s'était emparé de lui. Il venait apparemment de subir les premiers contrecoups de la mort de Darius, mais il ne parvenait pas à l'assimiler. Secouant la tête de gauche à droite, il cligna plusieurs fois des yeux et se tourna finalement vers Nichna, toujours recroquevillée sur elle-même, à même le sol, de grosses larmes inondant ses joues.

– Combien de fois avez-vous revécu ces événements ?

– Trop souvent pour que j'aie la moindre envie d'en tenir le compte.

La nymphe laissa échapper un long soupir douloureux.

– J'étais déjà née à la mort du grand Sage, mais pas encore gardienne de cette frontière du temps. Pour une raison inconnue, celle-ci a été créée au moment de la mort de Darius. Longtemps, les membres survivants du Conseil de Gaudiore ont cherché à connaître la raison de cette apparition subite d'une fêlure temporelle. Ils refusaient de croire qu'elle s'était formée dans un seul but : revivre indéfiniment la mort de Darius et d'Ulphydius...

Alix fronça les sourcils. Jamais on ne lui avait dit que de nouvelles frontières temporelles avaient fait leur apparition après la mort de Darius. Le jeune homme croyait que les phénomènes de ce genre avaient tous été répertoriés par Darius lui-même et qu'ils dataient de la création première de la Terre des Anciens, bien avant la Grande Séparation.

– Darius disait que chaque cassure dans le cours du temps avait sa raison d'être. Selon lui, chacune était nécessaire pour une raison qu'il fallait absolument trouver.

Devant le haussement de sourcils du Cyldias, la nymphe demanda :

– Vous connaissez d'autres fêlures temporelles ?

Alix hocha la tête, mais la nymphe resta muette. Il comprit qu'il lui fallait les nommer pour que Nichna poursuive. Elle ne pouvait pas courir le risque de dévoiler l'emplacement de certaines frontières sans en savoir davantage sur son interlocuteur.

– L'archipel de Hasik en possède une, de même que les marais de Nelphas. Il y en a une sur le territoire des Insoumises, mais je ne saurais dire où exactement. La dernière que je connaisse se situe sur Sagan, très au sud.

Nichna acquiesça. Avant de révéler ce qu'elle savait à Alix, il devait subir un test ultime. D'un geste, elle fit apparaître une fiole remplie d'un liquide bleu clair. Elle regarda ensuite Alix droit dans les yeux.

– J'ai besoin d'une goutte de votre sang pour l'ajouter au mien. Selon la couleur obtenue grâce au mélange des deux fluides, je saurai si je peux vous expliquer la véritable fonction des frontières temporelles.

– Sinon ? l'interrompit Alix, tranchant.

– Je vous ramènerai à votre époque et veillerai à ce que vous oubliiez mon existence ainsi que tout ce qui vient de se produire...

La nymphe tendit une dague à Alix, qui s'entailla le pouce sans sourciller. Le sang perla, gouttant dans l'ouverture de la fiole. Un grésillement se fit entendre au contact des fluides et le sang bleu de la nymphe vira instantanément au pourpre profond. Nichna sourit, soulagée. Elle ne s'était donc pas trompée sur le compte d'Alix. Elle fit disparaître la fiole et reprit :

– La frontière de Nelphas permet aux morgans, peuple si particulier qui y réside, de retourner dans le temps à volonté afin de rapporter les plantes et les espèces animales qui disparaissent chaque année de la Terre des Anciens. Ces êtres ont reçu pour mission de préserver notre monde d'origine. Darius espérait que tous les peuples puissent un jour y revivre en harmonie. C'est l'une des rares frontières temporelles qui n'ait pas de destination unique. Sur le territoire des Insoumises, le retour en arrière s'arrête bien avant la Grande Séparation, juste devant l'entrée d'une longue galerie souterraine, devenue inatteignable à la suite de la glaciation. Ce couloir interminable conduit à la seule et unique réserve d'un élément essentiel à la réalisation des formules magiques les plus complexes. Aux confins de Sagan se cache le passage pour l'ancienne cité de Viscae, détruite il y a quelque mille ans par l'éruption du volcan qui la surplombait. Sa population, dépositaire du savoir de tout un monde, était la plus instruite de la Terre des Anciens. Il était impératif que ne disparaisse pas à jamais tout ce qu'elle contenait. Enfin, la dernière frontière que vous connaissez, celle de l'archipel de Hasik, permet un retour dans le temps qui coïncide avec la Grande Séparation.

– Combien y a-t-il de frontières temporelles ?

– Dix-sept connues et recensées. Mais il en manque sûrement quelques-unes dans le décompte. Darius n'était malheureusement pas infaillible malgré sa puissance..., répondit la nymphe sur un ton d'excuses.

Elle ferma les yeux quelques secondes et les rouvrit, annonçant :

– Nous pouvons maintenant regagner votre époque ; Saül et ses Ybis sont loin.

*   *
*

Ayant un moment oublié Foch et Madox, Alix souhaitait maintenant se rendre à la chaumière. Avant qu'il ne parte, Nichna le remercia chaleureusement pour son intervention ; elle lui devait la vie. Alix répondit que sa réaction avait été normale dans les circonstances, mais la nymphe rétorqua que bien peu d'êtres sur cette terre auraient osé risquer leur vie pour sauver celle d'un individu d'une autre espèce.

– Si, un jour, vous avez besoin des services d'une nymphe d'eau douce, n'hésitez surtout pas à me le faire savoir...

*   *

*

Tandis qu'Alix disparaissait sous le couvert des arbres, un léger sifflement se fit entendre tout près de la source du ruisseau dont Nichna avait la garde. La créature en chercha la provenance. Ses yeux se posèrent alors sur la fiole qu'elle avait utilisée plus tôt pour connaître la valeur de l'homme qui lui avait sauvé la vie. Elle prit le contenant entre ses doigts palmés, admirant le liquide devenu pourpre. Cette teinte se situait presque au sommet de l'échelle de confiance : très rares étaient les individus pouvant donner cette riche couleur bordeau lorsque leur sang se mêlait à celui d'une nymphe. Au cours de ses quelque sept cents ans de surveillance de cette fêlure du temps, Nichna n'avait pu observer les deux seules couleurs suivant le pourpre qu'une douzaine de fois.

Un nouveau sifflement se fit entendre, tirant la nymphe de ses pensées. La fiole laissait maintenant échapper de légères volutes de fumée translucide. Avec un froncement de sourcils, la créature regarda le liquide se mettre à tournoyer douce- ment, puis de plus en plus vite, comme s'il était brassé par une cuillère invisible. Puis l'impossible se produisit sous les yeux ébahis de Nichna. Le liquide pourpre se modifia lente- ment, de rares courants d'un blanc nacré firent leur apparition puis d'autres et d'autres encore. Dans un premier temps, le mélange devint bicolore, puis totalement blanc lustré au bout de quelques minutes qui semblèrent pourtant une éternité. Sous le choc, Nichna laissa tomber le flacon sur le sol de mousse où il atterrit dans un bruit mat. Son contenu se répandit sur les pousses lime, luisant sous les rares rayons de soleil qui filtraient à travers les arbres dénudés.

– Qui es-tu réellement bel étranger ? murmura la nymphe.

- 20 -

Retour aux sources

Avec un soupir de soulagement, malgré la douleur, Andréa s'effondra sur le sol gelé du territoire des Insoumises. Incertaine d'avoir emmagasiné suffisamment de puissance, elle avait craint d'être incapable de se rendre. Tout en se relevant, elle regarda autour d'elle avec une certaine fascination. Il y avait plus de dix ans qu'elle n'avait pas foulé la neige de cette contrée si hospitalière. Andréa se trouvait actuellement sur la rive, tout au sud de l'immense île. Contrairement à l'arrivée d'étrangers qui était immédiatement annoncée magiquement, les allées et venues des femmes marquées du sceau des Insoumises passaient inaperçues. Chacune pouvait partir ou revenir à sa guise. De toute façon, bien rares étaient celles qui s'aventuraient à l'extérieur de l'île après avoir été marquées au fer rouge. Comment ne pas se faire remarquer avec un flocon à six branches tatoué sur le front !

Seule Andréa se risquait parfois à sortir, parce que sa magie lui permettait de faire disparaître cette marque disgracieuse et synonyme de danger aux yeux de ceux qui ne la connaissaient pas. Quant aux gens pour qui son bannissement n'avait pas d'importance, ils voyaient cette cicatrice au même titre que ses yeux dissemblables. C'est d'ailleurs au retour de l'une de ses escapades qu'Oglore et Phénor l'avaient faite prisonnière, coupables d'une traîtrise sans nom. Andréa se secoua.

Il ne fallait surtout pas qu'elle s'abandonne à ses réminiscences si elle voulait accomplir tout ce qu'elle avait élaboré pendant ses dix ans de détention et ses longs mois en cellule temporelle : d'abord, retrouver ses forces et ses pouvoirs ; ensuite, ce serait au tour de Kaïn, mais seulement pour récupérer le talisman de Maxandre qu'elle lui avait confié pour ne pas qu'il tombe entre de mauvaises mains. Le Sage avait eu la responsabilité de le cacher dans un endroit sûr où personne, jamais, ne pourrait le découvrir. Au cours des derniers jours, Andréa avait maintes fois ressassé ce moment-là dans sa tête, cherchant à se souvenir si le jeune homme d'autrefois ne lui avait pas dit où il comptait dissimuler le précieux pendentif. Ce qui aurait évité d'avoir à communiquer avec lui...

Andréa ferma les yeux. Certains jours, elle espérait plus que tout que le seul homme qu'elle ait aimé d'un amour inconditionnel lui apparaisse et s'explique, tirant ainsi un trait sur des années de tourmente, de doute et de malheur. Mais d'autres jours, elle ne voulait surtout pas le voir, craignant que tous les souvenirs qu'elle conservait précieusement dans son cœur ne soient que des enjolivements du passé, que la dure réalité soit toute autre. La Fille de Lune s'ébroua avant de se mettre en marche. Elle n'était qu'à quelques minutes de la ville souterraine de Mijmar. Elle espérait y retrouver des amies...

*　　*

*

Du haut de son promontoire rocheux, Kaïn contemplait, sans vraiment la voir, la vaste plaine en contrebas. Depuis plus de sept siècles, aucun combat n'avait rougi le sol infertile et rocailleux. Sept siècles depuis que Kaïn avait dû dire adieu à celui qui avait été un père pour lui. Pourtant, le Sage avait l'impression que ces événements remontaient à quelques mois, quelques années tout au plus. Il s'était rendu compte que le temps avait peu d'emprise sur les êtres profondément blessés et désillusionnés comme lui. Le désir de vengeance se nourrit des jours qui passent et profite de la douleur des deuils multiples pour s'exacerber. Malheureusement, cet espoir qui l'obsédait, de voir justice rendue, détruisait bien d'autres choses sur son chemin et provoquait parfois de nouvelles blessures, plus profondes encore que celle ayant engendré la volonté du talion. Andréa et Naïla symbolisaient les très rares blessures de ce genre que le grand mage portait en lui.

Immobile, à deux pas de la cavité rocheuse abritant les trônes mythiques, Kaïn pensait à ces deux femmes exceptionnelles. Il avait sciemment occulté de sa vie la première pour ne pas qu'elle le détourne de sa vengeance, ce qui avait conduit à l'absence de la deuxième. Par contre, et plus que jamais depuis sa libération, il se demandait s'il ne s'était pas trompé en refusant l'aide et l'amour d'une Fille de Lune aussi puissante qu'Andréa. Il savait que son incommensurable désir de rattraper le temps perdu dans sa prison de verre avait altéré sa vision des événements et de la vie en général. Sept siècles de patience, de torture mentale et d'inaction avaient profondément corrompu son jugement et sa capacité de discernement. Aujourd'hui, il regrettait. Mais ses remords étaient loin d'être suffisants pour lui attirer la clémence d'Andréa. Même si elle le rechercherait, il en était convaincu, elle ne se jetterait pas pour autant dans ses bras. Elle exigerait plutôt des explications, des excuses et, surtout, qu'il se rachète pour son inaction alors qu'elle était prisonnière. Le Sage soupira, chassant tant bien que mal les images troublantes qui jaillissaient en continu de sa mémoire – certaines lubriques –, le torturant sans pitié. Il devait agir...

Maintenant qu'Andréa avait rejoint le territoire des Insoumises, il fallait qu'elle retrouve ses facultés et ses pouvoirs. De par sa puissance, le sortilège de Ralent demandait une grande concentration à celui qui voulait le rompre et, élément aussi inusité qu'indispensable pour réussir, un ongle de la personne qui l'avait jeté. Le Sage ricana, amer. Se lier d'amitié avec Oglore et Phénor serait aussi facile pour lui que désagréable. Mais avait-il un autre choix ?

Cette pensée l'amena à une autre, beaucoup plus dérangeante. Andréa lui avait autrefois confié la garde d'un précieux talisman. À cette époque, toujours obnubilé par sa soif de faire payer la mort de Darius à tous les sorciers de ce monde en perdition et son désir de rétablir l'équilibre, il avait prêté une attention distraite aux explications d'Andréa. Sans trop réfléchir, il avait disposé magiquement du talisman à la disparition de la jeune femme pour ne jamais plus y penser. Croyant qu'un Sage de sa puissance pourrait très bien réussir seul, il avait ignoré les arguments d'Andréa et la phrase inscrite dans le grimoire ancestral des Filles de Lune : *Deux êtres venus de la nuit n'auront de cesse de trouver la paix, bien qu'unis dans le même combat.* Mais peut-être cette phrase sibylline était-elle plutôt pour Alix et Naïla ?

Où donc avait abouti le talisman sur lequel Kaïn avait utilisé une formule d'oblitération ? Bien malin celui qui aurait été capable de le dire. Seule certitude : les objets qu'on faisait disparaître grâce à ce genre de sortilège disparaissaient complètement de l'univers des Anciens après un certain nombre d'années et il n'existait pas de contre-sortilège. « Combien d'années ? » se demanda Kaïn. Avait-il encore le temps de chercher des réponses à ses questions ou était-il trop tard ? Et s'il était trop tard, Andréa lui pardonnerait-elle jamais cette erreur, de même que les défenseurs de la Terre des Anciens ? Pas sûr...

*   *

*

– Non ! Non, ce n'est pas possible ! Qui peut bien avoir fait cela ?

Se tenant la tête à deux mains devant son chaudron, duquel s'élevait une dense fumée brunâtre, Morgana semblait au bord de la crise d'hystérie.

Sachant que le talisman de la Fille de Lune qu'elle avait tant admirée ne se trouvait plus au sanctuaire depuis quelques dizaines d'années, la vieille femme avait décidé d'utiliser une très ancienne formule rédigée dans la langue des Filles Lunaires. Elle doutait fortement de ses chances de réussite, mais elle avait tout de même tenté l'expérience. Le sortilège devait lui permettre de repérer tous les objets ayant appartenu à Maxandre et qui se trouvaient encore sur la Terre des Anciens. Même si cette formule ne lui permettait pas de sonder les six autres mondes, ce serait au moins un début. Si ça fonctionnait, bien sûr...

Après deux jours d'incantations sorties d'un grimoire empoussiéré depuis d'innombrables lunes, la formule avait fonctionné au-delà de toute espérance. Quelques minutes plus tôt, elle avait vu une douzaine d'objets de son repaire briller d'une étrange lumière, comme s'ils irradiaient de l'intérieur. En constatant lesquels, elle avait immédiatement compris que ses efforts étaient récompensés. Elle avait ensuite levé les bras vers la voûte, demandant en langage lunaire à voir ceux à l'extérieur de ses murs. Lentement, sur la pierre du plafond naturel, des images s'étaient formées. Morgana avait d'abord observé l'intérieur de la demeure de Maxandre, intact malgré le passage des années. Naïla devrait impérativement s'y rendre après avoir retrouvé le talisman, car seule une Fille de Lune en sa possession pourrait y entrer sans risque. Puis la magicienne avait aperçu divers objets trônant sur des meubles ou reposant sur des étagères, dans des habitations quelconques. Elle avait pris bonne note des quelques livres qui n'étaient plus chez Maxandre – certaine qu'ils n'avaient été que prêtés – et devant être rapatriés tôt ou tard. Constatant que la liste des objets sans intérêt véritable s'allongeait interminablement, Morgana avait fait en sorte que seul le talisman soit recherché. C'est alors que deux images contradictoires étaient apparues sur la voûte : la première représentait un hybride, mi-homme mi-elfe, faisant disparaître le talisman sous les yeux agrandis d'horreur de la Recluse qui s'imaginait déjà le précieux pendentif perdu à jamais.

En proie à la révolte, Morgana se tourna malgré elle vers la seconde vision. Une femme vraisemblablement très âgée, au visage dans l'ombre, était couchée en position fœtale sur une couchette rudimentaire. D'un geste impatient, la femme remonta la couverture qui avait glissé de ses maigres épaules. C'est à ce moment que Morgana vit, dans son autre main, le talisman de Maxandre qu'elle serrait à s'en blanchir les jointures.

Incrédule, la magicienne regardait les deux images en alternance. Était-ce possible ? Deux talismans ! Existait-il une copie ? Si oui, dans quel but avait-elle été créée ? Par mesure de prudence, elle formula sa requête à nouveau, la variant légèrement. Peut-être y avait-il deux talismans, mais de nature différente ! Au bout de quelques instants, les mêmes images se formèrent sur la voûte rocheuse. Morgana fronça les sourcils, perplexe. Cette seconde tentative fut brusquement troublée par la voix de Maëlle, qui s'écria :

– C'est lui ! C'est l'homme que nous étions venues retrouver, ma mère et moi. C'est lui, je le reconnais ! Où est-il ? Je dois absolument lui parler...

21

Avant-goût d'un calvaire

– Elle m'a trouvé un mari ! m'exclamai-je, incrédule. Mais...

– Oh, ne t'en fais pas, Naïla, répliqua Marie dans un sourire. C'était davantage une raison pour venir voir mon petit Arthur qu'autre chose...

– Pardonne-moi, Marie, mais je ne vois pas le rapport..., dis-je dans un haussement de sourcils interrogateur.

– Ernestine a fait deux fausses couches jusqu'à maintenant et elle a eu un enfant mort-né. Comme tu le sais, elle est encore enceinte, mais elle craint de ne jamais pouvoir être mère. Elle cherche la moindre occasion pour voir mes enfants, en particulier Arthur. Elle m'a maintes fois demandé de le lui laisser quelques heures, comme elle l'avait fait pour les deux autres d'ailleurs. Elle s'imagine qu'un contact prolongé avec un bébé l'aidera à mettre le sien au monde et à le garder en vie.

Marie éclata de rire devant mon air ébahi.

– Elle se console comme elle peut, Naïla. C'est un peu à cause de ça aussi qu'elle souhaite te voir trouver un homme.

Elle n'aime pas te savoir chez nous. Rappelle-toi qu'elle t'a vue plus d'une fois avec Agnès. Et comme la petite t'affectionne particulièrement...

Je m'étais effectivement trouvé plus d'une affinité avec cette enfant qui ressemblait tant à ma fille disparue. Elle m'accompagnait presque partout, me suivant comme une ombre. Je ne m'en plaignais pas ; cette petite me faisait un bien immense alors que j'avais l'impression d'avoir perdu tous mes repères. Instinctivement, je tournai la tête vers la fenêtre pour voir la fillette qui jouait dans la cour. Soudain songeuse, je n'entendis que la fin de la phrase, mais ce fut suffisant pour m'extraire de mes pensées.

– ... été mère ?

– Pardon ?

Marie répéta doucement sa question :

– Je me demandais si tu n'avais pas été mère toi aussi...

Le silence meubla l'espace quelques instants avant qu'elle ne reprenne :

– Je t'ai observée lorsque tu t'occupais d'Arthur, de même que quand tu prends le temps de jouer avec Agnès ou Lionel. Il y a quelque chose qui...

– Oui, j'ai été mère, Marie, l'interrompis-je. Mais j'ai perdu ma fille il y a longtemps.

Même si cela ne faisait même pas deux ans, j'avais la triste impression que la mort d'Alicia remontait à un siècle. Je continuai de fixer Agnès, tout en poursuivant :

– La vie m'a enlevé Alicia puis m'a imposé une nouvelle grossesse que je n'ai pas la moindre envie de rendre à terme... Pas plus que je n'ai envie de trouver un père à ces enfants...

Comment pouvais-je expliquer ma situation à cette femme alors que, même à moi, elle me paraissait totalement irréaliste ? Même si nous avions développé de beaux liens d'amitié, qui nous amenaient même à nous tutoyer depuis peu, je ne voyais pas comment lui raconter mon histoire abracadabrante... Je soupirai, profondément lasse. Des larmes roulaient doucement sur mes joues. Marie n'ajouta rien, troublée par mon aveu soudain...

*   *

*

Trois semaines passèrent sans que la *charmante* voisine revienne. La neige avait fait son apparition de façon brutale, quelques jours plus tôt, en même temps que le vent et le froid polaire. Les accumulations atteignaient déjà plus d'une quarantaine de centimètres. Les jours s'écoulaient maintenant de façon monotone. Nous tricotions à partir de la laine des moutons qu'élevaient Marie et Philippe. Nous cousions aussi, surtout des pantalons et des chemises, de même que nous raccommodions les vêtements de toute la famille. L'âtre brûlait en permanence de grosses bûches de bois franc. Quand je ne jouais pas avec eux, les enfants se disputaient avec entrain pour tuer le temps. Ils ne pouvaient guère s'amuser longtemps à l'extérieur, n'ayant pas les habits d'hiver de mon ancienne vie. Les fenêtres avaient été fermées par des peaux d'animaux, mais les courants d'air étaient nombreux et l'intérieur de la maison, humide. J'avais l'impression d'être transie en permanence. Je passais également beaucoup de temps en tête-à-tête avec Agnès, lui racontant des histoires qui paraissaient inventées de toutes pièces à Marie et Philippe, mais qui s'inspiraient en fait de mon ancienne vie, celle de Brume au vingtième siècle.

Assises à la table, Marie et moi travaillions en silence. Philippe était à l'étable pour nourrir les animaux. On frappa soudain à la porte. Nous sursautâmes ; les gens se visitaient rarement l'hiver, la neige faisant obstacle aux déplacements. Alors que Marie et moi nous regardions, étonnées, on cogna à nouveau, plus fort.

– Marie ? Marie, vous êtes là ? C'est Arnaud, votre voisin. Ernestine va accoucher et la tempête m'empêche de rejoindre madame Hébert, la sage-femme. J'ai envoyé Mathis, mais je ne sais pas si...

Il y avait de la peur et du découragement dans la voix de l'homme derrière le battant. Très vite, Marie se leva pour lui ouvrir. Elle tenta de l'apaiser de son mieux puis se tourna vers moi.

– Je vais avoir besoin d'aide, Naïla...

J'écarquillai les yeux, avant de me reprendre. Marie sortait déjà prévenir Philippe. Restée seule avec Arnaud, je préparai Arthur, puis m'habillai chaudement. Puisque Marie allaitait, nous ne pouvions laisser le bébé ici. Arnaud m'examinait de la tête aux pieds, aussi méfiant qu'à l'habitude. Le silence devint rapidement pesant. Lorsque Marie revint, Arnaud s'empressa de dire :

– Je ne crois pas qu'Ernestine ait envie de voir Naïla dans notre maison ni à ses côtés, surtout dans le cas présent. Il vaudrait mieux que...

Marie le coupa brutalement.

– Nous n'avons guère le temps de nous attarder à ça. Si l'accouchement d'Ernestine ressemble à son dernier, il faut partir immédiatement et toute l'aide disponible sera la bienvenue !

D'une main ferme, elle écarta Arnaud et sortit avec Arthur, s'attendant manifestement à ce que je la suive. Je passai donc devant le mari incertain et pris le chemin de la demeure voisine.

La neige nous arrivait souvent à mi-cuisses alors que le vent avait rassemblé les flocons en longues lames. Un désert blanc avec ses dunes et ses creux. Je n'avais qu'un manteau de mauvaise fourrure et des bottes en peaux de castor pour me protéger du froid et de la neige qui me fouettait rudement. Heureusement qu'Arthur était protégé par de multiples couches de fourrure.

Tout en marchant, je songeais amèrement à ce qui m'attendait au printemps. Même si je m'ingéniais à y penser le moins possible, il me faudrait bien accoucher un jour. Je n'avais vraiment pas envie d'en avoir un aperçu. Dans ma tête, ça ne pouvait qu'être un calvaire...

Nous arrivâmes finalement chez les Bouchard. Pour la première fois depuis notre départ, je regardai en arrière, cherchant Arnaud. Marie, qui perçut mon manège, expliqua :

– Philippe veille sur lui.

– Tu veux dire qu'il n'assistera pas à la naissance de son enfant ? Il ne viendra pas soutenir sa femme dans cette épreuve – parce que je ne doutais pas un instant que c'en fut une, dans cet univers primitif ? répliquai-je sans réfléchir.

Marie me regarda étrangement.

– Les accouchements sont une affaire de femmes, Naïla. Uniquement de femmes. Tu sais bien que les maris ne se présentent qu'après la naissance...

Heureusement, le fait que nous fûmes arrivées me dispensa d'avoir à expliquer mon commentaire. Dans l'unique pièce, il y avait déjà deux autres femmes, soit la mère d'Ernestine, une veuve que je savais vivre avec eux, et une autre voisine, habitant plus loin dans les terres. L'une s'affairait à tisonner le feu – il régnait d'ailleurs une chaleur d'enfer – et l'autre soutenait Ernestine, assise sur un chaudron renversé. Je fronçai les sourcils, mais observai un silence prudent.

Devant mon interrogation muette, l'autre voisine – qui m'informa, avec un air de dédain prononcé, s'appeler Séraphine – me dit que le chaudron chaud servait à réchauffer les organes de la femme en couches, pour faciliter le travail. Devant mon silence persistant, elle me regarda comme si j'étais une pauvre ignorante. Ce qui n'était pas loin de la vérité, compte tenu des circonstances à des années-lumière de ce que j'avais vécu dans une autre vie. J'optai pour un profil bas, préférant ne pas aggraver l'image déjà peu flatteuse que l'on semblait avoir de moi.

Marie, pour sa part, se tenait un peu à l'écart, parlant avec la mère de la parturiente. Je me sentais de trop et j'aurais donné cher pour fuir les lieux. Un cri de douleur m'arracha à mes lamentations intérieures. Ernestine s'était soustraite à l'étreinte de la voisine et marchait de long en large dans la pièce, se plaignant de la douleur qui ne lui laissait plus de repos. Pendant deux bonnes heures, elle arpenta la maison, se rassoyant parfois quelques minutes, pour se relever aussitôt en sueur, jurant qu'elle n'aurait plus jamais d'enfant. Elle invectiva copieusement sa mère, lui reprochant son souhait de la voir mariée et heureuse. « Si tu savais que je souffrirais à ce point, pourquoi avoir voulu que je connaisse l'enfantement ? » Et sa mère de lui répondre que la douleur de l'accouchement était la punition des femmes pour le péché originel, de même que pour le plaisir de la conception, et que les joies de la maternité compenseraient amplement pour ces quelques heures difficiles. Belle explication !

Je me détournai pour lever les yeux au ciel devant la profération de telles bêtises et pensai que je pourrais difficilement faire un jour la paix avec la religion chrétienne si elle s'ingéniait à perpétuer de telles affirmations. Marie marmonna pour sa part que cette scène ressemblait à s'y méprendre à celle qu'avait faite Ernestine à son dernier accouchement. C'est à ce moment que la sage-femme fit son apparition, emportant avec elle une bourrasque de vent glacé qui fut la bienvenue dans cet endroit surchauffé. Mais la fraîcheur de l'air ne fut rien comparativement à celle du regard de la nouvelle venue qui me classa immédiatement parmi les intruses. Il valait mieux que je n'aie pas à accoucher en sa compagnie...

Madeline prit la direction des opérations comme un général mène son armée au combat : sans pitié aucune ! Les heures suivantes furent pénibles, autant pour la future mère que pour celles qui l'encourageaient. Pour Madeline, il n'y avait pas d'accouchement compliqué ou difficile ; il n'y avait, semble-t-il, que des femmes faibles, paresseuses ou stupides. La douleur était un mal nécessaire – c'est le cas de le dire – et la délivrance, un moment que l'on devait supposément mériter. Belle mentalité !

Mais je n'étais pas au bout de mes surprises, alors que les manières de la sage-femme m'inquiétèrent bientôt. Elle ne cessait de vérifier la dilatation du col de l'utérus avec ses doigts enduits d'une épaisse couche de beurre. Elle ne prenait même pas la peine d'enlever la grosse alliance qu'elle portait à l'annulaire gauche, risquant ainsi de blesser sa patiente, et ne se lavait jamais les mains non plus. Elle croyait probablement que la crasse sous ses ongles trop longs tiendrait en place, masquée par le beurre, pensais-je avec cynisme. Elle avait contraint Ernestine à sauter sur place pendant de longues minutes, disant que le bébé descendrait plus vite, avant de l'obliger à s'asseoir sur une chaise percée pour lui peser sur le ventre, dans un mouvement descendant, encourageant supposément l'enfant à suivre le mouvement. Voyant que les résultats se faisaient toujours attendre, elle fit pousser Ernestine pendant plus de deux heures, espérant que l'enfant se déciderait enfin à se montrer, épuisant ainsi la mère autant que le nouveau-né à venir. J'avais envie de me prendre la tête à deux mains, mais je ne parvenais qu'à ouvrir de grands yeux incrédules. Ce comportement fit dire à Madeline, qui éleva la voix pour être bien certaine d'être comprise :

– Vous ne devriez pas héberger cette femme, Marie. Vous voyez bien qu'elle n'est pas tout à fait saine d'esprit. Un simple accouchement lui fait peur.

« Cet accouchement ferait peur à la plus téméraire des femmes », fulminai-je par-devers moi.

La petite fille fit enfin son apparition à l'aube et n'émit que quelques faibles gargouillis. Il fallut de longues minutes avant que son teint, qui tirait vers le bleu, ne reprenne une teinte plus naturelle et que ses vagissements soient dignes d'un nouveau-né relativement bien-portant. Ce qui donna ensuite lieu à une scène encore plus incongrue que toutes celles auxquelles j'avais assisté depuis la veille.

Madeline s'empara de l'enfant, le mit sur ses genoux et entreprit de le « façonner ». Devant mon air ahuri – encore une fois –, elle me dit avec une exaspération à peine contenue que les bébés naissants ressemblaient beaucoup trop à de petits animaux et qu'il fallait parfaire leur formation pendant qu'ils étaient encore « malléables ». Je dus faire des efforts incroyables pour ne pas lui sauter dessus et lui tordre le cou. Par chance, Marie m'appela pour l'aider et je n'eus pas à regarder cette folle tripoter la pauvre petite qui n'aspirait sûrement qu'à prendre du repos après les heures difficiles qu'elle venait de traverser.

Après que nous ayons aidé l'accouchée à s'allonger – parce que l'on accouchait assise en 1666 –, nous l'avons dissimulée sous une épaisse couche de couvertures et de peaux d'animaux. Je voulus m'objecter en prétextant qu'elle cuirait littéralement, mais la mère me fit savoir que c'était l'usage pour ne pas qu'elle prenne froid et s'enrhume. À bout de nerfs, je rétorquai qu'elle risquait de se sentir encore plus mal et que ça favoriserait la fièvre, si par malheur elle faisait son apparition. La sage-femme, qui écoutait, rétorqua que je n'y connaissais véritablement rien et que je ferais mieux de me taire. Je me retins de répliquer vertement, proposant plutôt, dans ma grande méconnaissance de l'époque, de laver le nouveau-né, question de m'occuper et de m'empêcher de réfléchir aux comportements bizarres qui étaient légion autour de moi. C'est alors que Madeline, de concert avec Ernestine et sa mère, se mirent à me chanter des bêtises et à m'accuser de vouloir tuer l'enfant. Les matières gluantes dont la petite était recouverte ne pouvaient que contribuer à la protéger des maladies et des infections ; les croûtes sur sa tête étaient de l'engrais pour ses cheveux et elles souhaitaient même y voir bientôt évoluer un pou ou deux, espérant qu'ils tireraient les mauvaises humeurs du crâne de l'enfant. C'en était trop ! Je mis mon manteau et sortis prendre l'air, regagnant ensuite la maison de Marie.

Tout au long du chemin, je priai pour que cette enfant et sa mère s'en sauvent malgré le manque de connaissances de celles qui veillaient supposément sur elles. Finalement, je me surpris à prier davantage pour moi-même, espérant que je n'aurais pas à accoucher ici, dans ce monde primitif...

Marie ne rentra que le lendemain, m'annonçant, si besoin était, qu'Ernestine était maintenant fiévreuse et délirait...

22

Foch et Alix

Alix avait quitté Nichna depuis peu quand le repaire de Madox lui apparut. Il avait préféré marcher la courte distance plutôt que de se déplacer magiquement. Il ne craignait plus pour la vie de Foch depuis la communication télépathique de son père, flairant plutôt une manigance de ce dernier pour le conduire ici rapidement. Pourquoi ? Bonne question. Et c'est justement ce à quoi il réfléchissait. Cela, plus la présence d'un puissant mage noir qu'il ne connaissait pas. Était-ce un nouvel émule de Mévérick ? Un descendant d'Ulphydius ? Un des orphelins qu'Alix soupçonnait la Quintius de former en secret ? Et d'où venaient les Ybis qui l'accompagnaient ? Étaient-ils puissants ? Voilà bien des siècles qu'aucun Ybis n'avait été signalé sur le continent et il en apparaissait deux à la fois. Mauvaise nouvelle...

Toujours plongé dans ses pensées, le jeune homme franchit la porte de la petite cabane de bois sans s'annoncer. Il faisait très sombre à l'intérieur. Les fenêtres avaient été obstruées et seule une bougie éclairait l'espace restreint. Foch se leva pour accueillir son protégé d'autrefois avec chaleur. Il avait perçu son approche et était impatient de discuter avec lui. Les deux hommes ne s'étaient pas revus depuis qu'Alix avait quitté subitement les marais de Nelphas à l'annonce dérangeante de ses origines.

Le Cyldias constata que le vieil homme avait l'air encore plus fatigué et usé que la dernière fois. Après une accolade réconfortante, ils s'assirent tous les deux près du lit dans lequel Madox dormait.

– Comment va-t-il ? s'enquit Alix.

– Beaucoup mieux que je ne le croyais possible en si peu de temps. Le fait qu'il soit un Déüs a indubitablement joué en sa faveur.

Songeur, Foch observait Madox.

– Ce jeune homme a de nombreux dons rares et précieux qu'il a su développer de belle façon. J'espère seulement qu'il n'aura jamais à se servir du dixième de ses capacités.

– Sait-il que sa mère est vivante ?

Foch leva des yeux las sur Alix.

– Je ne crois pas. Il est surtout préoccupé par sa sœur en ce moment ; il ne cesse de crier son nom dans son sommeil. J'ai dû lui faire avaler une potion de mon cru pour lui permettre de récupérer plus efficacement encore. Les cauchemars le tourmentaient de plus en plus. Il se réveillait sans cesse en sursaut, des dizaines de fois par nuit. Malheureusement, il ne parle que de partir à la recherche de Laédia.

Alix soupira. Absorbé par ses propres problèmes, il avait complètement oublié la jeune fille que les gnomes détenaient. Il choisit toutefois de ne pas approfondir le sujet tout de suite ; il voulait avant tout parler de son étrange rencontre. Il raconta son aventure à Foch, y compris l'appel de détresse qu'il croyait d'abord venir de lui. Le sage émit un long sifflement.

– Croyez-vous qu'ils sont nés sur la Terre des Anciens ? le questionna Alix au sujet des Ybis.

Foch hocha la tête en signe de dénégation.

– Les Ybis passent difficilement inaperçus : il y a nécessairement quelqu'un quelque part qui finit par parler. Je suis donc à peu près certain qu'ils sont arrivés d'un autre monde. Ils voyagent facilement et sans dommage d'un univers à un autre. Leur constitution est telle qu'ils peuvent se rendre immatériels et défier ainsi les lois qui régissent les passages. Ce qui m'intrigue davantage, ce sont les parents. Les Sages n'ont jamais compris qui pouvaient concevoir les Ybis. Faut-il des êtres particulièrement doués ou sont-ils des erreurs de la nature ? Et pourquoi n'apparaissent-ils qu'aujourd'hui, alors qu'ils sont déjà grands ?

– Les Ybis ne sont pas comme les Exéäs ? Ils ne grandissent pas plus vite ?

– Non. Ils se développent à la même vitesse que les humains normaux. Heureusement, car leurs pouvoirs peuvent atteindre des dimensions extraordinaires, à l'image des Exéäs. Pour être franc, ce qui m'inquiète le plus en ce moment, c'est qu'ils sont deux.

– Pourquoi ?

Foch se massa les tempes tout en expirant bruyamment.

– Que sais-tu au juste à propos des Ybis ?

Alix fronça les sourcils. Le vieil homme avait posé la question comme s'il doutait des connaissances de son ancien protégé.

– La même chose que tous ceux qui connaissent la vraie histoire de la Terre des Anciens. Ce sont des demi-hommes ou des demi-femmes, c'est-à-dire qu'ils n'ont que la moitié du corps, sur le sens de la longueur. Ils se déplacent habituellement en sautillant sur leur jambe unique, ont des pouvoirs magiques, vivent relativement vieux – deux à trois cents ans – et ils sont extrêmement rares. S'ils connaissent un mage ou un sorcier suffisamment puissant ou s'ils le deviennent eux-mêmes, ils peuvent parfois bénéficier d'un demi-corps magique, ce qui leur permet une vie plus normale. Il y a autre chose ?

Alix avait lancé sa dernière question d'un ton exaspéré. Que lui avait-on encore caché ?

– Tu n'as probablement jamais entendu parler de ce que je vais te révéler parce que cela fait partie des légendes de cette terre. Il semble que cela ne se soit produit qu'une seule fois auparavant...

Un court silence passa avant que Foch ne poursuive.

– Si les Ybis naissent jumeaux, ils ont dans ce cas une possibilité excessivement dangereuse : celle de ne faire qu'un en certaines occasions. Leurs pouvoirs et leurs dons s'en trouvent ainsi décuplés, les rendant quasi invincibles.

Alix se passa une main dans les cheveux.

– Pourquoi ne restent-ils pas réunis en permanence ? Leur vie serait beaucoup plus facile que d'avoir à recourir à la magie pour constituer un corps entier, non ?

– Même si les Ybis avaient alors un corps entier comme tu le dis si bien, les deux demi-têtes ne deviennent pas une seule pour autant. Tu comprends ce que ça signifie ?

– Il y a des jours où j'ai de la difficulté à vivre avec moi-même, répliqua Alix, songeur. Comment penser que je pourrais partager mon corps avec quelqu'un d'autre...

Foch sourit malicieusement. Connaissant le jeune homme, il n'avait pas le moindre doute sur cette affirmation.

– Reste à espérer que ces deux Ybis ne sont pas des jumeaux, qu'ils se sont retrouvés par hasard...

Foch vrilla son regard à celui d'Alix et répondit simplement, mais terriblement :

– Cette terre tolère mal les hasards !

Puis, changeant complètement de sujet, il s'enquit des projets immédiats d'Alix.

Ce dernier expliqua sa situation à Foch quant au problème que présentait le voyage raté de Naïla. Il lui demanda ce qu'il ferait à sa place, considérant ses origines et son rôle de Cyldias. Vers la fin du long exposé, Foch fit signe au jeune homme de s'interrompre un instant. Le vieil homme fronça les sourcils plusieurs fois, avant de se masser à nouveau les tempes, grimaçant légèrement. Sa souffrance ne faisait aucun doute. Alix n'avait encore jamais vu le mage aussi las. Ces quelques minutes lui avaient permis de se rendre compte que le bandeau cachant l'œil aveugle de l'érudit s'était sensiblement élargi depuis leur dernière rencontre. Le Cyldias choisit la voie de la franchise dès que le vieil homme l'encouragea à reprendre son récit.

– Qu'est-ce qui se passe, Foch ? Vous semblez plus soucieux que jamais et votre bandeau ne cesse de s'agrandir...

Le vieil homme détourna le regard. Il aurait préféré ne pas parler immédiatement à Alix de ce qu'il complotait avec

Wandéline, mais plus le temps passait, plus il risquait d'en manquer. Et la nouvelle que venait tout juste de lui apprendre son amie par télépathie n'était rien pour l'aider. Wandéline avait remarqué que l'un des éléments qu'elle devait ajouter dans sa potion d'ici deux mois n'avait pas la forme voulue et serait donc inefficace. Par malheur, c'était les écailles de queue de sirène, créatures vivant depuis des siècles sur Mésa, en compagnie des nains. Ses propres origines le tracassaient également. Pour une rare fois, il choisit de s'ouvrir à quelqu'un. Il raconta d'abord l'histoire de la potion de Vidas et du grimoire d'Ulphydius. Alix grimaça.

– Comme si nous avions besoin de plus de problèmes encore ! s'exclama-t-il en pensant aux sept ingrédients manquants et au secret de la puissance d'Ulphydius qui reposait supposément *à la naissance du jour*.

– Je ne t'en aurais pas parlé tout de suite, si ce n'avait été de la récente découverte de Wandéline, te permettant de récupérer d'abord Naïla en toute quiétude. Malheureusement, il n'y a qu'elle qui puisse se rendre sur Mésa dans un délai suffisamment court pour que nous n'ayons pas à recommencer notre mixture une seconde fois. Quoique si ton père affirme que tu peux voyager, c'est probablement vrai. À moins...

– Qu'il ne souhaite ma mort dans la traversée ?

Foch hocha la tête.

– Je ne crois pas, nia Alix. Je pense plutôt qu'il a besoin de la Fille de Lune, mais qu'il juge plus sage de m'envoyer la chercher que d'y aller lui-même. Il nous fera probablement des misères dès notre retour...

Foch ne commenta pas, son regard étant éloquent.

Alix en profita pour mentionner la découverte de Séphonie concernant le désir d'Elisha d'avoir elle aussi une fiole de la potion de Vidas. Il conclut en disant :

– Je serais le premier à me réjouir de la disparition de Mélijna, mais je m'inquiète de ce soudain intérêt pour cette potion. Je vais devoir agir encore plus vite que je ne le croyais pour l'Élue.

Foch remarqua que le jeune homme refusait encore d'appeler Naïla par son prénom. Il ne dit rien, mais n'en pensa pas moins que la tâche serait beaucoup plus simple pour Alix s'il s'accordait le droit de l'aimer...

– Je pense pouvoir t'aider. Mais je dois d'abord te confier quelque chose...

Foch se recueillit en silence quelques instants avant de se lancer.

– Je ne sais pas si je serai encore de ce monde quand viendra le moment de mettre un terme au règne de Mélijna...

– J'étais certain que les cyclopes vivaient de deux à trois cents ans..., commença Alix, surpris.

– Les cyclopes oui, mais il semble que ce ne soit pas le cas des demi-cyclopes. J'appartiens à cette race uniquement par ma mère, ne l'oublie pas ; mon père était un humain ordinaire...

– Et pourquoi croyez-vous que la fin approche ? Si ce n'est de votre œil, vous...

Foch le coupa.

– Le sorcier qui m'a remis la potion me permettant de gommer les traits physiques des cyclopes pour avoir l'apparence des humains m'avait prévenu que ma vie tirerait à sa fin quand les effets de la mixture s'estomperaient. Lentement, l'espace entre mes yeux diminue et je crains de n'avoir bientôt qu'un œil au milieu du front, comme il y a trente-cinq ans. Ce n'est pas que ça me dérange ; j'ai longtemps vécu avec une apparence différente. C'est plutôt le fait que je n'aurai pas eu le temps, en cent dix ans, de réaliser tout ce qui me tenait à cœur et qu'il me reste peu de temps pour transmettre mes connaissances.

« Un problème de plus », pesta Alix, à part lui.

– Est-ce que quelqu'un d'autre le sait ?

– Wandéline, mais elle ne semble pas y croire plus que toi... Bon ! Maintenant que c'est dit, revenons à ta Fille de Lune perdue.

Au même moment, un grognement se fit entendre. Madox se réveillait.

*   *

*

– Vous ne comprenez rien ! Je *dois* y aller. Ce n'est pas une option, c'est une obligation. Ma petite sœur est entre les mains de ces affreux gnomes depuis trop longtemps déjà...

Voyant que son ami s'obstinait sans céder d'un poil, Alix finit par lui avouer que Naïla était repartie sur Brume, mais n'était pas revenue à la bonne époque. Il espérait que Madox se calmerait et comprendrait qu'il devait se reposer encore s'il voulait être en mesure d'aider l'une comme l'autre. Peine perdue ! Madox explosa alors littéralement, criant qu'Alix ne méritait pas son rôle de Cyldias, qu'il n'avait jamais accepté sa situation ni protégé sa sœur comme il se devait. Elle était davantage en danger que lorsqu'elle avait quitté la Terre des Anciens où, au moins, des gens l'aimaient et voulaient sauver sa vie, ce qui ne devait pas être le cas sur Brume. Devant cette condamnation, Alix comprit qu'il valait mieux taire l'histoire d'Andréa.

– Assez discuté pour rien. Si vous refusez de comprendre et de m'aider, au moins fichez-moi la paix !

Sur ce, le jeune homme ramassa ses vêtements et son épée et se dirigea vers la porte, torse nu. Maîtrisant mal son exaspération, Alix l'agrippa par le bras, tentant de le retenir. Madox se dégagea d'un geste rageur et pointa son épée vers son meilleur compagnon des dernières années.

– Ne t'avise surtout pas de me retenir sinon il t'en coûtera. Je te rappelle que je ne suis pas sous tes ordres et que je ne te dois rien.

– Ce n'est pas une raison pour que je te laisse partir dans cet état et affronter des êtres dont tu as toujours sous-estimé les capacités. Tu ne seras pas capable de...

Interrompant Alix, Madox émit un ricanement amer.

– Voilà que le sire de Canac se permet de me faire la morale, maintenant...

Alix plissa les yeux. Ses traits se durcirent sous l'appellation, mais Madox n'en avait cure. Il en tirait même un plaisir malsain.

– Tu ferais mieux d'utiliser le temps qu'il te reste à vivre pour retrouver ma sœur saine et sauve. Je doute de pouvoir me contrôler encore bien longtemps face à un homme qui fuit ses responsabilités avec autant d'obstination.

La menace à peine voilée fit s'écarquiller les yeux étoilés d'Alix, où la colère brilla soudainement. Madox déraisonnait complètement.

– On ne peut pas accomplir seulement les missions qui nous plaisent, Alix. Il commence à être temps que tu l'apprennes...

Madox reculait tout en parlant, son épée toujours pointée vers son compagnon. Celui-ci, sa colère attisée par la dernière remarque, sortit sa propre épée de son fourreau et s'avança lentement vers le fils d'Andréa. Il avait bien envie de servir une bonne leçon à ce petit prétentieux qui croyait qu'être un Déüs suffisait pour se tirer de tous les mauvais pas.

– C'est plus facile de critiquer les autres que de marcher dans leurs bottes, Madox. Pour le peu que tu sais de ma vie, je ne crois pas que tu sois en mesure de juger de ma façon d'agir, trancha Alix d'une voix glaciale.

Les deux hommes se jaugèrent en silence. La tension était palpable. Foch décida de ne pas intervenir. Il savait mieux que quiconque les tourments qui hantaient ces deux êtres éprouvés par la vie.

– Que pourras-tu faire, seul, pour sauver Laédia ? Qu'est-ce que tu t'imagines ? Que tu n'auras qu'à te pointer chez les gnomes pour qu'ils lui rendent sa liberté ? Que rien n'est à ton épreuve parce que tu es un Déüs ?

Alix eut un sourire de désillusion totale, hochant la tête de gauche à droite.

— Ça vaudra toujours mieux que de jouer à cache-cache comme tu le fais, à attendre que quelqu'un d'autre assume le poids de tes erreurs. Je...

— En voilà assez ! gronda Alix en s'avançant dangereusement vers Madox. Tu ne sais même pas de quoi tu parles ! Je ne me laisserai certainement pas insulter par un gringalet qui n'a rien affronté de plus terrible dans sa vie que quelques mancius en colère.

— Et cette cicatrice, hurla Madox, pointant la longue balafre qui traversait sa joue gauche jusqu'à la naissance du cou, tu crois que je me la suis faite en trichant aux dés ?

Le jeune homme ne se tenait plus de rage. Son épée tremblait dans sa main.

— J'avais tout juste dix ans. Et j'ai reçu le coup pour avoir voulu sauver mon père d'un sorcier décidé à s'en débarrasser.

L'épée toujours brandie, Alix haussa les sourcils. C'était une révélation surprenante. Par le passé, Madox avait éludé la question chaque fois qu'elle avait été posée. Avant même qu'Alix puisse réagir, son vis-à-vis disparut dans l'embrasure de la porte. Longtemps après son départ, ses derniers mots résonnaient encore dans l'esprit du Cyldias :

— Si jamais Naïla meurt sur Brume, tu le regretteras toute ta vie...

Comme si Alix ne le savait pas déjà !

*   *

*

233

Foch et Alix passèrent l'après-midi à discuter de la meilleure façon de récupérer Naïla, pour ensuite la faire disparaître à nouveau jusqu'à ce qu'elle puisse se servir de ses pouvoirs de manière convenable. Cette obligation ramena avec elle la nécessité de retrouver le talisman de Maxandre.

– Et si, comme sa mère avant elle, Naïla allait accoucher sur Bronan ? Elle pourrait ensuite laisser les enfants sur place pour se mettre en quête du talisman – si nous ne l'avons pas trouvé avant, bien sûr. J'avoue n'y croire qu'à moitié... Je ne sais même pas où chercher. La seule piste que j'aie, c'est celle de Kaïn alors...

Il y avait une telle lassitude dans la voix du Cyldias que Foch eut presque pitié de lui. Au contraire de Madox, le vieux sage ne croyait pas qu'Alix fuyait ses responsabilités. Il était simplement dépassé par les événements qui se bousculaient depuis quelques mois. Quoi de plus normal ? Les responsabilités qui lui incombaient désormais auraient suffi à faire fuir n'importe qui...

– Il faudrait qu'elle revienne tout juste avant d'accoucher si tu ne veux pas être obligé de la cacher pendant plusieurs mois et risquer ainsi qu'Alejandre ou Mélijna ne la retrouve à temps.

Alix se passa une main nerveuse dans les cheveux.

– Si j'attends qu'elle soit à ses dernières semaines de grossesse, j'aurai encore plus de difficulté à la retrouver saine et sauve... Et je ne vois pas où les enfants pourraient être plus en sécurité que sur Bronan. Sans compter que ça me permettrait aussi de retourner chez les miens puisqu'il semble que je doive le faire bientôt. Je gagnerais ainsi un temps précieux. Pourquoi ne peut-on pas voyager en cellule temporelle ? Ce serait si simple !

– Détrompe-toi, c'est possible. Toutefois, je ne crois pas que ce soit judicieux. Tu risquerais de faire beaucoup de mal à un membre de ta famille et d'être très mal accueilli parmi les tiens. Ton comportement a déjà dû causer passablement de tort à un être de cette famille que tu ne connais pas.

Alix parla alors de sa sœur de sang mentionnée par la femme dans ses rêves. Il n'avait pu en discuter avec Foch la dernière fois qu'ils s'étaient vus, Alix ayant subitement disparu.

– Tu sais que tu risques d'être jugé pour ça si tu traverses vers Bronan ?

– Si je commence à me demander si je serai un jour jugé pour chacun de mes comportements délinquants, aussi bien dire que je ne ferai plus jamais rien !

Foch se rembrunit. Certains châtiments pour avoir dérogé aux lois de la Terre des Anciens pouvaient avoir de graves conséquences.

– Je persiste à croire qu'il vaudrait mieux pour toi et Naïla que vous évitiez Bronan avant qu'elle n'ait accouché et complété sa formation amorcée au Sanctuaire. Si jamais ton retour aux sources tournait au cauchemar, vous seriez au moins deux à pouvoir vous défendre. Tu ne devrais plus assumer seul le poids de vos deux existences. De toute façon, il faudra bien dénicher ce talisman un jour ou l'autre.

– Mais où voulez-vous que je la cache pour qu'elle puisse accoucher en paix ? Il me faut un endroit où je pourrai ensuite laisser les enfants, tout en sachant qu'elle risque de mettre au monde des êtres dangereux que l'on ne peut confier à n'importe qui. Il est hors de question que je parte à la quête d'un talisman mythique avec des nouveau-nés dans mes bagages...

Foch fit mine de parler, mais Alix poursuivit sur sa lancée, sans s'en rendre compte.

– Rester sur la Terre des Anciens est impensable puisque Mélijna peut repérer l'Élue n'importe où. Dual est beaucoup trop dangereux, même si nous serions probablement capables de nous défendre magiquement pendant un certain temps. Brume n'est même pas à considérer ; c'est le monde qui risque d'être le plus démuni face aux pouvoirs que ces enfants développeront nécessairement en vieillissant. Nous pourrions aisément passer inaperçus sur Golia, vu notre petite taille, mais il nous faudrait y trouver les peuplades humaines capables d'élever ces enfants. Et nous ignorons si des humains ont réussi à vivre parmi les géants aussi longtemps. Pour ce qui est des elfes et des fées d'Elfré, ils sauraient certainement quoi faire avec les bébés, mais je crains que Mélijna n'anticipe cette solution puisqu'elle semble la plus logique après Bronan. Même si cette sorcière est supposément mal en point, je ne peux pas me permettre de la sous-estimer. Il ne reste donc que...

– Mésa, compléta Foch. C'est justement là où je voulais en venir. Jamais personne ne soupçonnera que vous vous êtes réfugiés dans ce monde si différent. Nul n'ignore que Mésa est composée à quatre-vingt-cinq pour cent d'eau et donc totalement inhospitalière pour les humains. Les quinze pour cent de terre habitable sont le domaine des nains et ces derniers ne fraternisent pas facilement. Ils préfèrent se tenir loin des guerres et des querelles de la Terre des Anciens.

– Où voulez-vous que nous nous cachions sur si peu de terre si nous n'y sommes pas les bienvenus ? s'impatienta Alix.

– Les sirènes et les vouivres qui vivent depuis des siècles dans les eaux de Mésa sont pacifiques pour les êtres comme Naïla et toi. Elles ne gardent que de bons souvenirs de leurs contacts humains et rêvent même de voir se rouvrir les passages pour que les échanges entre les peuples recommencent. Avec les elfes et les fées, je crois qu'elles sont les seules à souhaiter ce retour en arrière pour les bonnes raisons. Elles se feraient un plaisir de vous accueillir et ça réglerait notre problème d'écailles en même temps...

Alix expira bruyamment. Était-ce lui ou Foch perdait un peu la tête ?

— Les sirènes vivent sous l'eau, articula-t-il lentement, pas en surface ni sur la terre ferme. *Sous l'eau...* Qu'est-ce que...

Foch sourit. Tant de choses échappaient encore à Alix.

— Pour ce qui est de Naïla, elle devrait pouvoir vivre sous l'eau pendant quelque temps. Ça fait partie des privilèges rattachés à son statut. Pour ta part...

Le sourire de Foch s'élargit.

— Comme tu ne cesses de me surprendre, il se pourrait bien que tu puisses également vivre sous la surface sans que nous ayons besoin d'une quelconque formule. Il faudra seulement vérifier cette théorie avant que tu partes.

Alix allait répliquer vertement lorsqu'il se cambra brusquement vers l'arrière et poussa un gémissement étouffé. Il porta la main à son flanc droit, croyant que sa blessure se rouvrait en raison de l'absence de Naïla dans son quotidien. Il constata, soulagé, qu'il n'en était rien. D'où pouvait bien venir cette douleur ?

De son côté, Foch sonda le jeune homme. Quand il crut découvrir la source du mal qui frappait Alix, il retint à grand-peine une exclamation de surprise. Ce n'était pas possible, il devait sûrement se tromper. Il n'eut toutefois pas le temps de s'appesantir sur le sujet, Alix revenant au problème que posaient les sirènes et Naïla, de même que la recherche du talisman. Il posa une question à laquelle le sage ne s'attendait pas.

– Croyez-vous qu'il y ait un moyen d'entrer en communication avec Kaïn ?

Devant le regard surpris de Foch, Alix ajouta :

– Je vous l'ai dit tout à l'heure. La seule piste que j'ai pour le talisman, c'est celle de Kaïn.

Alix avait parlé si bas après le départ de Madox que Foch avait cru s'être trompé en entendant le nom de Kaïn. Le Cyldias lui raconta alors ce qu'il en était des visions de Naïla et du fait qu'elle avait supposément vu le talisman dans la main du grand Sage disparu. Foch s'abîma dans une intense réflexion avant de répondre.

– Si ce Sage est réellement vivant et libre depuis plus de vingt-cinq ans, pourquoi n'a-t-il pas libéré les deux autres ? Pourquoi ne reprend-il pas la place qui lui revient au sein de l'élite ? Pourquoi ne voit-il pas à la formation d'autres sages ? Il doit savoir que notre terre a désespérément besoin d'êtres à son image...

Foch secouait la tête en signe d'incompréhension. Même si la prison de verre de Kaïn n'avait jamais été retrouvée, le mage ne pouvait s'empêcher de douter de la remise en liberté du Sage.

– J'ignore comment faire pour retrouver quelqu'un de sa puissance sur une terre aussi vaste, admit-il simplement. Il faut aussi que tu sois conscient que ce que Naïla a cru voir peut être une juxtaposition de deux moments distincts, ce qui veut dire que Kaïn a peut-être été en possession du talisman, mais à une autre époque... Tu comprends ce que cela signifie ?

Alix acquiesça. Il avait déjà eu des visions de ce genre, où des moments vécus par une personne à des étapes différentes de sa vie refaisaient surface dans une seule et même image. Ce fichu talisman pouvait donc avoir disparu depuis plus de vingt-cinq ans ! Andréa elle-même ne savait probablement plus où il se trouvait. Et le Cyldias ignorait si ce précieux pendentif possédait une empreinte bien à lui et facilement repérable ou si rien ne le distinguait d'une vulgaire babiole.

Découragé, Alix sortit de la cabane. La nuit était tombée et de rares rayons de lune nimbaient la forêt. Le Cyldias avait l'impression d'être continuellement dans une impasse. Comme il le faisait si souvent – trop souvent – depuis l'arrivée de la Fille de Lune maudite, il leva les yeux vers le ciel et demanda simplement :

– Pourquoi, Alana, pourquoi ?

Il ne pouvait pas entendre la déesse, mais celle-ci répondit néanmoins à sa question.

– *Parce que toi seul peux accomplir les exploits nécessaires au rétablissement de l'équilibre de notre univers. Tel est ton destin, Alix...*

Sur ces mots, Alana déposa un cristal de souvenir sur une tablette de pierre polie. Celui-ci renfermait les informations que Foch et Alix cherchaient, mais il était hors de question que le ciel leur vienne en aide. Ils devaient trouver la réponse à leurs questions eux-mêmes...

23

Destin cruel

Dans une mansarde aux murs menaçant de s'écrouler, Miranda tentait tant bien que mal de réchauffer ses os transis par de longues années de privation et de solitude. Elle attendait la mort depuis tellement longtemps déjà et celle-ci tardait à lui accorder cette faveur. Cela aurait pourtant été une délivrance pour cette femme qui avait la triste impression de ne rien avoir réussi au cours de sa trop longue vie.

La moribonde laissa échapper un profond soupir de lassitude devant la cruauté de son destin, mais aussi d'Alana. Dans un geste rageur, elle lança à travers la pièce la réplique du talisman de Maxandre qu'elle serrait en permanence et avec espoir depuis près de vingt-cinq ans. C'est cette stupide copie qui la maintenait en vie, dans cet état second. Ce cadeau empoisonné l'empêchait de mourir. Ou bien était-ce elle qui luttait parce qu'elle ne se sentait pas la force de trahir une ultime fois ses ancêtres et ce qu'elle était au plus profond d'elle-même ? La petite voix de sa conscience lui susurra que c'était uniquement l'espoir qui la gardait vivante, cet espoir qu'elle avait toujours vu poindre au bout du long tunnel noir qu'avait été son existence...

Dans un effort immense, la vieille femme se leva et traversa la pièce pour récupérer son bien le plus précieux, celui qui pouvait encore faire venir à elle des femmes qu'elle avait souhaité rencontrer toute sa vie durant...

* *
*

— Qu'est-ce que tu racontes, Maëlle ? Comment peux-tu connaître cet hybride alors que je n'ai pas la moindre idée du moment où cette triste scène s'est déroulée, ni qui il est ?

Morgana hochait la tête en signe de totale incompréhension. La situation la dépassait totalement. Elle aurait voulu avoir le temps de réfléchir à ce que ces visions signifiaient et voilà que la réaction de Maëlle changeait tout. La Fille de Lune interrompit d'ailleurs sa réflexion.

— Mais je sais très bien qui il est, moi ! Je n'ai pas besoin de magie, d'incantations ou de chaudron pour répondre à cette question.

Tandis que la jeune femme parlait, Morgana se demandait depuis combien de temps celle-ci l'épiait.

— C'est avant tout pour le voir que nous avons traversé la frontière en provenance de Golia, ma mère et moi.

À la seule mention de sa mère, Maëlle fit des efforts manifestes pour ne pas pleurer.

— Depuis plus de vingt-cinq ans, Samalya, l'oracle des géants, fait chaque nuit le même rêve. Elle en a d'abord fait abstraction, croyant qu'il disparaîtrait. Puis, constatant qu'il persistait, elle a tenté d'en trouver la signification à l'aide des grimoires et de la bibliothèque du savoir de son peuple. Sans résultat. Elle a ensuite parcouru le continent entier dans l'espoir qu'un géant, quelque part, puisse l'éclairer. Sans succès. Elle a essayé de multiples potions et sortilèges, toujours en vain. En désespoir de cause, elle s'est finalement tournée vers les rares peuplades humaines vivant encore sur Golia. Avec l'aide d'un des Anciens de mon village, elle a enfin trouvé la signification de ce songe récurrent dans la légende des mages emprisonnés tout juste avant la mort de Darius et d'Ulphydius. Cela remonte à plus de huit ans...

Le regard soudain vague, Maëlle fit une courte pause dans son récit, puis reprit.

– Face à ce qu'impliquait cette découverte, il devint vite évident que si l'être dont il était question s'était libéré de sa prison de verre, il devait être mis au courant du songe. Rapidement, il fut convenu que ma mère était la seule personne capable de livrer le message à bon port. Elle refusa cependant de partir avant que je ne sois en âge de me débrouiller seule et qu'elle ait pu me transmettre le savoir qu'elle jugeait essentiel à ma survie. Quand j'ai enfin eu dix-sept ans – âge raisonnable selon les Anciens de mon peuple –, elle trouva de nouveaux prétextes pour ne pas partir. Il devint vite évident qu'elle n'avait jamais eu l'intention de le faire. Il fut alors convenu en secret que ce serait moi qui effectuerais le voyage. Mais je ne pouvais pas me résoudre à tromper ma mère. Je m'ingéniai plutôt à la convaincre... ce que je regrette aujourd'hui. J'aurais dû venir seule...

Morgana laissa Maëlle s'abandonner aux larmes. Puis elle lui dit doucement :

– Si tu étais venue seule, mon enfant, tu ne serais plus là pour me raconter ton histoire puisque c'est toi, et non ta mère, que Mélijna aurait tuée sans pitié. Toi et ton peuple auriez fait tout cela en vain... Je sais que c'est une piètre consolation, mais tu dois voir la mort de ta mère comme un sacrifice pour préserver ta propre vie...

Dans un profond soupir, Maëlle hocha la tête.

– Elle me manque terriblement...

– Et elle te manquera tous les jours de ta vie, même si sa perte deviendra moins douloureuse avec le temps. Ça fait partie des dures épreuves de l'existence..., murmura Morgana.

Elle-même pensait à Maxandre. Jamais le temps n'était parvenu à estomper réellement la douleur de sa perte, mais elle avait appris à vivre avec ce sentiment de manque permanent. La magicienne s'efforça de revenir au présent.

– Admettons que tu aies raison, il nous faudrait maintenant retrouver ce Sage. S'il n'a toujours pas fait connaître sa présence après plus de vingt-cinq ans, c'est sûrement qu'il a d'excellentes raisons. Si tu me disais d'abord quel est ce message que tu dois absolument lui livrer. Il se peut que ce ne soit plus du tout nécessaire de le rendre à son destinataire, quoi qu'en pensent les Anciens et les géants. Après tout, cela date de longtemps...

– Au contraire ! C'est justement pour cette raison que les Anciens tenaient tant à ce que je vienne sur la terre de leurs aïeux. Samalya disait, à l'époque, que Kaïn serait le père d'une Fille de Lune au destin et aux pouvoirs exceptionnels. Même si l'oracle était certaine que le Sage ne serait pas un père présent et aimant comme il se doit, elle répétait qu'il jouerait un rôle primordial dans l'avenir de la jeune femme et qu'il devait absolument savoir la fin du songe parce que celui-ci représentait le début du rétablissement de l'équilibre. Samalya craignait que l'orgueil et la soif de vengeance du Sage ne nuisent au renouveau qui pourrait s'amorcer.

Morgana fronça les sourcils. Comment cette oracle avait-elle appris la renaissance de Kaïn et connaissait-elle son comportement, alors que tous sur la Terre des Anciens l'ignoraient ? Les dieux pouvaient-ils faire les choses simplement de temps à autre pour changer ! Elle ne put maudire les divinités bien longtemps puisque Maëlle laissa tomber la petite phrase qui risquait de tout chambouler.

– Même si le rêve de l'oracle se modifie légèrement avec le temps, un événement reste inchangé. Samalya est convaincue que c'est justement celui qui ne doit se produire à aucun prix : de la main de Kaïn, la prêtresse voit mourir un jeune homme qui, croit-elle, doit protéger la fille du Sage tout au long de sa vie...

Sous le choc, Morgana ferma les yeux. Si Kaïn vivait bel et bien et avait la terrible idée de mettre un terme à l'existence d'Alix, pour quelque raison que ce soit, Naïla ne parviendrait jamais seule à accomplir ce que l'on attendait d'elle...

* *
*

Andréa avait suivi le long couloir de pierre et de glace pendant plus d'une heure avant de s'avouer vaincue par la fatigue et le froid. Elle s'était finalement effondrée dans un gémissement douloureux. Allait-elle bêtement mourir si près du but ? Dans un ultime effort, elle tenta de communiquer par télépathie même si elle savait que sa tentative serait vaine. Les Insoumises ne se servaient jamais de cette forme de magie : elles la trouvaient primitive et les messages trop faciles à intercepter pour un être le moindrement puissant. Elles préféraient utiliser leur propre magie. Malheureusement, celle-ci nécessitait la possession d'une étoile à l'oreille et Andréa s'était fait arracher la sienne par Oglore, qui avait trouvé le bijou magnifique. La déchirure à son lobe avait mis de nombreuses semaines à guérir dans la sombre prison des gnomes.

Andréa grimaça. Si elle s'en sortait vivante, il lui faudrait subir la douleur de l'implantation d'une nouvelle étoile de brinite. Ce n'est pas pour rien que les Insoumises avaient choisi cette pierre qui avait pratiquement disparu de la Terre des Anciens ; elles étaient ainsi convaincues que personne ne pourrait les tromper ou tricher. Elles seules savaient où se trouvait le dernier gisement de cette pierre précieuse et il n'était guère accessible. De plus, on procédait à l'implantation seulement après une année entière de vie chez les Insoumises, pour s'assurer que l'on pouvait accorder pleine confiance à la nouvelle venue. Personne n'avait envie de vivre plusieurs mois sur cette terre inhospitalière par pur divertissement...

Tandis qu'Andréa envoyait un ultime message télépathique, quelques centaines de mètres plus loin, au bout du dédale de pierre, une fillette de douze ans dressait l'oreille et plissait son petit nez retroussé.

*   *

*

Myrkie appartenait au peuple des Insoumises uniquement parce que sa mère avait été condamnée alors qu'elle était enceinte. Celle-ci n'avait pas eu le temps de laisser son enfant en lieu sûr ; elle avait dû fuir et accoucher ensuite sur les terres glacées. La fillette était la seule enfant de ce peuple si particulier et ne portait pas la honteuse marque tatouée sur son front. Elle était née avec plusieurs dons propres au peuple des tritons dont elle descendait en ligne directe du côté paternel. Elle n'avait jamais osé demander ce qu'était devenu son père. La tristesse éloquente de sa mère chaque fois qu'elle en parlait lui suffisait. Des tritons, Myrkie avait hérité son amour de l'eau et des créatures marines. La gamine se permettait d'ailleurs souvent des escapades que sa mère et ses consœurs auraient désapprouvées. Elle avait découvert des sources chaudes aux confins des galeries de glace qu'elle habitait.

Elle n'en avait soufflé mot à personne et profitait égoïstement de l'endroit pour nager à sa guise. Moment de pur bonheur... Et qui permettait de garder pour elle son don le plus exceptionnel : voir une longue queue couverte d'écailles violettes apparaître à la place de ses jambes dès qu'elle pénétrait dans l'eau.

C'est à cet endroit qu'elle avait fait la connaissance d'une dizaine de créatures toutes aussi différentes que fascinantes. Comme pour les bassins, elle en avait gardé le secret. Myrkie avait pris l'habitude de communiquer par télépathie avec plusieurs des êtres qui vivaient dans cet environnement thermal, même si sa mère lui répétait sans cesse que cette forme de communication était bonne pour les primitifs. Myrkie n'était pas d'accord. Quoi que sa mère puisse en penser, elle n'en faisait qu'à sa tête, certaine qu'un jour ou l'autre cet art lui servirait.

La voix qui parlait maintenant dans sa tête lui était inconnue. C'était une voix douce, presque inaudible, comme un être qui n'a plus la force de s'exprimer. La jeune fille n'entendit que la fin du message.

... tout près du village, dans le couloir de l'entrée est. Je suis incapable de continuer, j'ai besoin d'aide, s'il vous plaît. Je suis l'une des vôtres. On m'appelait l'Insoumise Lunaire...

En entendant ce surnom aussi connu que rare chez les Insoumises, Myrkie se mit en quête de sa mère.

24

Loin des siens

La pauvre Ernestine eut besoin de sept semaines – une éternité – pour se remettre totalement de son accouchement, mais elle ne parvenait pas à faire son deuil. La petite fille avait rendu l'âme quinze jours après Noël, probablement tuée par la bêtise de celles qui en prenaient soin. Je ne pouvais m'empêcher d'éprouver de la colère et d'en vouloir à ces femmes qui croyaient bien faire et qui ne réussissaient souvent qu'à semer la désolation. Mon jugement pouvait sembler catégorique compte tenu du contexte et de l'époque, mais j'étais incapable de faire autrement. Probablement parce que je sentais la fin de ma propre grossesse se rapprocher inexorablement et que j'imaginais déjà ce que serait mon calvaire si je n'avais pas encore quitté cette époque. Et comme j'étais toujours privée du moindre pouvoir magique, il ne me restait plus qu'à espérer un miracle...

Février s'était installé depuis quelques jours. La neige ne cessait de s'amonceler en un épais tapis, rendant toute sortie à l'extérieur périlleuse. Mon humeur se ressentait chaque jour un peu plus de ce confinement obligé et de la pénombre permanente qui régnait dans la cabane éclairée aux chandelles. Mais il n'y avait pas que les intempéries qui influaient sur mon humeur ; depuis deux semaines, Agnès était malade. La petite avait attrapé une mauvaise grippe qui perdurait.

Les épisodes de fièvre alternaient avec quelques jours de repos et l'enfant ne parvenait jamais à remonter la pente. Elle toussait sans cesse et sa respiration sifflante inquiétait ses parents autant que moi-même. Marie en ayant plein les bras avec Arthur, je veillais Agnès toute la nuit, appliquant des compresses d'eau froide sur son front brûlant et lui parlant doucement pour l'inciter à se battre. Mes mots et mon dévouement représentaient les seules véritables armes que je possédais face à la maladie. Dans cette colonie de Nouvelle-France, point de médicaments ultramodernes ni d'antibiotiques, que des bonnes volontés et des remèdes naturels...

Ces nuits intenses me rappelaient douloureusement une autre époque de ma vie, celle où je désespérais en voyant ma fille se diriger lentement vers la mort. C'est pourquoi je m'étais juré, dès qu'Agnès s'était retrouvée alitée, de ne pas voir partir une autre enfant, dussé-je me priver de sommeil pendant des semaines. Force m'était également d'avouer que je préférais dormir très peu.

L'horreur de mes nuits n'avait eu de cesse d'augmenter depuis mon arrivée à Château-Richer. J'avais beau me creuser la cervelle, je ne trouvais toujours pas de solution. Les cauchemars s'étaient peaufinés au fil du temps, ressassant ce qu'ils avaient de plus terrifiant et de plus morbide, en plus de faire quelques ajouts inquiétants. J'avais ainsi fait la connaissance onirique des élémentaux de l'air, de l'eau et du feu, vu un ou deux dragons dont la taille dépassait celle d'un immeuble de plusieurs étages, aperçu ce qui ressemblait à des demi-hommes, mais dans le sens de la longueur – j'espérais me tromper – et des femmes aux mains griffues. Le sire de Canac et son immonde sorcière me faisaient aussi fréquemment l'honneur d'une désagréable vision.

*   *
*

Pendant la première semaine suivant le départ de la Fille de Lune, Roderick avait prononcé à quelques reprises la terrible formule lui permettant, à l'aide du jais qu'il portait à son cou, de communiquer ses souvenirs à Naïla. Chaque fois, il lui avait transmis des images de son passé. Conscient que le temps sur Brume ne se déroulait pas en parallèle avec celui de la Terre des Anciens, il avait eu recours à une nouvelle formule pour s'assurer que jamais la jeune femme ne puisse dormir en paix.

Plusieurs années auparavant, il n'aurait pourtant jamais cru que la vie lui ferait pareil cadeau. À l'époque, il rageait parce qu'Andréa n'était pas revenue de Brume avec le pendentif propre à la lignée des Filles de Lune maudites, mais avec une copie. Elle avait laissé l'original, il le savait aujourd'hui, pour que sa fille puisse le porter si elle traversait. Pendant trop longtemps, Roderick n'avait donc pu profiter du fait qu'il avait ensorcelé l'inestimable collier, lors de son passage sur Bronan, se gardant ainsi un certain pouvoir sur la femme qui lui enlevait ses précieux jumeaux Ybis. Quelques mois auparavant, alors que le pendentif de la lignée maudite s'était retrouvé au cou de Naïla, Roderick s'était empressé de partager avec elle une partie de son formidable passé. Il avait continué, à intervalles plus ou moins réguliers, jusqu'à ce qu'elle vienne sur la Terre des Anciens puis traverse à nouveau vers Brume. À ce moment, il était devenu plus assidu. S'il n'avait pu torturer la mère, il prenait au moins sa revanche avec la fille. Sensation de pur plaisir...

*   *

*

Assise au chevet d'Agnès, je regardais distraitement le bois se consumer dans l'âtre. Marie préparait des pâtés avec les lièvres que nous avions rapportés la veille et n'avait besoin d'aucune aide. Je soupirai, cherchant un moyen d'occuper mon esprit pour éviter qu'il ne s'égare. J'avais passé une très mauvaise nuit, rêvant non seulement à Alix gravement blessé, mais également aux funérailles de la fillette qui somnolait à mes côtés. Je m'étais réveillée en pleurs, convaincue d'attirer le malheur sur ceux que j'aimais.

Je faisais rouler l'obsidienne de mon pendentif entre deux doigts lorsque Marie émit un commentaire qui me fit sursauter.

– Tu sais que ce pendentif t'a évité quantité d'ennuis depuis que tu es ici ?

Je fronçai les sourcils, attendant qu'elle poursuive.

– À cause du jais...

Elle laissa sa phrase en suspens, guettant ma réaction. Il me fallut un peu de temps avant de comprendre ce qu'elle sous-entendait.

– Les gens me prennent pour une sorcière ? m'exclamai-je, incrédule. Mais pourquoi ?

Je ne voyais pas ce qui pouvait nourrir leurs soupçons puisque j'avais veillé à ne pas étaler mes connaissances. Au pire, j'avais eu quelques réactions étranges, comme lors de l'accouchement d'Ernestine, mais sans plus. Du moins, c'est ce que je croyais.

– Tu es différente de nous tous, Naïla, et ce, à bien des égards. Ta façon de parler, tes connaissances générales et ton besoin vital de propreté sont des sujets de discussions animées. Tu sais lire et écrire, fait rare pour une paysanne, tu connaissais le fonctionnement des marées du fleuve dès ton arrivée, tu sais comment pêcher sur la glace, prendre les lièvres au collet et utiliser des raquettes sans qu'on t'explique quoi que ce soit et, pourtant, tu as davantage les manières d'une femme de haut rang que d'une roturière. Et il n'y a que toi, à des lieues à la ronde, qui nettoie une blessure à l'alcool avant de la panser et qui s'obstine à découvrir un malade qui fait de la fièvre. Pas étonnant que les gens refusent de croire que tu es une simple paysanne...

Jamais je n'avais vu dans ces gestes quoi que ce soit qui puisse trahir ce que j'étais.

– Les gens ont cessé d'imaginer que tu étais une sorcière quand ils ont remarqué le jais à ton cou, puisqu'il est censé brûler la peau des sorcières, mais ils n'en ont pas moins continué de penser que tu étais différente. Comme ils ne savent pas ce que tu es exactement et s'ils doivent te craindre, ils se tiennent à distance respectable. J'ignore combien de temps ça durera, par contre...

« Probablement pas plus loin que le printemps, me dis-je, quand les communications avec Québec deviendront plus faciles et que mes agissements étranges pourront être rapportés aux autorités compétentes. »

Marie retourna à la confection de ses pâtés, visiblement embarrassée par ses confidences. Je m'apprêtais à lui demander ce qui risquait de m'arriver, lorsque ce fut l'illumination.

La nuit suivante, je dormis comme un loir pour la première fois depuis mon arrivée en plein dix-septième siècle, même si je me levai plusieurs fois pour Agnès. J'avais enlevé le pendentif que je portais en permanence depuis plus de huit mois. J'avais enfin compris ce que la vieille Indienne voulait dire en mentionnant que je *portais* la solution à mon problème. Je m'étais souvenue d'avoir lu, dans l'un des volumes du grenier de Tatie, que les pierres de lune favorisaient les rêves prémonitoires et le jais, la communication avec les disparus. Je glissai le collier à mon cou dès mon réveil le lendemain, question de ne pas le laisser derrière advenant un pépin. Il va sans dire que je n'oublierais certainement pas de l'enlever à chaque lever de lune...

*　*
*

Mars arriva, mais le soleil tardait encore à se montrer le bout du nez pour faire fondre les gigantesques accumulations de neige, nous redonnant goût à la vie. Mon ventre s'arrondissait sans cesse. Sept semaines au plus me séparaient maintenant du jour fatidique et je ne savais plus que penser. Déjà que mon statut dans ce pays était incertain, je me demandais bien ce qui allait se passer s'il fallait que les enfants soient aussi étranges et dangereux que Mélijna et Wandéline l'avaient prédit... Ma vie me paraissait tellement irréelle. Et dire qu'il y a moins d'un an, j'étais chez moi, en Estrie, m'interrogeant sur ce que j'allais devenir après la mort de ma fille et de mon mari, croyant que la vie ne pourrait pas être plus cruelle envers moi qu'elle ne l'était déjà.

Agnès, qui ne se remettait toujours pas, dormait par intermittence, son sommeil troublé par de violentes quintes de toux. Tout près, Marie et moi étions affairées à nettoyer les poissons pêchés sur la glace la veille. Comme il n'y aurait jamais de moment propice pour parler de ma situation, je choisis de le faire maintenant. Une idée mijotant dans mon esprit depuis quelque temps déjà, je l'exposai :

– Dis, Marie, tu crois qu'Ernestine aimerait adopter un enfant ? Étant donné qu'elle a perdu le sien et qu'elle risque de ne jamais pouvoir en avoir un autre...

C'était probablement ma seule chance de trouver un foyer pour mes enfants à naître, à condition qu'ils ne soient pas trop bizarres. Il était hors de question que je retourne sur la Terre des Anciens les bras chargés de nouveau-nés...

Marie fronça les sourcils, puis ses yeux descendirent vers mon ventre. Elle devint alors songeuse.

– Pourquoi désires-tu abandonner ton enfant, Naïla ? demanda-t-elle quelques instants plus tard.

Je passai la langue sur mes lèvres sèches.

– Parce qu'il m'est impossible de retourner là d'où je suis venue avec un enfant.

Oubliant un instant la question du bébé, elle s'exclama :

– Tu veux partir ? Mais pour où ? Tu as toujours dit que tu n'avais plus de famille dans ce pays. Que feras-tu ? Il n'y a guère de place pour les femmes ici si ce n'est aux côtés d'un mari...

Je réalisai bêtement que cette discussion nous conduisait droit dans un cul-de-sac encore une fois et je n'y pouvais rien. Le sujet serait une éternelle impasse. L'ayant vraisemblablement compris, Marie se reprit :

– Je vais en parler à Ernestine. Je suis à peu près certaine qu'elle acceptera, même si elle ne t'aime pas. Elle sait très bien qu'elle risque de ne jamais être mère...

Elle fit une courte pause, avant d'ajouter :

– Je ne peux m'empêcher de m'inquiéter pour toi, Naïla. J'ai l'impression que tu courras un grand danger dès que tu quitteras notre demeure...

Je me gardai bien de lui dire qu'elle avait parfaitement raison. Je ne pouvais partager mes démons avec personne...

25

Justin

Foch et Alix avaient finalement convenu que Mésa était la meilleure solution. Cela créait par contre un nouveau problème : il fallait maintenant trouver un passage menant à ce monde aquatique. La seule piste qu'ils avaient était celle d'une Fille de Lune appartenant vraisemblablement à ce monde, et disparue voilà plus de cinquante ans. Foch devait en discuter avec Wandéline puisque c'était elle qui lui en avait parlé. La sorcière avait mentionné une certaine Roana, qui s'était volatilisée quelque dix jours après son arrivée, alors que le Sage Phidias s'occupait d'elle. Ni l'un ni l'autre n'avaient jamais été revus. Wandéline devait savoir où avait été retrouvée la jeune femme à son arrivée sur la Terre des Anciens. L'hybride devait également s'informer à sa consœur d'un possible passage vers Bronan. À cet instant précis de leur discussion, Alix eut l'impression que son vieil ami lui cachait quelque chose, mais il n'osa pas le questionner. Pour sa part, il avait l'intention de retourner voir Elisha pour qu'elle lui parle de son passé. Comme il était trop tard, il resterait pour la nuit et partirait au petit matin...

*   *

*

Alix apparut à quelques centaines de mètres de la ville de Nasaq, après une brève visite à son domaine. Par bonheur, son exécrable épouse n'était pas là. Alix en avait profité pour prendre des nouvelles. Si les rumeurs de faiblesse de Mélijna lui firent le plus grand plaisir, celles qui disaient que le sire de Canac se préparait à partir à la recherche des trônes mythiques le laissèrent perplexe. Le Cyldias ne savait pas trop s'il devait se réjouir ou se méfier que son frère disparaisse dans les Terres Intérieures avec une armée d'humains assoiffés de pouvoirs et des mancius au comportement souvent imprévisible.

Il s'engagea dans les méandres de la ville, en route pour la demeure d'Elisha. Il pensait beaucoup à Zevin. Tous les appels télépathiques d'Alix étaient restés sans réponse et ce vide l'inquiétait, même si la voyante lui avait certifié l'absence de danger. Alix passa une main dans ses cheveux en bataille, l'autre reposant en permanence sur la garde de son épée, ses sens en alerte. Une fraction de seconde de distraction dans cette ville pouvait vous coûter la vie.

À cet instant précis, son attention fut attirée par un attroupement. En temps normal, il ne s'en serait pas préoccupé, les jugements et exécutions arbitraires sur la place publique étant légion dans un endroit comme Nasaq. Mais un prénom lui fit dresser l'oreille. Il se fraya un chemin parmi les badauds qui criaient et gesticulaient et se retrouva bientôt aux premières loges.

Au centre du cercle formé par les curieux, un jeune homme mal en point se défendait de son mieux contre des individus qui semblaient persuadés que trois contre un était une équation tout à fait équitable. Maigre, les vêtements déchirés, le corps couvert d'ecchymoses et de plaies, le pauvre hère faisait pitié. Les trois autres, de forte stature, l'air mauvais et surtout arrogant, prenaient plaisir à voir la peur et la résignation dans les yeux du garçon.

– Alors, Justin, tu croyais qu'on ne te retrouverait pas ? C'est bien mal connaître Karkas et ses hommes. Je ne laisse jamais personne se sauver avant d'avoir réglé sa dette, tu devrais le savoir...

Sur un signe de leur chef, les deux autres empoignèrent la victime, l'obligeant à se mettre debout. Karkas leva son épée, se préparant à l'abattre. Le jeune homme gardait la tête basse, les épaules affaissées dans une soumission grotesque qui fit bouillir Alix. Celui-ci connaissait très bien le dénommé Karkas – de réputation mais aussi pour l'avoir fréquenté dans une autre vie – et il doutait de la culpabilité de Justin.

Le silence plana quelques minutes, lourd de la tension qui régnait sur le petit groupe. Dans la foule, on pouvait voir l'espoir d'une bonne bagarre sur de nombreux visages, alors que d'autres détournaient déjà les yeux, certains de la mort prochaine de celui qui avait vraisemblablement volé Karkas.

– Je ne te dois rien, Karkas, tu le sais très bien. Tes hommes n'ont pas réussi à accomplir ce que je leur avais demandé. Tu as même refusé de me rembourser l'avance que j'avais versée. Si je ne m'oppose pas à ma mort, c'est parce que plus rien ne me retient en ce monde ; tous ceux que j'aimais ont disparu.

La voix manquait de fermeté, mais trahissait un troublant accent de vérité. Entendre parler d'amour dans la ville de Nasaq avait quelque chose de dérangeant, d'irréel, mais surtout de naïf. Alix doutait que qui que ce soit connaisse le pouvoir de ce sentiment ici. De fait, Karkas éclata d'un rire gras et sarcastique.

– L'amour n'a jamais apporté que des ennuis à ceux qui s'y abandonnaient. Dommage que tu n'aies pas compris ça avant aujourd'hui. Pauvre Justin...

Ce n'est pas pour sauver un être qui croyait en l'amour qu'Alix s'interposa, mais parce qu'il pensait avoir retrouvé le mari de Sacha.

– Je vois que tu n'as pas perdu tes bonnes habitudes, Karkas ! Tu t'attaques toujours aux plus faibles ! Et jamais seul... C'est vrai que tu évites ainsi que tous se rendent compte à quel point tu es lâche...

Le mouvement amorcé par l'épée du truand s'arrêta net. Dans la foule, des murmures se propagèrent à la vitesse de l'éclair. Plusieurs se tordirent le cou pour voir le malheureux qui osait ainsi défier Karkas.

Puis le silence se fit tandis que les deux hommes se faisaient face. Les acolytes de Karkas s'avancèrent, mais leur chef leva la main. Piqué dans son orgueil, il souhaitait vraisemblablement en finir seul. Les lèvres d'Alix s'étirèrent sur un sourire arrogant qui aurait fait fulminer l'homme le plus magnanime.

– Mais si ce n'est pas le jeune Alexis de Canac, le sire sans château. Enfin, sire est un bien grand mot, considérant ton allure générale.

Affichant un dédain bien senti, Karkas jaugea Alix des pieds à la tête. Celui-ci resta imperturbable. L'autre reprit, plus mordant :

– Il y a une éternité que tu ne nous avais fait l'honneur de ta présence, guerrier des Terres Intérieures. Comment vont ton frère et sa vieille peau de sorcière invisible ?

Peu de gens croyaient en l'existence de Mélijna ; le sujet était même devenu source de railleries lors du premier séjour d'Alix à Nasaq. Le Cyldias n'en avait cure. Même s'il n'habitait plus Nasaq, sa réputation s'y était établie. Il haussa les épaules avec indifférence.

– Aussi bien que toi, je suppose, puisque vous avez le même genre d'activités, répliqua-t-il. Vous détroussez les pauvres et profitez du savoir des autres pour vous enrichir sans travailler.

Le gros homme plissa les yeux, ses bajoues rougissant sous l'insulte. Il chercha à gagner du temps, n'étant pas de taille à affronter l'homme qu'Alix était devenu.

– Tu es sûrement de passage entre deux missions, grand sauveur de notre monde en perdition ! Dès que tu en auras fini avec moi, tu courras à la rescousse d'une pauvre Fille de Lune en détresse, prisonnière d'un puissant sorcier et de ses dragons déchaînés.

Si des éclats de rire se firent entendre dans les rangs des badauds, les murmures prirent aussi de l'ampleur. Alix avait toujours cru que les crétins comme Karkas étaient dangereux justement parce qu'ils ne se rendaient pas compte à quel point ce qu'ils racontaient pouvait parfois avoir un sens pour des gens plus intelligents. Alix avança de quelques pas, sortant lentement son épée de son fourreau. L'imposant Karkas recula d'autant, sans même s'en apercevoir.

– Ton niveau de courage est toujours aussi élevé..., railla le Cyldias.

Puis, dans un rapide mouvement du poignet, Alix fit une longue entaille sur la cuisse de Karkas. L'autre sursauta. Il commençait à comprendre qu'il ne s'en sortirait peut-être pas si facilement. Il tenta d'atteindre son adversaire, qui l'esquiva sans effort. En retour, Alix marqua l'abdomen de Karkas d'une belle estafilade. À nouveau, des murmures se propagèrent dans la foule.

– Comment peut-il faire une marque si peu profonde avec une épée comme celle-là ? demanda l'un.

– Simple. Il a manqué son coup, dit un autre.

– Non ! Cet homme sait très bien ce qu'il fait, renchérit un troisième. Il ne veut pas tuer Karkas, mais l'humilier. Regardez !

Nonchalant, Alix continuait de faire reculer son adversaire, en lui infligeant de petites blessures sans conséquence, de même qu'aux deux compères qui tentaient de prêter main-forte à leur chef. Il déjouait sans peine les assauts des trois hommes et semblait même prendre plaisir à l'exercice.

Si le combat se déroula assez simplement au cours des premières minutes, les coups devinrent de plus en plus vicieux de la part des trois mécréants. Alix les évitait toujours aussi facilement, mais les blessures qu'il provoquait en retour représentaient maintenant des avertissements. Il ne voulait tuer personne, mais il n'avait pas envie de s'éterniser non plus. Il avait également peur que Justin ne profite de la cohue pour quitter les lieux et il voulait éviter de fouiller tout le continent pour le retrouver. Alix s'amusa encore quelques minutes avant de décider que l'affrontement avait assez duré. Le Cyldias assena un seul coup d'épée, et les trois hommes se retrouvèrent à genoux, demandant grâce. La foule éclata de rire ; l'humiliation était totale. Sous les applaudissements, Alix tourna le dos à la scène grotesque et repéra Justin.

Ce dernier le regardait avec un mélange d'admiration et d'envie. Soudain las de toute cette agitation, profitant de ce que l'attention générale était tournée vers les trois abrutis, Alix agrippa le bras de Justin et ils disparurent.

* *
*

Alix reparut presque aussitôt devant l'établissement de Dame Frénégonde. Il poussa la porte, Justin à sa remorque. Celui-ci semblait sous le choc de sa délivrance inattendue et de son voyage magique. Sans plus attendre, Alix se dirigea vers la porte qui cachait habituellement Sarel. De l'autre côté du battant, il s'expliqua succinctement, avant de se rendre au bureau de la mère maquerelle. Là, il demanda s'il était possible de fournir la chambre et le couvert à son protégé, jusqu'à ce qu'il puisse revenir s'entretenir avec lui. Dame Frénégonde acquiesça de bonne grâce, toujours aussi heureuse de revoir Alix chez elle. Avant que celui-ci ne reparte, elle lui fit promettre d'être de retour pour la nuit. Avec un clin d'œil égrillard, elle lui dit qu'elle réserverait la belle Nadja. Alix eut un sourire amusé...

* *
*

Sitôt de retour dans la rue où l'après-midi tirait à sa fin, Alix se dirigea vers le bas de la ville. Il frappa à la porte d'Elisha puis attendit patiemment. Rien ne se produisant, il répéta son geste une deuxième fois, puis une troisième. Toujours rien. Il tenta de sonder la demeure, sans le moindre résultat, comme si une puissante barrière magique empêchait toute intrusion. Fronçant les sourcils, Alix se demanda si cet état de choses était récent ou résultait plutôt des protections que la voyante avait elle-même mises en place. Il poussa le battant du pied. À sa grande surprise, celui-ci s'ouvrit dans un grincement, comme une invite sinistre. Dès que le jeune homme franchit le seuil, une onde de choc le traversa, mais il put continuer sans aucun dommage grâce à la mutation qui s'opérait en lui.

Alix avançait prudemment, longeant lentement le couloir. Il voyait de la lumière dans la pièce où Elisha recevait ses clients et l'écho de voix féminines lui parvenait assourdi. Quelques pas de plus, et il put identifier les interlocutrices. Son sang se glaça. Jurant intérieurement, il devint instantanément invisible, sachant qu'ainsi jamais Mélijna ne le détecterait, trop absorbée par ce qu'elle devait être venue chercher. N'était-elle pas censée être trop faible pour se permettre un déplacement de ce genre ? D'après les informations reçues, la sorcière était presque à l'agonie. Il devait à tout prix voir et entendre mais sans trahir sa présence.

Alix ferma les yeux et se concentra, cherchant Séphonie. Lorsqu'il la trouva, il se dirigea droit vers elle, espérant que Mélijna n'avait pas cru bon de la neutraliser. C'était malheureusement le cas. Dans la petite pièce, la jeune femme était figée dans une position d'écoute. Le Cyldias savait qu'elle retrouverait tous ses sens dès que la sorcière lèverait le sortilège qui pesait sur la maison. Sans un bruit, Alix déplaça Séphonie comme on le ferait d'une encombrante statue et regarda par la mince ouverture dans le mur.

– Peu importe ce que tu feras, Mélijna, nous resterons dans une impasse, disait doucement Elisha. Si tu me tues, tu n'entendras pas les précieuses informations que tu es venue chercher. Il en ira de même si tu tentes de me torturer, comme tu viens bêtement de l'insinuer. Je ne ferai que me refermer davantage et tu te seras déplacée pour rien.

Puis, d'une voix pleine de mépris, elle ajouta :

– Je n'ai jamais craint la magie noire, je ne commencerai certainement pas aujourd'hui, surtout pas en présence d'une Fille de Lune qui rêve d'une puissance qu'elle n'atteindra jamais... Dommage que la mémoire ne compte pas parmi tes prodigieuses facultés, conclut Elisha avec nonchalance.

La voyante semblait réellement désolée pour la sorcière, ce qui rendit celle-ci encore plus laide, les traits déformés par la rage.

– Tu te serais ainsi souvenue que les dieux accordent une protection particulière aux femmes comme moi. Mais peut-être as-tu cru que tu serais capable de passer outre et de m'attaquer même en plein jour ?

Piquée au vif, Mélijna s'avança. Elisha ne broncha pas, mettant simplement son interlocutrice en garde :

– Si tu t'approches, je deviendrai immatérielle et même tes dons les plus puissants n'y changeront rien.

Faisant fi de la remarque, la sorcière continua sur sa lancée. Comme elle tendait la main pour formuler un premier sorti-lège, Elisha lui sourit, nullement craintive. Mélijna prononça une courte formule dans la langue des Anciens et fixa la voyante avec supériorité. Son visage se décomposa quand elle se rendit compte que le sortilège n'avait pas le moindre effet. Elle le répéta, plus fort cette fois, et fit également un geste de la main. Les résultats ne furent pas plus concluants. Elisha devint lentement translucide, continuant de parler comme si rien ne s'était passé.

– Je t'avais pourtant prévenue ! Puisque tu as refusé que nous discutions en égales, je disparaîtrai complètement et ne reparaîtrai que lorsque tu seras loin d'ici. Dommage... Nous aurions pu nous entendre, je crois...

Sur ces dernières paroles, la voyante s'évapora sans laisser de traces. Mélijna hurla de rage. Mais son hurlement n'avait plus la puissance qu'Alix lui avait connu. Le Cyldias l'observa, constatant qu'elle semblait effectivement beaucoup plus vieille qu'à leur dernière rencontre. Ou était-ce parce qu'il ne la voyait plus comme une menace ? Non, elle était véritablement dans un piètre état. Il y avait plusieurs trouées visibles dans ses cheveux autrefois fournis, son corps était maigre à faire peur et ses yeux avaient un aspect vitreux quasi irréel. Un bref instant, Alix espéra que la vie lui ferait l'inestimable cadeau de la mort de cette harpie, mais il ne s'illusionnait pas. Il la connaissait suffisamment pour savoir qu'elle parvenait toujours à se tirer des plus mauvais pas. Tandis qu'il s'interrogeait sur ce qu'il convenait de faire, Mélijna disparut dans un nuage grisâtre. « Même la couleur de sa magie semble s'estomper », remarqua Alix.

Dès que la sorcière quitta la demeure, le Cyldias entendit Séphonie reprendre vie. Il lui expliqua ce qui s'était passé et la jeune femme fit de même. Étonnamment, c'est Elisha qui avait ouvert la porte à Mélijna, insistant pour que Séphonie taise sa présence à la visiteuse. La jeune femme s'était donc cachée pour écouter la conversation, mais elle ne se souvenait de rien.

– Est-ce que votre grand-mère sera absente longtemps ?

Alix souhaitait la rencontrer au plus vite. Il n'avait guère le temps de s'attarder.

– Elle devrait être de retour très bientôt.

Comme pour appuyer les dires de Séphonie, une lumière bleutée envahit la pièce contiguë et Elisha reparut exactement à l'endroit où elle se trouvait quelques minutes auparavant. Alix et Séphonie l'y rejoignirent aussitôt.

* *

*

– Parce que je chéris cette terre presque autant que ma petite-fille, je répondrai à la plupart de vos questions sans rien attendre en retour que des nouvelles de temps à autre.

Alix sourit, avant de s'asseoir en tailleur. Séphonie avait reçu la permission de rester, à condition de demeurer muette jusqu'à la fin de la séance. Trop heureuse, la jeune femme obtempéra.

Au cours des trois heures qui suivirent, Alix fit le même voyage qu'Alejandre. Seule différence : il n'y eut ni interruption ni altération. Si bien des choses s'éclaircirent pour lui, un grand nombre demeura encore dans l'obscurité. N'ayant guère de temps pour un examen approfondi de tout ce qui se déroulait dans son subconscient, il craignait d'oublier des éléments essentiels. Pour cette raison, la vieille Elisha lui fit un cadeau supplémentaire.

– Le fil de ta vie est maintenant dans ta mémoire. Tu pourras le revoir aussi souvent que tu le voudras. Pour ce faire, tu n'auras qu'à utiliser cette formule – elle lui tendit un petit parchemin roulé – et la prononcer dans la langue chantante des vouivres, car c'est à ce peuple que nous devons ce prodige. Avant de t'en servir, assure-toi toutefois de disposer de plusieurs heures où tu ne seras pas dérangé.

Debout et prêt à partir, Alix s'inclina légèrement.

– Je ne sais comment vous remercier pour cette faveur.

– Oh, mais moi je le sais, Alix de Bronan. Si, un jour prochain, l'occasion se présentait de débarrasser la terre de cette sorcière, ne vous gênez surtout pas...

Alix lui offrit son plus beau sourire.

– Ce sera avec un plaisir immense, croyez-moi...

*   *
*

De retour chez Wandéline, Foch s'empressa d'informer celle-ci des derniers développements. La sorcière approuva sans réserve la volonté des deux hommes de conduire Naïla sur Mésa. Elle y vit aussi l'occasion rêvée de rapporter les écailles nécessaires à la potion qui bouillotait toujours dans l'âtre. Restait le problème du passage vers ce monde oublié. Wandéline tenta de se remémorer les circonstances de l'arrivée de Roana. Malheureusement, personne n'avait jamais su si la Fille de Lune venait effectivement de Mésa ou si elle était passée par un autre monde.

– Qui s'est rendu compte que la jeune femme et le Sage Phidias avaient disparu ? s'enquit Foch.

Wandéline fronça les sourcils, fouillant sa mémoire.

– Je crois bien que c'est Maxandre qui m'a annoncé la nouvelle à l'époque. Même si elle savait que je convoitais son poste depuis longtemps, elle me demandait parfois conseil et me confiait certains secrets. Elle s'embarrassait rarement des histoires de clan, de magie blanche ou noire ou encore d'allégeance. Cette Fille de Lune exceptionnelle savait tirer parti de toutes les relations, de toutes les situations, et cherchait toujours la meilleure solution à un problème, même si celle-ci impliquait de fraterniser avec l'ennemi. Je l'ai souvent admirée...

Foch n'était pas surpris d'entendre pareil aveu. Maxandre avait pratiquement toujours fait l'unanimité au sein de ses amis comme de ses ennemis. Peu nombreux étaient ceux qui ne reconnaissaient pas ses incroyables talents.

– Elle affirmait s'être rendue au repaire de Phidias et n'y avoir trouvé personne. Les flammes avaient rasé la petite demeure. Rien ne subsistait des avoirs du vieil homme. Elle avait demandé aux quelques Sages restants de le chercher, mais ceux-ci n'avaient pas découvert la moindre trace de sa présence sur la Terre des Anciens. Si elle a poursuivi ses recherches par la suite, elle ne m'en a rien dit.

Wandéline secouait la tête d'un air navré. Foch se massa les tempes avec lassitude. Comment faire pour repérer ce passage alors que plus personne ne connaissait son existence ?

— Sais-tu au moins dans quel coin du continent Roana s'est matérialisée ?

D'un geste de la main, la sorcière fit apparaître une immense carte des endroits connus de la Terre des Anciens. Elle se pencha dessus quelques minutes en silence, son doigt courant sur le parchemin jauni. Au bout d'une éternité, elle se redressa enfin, son index appuyé sur le précieux document.

— La Fille de Lune a été découverte aux environs de ce lac. C'est un endroit très peu fréquenté parce que les berges ne sont que de vastes étendues boueuses, impraticables pour le commun des mortels. Dès qu'on y pose le pied, on s'enfonce. Inexorablement.

Foch demanda soudain, songeur :

— Qui a prévenu Phidias et Maxandre de cette arrivée ?

— Pas la moindre idée. Maxandre l'a sûrement ressentie, tout simplement.

— Ça n'explique pas comment elle a pu récupérer la jeune femme si elle était sur les rives du lac. Les marécages sont inaccessibles magiquement, même aux femmes de la trempe de Maxandre. Tu le sais aussi bien que moi, Wandéline. Personne ne peut se rendre magiquement dans les sanctuaires de

Nelphas ou de Lerjïn : tous doivent passer les épreuves et faire le chemin à pied. Si la Fille de Lune était mal en point, Maxandre n'avait pas de temps à perdre, Phidias non plus.

Foch ferma les yeux un instant, cherchant une explication plausible. Il se tourna brusquement vers Wandéline.

– Tu ne m'as pas déjà parlé d'un Sage d'origine aquatique ?

Écarquillant d'abord les yeux, Wandéline se précipita vers sa bibliothèque. Ses mains glissèrent sur les rayonnages avec impatience. Un grand volume à la main, elle revint vers sa table de travail.

– Je me demande...

La sorcière ouvrit le livre relié en peau de kobold, tourna les pages avec une certaine fébrilité. Foch s'approcha avec curiosité. En tant qu'érudit, il pensait connaître tous les livres d'importance de cette terre. N'avait-il pas consacré ses longues années loin de la civilisation à la recherche et l'étude des plus grandes bibliothèques ? Mais c'était la première fois qu'il voyait un document de ce genre. À l'interrogation silencieuse de son confrère, Wandéline répondit sur un léger ton d'excuse :

– Il appartenait à Maxandre. Elle me l'avait prêté quelques semaines avant sa disparition. J'avais besoin de renseignements sur un Sage qui avait vécu il y a plusieurs siècles, dit Wandéline, les yeux soudain dans le vague.

Foch comprit qu'elle préférait ne pas s'ouvrir sur le sujet. Et il n'insista pas.

– Ce livre précieux, reprit-elle, doit normalement être en possession de la Grande Gardienne des Passages. Y sont recensés tous les Sages avec une brève description de qui ils étaient, leurs dons et pouvoirs et ce qu'ils ont fait pour que l'on se rappelle d'eux après leur disparition.

Avec une pointe de colère et d'ironie, elle ajouta :

– Ou ce qu'ils n'ont pas fait... Tout dépend.

Plus calme, elle poursuivit :

– Le problème – son index descendait rapidement le long des colonnes de noms, avant de tourner les pages et de recommencer le même manège –, c'est que la magie de ce livre n'opère plus depuis le décès de Maxandre.

– Tu veux dire que les informations s'inscrivent d'elles-mêmes ? Seulement après la mort des Sages alors ?

– Oui. Tu sais que lorsqu'un Sage meurt, il laisse son savoir – pas ses pouvoirs – dans un livre pour que sa mémoire demeure et profite aux générations futures. Le livre se retrouve ensuite dans la Grande Bibliothèque de Nelphas, où seuls les plus méritants peuvent accéder. La Grande Gardienne possédait, comme la Grande Bibliothèque, une copie de ce qu'on appelle le livre des Sages. Dès qu'il apparaissait de nouvelles informations dans ce livre, la copie de Maxandre changeait elle aussi. Depuis sa mort, il ne s'est jamais plus modifié. Je soupçonne le gardien de la Grande Bibliothèque d'attendre qu'une Fille de Lune prenne le relais de Maxandre, avec l'accord d'Alana, pour que toutes les entrées faites au cours des trente dernières années y apparaissent instantanément.

Wandéline soupira.

– La mort de Phidias n'y a jamais paru, mais est-ce parce qu'il est toujours vivant ou parce qu'il est mort après le décès de Maxandre ? Pour ce qui est du Sage aquatique, je regarde s'il n'y aurait pas un paragraphe sur lui. Parfois, quand les Sages font un geste d'éclat, celui-ci est immédiatement consigné, même s'il est vivant.

– Tu l'as connu ? demanda Foch, curieux.

– Non, mais j'ai entendu parler de lui, il y a bien longtemps. Selon ce que j'ai appris, il aurait été contraint de fuir Mésa pour échapper à une condamnation à mort. Malheureusement, il n'était guère plus en sécurité de ce côté-ci. En désespoir de cause, il aurait supposément choisi de ne plus quitter le lac dans lequel il s'était réfugié peu après son arrivée.

Wandéline s'arrêta net, surprise. Foch se pencha pour lire par-dessus son épaule :

« *Après avoir sauvé la vie de trois Filles de Lune, Hamien, ce Sage dont nous savons peu de choses, se serait réfugié dans les profondeurs d'un lac perdu, sis à la limite des Terres Intérieures et du monde habité, au milieu d'immenses marécages. Il aurait fait le serment de ne plus jamais aider les hommes. Pour lui, l'illogisme de leur comportement n'a d'égal que la bêtise dont ils ne cessent de faire preuve.* »

– Trois Filles de Lune ? s'écria Foch.

– C'est ce qui est écrit, s'étonna Wandéline. Je voudrais bien savoir de qui il s'agit. Je suis certaine de n'avoir connu aucune d'entre elles. C'est vraiment étrange...

– Au moins, nous avons maintenant une confirmation : le lac dont il est question doit être le même.

– Reste à s'y rendre pour trouver le passage ou le Sage, en espérant qu'au moins un des deux soit au rendez-vous. Est-ce qu'il y a une note au sujet de Kaïn ? s'enquit Foch après un bref silence.

Wandéline reprit ses recherches, curieuse de connaître la réponse en regard des dernières informations.

– Non, pas le moindre mot sur sa présumée résurrection. Mais ce n'est guère surprenant. Tu m'as dit qu'il s'était supposément évadé il y a quelque vingt-cinq ans. Maxandre était déjà morte à ce moment-là...

– Je pensais qu'il y aurait une recension pour le début de sa vie, puisqu'elle est si tragique. Quelque chose du genre : *Il fut emprisonné dans une prison de verre* ou *Il était le protégé de Darius*...

– Je n'ai regardé qu'à la fin du volume pas au début..., lança Wandéline, fébrile.

Elle ne mit que quelques secondes à trouver la mention. Elle laissa échapper une exclamation de surprise. Revenu au-dessus de son épaule, Foch écarquilla les yeux.

« *... Fils de Darius, il fut enfermé dans une prison de verre en même temps que deux autres Sages. Il est le seul descendant du grand homme et sera le premier à recouvrer la liberté. Malheureusement, celle qui le libérera n'aura de cesse de le hanter. Le destin de Kaïn sera à nul autre pareil ! Et s'il ne rétablira pas lui-même la paix de façon permanente dans l'univers de son père, c'est de lui que viendront les grandes décisions, les meilleures comme les pires, celles qui influenceront irrémédiablement le cours du temps et le déroulement de la quête ancestrale des trônes. Longtemps, il sera insaisissable, toujours, il n'en fera qu'à sa tête. Il ne connaîtra de repos que le jour où il fera la paix avec lui-même et non avec son monde...* »

Foch émit un long sifflement.

– Ça ressemble à une prophétie, tu ne trouves pas ?

Toujours penchée sur le vieux bouquin, Wandéline répliqua :

– C'est bien ce qui m'inquiète. Tu savais qu'il était le fils de Darius ?

– Comme nous tous, je croyais que c'était un orphelin que l'on avait confié au grand Sage. Mais ce que j'ignore encore sur cette terre remplirait probablement des dizaines de bouquins comme celui-là, marmonna Foch.

Wandéline garda le silence quelques instants, puis demanda :

– Connaîtrais-tu, par hasard, l'identité des deux autres Sages qui accompagnaient Darius au Sommet des Mondes ?

– Malheureusement non, dit Foch d'un ton d'excuses. L'histoire n'a pas cru bon de conserver leurs prénoms pour la postérité, jugeant probablement que seul Kaïn, de par son cheminement particulier, méritait une certaine reconnaissance.

– Possible... De toute façon, ça ne nous aurait sûrement pas évité un voyage vers ce fameux lac. Autant s'y mettre tout de suite alors...

26

Des nouvelles d'ailleurs

Les semaines se succédaient, inquiétantes. Mon ventre avait atteint des proportions préoccupantes et les bébés ne cessaient de bouger, de plus en plus à l'étroit et impatients de sortir. Comme je les haïssais ! Je me déplaçais de moins en moins rapidement et des douleurs au bas du dos me donnaient envie de rester couchée toute la journée. Encore cinq semaines de calvaire ! Avec cynisme, je pensai que mes souffrances et mon mal de vivre n'étaient qu'un prélude à ce qui m'attendait dès mon retour sur la Terre des Anciens. Si je ne mourais pas en couches avant...

Cette douloureuse pensée me ramena à Alix. Jour après jour, je faisais des efforts surhumains pour le chasser de mon esprit. Son visage s'imposait sans cesse sur l'écran de mes yeux fermés. Il m'arrivait de plus en plus souvent d'espérer le voir se matérialiser, un jour prochain, pour me récupérer. Puis je retrouvais la raison, me rappelant qu'il avait menacé de venir me chercher uniquement pour me faire peur. Extrêmement rares étaient les hommes pouvant voyager ; il serait trop extraordinaire que lui en fût capable. Pour ajouter à ma torture, il n'y avait pas que le jour que son image me hantait. Même si je ne portais plus mon pendentif pour dormir, mes songes demeuraient accessibles à mon Cyldias, comme si rien ne pouvait couper le contact entre nous. Alix n'était toutefois pas toujours responsable de ce chaos nocturne, alors que des rêves érotiques prenaient un malin plaisir à alterner avec ceux mettant en scène l'avenir de la Terre des Anciens. Ironiquement, chaque rêve lubrique me rappelait que j'étais vraisemblablement amoureuse de la seule personne au monde qui ne supportait ma présence que par obligation. Pathétique !

À la grande surprise de mes hôtes, je sortis tard ce soir-là. J'empruntai le sentier damé pour me rendre aux abords du fleuve, marchant d'un pas vif malgré ma condition, guidée par la luminosité de la pleine lune. Les glaces se morcelaient lentement, les oiseaux migrateurs avaient commencé à faire leur apparition, de retour de leur long voyage dans les chauds territoires du sud. Inutile de dire que moi aussi j'aspirais à un renouveau...

Seule au monde, le visage levé vers l'astre nocturne, je priai Alana, grande déesse des Gardiennes, de me venir en aide. Je ne voulais pas mourir bêtement dans une colonie primitive, en enfantant la progéniture du diable. Je voulais revenir vers la terre de mes aïeules, même si c'était une vie de misère qui m'y attendait. Je voulais revoir Alix, même si mes sentiments ne seraient sûrement pas partagés. Je voulais aussi retrouver ma mère, mon demi-frère, ma demi-sœur. Pour la première fois depuis le début de cette aventure, je désirais vraiment devenir celle que je devais être, celle que tous attendaient, celle qui délivrerait la Terre des Anciens, lui permettant de revivre enfin. Je ne reçus pas de réponse à ma prière, mais je n'en attendais pas.

Le monde duquel j'étais revenue me paraissait si souvent irréel. J'avais maintes fois pensé à la magie au cours des six derniers mois, essayant chaque fois de m'en servir, surtout depuis la maladie d'Agnès. J'osais croire que j'aurais pu la guérir de cette façon. Malheureusement, mes tentatives demeuraient vaines. Mes pensées avaient aussi vagabondé vers Alicia, ma fille perdue, rappel normal du fait de ma grossesse, mais surtout de la présence d'Agnès qui lui ressemblait tant et qui semblait emprunter le même chemin vers la mort. Je ne pensais toutefois que rarement à Francis, et je n'en éprouvais pas le moindre remords. Pourquoi ? Je n'aurais su le dire. Probablement parce qu'Alix faisait partie du monde des vivants...

D'un geste machinal, je touchai les pierres à mon cou, comme si elles pouvaient me donner les réponses à mes questions. Tandis que mes doigts se refermaient sur le jais, une vision semblable à celles que réussissait à faire apparaître Wandéline se forma sur la glace, devant moi. C'était une petite fille d'une dizaine d'années environ. Elle semblait se tenir dans un couloir rocheux et de la buée sortait de sa bouche, signe typique des climats froids. Je restai un instant sans voix. Pourquoi cette apparition aujourd'hui, là, maintenant ? Ce n'était quand même pas la première fois que je touchais cette pierre de jais. Contre toute attente, l'apparition prit la parole.

– Je m'appelle Myrkie. Je viens de la part de ta mère. Elle ne peut te venir en aide pour le moment, mais elle veut que tu saches qu'elle pense à toi et qu'elle a terriblement hâte de te serrer dans ses bras. Elle sait que tu es prisonnière d'une autre époque. Elle dit qu'il te faut absolument revenir vers la Terre des Anciens, pour te réfugier ensuite dans un autre monde, surtout si tu es enceinte...

Comment ma mère pouvait-elle savoir que j'étais enceinte ? Où était-elle ? Pourquoi ne pouvait-elle pas me parler ? Alors que les questions se bousculaient sur mes lèvres, je remarquai que la silhouette de la fillette commençait déjà à s'estomper.

– Ne pars pas ! criai-je. Dis-moi comment retourner sur la Terre des Anciens...

Elle eut alors un franc sourire et disparut sur ces mots :

– Tu dois attendre celui qui veille sur toi...

D'un geste rageur, je donnai un coup de pied sur un morceau de glace, avant de hurler à la lune :

– Pourquoi suis-je si loin de ceux que j'aime ? Pourquoi ne puis-je pas simplement avoir une vie normale ? Pourquoi dois-je porter le poids des fautes de mes aïeules ? Pourquoi ? Je me sens si seule...

Ma dernière phrase s'éteignit dans un murmure, alors que mes cris avaient perdu toute intensité. Les larmes roulaient sur mes joues, abondantes, douloureuses, libératrices. J'aurais voulu disparaître de ce monde, comme de tous les autres, le temps de... De quoi au juste ? Je ne le savais même pas. Et c'était bien ça le plus triste...

D'un pas lourd, je rebroussai chemin vers la cabane de bois où on m'offrait si généreusement l'hospitalité. Il ne me restait qu'à espérer qu'Alix viendrait effectivement me tirer de ma fâcheuse position.

*   *

*

Du haut de son ciel, Alana contemplait cette parcelle du monde de Brume, soucieuse. Elle ne pouvait venir en aide à la descendante maudite sans contrevenir aux lois qui régissaient la Terre des Anciens. Elle éprouvait cependant une véritable empathie pour la jeune femme, sachant que le poids qui reposait sur ses épaules était immense et surtout injuste. Pour une rare fois, elle se permit de ressentir de la frustration et de la colère. Elle était reconnue pour sa capacité à s'adapter

278

à tout, en toutes circonstances, et à accepter le destin des mortels comme une fatalité immuable. Mais aujourd'hui, ce n'était plus le cas. Probablement parce que les femmes sur lesquelles elle devait veiller n'héritaient que de parcours implacables, d'épreuves inhumaines et de responsabilités qui auraient mieux convenu à des divinités...

*   *

*

Je retournai sur la grève tous les soirs, pendant plus d'une semaine, touchant chaque fois le jais de mon pendentif, mais jamais la gamine ne se représenta. Mon exaspération et ma fureur ne cessèrent de grandir et de s'exacerber. Non seulement je ne réussissais pas à établir le moindre contact, mais je ne parvenais pas non plus à exercer la plus petite forme de magie.

De fait, depuis la vision de Myrkie, j'avais encore tenté, à maintes reprises, de me substituer à Merlin l'Enchanteur, toujours sans succès. J'avais reçu mes supposés pouvoirs lors de ma visite sur la Montagne aux Sacrifices, mais je n'avais guère eu le temps de m'exercer depuis ni d'avoir un professeur digne de ce nom. Mes messages télépathiques ne recevant aucune réponse, je présumai que ce moyen de communication ne fonctionnait pas d'un monde à l'autre. Je n'étais pas nyctalope alors que j'aurais dû et j'étais incapable d'effectuer un repérage comme je l'avais fait pour voir ma mère lorsque j'étais en compagnie d'Alix. Je ne pouvais pas non plus me déplacer d'un point à un autre simplement en le souhaitant. Étais-je bête à ce point que je ne pouvais réussir quelque chose sans qu'on me tienne la main ? Je n'avais tout de même pas perdu mes pouvoirs uniquement parce que je ne les utilisais pas correctement. Ça n'avait pas de sens...

Chaque fois que je contemplais le ciel étoilé, je réitérais ma prière à Alana, demandant non seulement une attention particulière pour moi, mais aussi pour Agnès. Je m'étais démesurément attachée à cette enfant, que je continuais de soigner avec espoir malgré mes moyens limités. Au fur et à mesure que s'égrenaient les jours, mon amour pour elle croissait au même rythme que la haine que je vouais aux enfants que je portais. Mais mon accouchement imminent et le message de Myrkie m'obligeaient à regarder la réalité en face : non seulement je désirais partir, mais tôt ou tard, j'allais *devoir* partir. La perspective d'abandonner Agnès à son sort dans un avenir prochain me déchirait, me donnant l'impression de fuir, mais aussi de trahir cette enfant. Pourquoi la vie me torturait-elle à ce point ?

*   *
*

Nous n'avions pas reparlé de mon accouchement, Marie et moi, depuis qu'il avait été question de laisser mes enfants aux bons soins d'Ernestine. Le sujet refit surface, tout juste avant le repas du soir, alors que Philippe était chez un voisin pour emprunter un outil.

— Ernestine est d'accord pour prendre l'enfant, à condition que tu lui rédiges un document qui t'empêche de changer d'idée. Elle sait que ton niveau d'instruction te le permet. Elle promet de ne parler de cette histoire à personne. Nous vivons très loin les uns des autres, il devrait être relativement facile de passer cet accord sous silence et d'éviter les ennuis pour toi comme pour elle.

Marie marqua une pause, puis demanda :

— Est-ce que tu crois que l'on te reverra un jour, Naïla ?

La question avait été posée d'une voix douce, empreinte d'un soupçon de tristesse. Nous nous étions habituées l'une à l'autre et Marie était consciente du vide que mon départ créerait nécessairement. Je fis non de la tête, le cœur gros, la gorge serrée, sans oser lever les yeux de ma pâte à tarte. Je promis toutefois de ne pas partir sans l'avoir dit à Agnès. Que n'aurais-je pas donné pour pouvoir la guérir avant le jour fatidique...

27

De nouveaux passages

Comme un lion en cage, Mélijna faisait le tour de son antre. Elle ressassait l'échec de sa visite à Elisha et en concevait une indicible colère. Ses pouvoirs ne fonctionnaient plus que par intermittence et, contrairement à son entourage, la voyante s'en était tout de suite aperçue. Elle aurait dû s'écouter et éviter d'aller jusque là-bas. Mais ses problèmes de plus en plus criants poussaient la sorcière à des actions désespérées. Alejandre donnait actuellement ses directives pour que soient rassemblés les hommes et le matériel à la frontière des Terres Intérieures. Chacun devait s'y rendre par ses propres moyens pour éviter le plus possible d'attirer l'attention sur eux. Mélijna soupira. Réussiraient-ils sans sa présence constante et sa magie ? Elle en doutait. Voilà pourquoi elle continuait de chercher un moyen de retrouver la forme en attendant de repérer Maëlle. Mais elle devait d'abord faire un nouvel essai dans le cas du passage vers Dual.

Depuis quelques mois, elle tentait de trouver l'emplacement exact du passage menant au nord de ce monde, qu'elle savait maintenant ouvert. La dernière fois qu'elle avait prononcé la formule bénie qui ouvrait les passages autrefois gardés par les Filles de Lune, trois inscriptions s'étaient gravées sur sa tablette de pierre volcanique, donc trois nouveaux passages accessibles. Les deux premiers étaient malheureusement sans intérêt puisqu'ils conduisaient à Brume. Mélijna n'y voyait aucun potentiel.

Pour sa plus grande joie, le troisième conduisait vers le nord de Dual, où vivait le peuple des gorgones, que Mélijna espérait voir se rallier à elle dans sa quête de pouvoir. Ces femmes à la réputation de guerrières sans pitié seraient des alliées de taille si la sorcière parvenait à leur exposer son projet sous un angle avantageux pour elles. Mais les gorgones n'étaient pas le seul peuple vivant au nord de ce monde à vouloir se venger des humains et donc à présenter un réel intérêt. Autrefois, tous les Sages avaient été unanimes pour dire que la perte des passages vers le nord de Dual avait été une excellente chose pour la survie de la Terre des Anciens. Cette partie du continent abritait uniquement des peuples qui rêvaient de faire des humains leurs esclaves. Outre les gorgones, il y avait les créatures de la nuit telles les loups-garous et les vampires, et d'autres comme les satyres, les nagas, les harpies et les manticores. Seuls les sphinx et les chimères d'ascendance humaine vivaient à proximité des peuples hybrides pacifiques du sud. Restait maintenant à loca-liser ce passage avec le peu d'indices qu'elle possédait.

*   *

*

À l'aurore, Wandéline et Foch apparurent à quelques centaines de mètres du lac entouré de marécages. L'hybride avait dû voyager avec l'aide de son amie puisqu'il n'était jamais venu sur cette partie du continent.

– Nous allons devoir marcher pour rejoindre le lac, dit Wandéline en pointant un doigt vers une immense forêt d'arbres centenaires.

Les grands arbres feuillus et les conifères laissant pénétrer le soleil à contrecœur, la pénombre régnait en maître absolu et le sol était couvert de mousse et de petites plantes de sous-bois.

Au bout d'un long moment, une éclaircie apparut au loin. Wandéline et Foch pressèrent le pas. Alors que la lumière pénétrait de plus en plus facilement l'épais couvert, les deux amis sentirent le sol amollir légèrement sous leurs pieds.

– Je croyais que nous pourrions au moins voir le lac avant de pénétrer dans les marécages, grommela Wandéline. Il va falloir faire le tour pour tenter de trouver un endroit moins humide.

– Je sais que tu n'aimeras pas ma question, mais je dois la poser tout de même. En tant que Fille de Lune, tu ne devrais pas ressentir la proximité d'un passage, surtout compte tenu de la puissance que tu as acquise au cours des années ?

Le ton était conciliant. Foch n'ignorait pas que le sujet était sensible pour son amie.

– Avant que je ne sois déchue, c'aurait été possible, mais plus aujourd'hui. Voilà pourquoi je connais l'emplacement de certains passages comme celui de Bronan. J'ai pris connaissance de leur existence avant que...

Wandéline s'interrompit brusquement. Elle n'avait jamais parlé à quiconque des véritables raisons qui l'avaient privée de ses privilèges de Fille de Lune assermentée ; elle n'allait pas commencer aujourd'hui ! Pour l'instant, elle préférait que tous croient que c'était parce qu'elle avait voulu s'allier avec les ennemis connus de la Terre des Anciens.

L'hybride et la sorcière reprirent leur marche en silence. Ils avançaient en tentant de garder la même distance entre eux et la clairière, s'éloignant légèrement quand le sol devenait trop meuble sous leurs pieds. Quelques heures plus tard, ils s'arrêtèrent soudain, à l'écoute.

De l'eau s'écoulait en cascade tout près. Ils s'approchèrent pour découvrir l'entrée d'eau du lac : un ruisseau de deux mètres de large au débit relativement rapide. Ils le traversèrent sans difficulté, mais, une fois de l'autre côté, Wandéline se retourna vers le cours d'eau, préoccupée.

– As-tu éprouvé une sensation étrange en traversant ?

Foch haussa les sourcils, surpris.

– Non ! Pourquoi ? J'aurais dû ?

Avant que Wandéline puisse répondre, l'eau se mit à s'écouler vers le lac de plus en plus vite, si bien que le ruisseau ne put contenir le débit. L'eau monta, puis déborda de son lit pour inonder lentement le sol. Les minces rigoles indisciplinées du début se muèrent progressivement en ruisseau, puis s'élargirent encore tandis que la vitesse d'affluence ne cessait de croître. Fasciné, Foch regardait l'eau s'accumuler autour de lui. Il ne semblait pas se rendre compte qu'il risquait de ne pas sortir vivant de cette forêt s'il ne réagissait pas. Wandéline, pour sa part, comprenait le danger qui les menaçait, mais elle était incapable de faire le moindre mouvement. À la minute où l'eau avait commencé à monter, son corps avait cessé de répondre aux commandements de sa tête. Pleinement consciente que la créature qui habitait les profondeurs de ce lac se défendait contre les intrus, elle se mit à fouiller frénétiquement sa mémoire à la recherche d'une formule capable de les tirer de ce mauvais pas. Rien d'utile ne lui vint à l'esprit. Figée, les pieds s'enfonçant lentement dans le sol, Wandéline voyait l'eau lui arriver maintenant aux genoux et continuer sa progression.

Elle vit Foch émerger finalement de son état d'hébétude. Pas plus qu'elle, cependant, il ne pouvait bouger ; une magie particulièrement puissante les en empêchait. La fascination de tout à l'heure avait fait place à la peur dans les yeux du vieil homme tandis que la réalité le rattrapait. Les minutes s'écoulèrent ensuite à la vitesse de l'éclair et l'eau atteignit les épaules, puis le menton des deux prisonniers. Au moment où tout espoir semblait perdu, une image traversa l'esprit de Wandéline, une image qui leur sauva la vie...

*   *

*

De retour à l'orée de l'immense forêt, Foch et Wandéline séchaient magiquement leurs vêtements. Puis ils s'assirent dans les hautes herbes pour reprendre leurs esprits. Foch posa enfin la question qui lui brûlait les lèvres depuis qu'ils s'étaient extirpés des eaux montantes.

— Comment as-tu réussi à nous sortir de là ?

Wandéline eut un rire amer qui surprit Foch.

— Tu sais quoi ? C'est grâce à Alexis que nous sommes en vie ! Quelle ironie ! Je dois la vie à quelqu'un que j'exècre au plus haut point !

Trop heureux d'être toujours vivant, Foch éclata de rire.

— Tu ne pourras plus dire que ce jeune homme ne t'apporte que des ennuis ! Puis-je savoir comment Alix a réussi cet exploit ?

Wandéline haussa les épaules.

— Au point où j'en suis...

La sorcière toussota, puis s'expliqua.

– L'eau atteignait ma lèvre inférieure quand je me suis dit qu'Alexis serait sûrement heureux d'apprendre que j'étais enfin disparue. Au même moment, l'image de ce jeune effronté s'est imposée à mon esprit. Il courait vers le boisé pour se protéger des sortilèges que je lui lançais. Je venais tout juste de le surprendre en train de fouiller chez moi. Cet événement s'est produit quelques semaines avant la perte de mon grimoire...

La voix de Wandéline se durcit à ce souvenir, comme chaque fois qu'elle abordait le sujet.

– Je me suis souvenue que le dernier sortilège que j'avais lancé vers lui n'avait pas atteint sa cible. Il avait ricoché sur un arbre où son effet avait été des plus surprenants et sans aucun rapport avec ceux attendus : l'arbre en question avait carrément disparu. Je l'ai retrouvé à l'orée de la forêt, le lendemain. J'ai utilisé la même formule sur nous, me disant que les statues que nous étions devraient bien se mouvoir comme l'arbre d'autrefois...

– Nous aurions donc pu en mourir, lâcha Foch, sous le choc.

– D'une façon ou d'une autre, c'est ce qui nous attendait. Autant courir le risque ! Bon, ce n'est pas tout de se reposer, il va falloir s'y remettre, mon cher Foch. Nous sommes loin d'avoir trouvé ce pour quoi nous sommes venus.

– Comment comptes-tu t'y prendre ? Tu as vu ce dont cet endroit est capable.

– Ce n'est pas l'endroit qui se défend contre les intrus, mais bien ceux qui l'habitent. Donc, une espèce pensante ne veut pas que nous nous approchions du lac. Comme la magie utilisée n'est pas des plus simples, je soupçonne Hamien, le Sage mentionné dans le livre, ou une glyphe, mais pas une nymphe.

– Pourquoi un élémental aquatique veillerait-il en permanence sur une surface aussi petite ? C'est relativement grand pour un lac, mais on est loin des immenses mers intérieures qui foisonnent sur ce continent, non ?

– Justement. Si ce sont des glyphes qui veillent sur cet endroit, ça veut nécessairement dire qu'il vaut la peine de s'y attarder...

Foch poussa un soupir avant d'emboîter le pas à Wandéline. À sa grande surprise, celle-ci s'éloigna dans la direction opposée à l'entrée d'eau du lac.

– Je te rappelle que la magie s'est enclenchée lorsque nous avons traversé le ruisseau alimentant le lac. Si nous allons dans la direction opposée, nous devrons tout de même franchir la décharge de ce lac...

– C'est bien pour ça que je me dirige vers l'autre extrémité. Pour trouver cette fameuse décharge et la traverser, répliqua Wandéline en souriant. Tu verras, ce sera différent cette fois !

– Sûr, répondit Foch, sans entrain. Au lieu de mourir noyés, nous périrons aspirés par ces marécages humides... Vive le changement...

Wandéline lui jeta un coup d'œil incisif avant de poursuivre son chemin. Ils pénétrèrent dans la forêt au moment où le soleil atteignait son zénith. Comme la première fois, ils suivirent la lumière émanant de la clairière en restant en bordure des zones marécageuses. Une heure plus tard, ils entendirent à nouveau le bruit caractéristique de l'eau qui s'écoule et furent bientôt près d'un autre ruisseau, plus large et plus profond que le premier.

– Nous ne pourrons pas le franchir en posant les pieds sur des pierres comme nous l'avons fait pour l'autre, remarqua Foch. Celui-ci n'a aucun rocher qui affleure.

Le vieil homme se pencha légèrement au-dessus de l'eau.

– On ne voit même pas le fond de ce ruisseau ! Ce n'est pas normal, Wandéline. Il ne peut pas être plus profond que large !

Sans cesser de sourire, Wandéline tendit simplement la main. Un petit pont de bois se matérialisa alors.

– Ne me dis pas que tu n'es pas capable de réaliser la même chose...

Elle s'était tournée vers Foch, moqueuse. Celui-ci haussa les épaules, boudeur.

– Bien sûr que je suis capable ! Mais considérant ce qui nous est arrivé plus tôt, je doute que ce simple sortilège nous évite de graves représailles. Que tu traverses ce ruisseau en sautant sur des cailloux ou en marchant sur un pont, le fait est que tu le traverses tout de même !

– Puisque je te dis que nous ne risquons plus rien ! s'énerva Wandéline. Cesse de faire cette tête ! Pour une fois que je ne suis pas la plus pessimiste des deux...

Sur ce, la sorcière s'engagea sur le pont. Une fois de l'autre côté, elle se retourna, croisa les bras et attendit que Foch en fasse autant. Celui-ci ne bougea pas d'un poil.

– On dirait que tu n'as plus aucune conscience des dangers qui nous guettent...

La phrase du demi-cyclope se perdit dans un grondement en tous points semblable à celui qui avait précédé la montée des eaux en matinée. De fait, le ruisseau ne mit pas plus de quelques secondes avant de déborder. Immédiatement, la peur envahit le visage de Foch, qui n'osait plus bouger.

– Je te l'avais dit, Wandéline. Tu n'aurais pas dû...

Sa phrase mourut sur ses lèvres tandis que la sorcière tendait le bras vers lui. Avant même qu'il ne pense à s'opposer, Foch passa malgré lui au-dessus du ruisseau et atterrit sans douceur de l'autre côté.

– Qu'est-ce qui te prend ? cria-t-il, hors de lui.

Mais Wandéline n'était plus d'humeur à supporter cet entêté. D'un geste de la main, elle s'assura que tout déplacement devienne impossible. Dardant ses yeux dans ceux de la statue qu'était devenu son confrère, elle dit simplement :

– Et ne va pas t'imaginer que c'est la magie de l'endroit qui t'empêche de bouger, c'est moi. J'en ai plus qu'assez de tes lamentations !

Sans plus lui porter la moindre attention, Wandéline fixa le ruisseau et attendit. L'eau montait rapidement. D'ici peu, elle atteindrait la taille, puis les épaules des deux mages. La peur était revenue en force dans les yeux de Foch. Prisonnier de son corps, le vieil homme maudissait en silence le jour où il avait choisi de faire confiance à cette folle en puissance.

Alors que l'eau frôlait le menton de Wandéline, Foch vit avec stupeur l'élément se stabiliser. Se pouvait-il que cette chipie ait eu raison ?

Quelques minutes s'égrenèrent dans une attente angoissante avant que l'eau n'entame un mouvement inverse, comme une marée ayant atteint sa plénitude. Foch ferma les yeux et les rouvrit à plusieurs reprises pour se convaincre qu'il ne rêvait pas. Rapidement, l'eau se retira pour revenir à son niveau de départ. Fasciné, Foch regardait le phénomène en silence. Il n'était pas au bout de ses surprises.

Au lieu de se remettre à couler paisiblement, le débit du ruisseau s'accéléra encore une fois. L'eau passait de plus en plus vite devant les mages.

– L'eau se retire des marécages pour nous permettre d'accéder au passage entre la Terre des Anciens et un autre monde. Reste à espérer que ce dernier conduit à Mésa sinon tout sera à recommencer...

– Comment as-tu su ? Comment peux-tu en être certaine ? demanda Foch, doutant toujours.

Wandéline lui avait redonné son entière mobilité, non sans lui avoir lancé un sourire en coin. Elle leva les yeux au ciel, avant de se mettre en marche.

– Ce serait trop long à expliquer. Par contre, je peux te dire ce qu'il en est en ce moment. L'être qui veille sur ce lac savait que nous ne ferions pas l'erreur de traverser deux fois, à moins d'avoir compris que c'était la seule façon d'atteindre notre but. Pour s'en assurer, il a fait monter l'eau une nouvelle fois, sachant que si nous étions revenus par erreur, nous nous sauverions au premier signe de crue des eaux.

– Et maintenant ? Pourquoi l'eau se retire-t-elle ?

Tous deux suivaient le ruisseau vers l'amont et le sol était à peine humide sous leurs pas. Pourtant, tout autour, la végétation et l'enracinement des arbres démontraient clairement que l'endroit était inondé en permanence. Au cours des dernières minutes, le mage avait remarqué que des petites accumulations d'eau disparaissaient, comme si l'on avait subitement fait un trou au fond de celles-ci pour que l'eau s'écoule.

– Je te l'ai dit : pour nous permettre de rejoindre le passage qui se cache dans ce marécage. Un peu de patience...

Puis, plus pour elle-même, Wandéline ajouta :

– J'ai l'impression de retourner vers Bronan... Ça y ressemble tellement...

Ils finirent par atteindre ce qui devait normalement être la berge d'un très grand lac. Loin devant eux, l'eau continuait de se retirer, dévoilant son lit.

– Nous allons devoir longer la rive jusqu'à ce que nous apercevions une bande de terre s'y raccordant.

Foch hocha simplement la tête. Ils étaient à l'affût du moindre changement, ne sachant toujours pas avec certitude qui assurait la protection du lac. Leurs fouilles magiques n'avaient donné aucun résultat. Un peu plus tard, ce qu'ils croyaient chercher se dessina enfin à l'horizon.

Quelques minutes supplémentaires furent nécessaires pour arriver à la jonction d'une étroite bande de terre avec le rivage. Au loin, on pouvait apercevoir une île qui avait émergé grâce au retrait des eaux. Sans la moindre hésitation, Wandéline s'engagea sur le sentier. À peine eut-elle posé le pied sur l'ancienne partie immergée que le vent se leva. Coïncidence ?

La sorcière et son compagnon échangèrent un regard, l'air de dire *au point où on en est rendus*, et poursuivirent. Le parcours s'avéra difficile. Le sol était meuble sous leurs pas et ils s'enfonçaient souvent, parfois jusqu'à mi-mollet. Par endroits, l'eau recouvrait encore le sentier parsemé de roches et le vent soufflait de plus en plus fort, comme pour s'opposer. Défiant toute logique, de chaque côté de cette bande de terre, les eaux étaient sombres et apparemment profondes, comme un abîme qui attend celui ou celle qui fera un faux pas. Mais Foch et Wandéline tenaient bon. Contre toute attente, rien de grave ne vint troubler leur progression jusqu'à ce qu'ils posent les pieds sur l'îlot rocheux.

De dimension modeste, quinze mètres sur vingt environ, l'endroit ne présentait aucune particularité si ce n'est justement qu'il semblait dépourvu du moindre attrait. Ils avancèrent lentement, cherchant une marque sur une pierre, un indice leur indiquant un passage quelconque. La remarque de Wandéline lui revenant en mémoire, Foch demanda :

– Toi qui disais que ça ressemblait à Bronan, comment faisais-tu pour traverser, une fois en présence du passage ?

– Les ressemblances s'arrêtent au sentier qui mène à l'île où se trouve le passage vers Bronan. C'est une essence d'arbre extrêmement rare, mélange de conifère et de feuillu, qui permet de traverser vers ce monde si particulier. C'est d'ailleurs ce qui assure la reconnaissance des passages vers la terre d'accueil des Édnés ; ils sont toujours marqués par un épifrêne ou une forêt d'épifrênes. Toujours...

Sur ces derniers mots, le regard de la sorcière se noya au loin. La laissant à ses souvenirs, Foch continua d'avancer vers l'extrémité nord de l'île, puis s'arrêta net. Un triton, espèce aujourd'hui disparue de la Terre des Anciens, nageait vers eux, son trident brillant au soleil...

28

Dangereuse rencontre

Couvert de sueur et de fort mauvaise humeur, Alix émergea d'un sommeil chaotique, peuplé de cauchemars insupportables. Comble du comble, il avait rêvé de Naïla, enceinte jusqu'aux yeux, incapable de voyager, le suppliant de la tuer pour lui éviter d'accoucher dans d'atroces souffrances, loin des siens.

Pour ajouter à son humeur massacrante, le jeune homme réalisa qu'il ne s'était pas lavé depuis plus d'une semaine ; ses vêtements étaient sales et en mauvais état, et sa barbe tellement longue qu'elle ne piquait même plus au toucher. Répugnant ! Il devait faire peur à voir.

Dans l'heure qui suivit, il fit monter une bassine d'eau très chaude, puis une deuxième. Une troisième fut finalement nécessaire pour venir à bout de la crasse dont il était couvert. Il enfila ensuite un pantalon et une chemise fournis par la maison. Il hésita à se raser, sachant qu'il avait l'air beaucoup moins amical avec une barbe de plusieurs jours que rasé de près, ce qui s'avérait souvent utile. Une fois redevenu présentable, il se dirigea vers la chambre que Dame Frénégonde avait aimablement attribuée à Justin.

* *
*

– Je veux juste savoir si tu es bien le mari de Sacha.

Bras croisés, Alix attendait une réponse après avoir posé sa question pour la troisième fois. Assis sur le lit, le jeune homme le regardait avec une indécision qui commençait à porter sur les nerfs du guerrier. Celui-ci n'avait pas toute la journée et sa patience – qui n'avait jamais été légendaire – s'effritait à grande vitesse. Déjà qu'il avait sauvé la vie de cet homme en plus de lui fournir une certaine sécurité...

– Écoute, soit tu me réponds par toi-même, soit je t'oblige à cracher la réponse dont j'ai besoin. À toi de choisir.

Avec nonchalance, Alix fit craquer ses doigts. Il n'aimait pas utiliser ces méthodes avec les faibles, mais la fin justifiait parfois les moyens. Le résultat ne se fit pas attendre.

– D'accord, d'accord. C'est moi. Qu'est-ce que vous me voulez ? demanda Justin en haussant légèrement le ton, tentant d'avoir l'air plus brave qu'il ne l'était en réalité.

Alix sourit malgré lui ; les humains étaient tellement prévisibles.

– Te donner des nouvelles de Sacha et de tes enfants et discuter de choses très sérieuses...

– Comment savez-vous que j'ai des enfants ?

Mais l'ombre qui traversa le regard de Justin démentait sa méfiance. Le garçon avait désespérément besoin de parler de ce qu'il avait vécu. Sans plus attendre, Alix lui raconta la découverte de Sacha, en compagnie de Zevin, de même que les événements qui avaient suivi. Il rassura Justin sur la santé et la sécurité de Sacha, lui dit la vérité quant à l'origine des enfants et de l'endroit où ils se trouvaient, mais il passa sous silence la tentative de Wandéline de mettre à mort la petite fille. Ensuite seulement, Alix en vint à la raison pour laquelle il l'avait sauvé des griffes de Karkas.

— J'ai besoin de la carte que possédait ton grand-père. C'est très important.

— Pourquoi ? Que voulez-vous en faire ?

Au grand soulagement d'Alix, il n'avait pas nié l'existence du parchemin ou déclaré l'avoir perdu. Probablement avait-il compris qu'il ne servirait à rien de jouer l'ignorance.

— Je ne veux rien en faire du tout, sinon la copier. Pour le reste, ça ne te concerne pas.

La réponse avait été douce, mais ferme. Justin soupira.

— Ça va vous paraître stupide, mais elle est enterrée dans une boîte de métal, dans une forêt très loin de la maison, sur les terres des Canac. C'est là que j'étais parti quand vous êtes arrivé chez moi. La dispute avec Sacha n'était qu'un prétexte. Je ne voulais pas qu'elle sache que je me débarrassais de la carte. Le problème des enfants suffisait pour le moment.

Le jeune homme s'accorda une courte pause pour reprendre son souffle. Il parlait très vite, comme s'il craignait de ne pas avoir le courage de continuer son histoire jusqu'à la fin.

— J'étais certain que cette carte était importante, même si je disais le contraire à Sacha, pour ne pas qu'elle s'inquiète. Malheureusement, je ne savais plus quoi en faire ni à qui la confier pour qu'elle ne tombe pas entre de mauvaises mains. J'avais peur que, par je ne sais quelle magie, elle attire chez nous ceux qui la recherchaient peut-être encore.

– Tu vas m'y conduire. Maintenant ! ordonna Alix.

Les épaules de Justin s'affaissèrent. Il n'avait vraisemblablement aucune envie de se trouver une fois de plus en présence de la carte – maléfique, de son point de vue – de son aïeul.

– Et si je vous explique comment la retrouver, ça vous irait ?

Alix serra les dents ; le ton geignard l'irritait.

– Pour que tu profites de mon absence pour disparaître ?

– Je pourrais lui tenir compagnie. De cette façon, il sera toujours ici à ton retour et ça m'évitera d'être encore mêlé à tes histoires de fou.

Alix se retourna brusquement au son de cette voix familière. Zevin se tenait dans l'embrasure de la porte, en excellente forme, ce qui était rassurant. Moqueur, le guérisseur ajouta :

– Eh bien ? On ne tend pas les bras à son vieil ami disparu depuis plusieurs jours ?

Alix leva les yeux au ciel avant de lui donner une accolade chaleureuse. Puis il se dégagea, visiblement indécis. Zevin prit la parole à sa place.

– Tu dois d'abord retrouver cette carte. Nous nous raconterons ensuite ce qui s'est passé pendant mon absence.

Alix sourit. Zevin savait toujours mettre le doigt sur ce qui le tracassait. Sans plus atermoyer, le Cyldias marcha vers Justin et posa une main sur son front. Surpris par la brusquerie du geste, le jeune homme eut un mouvement de recul, mais Zevin le rassura. Le guérisseur plissa cependant les yeux. Apparemment satisfait, Alix fit ensuite signe à Zevin de le suivre à l'extérieur de la pièce.

– Depuis quand es-tu capable de fouiller les mémoires de cette façon ? s'enquit celui-ci, sourcils froncés presque jusqu'à s'en toucher.

Alix haussa les épaules.

– Depuis toujours, je suppose. J'ai agi par instinct. C'était la meilleure façon d'obtenir les informations dont j'avais besoin sans perdre des heures à négocier...

– Je croyais que seuls les Sages et les Filles de Lune assermentées étaient capables de ce genre de prouesses, insista Zevin, plus songeur qu'inquiet.

Se passant une main dans les cheveux, le regard soudain ailleurs, Alix rétorqua :

– Je n'en suis plus à une étrangeté près...

Le guérisseur concéda qu'il n'y avait rien de plus vrai. Alix fut soulagé que son ami abandonne rapidement le sujet. Il avait été le premier surpris de son réflexe envers Justin, même s'il n'en avait rien laissé paraître. Il avait la nette impression qu'un changement s'opérait en lui depuis sa rencontre avec son père, mais il aurait été bien embêté de dire lequel exactement.

« Pourvu que ça me serve plus que ça ne me nuise », pensa-t-il.

*   *

*

299

Alix était maintenant de retour devant la maison de Sacha et Justin. La porte pendait sur ses gonds. Il sonda les environs ; pas la moindre trace de vie pensante.

À l'intérieur, le désordre était encore plus grand que la dernière fois qu'il était venu. De toute évidence, l'endroit avait été fouillé de fond en comble. Le plancher avait été arraché, les pierres de la cheminée descellées, la paillasse éventrée, l'armoire vidée de son contenu. Pourquoi maintenant ? Qu'espérait-on trouver ? Justin avait-il parlé du parchemin à quelqu'un en qui il avait confiance et qui l'avait trahi ? Avait-on fouillé sa mémoire sans qu'il le sache ? Après toutes ces années, cherchait-on réellement la carte ou plutôt des informations sur les enfants ? Rien dans ce qu'il voyait ici ne pouvant lui apporter de réponses à ses questions, Alix ressortit.

Il se mit aussitôt en route. Il marcha pendant plus de deux heures sur les terres d'Alejandre. Par choix, il ne se déplaçait pas magiquement. Il avait besoin de réfléchir et de se dégourdir aussi. Il arriva bientôt en vue de la forêt et du mont qui la surplombait. La cachette devait être au pied de celui-ci, sous les racines d'un chêne centenaire.

Le Cyldias n'eut aucune peine à retrouver l'arbre en question. Il se raidit soudain, tous ses sens en alerte. Un représentant d'une espèce pensante venait tout juste d'apparaître à l'orée du bois, mais Alix était incapable d'en déterminer l'espèce ; il y avait une étrange aura de protection autour. Rapidement, il retourna la terre sous la plus grosse racine et trouva la caissette de métal. Il allait disparaître quand ses membres s'engourdirent subitement, lui faisant lâcher prise. La boîte s'écrasa sur le sol dans un bruit de ferraille.

– Deux fois sur mon chemin dans la même semaine, c'est beaucoup plus que je ne puis en supporter...

Alix reconnut la voix de la créature encapuchonnée qui s'en était prise à Nichna quelques jours plus tôt. Il jura silencieusement. Il avait peu de chances de sortir de cet affrontement vivant si le sorcier était aussi puissant qu'il le croyait. Le Cyldias ignorait s'il pouvait encore parler ou bouger, mais il s'abstint de vérifier. Il valait mieux ne pas montrer le moindre signe de tension ou d'énervement.

Le sorcier fit pivoter Alix sur lui-même pour lui faire face.

– Peut-être aimerais-tu savoir qui je suis ? demanda Saül, ironique.

Il s'approcha d'Alix jusqu'à le toucher, mais les yeux de celui-ci ne rencontrèrent que les ténèbres dans l'ouverture du capuchon.

– Tu crois que je te ferais cette faveur ? ricana-t-il, sarcastique.

Alix n'appréciait guère la tournure que prenait la conversation.

– Dommage que nous cherchions les mêmes choses, mais pour des raisons différentes, continua l'inquiétant personnage en se penchant pour ramasser la petite boîte de métal. Je suis convaincu que nous aurions fait une équipe incroyable tous les deux...

D'un mouvement du majeur, il fit sauter la serrure rudimentaire et ouvrit le coffret pour y prendre le parchemin. Sans même le dérouler, Saül le glissa sous sa longue cape, recula de quelques pas et disparut. Deux autres silhouettes encapuchonnées se matérialisèrent alors et s'avancèrent lentement vers Alix. Leur visage était toutefois bien visible. Alix pensa un instant qu'il se serait contenté d'une ombre semblable à celle du sorcier.

Deux Ybis lui faisaient maintenant face, leur demi-visage fendu d'un rictus méprisant. La deuxième moitié de chacune des créatures était totalement translucide, mais suffisamment solide pour leur permettre de se tenir debout et marcher sans sautiller. Comme Alix l'avait présumé lors de leur première rencontre, il y avait une femme et un homme, tous deux dans la vingtaine. La femme avait les cheveux noirs, un long nez droit et des pommettes saillantes. Elle était très grande, environ un mètre quatre-vingts, filiforme, avec des jambes beaucoup trop longues pour son corps. L'homme, pour sa part, avait des cheveux bruns fadasses, un tout petit nez qui semblait décentré, une bouche trop large. Il était de la même taille que la femme, mais avec un effet de corps inversé, soit de courtes jambes et un torse très long. Tous deux avaient les yeux noirs caractéristiques des Ybis où la prunelle et l'iris se fondaient en une seule masse particulièrement dérangeante.

Sans prévenir, l'Ybis femelle envoya une gifle magistrale à Alix, faisant valser sa tête vers la gauche. Bêtement, celui-ci se dit d'abord que sa tête avait encore toute sa mobilité malgré le sortilège du sorcier, avant de se demander pourquoi il méritait pareil traitement.

– Depuis le temps que je rêvais de te toucher, dit l'Ybis femelle avec ironie, le grand moment est enfin venu. Désolée, je n'ai pas pu résister...

Elle ricana, puis tendit la main vers Alix. Il la fixa d'un regard intense, presque défiant. Par expérience, il savait qu'il valait mieux ne jamais quitter des yeux des êtres comme ceux-là, surtout en position de faiblesse. L'Ybis prit le menton du guerrier entre son pouce et son index et examina son visage, la tête légèrement penchée sur le côté, comme si elle l'évaluait. Puis elle le lâcha et s'éloigna de quelques pas, avant de demander à son pendant :

– Qu'est-ce que tu en penses ? Tu crois qu'il aurait fait un compagnon acceptable et que j'aurais dû me plaindre à Alana ? Après tout, il me revenait de droit, non ?

– Petite sœur, tu mérites beaucoup mieux que ça ! persifla-t-il, dédaigneux. Je ne peux pas m'imaginer que tu te contenterais de cet humain si ordinaire.

– Mais il n'est pas ordinaire ! protesta la femme avec un accent théâtral. C'est un Être d'Exception, ne l'oublie pas...

Tout, dans le comportement comme dans le ton, indiquait que ce statut particulier n'était pas considéré par les Ybis comme quelque chose d'extraordinaire. Toujours incapable de bouger, Alix tentait de saisir les sous-entendus de la conversation. Il savait maintenant que ces Ybis étaient parents, donc probablement jumeaux, et qu'ils parlaient un étrange langage entre eux qu'il parvenait à comprendre grâce à l'anneau de Salomon. Mais que signifiaient ces allusions à Alana ?

Trop absorbé par ses pensées, Alix perçut à la dernière seconde le mouvement de l'Ybis mâle qui l'empoigna par les épaules, avant de lui administrer un magistral coup de pied entre les jambes. Le sortilège fut rompu au même moment et il s'effondra au sol, le souffle coupé, la douleur le pliant en deux. Il reçut alors un deuxième coup de pied, d'une force surprenante, dans l'abdomen cette fois. Son premier réflexe fut de disparaître, mais sa magie fit une fois de plus des siennes et il resta sur place. Avant qu'il ne puisse faire une seconde tentative, il se sentit agrippé par les cheveux et remis debout sans plus de cérémonie. Vacillant sur ses jambes, il voulut lancer un sortilège en direction de l'Ybis femelle, mais une douleur cuisante dans l'épaule gauche lui fit perdre son peu de concentration. Aussitôt, le sang chaud se répandit le long de son bras. Il tourna la tête juste à temps pour voir l'Ybis mâle, une épée dans les mains, qui regardait la lame maculée de sang avec une fascination morbide.

– J'ai toujours préféré les coups physiques à la magie. C'est moins rapide et il faut faire davantage d'efforts, mais le résultat en vaut drôlement la peine ! s'exclama-t-il, enthousiaste.

« Pauvre imbécile », pensa Alix, avant de lancer un premier sortilège. Le résultat ne fut pas celui souhaité alors que la brûlure qui aurait dû faire lâcher l'épée à l'Ybis fut ressentie par Alix, qui retint un cri de douleur. « Un retour de sortilège », pesta-t-il, la main brûlante. Il tourna la tête vers l'Ybis femelle, qui souriait de contentement.

– Mon frère a la mauvaise habitude de sous-estimer ses adversaires, dit-elle dans un haussement d'épaules arrogant au possible. Normal que je veille sur lui...

Profitant de l'inattention d'Alix, l'autre lui donna un coup d'épée sur la cuisse droite, l'entaillant profondément. Jurant et hurlant tout à la fois, le Cyldias utilisa un sortilège qu'il savait impossible à détourner, avant de s'effondrer, sa jambe blessée ne supportant plus son poids. Un cri de surprise, suivi d'un hurlement de douleur, lui confirma qu'il avait bien atteint sa cible.

L'Ybis femelle plissa les yeux et la colère déforma ses traits déjà peu flatteurs. Elle s'apprêtait à riposter quand la voix irritée du sorcier se fit entendre sans qu'il apparaisse.

– Suffis, Fonzine ! Tu devais seulement l'effrayer, pas le blesser. Et tu n'as même pas su contenir les élans destructeurs de ton frère. Dois-je vous rappeler que cet homme ne doit surtout pas mourir ? Et encore moins de vos mains ? Il est impératif qu'il ramène d'abord ta sœur de Brume...

Soudain moins effrontée, la dénommée Fonzine baissa brièvement la tête, avant de la relever dans une attitude de défi. Plantant ses yeux glauques dans ceux étoilés d'Alix, elle grinça :

– Dès que nous aurons tous les éléments, je prendrai plaisir à vous tuer, ma sœur et toi, et à garder vos têtes en souvenir, protégés d'Alana ou pas...

Malgré la souffrance qui empirait et la faiblesse qui le gagnait, Alix adressa à Fonzine un sourire insolent. Il vit alors la haine pure traverser les yeux de sa vis-à-vis avant qu'elle ne disparaisse. D'un rapide coup d'œil, Alix constata que son frère en avait fait autant. Pour sa part, il rassembla tout juste assez d'énergie pour envoyer un message télépathique à Zevin, avant de tenter d'enclencher ses pouvoirs de guérison. Même si l'endroit n'était certes pas idéal pour récupérer, il n'avait pas le choix. Il n'aurait pas eu la force de se trouver un abri. Les paroles du sorcier résonnaient encore dans sa tête :

– *Il ne doit pas mourir... Il doit ramener ta sœur de Brume...*

* *

*

Incapable de s'enfermer dans une cellule temporelle ou de se soustraire à la vue, Alix n'avait eu d'autre possibilité que d'entreprendre sa guérison au vu et au su de tous. Seul dans une forêt peu fréquentée, il avait sombré dans l'inconscience presque immédiatement après qu'une douce lumière verte l'ait enveloppé. Le jeune homme avait à peine eu le temps de se dire que ses blessures étaient probablement trop profondes pour qu'il y arrive sans aide avant que la noirceur ne l'enveloppe.

Du haut de sa voûte céleste, Alana regardait l'enveloppe traditionnellement verte changer progressivement de couleur, jusqu'à prendre une teinte dorée que bien peu de mortels avaient pu observer au cours des sept derniers siècles. Avec un attendrissement presque déplacé pour une divinité, elle murmura :

– Jamais le destin n'a pris autant de plaisir à éprouver un homme, mais il est aussi capable de se racheter de belle façon. Tu es promis à un avenir exceptionnel, Alix de Bronan, et les dieux ne te feront pas de cadeau. La nature t'a heureusement doté d'une particularité qui s'épanouit maintenant grâce à la colère de ton père. Puisse cette transformation te permettre de réussir là où tous ont échoué...

*   *

*

À une cinquantaine de mètres de l'arbre centenaire au pied duquel gisait Alix, Justin et Zevin s'arrêtèrent net. Une étrange lueur filtrait, alors que la nuit achevait de tomber. Avec précaution, le guérisseur sonda les environs, même s'il savait ne pas avoir les talents d'Alix pour détecter une présence ennemie. Il s'approcha lentement, un peu inquiet de ce qu'il pourrait découvrir. Accroché à ses basques, Justin avançait à contrecœur. Bien qu'il fit souvent le fanfaron, il craignait la magie depuis toujours. De plus, son voyage magique jusqu'ici l'avait laissé légèrement abasourdi...

La scène qu'ils découvrirent les laissa sans voix : au pied d'un arbre majestueux, le corps d'Alix reposait, enveloppé d'un cocon de lumière dorée. Zevin s'interrogea puisque les enveloppes de guérison des êtres magiques étaient habituellement bleues ou vertes. Fasciné, il s'approcha encore, remarquant de petits points scintillants qui flottaient à l'intérieur du cocon. Zevin fut soulagé de constater que la poitrine d'Alix se soulevait dans un souffle régulier. Deux points du corps du Cyldias disparaissaient sous une épaisse couche de minuscules insectes lumineux munis d'ailes dorées et translucides. Zevin se pencha pour voir de plus près.

– Mais qu'est-ce que c'est que cette histoire ? murmura le guérisseur. Comme il tendait la main pour toucher ce qui ressemblait à de la lumière solide, un cri le fit brusquement reculer. Il tourna rapidement la tête dans toutes les directions, en cherchant la provenance. Ce fut Justin qui trouva le premier, désignant quelque chose sur une des branches basses de l'immense chêne.

Zevin retint difficilement une exclamation de surprise. La créature profita de cette attention pour faire passer un message dans la langue des Anciens que, de toute évidence, elle ne maîtrisait pas très bien. Le guérisseur ne comprit que quelques mots ici et là. Il crut cependant saisir l'essentiel : ON NE TOUCHE À RIEN ! Par signes, il signifia à la créature qu'il avait compris. D'un signe de tête, celle-ci signala qu'elle avait compris à son tour. L'attente commença...

*   *

*

Dans une profonde caverne du territoire de Bronan, une magnifique Édnée regardait avec fascination les images qui se formaient sur le sang de dragon qui emplissait sa petite marmite. Des larmes de bonheur brillaient au coin de ses yeux si particuliers ; elle les laissa simplement glisser. Elle attendait depuis tellement longtemps la transformation de son fils que chaque nouveau pas en ce sens l'emplissait d'une joie sans borne et d'un soulagement manifeste. Elle avait toujours craint que la particularité d'Alix ne puisse jamais s'épanouir à cause des dommages subis alors qu'il n'était qu'un nouveau-né sans défense. Sa propre mère avait alors utilisé un vieux sortilège qui empêchait la mutation de s'effectuer tout en protégeant le nourrisson. D'ailleurs, Solianne en voulait encore beaucoup à Roderick comme à sa mère. Sans leurs interventions, Alix serait depuis longtemps celui qu'il devrait être. Par la bande, elle s'en voulait à elle-même de n'avoir pas fait le bon choix, de ne pas avoir su trouver le bon géniteur. Mais le destin s'était racheté de belle façon en amenant la jeune Andréa à elle peu de temps après la naissance.

En soupirant, Solianne s'arracha à la contemplation de son précieux fils. D'un mouvement de griffes, elle fit disparaître la vision réconfortante pour la remplacer par celle, beaucoup moins agréable, des bêtises de son autre fils. Impuissante, elle le regardait progresser vers la frontière des Terres Intérieures, avec ses airs de conquérant et son arrogance habituelle. D'un geste rageur, elle lança une petite pierre dans la marmite et l'image dérangeante s'évanouit sur-le-champ, ne laissant que des rides à la surface du liquide pourpre. Un grognement se fit alors entendre et elle soupira à nouveau.

– Je sais, Gontran. Je ne devrais plus faire apparaître d'images d'Alejandre depuis longtemps, mais c'est plus fort que moi. Je n'arrive pas à accepter, et surtout à comprendre, que les dieux aient jugé bon de me donner deux fils si différents pour la seule raison que l'un doit contrebalancer l'autre. C'est complètement ridicule. Si les divinités tenaient tant à redonner l'équilibre au monde de Darius, pourquoi n'ont-elles pas fait les choses simplement ? Pourquoi faut-il que nous subissions encore des années de guerre, de souffrance, de bêtise et de magie destructrice ? Pourquoi Gontran, pourquoi ?

L'immense dragon à qui s'adressait cette diatribe, roulé en boule sur le sol, cligna de l'œil pour signifier qu'il avait écouté jusqu'à la fin. Puis, d'un mouvement de sa longue tête, il montra la récente cicatrice sur son flanc droit, avant de grogner à nouveau.

– D'accord, d'accord ! J'ai compris ! capitula Solianne. Tu ne me donneras plus de ton sang s'il doit servir à me torturer au sujet d'Alejandre...

La belle hybride caressa la tête de son compagnon si spécial avec tendresse. Dommage qu'il soit devenu trop vieux pour voler. Elle aurait bien aimé prendre l'air avec lui pour se changer les idées, mais elle devrait y aller seule une fois de plus...

29

Un talisman insaisissable

*A*u cours des derniers jours, Morgana et Maëlle avaient consulté des dizaines et des dizaines d'ouvrages parmi ceux qui emplissaient la bibliothèque. La Recluse voulait vérifier divers renseignements, de même que certains soupçons et intuitions. Aujourd'hui, elle s'attardait à leurs recensions et à ce qu'il convenait d'en faire.

– Pour ce qui est de Kaïn, et malgré la menace qu'il fait planer sur Alix, il est préférable de ne pas nous en préoccuper pour le moment. Il risque de nous soutirer beaucoup trop d'énergie par rapport aux résultats potentiels. Pour le talisman, c'est différent. Nous pourrions le retrouver et faire en sorte que Naïla puisse le récupérer. Mais je vais avoir besoin de ton aide, Maëlle, car comme tu le sais, je ne peux sortir d'ici qu'en de très rares occasions. Il va donc falloir que tu te rendes sur la Montagne aux Sacrifices...

– Vous m'aviez dit que je ne devais pas quitter votre montagne, pour éviter que Mélijna ne me repère. Je ne veux pas que...

Morgana l'interrompit :

– Je sais ce que j'ai dit, mais il y a des moments dans la vie où il faut prendre des risques. Mélijna est très faible depuis plusieurs semaines et elle ne se déplace plus qu'en cas d'absolue nécessité. Je doute qu'elle soit en mesure de te poursuivre sur la Montagne aux Sacrifices. Les Chinorks assureront ta protection et tu devrais ensuite pouvoir revenir ici par magie avant que cette furie n'ait pu atteindre le Plateau des Sacrifiés.

– Mais...

– Il n'y a pas de mais qui tienne, la tança la magicienne d'une voix douce. Sur cette terre, il faut savoir accepter les risques comme le reste... J'ai besoin que tu puisses voyager magiquement et le seul moyen d'y parvenir, c'est que tu te rendes là-bas afin de recevoir tes pouvoirs...

La Fille de Lune soupira, puis redressa les épaules, les yeux brillants.

– D'accord ! Je le ferai, en souvenir de ma mère ! débita-t-elle d'un ton décidé.

Morgana lui adressa un sourire reconnaissant, avant d'entrer en contact avec Yodlas. Le chef des Chinorks, d'abord réticent, finit par accepter de veiller sur Maëlle. Restait un seul problème, mais de taille : Maëlle avait besoin d'aide pour se rendre là-bas magiquement. Elle ne pouvait se permettre un si long voyage à pied, elle serait trop vulnérable. Morgana tenta donc de communiquer avec Wandéline, mais cette dernière semblait inaccessible. Même chose pour Alix. En désespoir de cause, elle essaya de joindre Madox. Contre toute attente, le jeune homme se matérialisa à l'entrée de la caverne dans les minutes qui suivirent son appel. Il paraissait d'une humeur massacrante.

– Qu'est-ce qui se passe encore ? s'enquit-il d'un ton rogue.

Morgana haussa les sourcils avant de répliquer vertement :

– Je ne t'ai pas conduit de force jusqu'ici, jeune homme ! Tu as choisi de répondre à mon appel, alors change de ton. Je t'ai rendu service assez souvent pour mériter un peu plus de considération...

En soupirant, Madox eut un haussement d'épaules.

– Je suppose que je suis un peu à cran par les temps qui courent, riposta-t-il d'une voix sans timbre et totalement indifférente. J'ai beaucoup à accomplir et peu de temps à consacrer aux autres, alors faites vite...

Morgana observait le jeune homme, indécise. Il avait quelque chose de changé depuis leur dernière rencontre, comme si une part de lui s'était brisée. Pas surprenant, considérant qu'il ne cessait de perdre les membres de sa famille aux mains des ennemis de la Terre des Anciens. Le destin est parfois bien cruel pour certains...

La magicienne lui présenta Maëlle.

– Je veux juste que tu la conduises au pied de la Montagne aux Sacrifices. Yodlas y prendra le relais et tu pourras retourner à tes occupations. Je la guiderai ensuite pour qu'elle revienne ici par elle-même.

– Vous êtes certaine que je pourrai la conduire magiquement ? Je vous rappelle que ce n'était pas possible avec la Fille de Lune précédente...

Sciemment, il ne nomma pas Naïla, probablement parce que ces souvenirs étaient trop pénibles à évoquer.

313

– Maëlle a déjà une très bonne base magique et son corps acceptera beaucoup plus facilement le transfert d'énergie que ne l'aurait permis celui de sa consœur.

Madox eut un nouveau haussement d'épaules avant de hocher brièvement la tête, disant simplement :

– Je ne serais pas retourné là-haut de toute façon.

Il y avait tellement de douleur dans cette phrase que le cœur de Morgana se serra. Les jeunes gens disparurent quelques heures plus tard.

*   *

*

Le retour de Maëlle n'échappa pas à Mélijna qui jubila avant de jurer en constatant à quel endroit était apparue la jeune femme. Jamais elle ne pourrait se rendre sur la Montagne aux Sacrifices dans sa condition actuelle. Mais le sourire revint rapidement sur le vieux visage édenté.

– Tant mieux si elle se rend là-bas tout de suite. Elle sera donc déjà au sommet de sa forme lorsque je voudrai ensuite la cueillir. Je ne sais pas comment elle a réussi à m'échapper aussi longtemps, mais il semble que cette magie ne fasse plus effet. Dès que j'aurai récupéré mes forces, je n'aurai plus qu'à la repérer pour lui soutirer toute sa vitalité. Elle ne sera sûrement pas encore en mesure de se défendre convenablement.

La réapparition de Maëlle insuffla une énergie nouvelle à Mélijna, qui décida de reprendre la consultation de tous ses grimoires depuis le début. La formule dont elle avait besoin existait sûrement ; elle avait simplement dû passer tout droit dans sa hâte à la trouver.

Comme une réponse à son regain d'espoir, tard dans la nuit, la sorcière des Canac tomba sur ce qu'elle cherchait depuis des semaines. Dans un tout petit livre relié en peau de dragon, la formule tant espérée semblait illuminer le parchemin sur lequel elle avait été retranscrite. Sans attendre, Mélijna se mit à l'œuvre...

*   *

*

La jeune Myrkie avait eu toutes les misères du monde à convaincre les Insoumises réunies chez sa mère qu'elle avait entendu un message provenant de l'Insoumise Lunaire. Heureusement, la télépathie étant considérée comme une menace, il était nécessaire de trouver la créature qui avait voulu communiquer avec elles pour prévenir tout danger. Cinq Insoumises, dont Savaelle, la mère de Myrkie, avaient suivi le corridor mentionné par la jeune fille. Quelle ne fut pas leur surprise quand elles découvrirent Andréa, recroquevillée sur la pierre glaciale. Immédiatement, des ordres furent donnés pour la conduire jusqu'au village et s'assurer la création d'un feu magique pour la réchauffer rapidement.

Savaelle veilla à ce que tout soit fait pour que cette femme exceptionnelle retrouve ses facultés. Elle ne pouvait s'empêcher d'être très inquiète ; les signes vitaux d'Andréa étaient à peine perceptibles, son corps était transi et elle demeurait inconsciente. Plusieurs heures s'écoulèrent ainsi dans une attente interminable.

La nouvelle du retour d'Andréa avait rapidement fait le tour du territoire. Toutes voulaient savoir où était passée l'Insoumise durant les dix dernières années. Une chose était cependant certaine : elle n'avait pas réussi à nuire à la Quintius suffisamment pour que cette dernière voit son influence et ses adeptes diminuer.

De fait, la population des Insoumises était en constante évolution en raison du pouvoir toujours plus grand qu'exerçait la Quintius sur les populations riveraines des grands lacs d'eau salée. Les gens avaient de plus en plus peur de la magie et des êtres capables de la pratiquer ; les peuplades achevaient d'oublier leur histoire et leur passé au profit d'un hypothétique dieu unique et sans nom. Les Insoumises, qui formaient aujourd'hui le plus grand groupe magique de la Terre des Anciens, sentaient la révolte en elles prendre une place sans cesse plus grande et leur désir de vengeance risquait bientôt d'atteindre son paroxysme. Elles étaient convaincues que leur monde se porterait cent fois mieux si elles pouvaient user de leur magie au grand jour plutôt que de la perfectionner aux confins du monde, sur une terre de neige et de glace.

Savaelle pensait à tout cela en appliquant des compresses chaudes sur le front d'Andréa. Doucement, elle replaça une peau d'ours qui avait glissé, avant de s'éloigner un peu, songeuse. Deux jours après la découverte du corps frigorifié, elle se demandait plus que jamais ce qui empêchait cette femme aux pouvoirs inégalés de reprendre contact avec la réalité. Savaelle était convaincue que les Âmes régénératrices étaient à l'œuvre, mais les résultats se faisaient désespérément attendre.

– Qu'est-ce qui a bien pu t'arriver pour que tu ne puisses plus te guérir seule ? murmura-t-elle à la forme étendue sur le lit de peaux.

Savaelle poussa un profond soupir, avant d'énoncer à mi-voix :

– Je vais devoir déranger Bredjna...

*   *

*

316

Il fallut deux jours à l'équipe d'Insoumises que Savaelle envoya chez Bredjna pour revenir avec elle. La sorcière avait opposé mille et une raisons pour ne pas se déplacer, arguant qu'elle était trop vieille pour voyager, même magiquement, qu'elle ne voyait pas pourquoi c'était à elle de se déplacer alors que c'était les Insoumises qui avaient besoin de son aide, et ainsi de suite. En désespoir de cause, celle qui dirigeait le groupe avait utilisé le chantage pur et simple.

– Soit vous venez avec nous, soit nous vous laissons en paix, mais sachez que ce sera de façon permanente. Donc plus de bois ni de vivres déposés à votre porte, plus personne ne vous rendra visite et vous finirez vos jours seule et sans auditoire.

La menace avait eu l'effet escompté. Il était de notoriété publique que Bredjna aimait particulièrement raconter les exploits de sa lointaine jeunesse et il n'y avait que les Insoumises pour lui servir de public. De plus, depuis de nombreuses années déjà, elle ne parvenait plus à subvenir à ses besoins par elle-même.

En quelques minutes, Bredjna identifia le problème de l'Insoumise Lunaire. Elle savait toutefois qu'elle aurait besoin de plusieurs semaines pour venir à bout du sortilège, pour redonner la santé et ses pouvoirs à Andréa. Autant commencer tout de suite... surtout qu'elle n'était même pas certaine de réussir. Elle donna donc ses instructions.

*   *

*

C'était le branle-bas chez les Insoumises. Après plus de huit semaines, passées presque exclusivement en cellule temporelle avec Andréa et la jeune Myrkie, et des dizaines de potions et mixtures, même Bredjna n'avait pu éradiquer la sorcellerie qui entravait l'Insoumise Lunaire. Son orgueil durement éprouvé, la magicienne devenait de plus en plus difficile à satisfaire et les ingrédients qu'elle exigeait, de plus en plus ardus à trouver rapidement. De quoi rendre folles même les meilleures volontés.

Pour sa part, Andréa, qui avait tout de même pris du mieux, s'enfermait dans un mutisme aussi dérangeant qu'exaspérant pour celles qui tentaient de lui venir en aide. Il n'y avait qu'avec Myrkie qu'elle acceptait de s'ouvrir un peu. L'Insoumise Lunaire l'avait prise sous son aile, lui permettant de développer ses nombreux pouvoirs. C'est d'ailleurs grâce à cela que Myrkie était parvenue à établir le contact avec Naïla...

* *
*

La créature qui nageait vers Foch et Wandéline s'arrêta bientôt sur les berges de l'île émergée. Fascinés, les deux mages restèrent un bref instant sans voix. Ni l'un ni l'autre n'avait vu de triton ailleurs que dans les livres et les grimoires. Même si les deux amis se doutaient qu'ils n'avaient pas complètement disparu de la Terre des Anciens – l'expérience leur avait appris que jamais rien n'était totalement éliminé dans ce monde –, ils ne s'attendaient pas à en croiser un. L'être, mi-homme, mi-poisson, n'était plus de la première jeunesse. Des marques d'anciennes blessures étaient bien visibles sur sa queue couverte d'écailles. Ses longs cheveux étaient d'un vert tellement pâle qu'ils en paraissaient presque blancs et sa peau était sillonnée de rides. Par contre, ses yeux verts pétillaient d'une intelligence que l'on devinait toujours vive. Il tenait à la main un trident argenté parsemé de mollusques et duquel pendaient de fines algues bulbeuses.

– Je m'attendais à une Fille de Lune en fuite, pas à une sorcière repentie et un cyclope méfiant...

Mi-figue, mi-raisin, le triton n'ajouta rien, espérant vraisemblablement une explication. Wandéline prit la parole.

– Nous sommes venus en reconnaissance pour la Fille de Lune que vous attendez, dans l'espoir qu'un passage soit caché dans les environs de ce lac...

La sorcière souhaitait une réaction de la créature aquatique. Foch, pour sa part, continuait de scruter le nouveau venu en silence.

– Dites-moi ce qui vous amène ! répondit le triton. Je verrai si je puis vous être utile...

Foch résuma de son mieux les aventures de la Fille de Lune récemment venue de Brume à la recherche de ses racines, de même que les conclusions auxquelles lui et Wandéline étaient arrivés au sujet du présent passage.

– S'il faut la conduire en sécurité sur Mésa dès son retour de Brume, il faut donc trouver un passage y menant, termina l'érudit.

– Roana venait effectivement de Mésa et si je l'ai confiée à Phidias à l'époque, ce n'est pas parce que je ne voulais pas m'en occuper moi-même, mais bien parce que je ne le pouvais pas. Inutile de vous dire que je m'en suis longtemps voulu par la suite, même si j'étais parfaitement conscient que c'était inévitable. Sans chercher à me déculpabiliser, Roana était gravement malade à son arrivée et elle n'aurait probablement pas survécu de toute façon...

Le regard au loin, le Sage eut un profond soupir.

– Je n'ai pas d'objection à ce que vous conduisiez la Fille de Lune ici dès son retour – si elle revient. Mais vous devez savoir qu'elle seule pourra traverser. Son Cyldias sera dans l'impossibilité de l'accompagner...

– Même s'il parvient à voyager vers Brume et à en revenir, il ne pourra pas se rendre sur Mésa ? s'étonna Foch.

Le triton acquiesça.

– Mésa est un monde totalement différent de Brume. Si la Fille de Lune peut traverser, c'est parce qu'elle prendra, comme vous le savez sûrement, une forme aquatique de l'autre côté. À ma connaissance, aucun passage vers ce monde n'aboutit sur la terre ferme, contrairement à ici. Un humain, même exceptionnel de par ses pouvoirs, ne pourrait survivre à la traversée ; il se noierait...

Wandéline et Foch décidèrent tacitement de passer sous silence les origines présumées d'Alix. Ils verraient en temps et lieu à cet aspect du problème.

Quelques minutes plus tard, les deux mages prenaient congé du Sage. Ce dernier les avertit cependant :

– Je vous conseille de quitter magiquement cette forêt, car dès que vous cesserez de fouler le sol de l'île, les eaux recommenceront à monter.

Sur ce, il disparut dans les profondeurs du lac.

*　*
*

De retour chez Wandéline, Foch essaya de communiquer avec Alix. Maintenant qu'ils avaient repéré un passage vers Mésa, le Cyldias pouvait tenter de récupérer Naïla. Pendant ce temps, Wandéline jeta un œil à la potion qui mijotait toujours et se mit en quête du livre parlant des créatures habitant Mésa. La sorcière ne savait pas si elle trouverait quoi que ce soit d'utile pour la jeune femme et son Cyldias, mais il fallait au moins essayer.

– Je suis incapable d'établir le contact avec Alix, murmura Foch. J'espère qu'il ne lui est rien arrivé.

– Je ne vois pas pourquoi tu t'inquiètes pour lui. Pour ma part, je me fais davantage de souci pour les infortunés qui croisent sa route, grommela-t-elle, légèrement exaspérée.

Foch leva les yeux au ciel avant de poser un regard indulgent sur son amie. Quel dommage cet entêtement vis-à-vis d'Alix ! Que de temps et d'énergie perdus en cette période de grands bouleversements...

30

Nouvelles révélations

Appuyé au tronc du grand chêne, Zevin observait la créature qui veillait sans relâche sur le cocon de lumière dorée. Justin dormait un peu plus loin, enveloppé dans une couverture. Depuis des heures, le guérisseur cherchait un moyen d'échanger avec la petite fée. Par malheur, il n'avait pas d'anneau de Salomon, ce bien précieux étant réservé aux êtres de la trempe d'Alix. Il avait failli communiquer avec Madox, mais il s'était ravisé. Dans son message de la veille, Alix lui avait dit de ne surtout pas déranger le frère de Naïla. Zevin n'avait pas eu le temps de lui demander pourquoi, la communication ayant été rompue. Il devait donc attendre le réveil de son compagnon.

Une fois de plus, Zevin leva la tête vers la branche au-dessus de lui. La fée était toujours là, immobile. Il aurait vraiment aimé la voir de plus près. Il avait bien essayé de la convaincre de lui tenir compagnie, mais elle lui avait jeté un regard glacial, estimant sans doute qu'elle était de descendance trop noble pour s'acoquiner avec un humain comme lui.

Subitement, la fée s'anima. Elle prit son envol avant même que Zevin réalise qu'elle avait enfin bougé. Un coup d'œil vers sa destination lui donna la raison de ce déplacement soudain : la lumière enveloppant Alix avait disparu. Sous les directives de la fée, les centaines d'insectes dorés s'éloignèrent rapidement et disparurent dans la pâleur de l'aube naissante, tel un essaim de feux follets. La petite créature se posa alors sur l'épaule d'Alix, examina la plaie nouvellement cicatrisée, puis, visiblement satisfaite, fit de même avec la large cicatrice de la cuisse. Ensuite, d'un battement d'ailes, elle s'élança pour faire du surplace au-dessus du jeune homme. Une pluie très fine de particules argentées tomba sur Alix avant que la fée quitte brusquement les lieux. Zevin en resta pantois.

Il fallut encore une heure au Cyldias pour qu'il reprenne contact avec la réalité. Il s'étira longuement et, l'air complètement hagard, détailla ses blessures avec un froncement de sourcils prononcé. Enfin, il jeta un œil autour de lui, découvrant Justin et Zevin qui attendaient patiemment. Sans même les saluer, il s'adressa au guérisseur :

– J'ai réussi cet exploit tout seul ou tu y es pour quelque chose ?

– Je n'y suis pour rien. C'est une fée qui a veillé à ce que le travail de guérison s'effectue comme il se doit.

Devant l'expression franchement ahurie d'Alix, Zevin éclata d'abord de rire, avant de relater tout ce qui s'était produit depuis son arrivée. Plusieurs fois au cours du récit, Alix hocha la tête, refusant de croire ce que son ami racontait.

Que faisait cette fée sur la Terre des Anciens, alors que son peuple avait suivi les elfes lors de la Grande Séparation ? Et depuis quand les fées se mêlaient-elles de la guérison des mortels ? Il avait entendu dire qu'autrefois leur communauté rendait d'incommensurables services aux Sages et aux Filles de Lune, mais cette époque était depuis longtemps révolue. Plongé dans ses pensées, la question de Zevin lui échappa.

– Qu'est-ce que tu dis ? se reprit-il.

Le guérisseur répéta :

– Il serait peut-être temps que tu nous mettes au courant de ce qui s'est passé pour que tu te retrouves en si mauvais état...

Alix relata sa rencontre avec le sorcier et les Ybis, de même que la perte de la précieuse carte. Il éprouvait un cuisant sentiment de défaite, même s'il devait s'estimer chanceux d'être encore en vie.

Tandis que les deux compagnons discutaient de la suite des événements, Justin réfléchissait à ce qu'il convenait de faire. Sa décision prise, il se lança :

– J'ai...

Mais il s'interrompit aussitôt, hésitant. Tournés vers lui, Alix et Zevin attendaient. Prenant une grande inspiration, Justin bredouilla :

– J'ai... Hum... Je ne vous ai pas... tout dit... concernant cette carte et mon grand-père...

D'un même mouvement, Alix et Zevin haussèrent les sourcils. Le jeune homme enchaîna :

– Je sais, j'aurais dû. Je croyais que ce ne serait pas nécessaire une fois que vous auriez la carte. Jamais je n'ai pensé que... Je ne voulais pas que...

Plus Justin parlait, plus il s'embrouillait. Pour sa part, Alix contenait difficilement sa colère. Il commençait à en avoir drôlement marre ! Il songea à appuyer sa main une nouvelle fois sur le front de Justin, pour recueillir tout ce qui pourrait lui être utile. « Ça vaudrait peut-être la peine d'essayer au lieu d'attendre bêtement que cet idiot fasse preuve de bonne volonté », supputa Alix.

– Mon grand-père a volé cette carte quand il était très jeune. Il en comprenait bien mal la valeur. Tout comme moi...

– Explique-toi, gronda Alix, lui accordant une dernière chance.

– Mon grand-père participait alors à une expédition dans les Terres Intérieures. Le seigneur qui l'avait recruté avait finalement opté pour un itinéraire différent de celui prévu. Il disait avoir reçu de nouvelles informations et désirait en profiter avant que d'autres ne le fassent. Ce changement ne plut pas à certains des hommes embauchés et plusieurs préférèrent ne pas partir. Mon grand-père jugea que ce ne pouvait qu'être une bonne chose d'avoir droit à du nouveau et il choisit de continuer. Les quelque deux cents hommes voyagèrent pendant plusieurs semaines. Ils ne croisèrent ni ne virent âme qui vive à partir du moment où ils traversèrent la frontière entre les territoires habités et les Terres Intérieures. Les hommes continuèrent pendant un mois encore. Sur leur route, point de champs de bataille, ni de squelettes d'humains ou d'êtres étranges. Le paysage était désolé, peu de végétation, les lacs étaient rares, au même titre que tout le reste. Dociles depuis le début, certains commencèrent à poser des questions devant ce voyage qui ne ressemblait en rien aux récits qu'ils avaient entendus avant le départ. Au début, le seigneur parla peu, se contentant de leur dire d'être patients, qu'ils ne seraient pas déçus. Mais les journées et les semaines s'écoulèrent sans que rien change et la patience des hommes atteignit sa limite. Plusieurs menacèrent de rebrousser chemin avec armes et bagages. Mon grand-père disait que, loin d'émouvoir le seigneur, ces menaces le faisaient sourire. Il répondait invariablement : « Ce n'est pas parce que nous n'avons rien vu à l'aller que vous ne verrez rien au retour. » La phrase suffisait à décourager même les plus braves qui savaient ne pas pouvoir faire face seuls.

Bras croisés, Alix commençait à pianoter des doigts sur ses coudes ; il trouvait que Justin prenait beaucoup de temps pour en venir au fait. Celui-ci dut saisir le message puisque son débit s'accéléra sensiblement.

– Une semaine plus tard, le seigneur recommanda aux hommes de se montrer plus prudents et de bien surveiller autour d'eux, surtout la nuit. Il n'en dit pas plus. La plupart en déduisirent qu'ils s'approchaient du but. La nuit suivante, alors que les tours de garde se faisaient à quatre au lieu de deux, un bruit terrifiant se fit entendre. Les hommes se réveillèrent en sursaut et ils tirèrent tous leur épée de leur fourreau. Cinq minutes plus tard, le malheur s'abattait sur eux. Sans lune, ils ne virent pas les créatures qui les attaquaient. Les hommes se battirent avec acharnement, mais ils n'étaient plus qu'une douzaine au petit jour. Le soleil se leva sur une scène de carnage atroce. Des centaines de corps jonchaient le sol, des cadavres appartenant en bien plus grand nombre aux humains qu'aux créatures qui les avaient attaqués : des... des...

– Des quoi ? vociféra Alix.

– Des sylphes et des sylphides, montant des mistrals.

Alix se passa la langue sur les lèvres, puis afficha une moue dubitative :

– Tu es certain que ton grand-père n'est pas resté plusieurs jours sous un soleil de plomb, d'où cette histoire abracadabrante ?

Surpris de la réaction de son ami, Zevin s'exclama :

– Si nous avons des différends avec les gnomes, qui habitent les entrailles de la Terre des Anciens, pourquoi ces hommes n'auraient-ils pas pu croiser des sylphes et des sylphides ?

Alix passa une main nerveuse dans ses cheveux, se demandant s'il valait vraiment la peine d'interrompre le trop long récit de Justin pour leur expliquer quelque chose qu'ils avaient toutes les chances de vouloir ensuite oublier.

– Les élémentaux de l'air, au contraire des gnomes, ne cherchent pas à dominer pour se venger de la race humaine. Avec les glyphes – élémentaux des eaux –, ils sont la moitié pacifique des éléments. On ne les voit jamais et ils ne s'abaissent à des pratiques guerrières qu'en cas d'absolue nécessité. Depuis la mort de Darius, il est très rarement fait mention d'une apparition de leur part. Ils préfèrent veiller sur l'élément qu'ils régissent dans l'ombre, loin des guerres de pouvoir. Ils étaient autrefois fidèles à Darius. Comme il n'y a aucune créature, à ma connaissance, qui leur ressemble, il me semble fort peu probable que cette histoire ait un fondement...

– Peut-être que si je pouvais finir mon histoire, vous y verriez un *fondement,* comme vous le dites si bien, répliqua Justin d'une voix où sourdait une colère naissante.

D'un geste, Alix lui signifia de se hâter s'il désirait être écouté jusqu'au bout.

– La douzaine d'hommes laissés pour morts firent caucus. Parmi eux, le seigneur qui les avait entraînés dans cette expédition meurtrière. Contre toute attente, il ne pleurait pas la perte de tant de vies humaines, il jubilait. Il ne cessait de répéter que ça ne voulait dire qu'une chose : ils étaient tout près du but. Les survivants qui avaient tous perdu des amis dans cette bataille manifestèrent bruyamment leur rage devant ce manque d'empathie et exigèrent de savoir enfin ce qui justifiait la perte d'autant de vies. Le seigneur ricana avant d'annoncer qu'il cherchait l'emplacement de Ramchad...

— La cité dédiée à Darius sans son consentement ! s'exclama Alix. C'est une légende...

— Qu'est-ce encore que cette histoire ? maugréa Zevin. Comme si on n'avait pas assez de légendes dans ce monde de fous, il faut...

— Tu veux bien arrêter de te plaindre ! siffla Alix, excédé. Tu ne connais pas encore le dixième des légendes de la Terre des Anciens ! La légende de Ramchad date de l'époque de Darius ; il est dit que des êtres d'un nombre incalculable d'espèces se sont réunis quelque part aux confins des Terres Intérieures pour y bâtir une cité en hommage au grand Sage qui ne souhaitait que la paix. Ils y bâtirent des maisons, une immense bibliothèque, de même qu'un temple en son honneur où les habitants pourraient rendre grâce à celui qu'ils percevaient comme un dieu. Mis au fait de la situation, Darius piqua une sainte colère en grondant que personne ne se substituait aux dieux, pas même lui, et qu'il ne voulait surtout pas être associé à quelque culte que ce soit. Il souhaitait voir les peuples vivre en harmonie, rien de plus. Il exigea que l'on détruise la ville. Certains disent qu'il fut exaucé, d'autres affirment qu'il n'en fut rien. Quoi qu'il en soit, bien peu se sont vantés d'y avoir un jour mis les pieds.

— Eh bien, mon grand-père y est allé, lui ! jubila Justin. C'est de Ramchad qu'il a rapporté la carte des Terres Intérieures. Il racontait l'avoir prise des mains de l'un de ses compagnons mourants. Ils ne furent que deux à revenir, puisque tous ceux qui avaient pénétré dans le temple moururent sur place sans raison apparente. L'endroit est une ville fantôme ; plus personne n'y habite depuis des siècles.

Alix n'était guère plus avancé, contrairement à ce que semblait croire Justin. Que des histoires rapportées par un grand-père à son petit-fils pour le divertir. Il s'apprêtait à donner le signal du départ pour Nasaq quand Justin sortit la preuve que le Cyldias attendait. Du collet de sa chemise, il tira une chaînette argentée à laquelle pendaient trois petites breloques.

– Peut-être serez-vous plus enclin à me croire après avoir vu ceci, ronchonna Justin en tendant le bijou.

À l'instant même où les objets touchaient la main d'Alix, ils s'éclairèrent chacun d'une couleur propre. Justin eut un hoquet de surprise tandis qu'Alix et Zevin plissaient les yeux.

– Mais ça n'a jamais fait ça avant ! s'exclama Justin.

Alix resta muet. Penché sur sa paume ouverte, il réfléchissait intensément. Il y avait une petite clé enveloppée de bleu, une représentation maintenant blanchâtre d'un mistral, le cheval ailé des élémentaux de l'air – sculptée dans une pierre inconnue et sertie d'obsidienne à la place des yeux –, et une pièce de monnaie à l'effigie de Darius. Celle-ci brillait d'une aura jaunâtre. Sans prévenir, il lança la chaînette à Zevin, qui l'attrapa au vol. Du coup, le collier perdit tout éclat. Alix fit signe à Zevin de le lui renvoyer. Sitôt en possession du Cyldias, les breloques reprirent leur teinte lumineuse.

– Selon grand-père, ces objets étaient soit des clés pour accéder à la connaissance absolue, soit des indices menant à ces clés. Il vaudrait donc mieux que vous les gardiez, suggéra Justin. De toute façon, je ne me sens pas de taille à les porter, encore moins depuis que je sais quel genre d'individus pourraient avoir envie de mettre la main dessus.

Le jeune homme songeait probablement au sorcier et aux Ybis qui l'accompagnaient. D'un signe de tête, Alix accepta le présent. Il n'était cependant pas au bout de ses surprises alors que Justin lui faisait une ultime révélation.

– Grand-père disait que la pièce de monnaie conduirait irrémédiablement un porteur digne de ce nom vers la cité qui l'avait créée, Ramchad...

*   *

*

De retour chez Dame Frénégonde, Alix disparut immédiatement après s'être rassasié. Il gagna son repaire pour communiquer avec Foch, lui demandant une rencontre. Le vieil homme arriva presque aussitôt. Au cours des heures qui suivirent, ils se firent le récit des événements des derniers jours, émettant des hypothèses, examinant les breloques du pendentif, maugréant devant la complexité de tout cela. Finalement, il fut convenu que Foch et Wandéline continueraient les recherches et la préparation de la potion de Vidas pendant qu'Alix irait à la rescousse de Naïla, quitte à y laisser sa peau.

– Wandéline tente de la repérer une nouvelle fois. Par le truchement d'une potion, elle suivra ensuite son évolution pour choisir le moment propice. Naïla ne doit pas avoir plus de huit mois de grossesse, ni moins de sept. C'est le délai idéal, compte tenu du temps qu'il te faudra pour la ramener à la pierre et pour faire face aux imprévus, le cas échéant. Il faut que Naïla soit sur Mésa au moins trois semaines avant la naissance.

– Pourquoi Wandéline accepte-t-elle de m'aider ? s'enquit Alix avec à-propos.

– Sa volonté de détruire Mélijna est plus forte que sa rancune, et c'est tant mieux. Cette guerre ridicule entre vous n'a que trop duré.

331

Alix ne croyait cette explication qu'à demi. Une sorcière comme Wandéline, même si elle était une Fille de Lune déchue et qu'on lui avait retiré son droit de voyager, avait des ressources cachées, Alix en aurait juré. Qu'elle demande l'aide d'un homme qu'elle ne pouvait voir en peinture lui mettait la puce à l'oreille. Et son intuition le trompait rarement.

– Pourquoi ne peux-tu pas simplement croire qu'elle a changé ? demanda Foch, qui, de toute évidence, avait compris l'hésitation du jeune homme.

– Parce que, dans son essence même, Wandéline ne change pas, déclara Alix, lugubre. Il n'y a que ses allégeances qui changent, pas ce qu'elle est. Elle n'a toujours servi qu'elle-même et ça, c'est immuable... Quoi que vous puissiez en penser...

*   *
*

Comme convenu, Madox conduisit Maëlle au pied de la Montagne aux Sacrifices, avant de disparaître. La Fille de Lune fit le reste du voyage en compagnie des Chinorks, qui veillèrent sur elle jusqu'à ce qu'elle ressorte de la grotte, après la passation des pouvoirs. Comparée à Naïla, la jeune femme avait bien peu de dons exceptionnels et ne pourrait rendre que des services limités. Yodlas l'avait compris à son contact prolongé. Mais c'était tout de même mieux que pas de Fille de Lune du tout. Après son assermentation, Maëlle put rentrer seule chez Morgana.

*   *
*

Dans les caves du château de Canac, Mélijna explosa littéralement de rage lorsque la Fille de Lune nouvellement assermentée lui glissa entre les doigts pour la seconde fois. des

Dès que Maëlle avait quitté magiquement la montagne, la sorcière avait perdu sa trace et était une fois de plus contrainte d'attendre sa prochaine apparition. Étrangement, elle était convaincue que celle-ci ne tarderait pas...

*   *

*

Trois semaines furent nécessaires à Alix pour apprendre le peu que Foch et Wandéline savaient de Brume. De tous les mondes qui composaient l'univers de Darius, Brume était le plus méconnu des Sages et des érudits. Il n'était pas un prolongement de la Terre des Anciens, mais bien une entité à part entière qui existait longtemps avant que Darius ne crée les cinq autres mondes. Bien qu'il doive partir avec un bagage de connaissances extrêmement réduit, ce n'est pas ce qui inquiétait le plus Alix. Il redoutait bien davantage son prochain face-à-face avec Naïla. Il n'arrivait toujours pas à faire la part des choses la concernant, ni à cerner ses sentiments par rapport à elle et sa mission. En compagnie de Zevin, Alix s'était aussi entraîné avec acharnement, voyant et revoyant des centaines de fois des techniques de combat qu'il connaissait pourtant par cœur. Il voulait être prêt à toute éventualité. Pour ce qui était de l'usage de la magie, Foch et Wandéline n'avaient eu d'autre choix que d'avouer leur ignorance. Ni l'un ni l'autre n'avait jamais mis les pieds sur Brume. En temps normal, la magie des Filles de Lune assermentées demeurait intacte si elles avaient déjà enfanté, mais celle d'un Être d'Exception comme Alix ? Mystère ! Alix avait vu Wandéline à deux reprises au cours de ces trois semaines et, chaque fois, l'échange avait été bref et glacial, au grand dam de Foch qui espérait toujours un rapprochement. Deux jours avant de partir, Alix fit un saut à son domaine pour régler quelques détails. Selon l'intendant, sa femme n'y avait pas été vue depuis plus d'un mois. Alix s'en fichait comme d'une guigne ! Le Cyldias s'assura que tout continuerait de bien fonctionner malgré son absence qui risquait de s'éterniser. Il réservait sa dernière soirée à Zevin, pour discuter enfin de ce qui s'était passé sur les rives de l'Anguirion.

Quant à Justin, il avait regagné sa demeure deux jours plus tôt, en même temps que Sacha, qui avait repris des forces. Wandéline avait jugé que Mélijna ne représentait plus un réel danger.

*   *
*

La veille du départ, dès le lever du jour, Alix et Foch se rendirent magiquement en bordure de la forêt qui cachait le lac et le passage pour Mésa. Comme Alix était déjà allé assez près de l'endroit par le passé, les deux hommes n'eurent pas à marcher plus de quelques heures avant d'arriver à destination. En amenant Alix maintenant, Foch savait que le Cyldias et sa protégée n'auraient qu'à s'y rendre directement dès leur retour de Brume – si Alix revenait jamais. Bien que confiant, il arrivait à l'hybride de se demander si son protégé d'antan réussirait pareil tour de force. Le passé ne jouait guère en sa faveur puisque bien peu d'hommes, au cours des siècles, avaient réussi une mission de ce genre sans y laisser la santé, la raison ou la vie.

De retour près de la cabane de Wandéline, les deux hommes discutaient des derniers détails avec Zevin quand Alix reçut une communication de la part de Morgana. Il était impératif qu'elle le voie avant son départ.

*   *
*

Sur le palier rocheux à l'entrée de son repaire, la Recluse attendait impatiemment la venue d'Alix. Wandéline l'avait mise au courant du départ imminent de l'Être d'Exception.

334

Par contre, ce n'est pas de son voyage que Morgana voulait l'entretenir, car elle ne croyait pas pouvoir lui être d'une quelconque utilité. Comme tous les érudits de la Terre des Anciens, elle savait bien peu de choses sur Brume et sûrement rien qui pourrait changer le cours des événements. Il était cependant nécessaire qu'elle discute avec Alix du talisman que Naïla devrait rapidement trouver. Les dernières semaines avaient été riches en rebondissements à ce sujet. Morgana et Maëlle avaient beaucoup progressé et s'étaient rapprochées du but autant que possible. C'était maintenant à la Fille de Lune maudite de terminer le travail, avec l'aide de son Cyldias.

Perdue dans ses pensées, la magicienne n'entendit pas le jeune homme, mais elle perçut son approche, ses sens étant constamment en alerte même quand son esprit vagabondait. Elle l'accueillit avec un plaisir manifeste.

*   *

*

Maëlle avait reçu l'ordre de ne pas se montrer au jeune homme qui rendrait visite à Morgana. Tant que la chose serait possible, Morgana désirait que la présence d'une autre Fille de Lune sur la Terre des Anciens reste secrète, ne serait-ce que pour lui sauver la vie tout simplement. Tant et aussi longtemps que Maëlle ne quittait pas la montagne de sa protectrice, personne ne pouvait déceler sa présence.

Curieuse, la jeune femme fit des pieds et des mains afin de voir le visiteur sans être vue. Elle se prit ensuite à rêver d'avoir elle aussi, un jour prochain, un Cyldias comme celui-là. Ce qu'elle avait entendu à son sujet ne pouvait que l'inciter à entretenir cet espoir...

*   *

*

– Vous avez retrouvé le talisman de Maxandre !

Franchement surpris, Alix regardait Morgana avec une incrédulité non feinte. Jamais il n'aurait cru que la vie lui ferait pareil cadeau. Morgana esquissa un demi-sourire avant de tempérer la réaction du jeune homme.

– J'ai dit que nous avions retrouvé sa trace. Pour ce qui est du talisman lui-même, j'ai bien peur que la seule personne capable de le récupérer définitivement ne soit Naïla. Et ce ne sera pas une partie de plaisir...

– Où est-il ? s'enquit Alix.

– Un Sage effronté, qui ne semble pas avoir saisi l'importance de ce talisman, a décidé de l'envoyer attendre dans le néant des passages.

Alix fronça les sourcils, espérant avoir mal compris.

– C'est Kaïn, n'est-ce pas ? C'est lui qui a commis la bêtise de perdre cet objet précieux que je vais maintenant devoir récupérer au péril de ma vie...

Signe de tête affirmatif de Morgana.

– Il appert effectivement que ce Sage légendaire ait réussi à sortir de sa prison pour se cacher quelque part sur la Terre des Anciens. Depuis combien de temps ? Je l'ignore. Nous ne pouvons qu'émettre des suppositions en ce qui le concerne. Je serais également bien embêtée de t'expliquer pourquoi il a fait une chose comme celle-là, alors qu'il devait parfaitement savoir ce que renfermait ce pendentif. De toute façon, ça ne change rien au résultat : il faut maintenant réparer les dégâts avant qu'ils ne s'aggravent. Ce qui risque malheureusement de se produire dans un avenir très rapproché.

– Parce qu'il a utilisé un sortilège d'oblitération...

Nouveau signe de tête affirmatif de Morgana.

– Considérant la puissance de cet hybride, le talisman peut rester suspendu très longtemps dans l'espace-temps, mais pas indéfiniment. La seule chose dont je suis certaine, c'est que ce précieux bijou existe toujours.

– Comment savez-vous tout ça ? demanda Alix, à la fois curieux et perplexe.

– Ce serait beaucoup trop long à t'expliquer pour le temps dont nous disposons, Alix de Bronan.

Morgana aimait cette appellation ; elle lui redonnait foi en l'avenir.

– Je te dirai seulement ce qui est essentiel à ton départ.

La Recluse détacha le lacet de cuir qui pendait à son cou puis le tendit à Alix. Ce dernier écarquilla les yeux et s'apprêtait à parler quand la magicienne précisa :

– Ce n'est pas l'original, ce n'est qu'une copie d'excellente qualité. C'est une création d'Alana pour contrebalancer les agissements de Kaïn. Il te faudra la remettre à Naïla avant qu'elle revienne sur la Terre des Anciens. Seule la personne qui possède cette copie pourra espérer retrouver l'original.

– Ce que je sais des traversées ne me donne pas l'impression qu'un être, aussi puissant soit-il, ait beaucoup de temps pour tenter d'y trouver quelque chose.

– Je sais, soupira Morgana, mais c'est dans l'espace-temps des passages que le talisman attend et pas ailleurs. Jamais il n'en sortira autrement que par la main d'un voyageur.

Après une courte pause, la Recluse murmura, comme si tout était de sa faute :

– Je suis désolée...

Alix eut un soupir, s'accompagnant d'un haussement d'épaules.

– Vous n'y êtes pour rien, Morgana, et vous le savez très bien. Souhaitez-moi simplement bonne chance...

– Oh ! Sois assuré que je ne ferai que ça, et ce, jusqu'à ce que vous soyez revenus tous les deux sains et saufs...

Quelques minutes plus tard, Alix quitta la montagne pour se rendre dans son repaire où il prévoyait s'entretenir avec Zevin puis s'offrir une dernière nuit de repos avant le grand départ.

La Recluse rentra chez elle en chuchotant :

– Si vous revenez jamais...

*   *
*

Bien installé à l'abri des oreilles indiscrètes, Alix discuta avec Zevin de son absence prolongée. Le guérisseur lui expliqua qu'il avait été conduit sur les rives de l'Anguirion par la magie d'un vieil homme. Ce dernier avait perçu la puissante aura curative de Zevin dès son arrivée à Nasaq et avait décidé d'en tirer parti. Il s'appelait Laurain et sa petite-fille, Molly, était gravement malade. Bien que les pouvoirs de l'homme soient grands, il était dans l'incapacité de guérir lui-même sa descendance.

Zevin relata ensuite son séjour là-bas. Chaque jour, le guérisseur s'était rendu au chevet de la jeune fille de treize ans, atteinte d'un mal dont il ignorait la source. Il avait donc travaillé sans repère, suivant son intuition. Il vérifiait chaque matin l'état de sa patiente, lui faisait boire quelques potions de son cru puis l'enveloppait d'un étrange éclat jaunâtre. Curieusement, l'aura gagnait chaque jour en opacité alors que Zevin sentait une nouvelle force s'insinuer en lui. À plus d'une reprise, le jeune homme avait suivi son instinct pour concocter des tisanes inédites, pour s'étonner aussitôt de leurs vertus particulières. Il ne pouvait expliquer ce qui s'était passé exactement dans cette demeure, mais il pouvait certifier à Alix que ses pouvoirs avaient décuplé.

– J'avais parfois l'impression que cette adolescente me transmettait une partie de ce qu'elle était tout en s'appropriant une part de moi. Comme si nous procédions à un échange doublement bénéfique. Et ce n'est pas tout. J'ai longuement discuté avec Laurain. Je lui ai demandé comment il était devenu si puissant et pourquoi il n'utilisait pas sa magie pour aider la Terre des Anciens à revivre. Il m'a alors avoué avoir déjà rêvé de gloire et de richesse, dans sa lointaine jeunesse, et même avoir tenté de retrouver les fameux trônes mythiques. Il a toutefois refusé de s'ouvrir sur sa quête, si ce n'est pour me dire qu'il avait été fort déçu par ce qu'il avait découvert. Il m'a aussi beaucoup parlé de sa désillusion face à la Quintius – à laquelle appartient son fils – et de ses espoirs de voir cette organisation s'éteindre. Il faudrait que tu le rencontres quand tu reviendras, conclut Zevin. Je pense qu'il pourrait nous aider à retrouver les enfants magiques que la Quintius fait disparaître depuis des années.

– Si je reviens, répondit Alix, laconique.

*   *

*

Alix s'éveilla en sursaut dès les premières lueurs de l'aube. Fidèle à ses habitudes, sa nuit avait été peuplée de cauchemars. Seule différence notable, les êtres n'étaient plus des créatures de races multiples, mais des humains qui le poursuivaient sans cesse en l'injuriant, menaçant de le tuer s'il ne retournait pas au plus vite en enfer – endroit d'où ils le croyaient tout droit sorti. Alix espérait que ce n'était pas un prélude à ce qui l'attendait de l'autre côté de la frontière.

En bâillant, il dissimula tant bien que mal, sous sa chemise, les deux colliers qu'il devait maintenant porter jour et nuit. Il aurait pu laisser celui que Justin lui avait confié aux bons soins de Foch, mais il n'en avait pas eu le courage. Il craignait non seulement que ce présent cause de graves ennuis à son vieil ami, mais aussi d'en avoir besoin – Dieu sait pourquoi – au cours de son voyage. Les trois breloques avaient cessé de scintiller en permanence au contact de sa peau, mais elles continuaient de s'illuminer si Alix les prenait dans sa main. Il aurait aimé avoir plus de temps à consacrer à ses récentes découvertes, mais ce n'était plus possible. L'image de la Fille de Lune perdue sur Brume le hantait au point de le rendre fou.

Une petite voix lui chuchota alors qu'il pouvait créer une cellule temporelle, le temps de faire le point, mais Alix la fit taire. La nuit qui avait succédé à la création de sa dernière cellule temporelle, le jeune homme avait fait un rêve particulièrement troublant, qui refusait maintenant de s'estomper de sa mémoire. Il avait rêvé de sa rencontre avec la victime de ses utilisations délinquantes des cellules temporelles. Elle disait, comme l'avait déjà mentionné la femme de ses songes, être sa propre sœur...

*   *

*

Sur Bronan, accoudée à la barrière d'un enclos à chevaux, une jeune fille de dix-sept ans contemplait sans le voir le

340

paysage qui s'étendait au loin. Elle était de plus en plus triste, mais elle ne parvenait pas à comprendre pourquoi. Ou plutôt si, mais elle refusait de croire que c'était ce qui la rendait nostalgique. Depuis un certain temps, elle ne faisait plus la moindre crise, ne se réveillait plus en sueur au beau milieu de la nuit la tête remplie d'horreurs sans nom, ne pleurait plus dès qu'elle devait se mettre au lit et, surtout, elle ne s'évanouissait plus à tout moment, sans raison. Sa mère s'était réjouie de cet intermède particulièrement long, espérant que c'était le début d'un renouveau. Contre toute attente, Delphie se rendait compte qu'elle ne voulait pas devenir comme tout le monde, qu'elle ne voulait pas être normale. Depuis toujours, la jeune femme en devenir était convaincue que tout ce qu'elle vivait avait sa raison d'être et ne devait surtout pas s'arrêter. Elle ne pouvait s'empêcher de croire que sa « guérison » était un très mauvais présage.

Sous prétexte qu'elle était de constitution fragile, sa mère lui avait toujours interdit de quitter les limites du domaine. Elle avait appris à lire et à écrire, de même qu'à compter et maîtriser différentes langues. Par contre, elle ne pouvait participer à aucune tâche physique.

La jeune femme savait qu'un village pas très lointain était habité par une très forte concentration d'érudits et d'êtres que son père qualifiait de « spéciaux ». Récemment, Delphie avait commencé à trouver le confinement dans lequel on la gardait pour le moins étrange. Elle songea qu'il était peut-être temps de désobéir aux diktats parentaux...

*   *
*

Vers la fin de la journée, Alix atteignit la pierre. Les passages vers Brume, contrairement à ceux conduisant aux cinq autres mondes, ne fonctionnaient parfaitement que la nuit. Il voulait y être avant tout le monde, pour se donner une contenance et réfléchir. Sur place, il contempla longuement la pierre maudite, se demandant comment lui, Alix de Bronan, pourrait voyager à travers le temps et l'espace sans subir le moindre dommage...

Tandis qu'Alix regardait les eaux suivre le courant depuis trop longtemps déjà, Zevin et Foch firent leur apparition. Les mines étaient sombres ; personne n'avait le cœur à rire. Rien ne garantissait la réussite de cette aventure, surtout pour un homme. La suprématie des voyages appartenait depuis toujours aux Filles de Lune, rarement à d'autres, aussi exceptionnels fussent-ils. Alix n'avait pas la marque des voyageurs masculins – une tache de naissance en forme de croissant de lune. Par contre, il était originaire de Bronan et enfant mystique des Édnés. Mais serait-ce suffisant ?

Quelques minutes passèrent en silence. Puis...

– Bon, je crois qu'il est temps.

Alix consulta une dernière fois le parchemin concernant les signes à tracer pour arriver à la bonne époque, s'assurant de ne pas s'être trompé. Puis il formula sa demande dans le langage des Filles de Lune. Enfin, après un ultime regard à Foch et Zevin, il tendit la main vers la pierre et se volatilisa.

– Qu'Alana veille sur lui, murmura Foch avant de partir à son tour, accompagné de Zevin.

*   *

*

Invisible, Roderick avait regardé partir son fils. Il devait maintenant attendre qu'Alexis lui ramène la Fille de Lune. L'étape suivante consisterait à tuer la jeune femme dès qu'elle aurait accouché, sachant qu'Alexis mourrait aussi puisqu'il était son Cyldias. De cette façon, Roderick s'approprierait les extraordinaires pouvoirs qui sommeillaient en son fils depuis sa naissance sans avoir à lever la main sur lui. Après quoi, il se débarrasserait de Saül puis repartirait à la conquête du trône d'Ulphydius. Un sourire de satisfaction aux lèvres, Roderick disparut ; il allait suivre les progrès de son autre fils en attendant...

*   *
*

Aspiré par le néant, Alix se sentit tomber de plus en plus vite. Il n'aimait pas du tout cette sensation de ne plus être maître de sa vie et de ses actes. L'impression de lourdeur sur ses épaules devint rapidement oppressante et il eut soudain un haut-le-cœur. Il voulut fermer les yeux, mais quelque chose attira son regard alors même qu'un des pendentifs sur sa poitrine – il aurait été bien embêté de dire lequel – lui occasionnait une pénible sensation de brûlure. Surpris, il constata qu'un objet flottait dans l'espace autour de lui, à quelques mètres. Plissant les yeux pour mieux voir, Alix n'eut que le temps de réaliser que c'était le talisman de Maxandre, avant de perdre connaissance, terrassé par la pression de l'air toujours plus forte...

31

L'heure des choix

— Agnès, s'il te plaît, regarde-moi...

Comme une supplique, je répétais cette demande depuis deux jours déjà. Dans son lit, la fillette refusait toujours de tourner la tête vers moi, fixant le mur avec obstination. Elle me boudait et je la comprenais ; je lui avais expliqué que je devrais bientôt partir. Comme la nature qui renaissait très lentement en cette fin de mars, la petite allait un peu mieux depuis quelques jours. J'en avais donc profité pour lui parler. Je ne voulais pas la quitter sans rien dire, j'avais trop peur qu'elle se laisse ensuite dépérir. Mal m'en prit.

— Je n'ai pas le choix, plaidai-je d'une voix douce pour la millième fois au moins. Je...

Ma tête s'emplit subitement d'un vacarme assourdissant et mes bras se couvrirent de chair de poule. D'instinct, je portai les mains à mes oreilles et sortis précipitamment à l'extérieur. Les yeux fermés, j'attendis alors que les résonnances s'estompent, mais elles furent remplacées par des hurlements de douleur et des cris de rage émis par une voix que j'aurais reconnue entre mille, celle d'Alix.

– Qu'est-ce que ça veut dire ? murmurai-je quand la tempête se calma enfin.

Une peur viscérale me submergea. J'étais certaine que mon Cyldias venait de mourir. À mes yeux, il n'y avait que ça qui puisse justifier cette soudaine activité dans mon crâne. Mes yeux se remplirent de larmes et je m'effondrai sur le sol encore enneigé. Si Alix était mort, il ne restait plus personne pour venir à ma rescousse, personne d'assez fou pour accepter de veiller sur moi si je revenais un jour de l'autre côté – lui-même ne le faisait que par obligation. J'allais devoir me débrouiller seule et cette pensée m'emplit d'horreur. Je réalisai alors pleinement à quel point j'avais toujours été convaincue, au cours des longs mois passés ici, que le jour viendrait où Alix apparaîtrait, tout simplement, pour me sortir de mon bourbier.

Marie accourut et m'aida à me relever. Croyant que les contractions, prélude à l'accouchement, avaient fait leur apparition plus tôt que prévu, elle ne me demanda même pas ce qui se passait. Je lui en fus reconnaissante au centuple. Je ne la détrompai surtout pas et rentrai m'allonger. Je ne trouvai malheureusement pas le repos, des images horribles défilant dans ma tête en continu, me montrant des dizaines de façons de mourir dans la douleur, comme une plainte lancinante. Je pleurai longtemps de désespoir, incapable de retenir le flot de mes larmes, témoin silencieux de mon mal de vivre.

*   *

*

Sur le rivage du Saint-Laurent, s'abritant tant bien que mal du vent glacial qui soufflait du large en rafales, Alix tentait de se réchauffer et de guérir les blessures qu'il s'était infligées en se retrouvant coincé parmi les plaques de glace, à son arrivée sur Brume. Mais ses pouvoirs refusaient de fonctionner correctement. Il avait beau savoir que cela risquait de se produire, il n'en éprouvait pas moins une rage incontrôlable. Comment réussirait-il à ramener Naïla dans un délai raisonnable, s'il ne pouvait pas user de ses pleins pouvoirs ? Autant rebrousser chemin tout de suite, au lieu de courir vers l'échec.

Fulminant, il refit une tentative, mais le feu magique refusait obstinément de s'allumer. Alix se passa une main dans les cheveux en vociférant. Il essaya ensuite de se créer un cocon de chaleur, technique qu'il utilisait souvent pour se réchauffer sans avoir recours au feu. Mais cela ne fonctionna pas davantage. Il n'allait tout de même pas mourir bêtement sur cette étendue gelée ! Pas après avoir survécu à cette traversée démentielle. Quelle ironie !

Un bref survol de sa situation lui fit pourtant craindre le pire. Ses vêtements mouillés lui collaient à la peau, sa couverture était détrempée et du sang s'échappait en larges filets des coupures qu'il avait sur le corps. Ses doigts gourds menaçaient de ne bientôt plus obéir, à l'image de la rigidité qui s'installait lentement dans ses membres inférieurs. Il eut beau réfléchir sans relâche, son calvaire lui paraissait sans issue. Une heure plus tard, il sombra dans un profond sommeil, qui s'apparentait davantage à un coma. Sa dernière pensée consciente fut pour la Fille de Lune qu'il était venu chercher. Il doutait qu'elle puisse jamais revenir sans son aide.

*   *

*

Une nouvelle vague de douleur m'envahit tandis que je contemplais bêtement le toit de poutres au-dessus de ma tête. J'eus l'impression que des dizaines de lames de couteau pénétraient lentement dans ma peau et que mes membres perdaient à jamais toute mobilité. Je ne pus retenir un cri tandis que le mal prenait de plus en plus de place. Marie accourut à mon chevet une fois de plus, croyant toujours au début du travail d'accouchement. Là encore, je ne la détrompai pas. Je n'avais pas d'autre justification. Moi-même, je cherchais à comprendre ce qui se passait...

* *
*

Dans sa grotte, Solianne avait ressenti la traversée de son fils vers Brume, puis la douleur et la désillusion qui l'avaient suivie. Elle n'avait pas tardé à mettre en branle les actions nécessaires pour ne pas voir mourir prématurément celui qui était destiné à rétablir l'équilibre sur la Terre des Anciens. Gontran ne s'opposa pas à ce que sa maîtresse lui prélève encore une fois une bonne quantité de sang. Il semblait comprendre que c'était une question de vie ou de mort. La mère d'Alix s'enferma ensuite dans une cellule temporelle – pour sa part, elle savait pertinemment à qui nuisait son utilisation inconsidérée du temps et elle s'en fichait éperdument, en éprouvant même un certain plaisir. Pendant trois jours, elle travailla sans relâche à concevoir la formule qui permettrait à son fils d'avoir le plein contrôle de sa magie, même lorsqu'il était ailleurs que sur la Terre des Anciens, privilège habituellement réservé aux Sages et aux Filles de Lune. S'il était venu sur Bronan avant d'aller sur Brume ou si sa transformation avait pu s'effectuer en entier avant son voyage, il n'aurait pas ce problème aujourd'hui...

* *
*

Kaïn n'avait, lui aussi, rien manqué de la traversée et de la détresse d'Alix. Mais contrairement à Solianne, il tergiversait encore. Même s'il savait que sa fille ne pourrait jamais se débrouiller sans son Cyldias dans le monde élargi de Darius, il n'arrivait pas à se faire une opinion claire sur le jeune homme, ce qui le dérangeait au plus haut point. Il avait souvent l'impression d'être en compétition avec Alix et il comprenait mal pourquoi il se sentait ainsi. Il est vrai que le passé de cet Être d'Exception était trouble et beaucoup trop de questions restaient en suspens pour que l'on puisse lui faire confiance d'emblée.

Comme chaque fois que la question d'Alix se posait, ce fut l'image de Naïla qui s'imposa finalement à l'esprit du Sage, faisant pencher la balance en faveur du Cyldias. Pour la survie de la jeune femme, Kaïn entreprit de redonner les forces nécessaires au jeune homme afin qu'il puisse mener à bien sa mission sur les terres de Brume.

*   *

*

Solianne et Kaïn ignoraient qu'ils s'apprêtaient à venir en aide à Alix en même temps. Les effets combinés de leurs efforts eurent un résultat inattendu qui approfondit le coma d'Alix de façon quasi irréversible. Les formules que le Sage et l'Édnée employèrent en même temps étaient incompatibles et le corps déjà en transformation du Cyldias rejeta d'abord en bloc l'apport magique qui franchit la frontière du temps et de l'espace. Toutefois, les pouvoirs en cause étaient si puissants qu'ils s'imposèrent et furent finalement absorbés par un corps affaibli et trop mal en point pour les assimiler correctement. Une chrysalide se forma instantanément autour d'Alix et se fondit dans le paysage, empêchant quiconque de le voir et préservant le corps et l'esprit intact – à l'image des trois Sages qu'Ulphydius avait autrefois enfermés dans des cages de verre – dans l'attente de la délivrance. Il n'y avait qu'une seule bonne nouvelle dans cet événement contraire à toutes les espérances : la présence simultanée d'une Fille de Lune et de son Cyldias dans un monde autre que celui des Anciens.

Parce qu'ils percevaient toujours la détresse du jeune homme, Solianne et Kaïn crurent avoir échoué dans leur tentative. Si le deuxième ne réitéra pas son essai, convaincu qu'il ne fonctionnerait pas davantage, la première fit une nouvelle tentative, conservant l'espoir de sauver son fils. Elle ne fut pas déçue en recevant la confirmation que sa magie avait bel et bien trouvé preneur sur les terres de Brume. Elle ne pouvait cependant pas deviner que ce n'était pas Alix qui avait reçu l'immense charge de pouvoirs, mais Naïla, qui faillit en mourir...

*   *

*

Quelques minutes à peine après que j'eus ressenti la deuxième vague de douleur, une troisième me heurta avec une telle force que je me recroquevillai en hurlant. C'était comme si j'avais reçu une immense décharge électrique en pleine poitrine. Je sentis alors une intense chaleur se répandre en moi, comme si le feu me dévorait. Mon ventre se contracta et les fœtus se mirent à bouger avec encore plus de vigueur. Mais qu'est-ce qui m'arrivait ?

Dans les heures qui suivirent, la fièvre s'empara de moi et mes Âmes régénératrices, que je sentais à l'œuvre pour la première fois depuis mon arrivée sur Brume, ne purent en venir à bout. Marie n'eut de cesse de me couvrir le front de compresses froides, voire glaciales, mais la fièvre ne céda pas d'un iota. Je sombrai alors dans le délire. Je sus par la suite que j'appelais Alix et ma mère à ma rescousse, des noms inconnus pour ceux qui m'hébergeaient. Des images s'imposaient à mon esprit avec force. L'homme qu'Alix avait appelé Kaïn hantait maintenant mon âme de façon continue, comme s'il ne voulait plus jamais que je l'oublie. Une étrange hybride fit également son apparition. J'eus l'impression qu'elle était un curieux mélange entre un dragon et une humaine ; ses membres couverts d'écailles se terminaient par des griffes et de grandes ailes étaient repliées dans son dos. Elle avait de longs cheveux noirs et des yeux en tous points semblables à ceux d'Alix si ce n'est les nuances de couleurs. Elle était toujours accompagnée d'un immense dragon, couché à ses pieds...

*   *

*

Lorsque Alix reprit conscience, il comprit rapidement qu'il était prisonnier d'une masse identique à celles qui renfermaient encore, des siècles après leur création, deux des trois Sages de l'époque de Darius. Comment était-ce possible ? Le jeune homme avait envie de crier sa colère, de frapper, de hurler à n'en plus finir, de maudire tous les dieux de ce monde ou d'un autre, mais il ne put rien faire. Rien d'autre que réfléchir. Il ne pouvait même pas ouvrir les yeux puisque ceux-ci étaient fermés au moment où ce sortilège archaïque l'avait frappé. Il ne pouvait donc rien voir de son environnement, ne pourrait probablement plus ressentir aucune présence, ni communiquer par télépathie avec qui que ce soit. Bien à l'abri du passage du temps ainsi que des aléas de la nature et de la vie, il ne lui restait plus qu'à attendre une délivrance qui, sur les terres de Brume, pourrait bien ne jamais venir...

*   *

*

Trois jours de fièvre intense faillirent avoir raison de ma petite personne. Dans de brefs éclairs de lucidité, il m'arriva d'espérer accoucher d'enfants mort-nés, à cause de la fièvre justement. Voilà qui aurait été une belle vengeance sur le sire de Canac et sa maudite sorcière que de ne pas enfanter ces monstres qu'ils attendaient avec tellement d'impatience. Je n'eus pas cette chance, mais je m'en tirais somme toute assez bien compte tenu des circonstances.

La nuit était tombée depuis longtemps lorsque je me réveillai en sursaut, le corps couvert de sueur. Cette fois-ci, ce n'était pas dû à la fièvre. Ayant conservé mon pendentif, les cauchemars étaient revenus me hanter en force. Celui que je venais de faire était encore plus réaliste que tout ce que j'avais expérimenté jusqu'à maintenant et ce n'était rien pour me rassurer.

J'y avais vu Alana me parler doucement de la fin apocalyptique de la Terre des Anciens si je ne parvenais pas à sortir de Brume en compagnie de mon Cyldias. J'avais alors objecté que j'étais seule sur cette terre, loin de tous ceux que j'avais connus lors de mon passage dans l'autre monde.

– Alix est beaucoup plus près de toi que tu ne le penses, Fille de Lune maudite, et il a terriblement besoin de toi, avait murmuré Alana, les yeux tristes.

Tandis que je me demandais encore s'il y avait la moindre part de vérité dans ce songe, je fis une découverte stupéfiante : je voyais autour de moi comme en plein jour malgré l'absence d'éclairage. Certains de mes pouvoirs m'étaient donc revenus ! Était-ce la fièvre ? Ou ce qui l'avait causée ? Ça n'avait aucune importance... Je souhaitais seulement que toute la puissance dont je me savais porteuse revienne pour que j'aie enfin la possibilité de fuir ce monde.

*   *

*

Levée et habillée à l'aube, je sortis sans faire le moindre bruit, pour me rendre sur la grève. Devant l'immensité glacée, je paniquai en pensant que mon Cyldias était peut-être quelque part sur cette terre et que rien ni personne ne pouvait lui venir en aide à part moi. Surtout s'il avait traversé par le même passage que moi. Il n'y avait pas la plus petite trace de civilisation dans ce coin et il risquait de mourir bien avant que je ne puisse le retrouver. Voilà pourquoi je devais faire mes essais le plus tôt possible. Il me fallait savoir si je pouvais maintenant me déplacer magiquement.

Me sachant seule, je tentai de rejoindre l'étable de mes hôtes par la force de ma pensée. À mon grand soulagement, je réussis du premier coup, même si mon atterrissage se fit sans grâce aucune sur le sol gelé. Je me relevai en hâte, craignant bêtement qu'un témoin importun ne se pointe le bout du nez. Je pouvais donc enfin quitter cette terre et retourner dans un monde que, étonnamment, je jugeais aujourd'hui plus hospitalier que celui-ci.

*   *

*

Pendant deux longues journées, je m'ingéniai à me constituer un bagage sans attirer l'attention. Je me permis de prendre certains vêtements que j'avais moi-même cousus ou tricotés pendant l'hiver ; je chapardai des vivres dans le garde-manger extérieur, en plus de faire provision de quelques plantes et onguents médicinaux que j'avais aussi aidé à préparer. Je ne pouvais vraiment pas me fier sur mes seuls talents magiques pour me tirer d'éventuels pétrins. Je mis un soin quasi maniaque à ne rien laisser paraître de mon départ imminent.

Le soir suivant, après m'être assurée que tous dormaient, je me levai, fis mes adieux silencieux à Agnès – qui me boudait toujours – puis quittai la maison, les larmes aux yeux. Je récupérai vivement ce que j'avais soigneusement dissimulé dans l'étable. Je m'apprêtais à disparaître quand une petite voix derrière moi murmura :

– Tu ne reviendras jamais, hein ?

Je sursautai, échappant les couvertures que j'avais dans les bras. Agnès était là, en chemise de nuit et vêtue d'un manteau trop grand. Sous les rayons de lune, elle serrait ses petits bras maigres sur sa poitrine, me regardant avec une infinie tristesse. Le cœur en miettes, je m'accroupis à sa hauteur. Des trémolos dans la voix, je confirmai que je ne reviendrais pas, mais que je ne l'oublierais jamais. Je ne pouvais rien dire de plus. Elle se jeta dans mes bras. Alors que je l'étreignais à lui rompre les os, une douce lumière bleutée nous enveloppa toutes les deux. Si Agnès n'en remarqua rien, il n'en fut pas de même pour moi. Pour la première fois, je ressentis un immense bien-être face à mon statut de Fille de Lune et de magicienne car, si je n'avais pas réussi à sauver ma fille autrefois, j'étais aujourd'hui convaincue de la gué-rison prochaine d'Agnès...

Quelques minutes plus tard, je disparus simplement dans la nuit, sous le regard ébahi d'une fillette qui se portait déjà beaucoup mieux. Où allais-je exactement et que trouverais-je ? Je n'en avais pas la moindre idée. Je me fiais à mon instinct, me disant que si Alix pouvait me repérer n'importe où sans l'aide de personne, je pouvais bien en faire autant.

Accompagnée de la lune, comme toujours dans pareille situation, je reparus bientôt sur les rives du Saint-Laurent, à l'endroit exact où je m'étais écroulée en larmes, en septembre dernier. Sans même un regard autour de moi, je m'enroulai dans deux couvertures de laine, confiant ma vie à mes puis-santes Âmes régénératrices et sombrai dans le sommeil malgré le froid mordant. Même avec des yeux de chat, je savais qu'il était préférable d'attendre le lever du soleil avant de tenter quoi que ce soit pour retrouver Alix – s'il était réel-lement ici bien entendu...

32

Une revenante

Lorsque Alix avait quitté la montagne, Morgana s'était perdue dans ses pensées. D'eux-mêmes, les événements des dernières semaines s'étaient imposés à son esprit, l'obligeant à vivre une nouvelle fois les récentes mésaventures de Maëlle...

*   *

*

Dès son retour de la Montagne aux Sacrifices, Maëlle avait été en mesure de se servir plus aisément de la magie en puisant dans les bases préalablement fournies par sa mère. Dans une cellule temporelle créée par la Recluse, les deux femmes avaient passé deux mois à perfectionner et développer les talents peu nombreux, mais tout de même efficaces, de la Fille de Lune. Cette dernière n'avait pas caché sa joie devant les progrès accomplis avec l'aide de Morgana.

Quand la magicienne avait cru la jeune femme prête à affronter une première mission loin d'elle et de la protection que lui accordait sa montagne, elle lui avait expliqué ce qu'elle attendait d'elle.

– Tu te souviens de la vieille femme que tu as vue par le truchement d'une potion, le jour même où tu m'as parlé de Kaïn ?

Maëlle avait hoché la tête en signe d'assentiment.

– Eh bien, j'aimerais que tu te rendes chez elle. J'ai besoin de savoir pourquoi elle possède une copie du talisman de Maxandre et qui la lui a donnée.

Devant le froncement de sourcils interrogateur de la Fille de Lune, Morgana avait précisé ce qu'était ce talisman et ce qu'il représentait pour l'avenir de la Terre des Anciens.

– Est-ce que je pourrai m'en servir moi-même ? avait demandé Maëlle, espérant ainsi ajouter à ses pouvoirs très limités.

Morgana avait fait non de la tête d'un air franchement désolé.

– La maîtrise des pouvoirs et des connaissances que contient le pendentif est bien au-delà de tes capacités, Maëlle, avait-elle expliqué d'une voix douce. Il y a plus de risques que l'extraction des informations de ce talisman te tue que de te rendre les services que tu en attends.

La jeune femme avait soupiré avant d'acquiescer. Elle ferait ce que lui demandait Morgana. Celle-ci aurait préféré le faire elle-même, mais sa réclusion l'en empêchait. Pour faciliter la tâche à Maëlle, Morgana avait fait apparaître la vieille femme de la masure, expliquant comment la retrouver rapidement pour ne pas être trop longtemps exposée aux recherches de Mélijna. Au moins, dans le domaine du voyage, les talents de Maëlle s'étaient fort bien développés et seraient d'une grande aide.

La jeune femme avait donc quitté la montagne quelques jours plus tard, nerveuse et incertaine, mais décidée à réussir. À peine disparue du repaire de Morgana, Maëlle se matérialisa devant une cabane de bois vermoulu, perdue quelque part sur la Terre des Anciens. L'habitation semblait abandonnée depuis bien longtemps : le toit était défoncé, des peaux de bêtes en très mauvais état pendaient lamentablement aux fenêtres et le bois gonflé par l'humidité empêchait la porte de fermer correctement. Un instant, Maëlle se demanda si elle ne s'était pas trompée. Prenant son courage à deux mains, elle poussa la porte, qui résista un brin, et se retrouva bientôt dans la pénombre, à l'intérieur. Dans l'unique pièce, rien qui donnât l'impression que l'endroit était habité. Une épaisse couche de poussière recouvrait le plancher et les rares meubles. Une dérangeante odeur de moisi, d'humidité et d'autres choses encore donnait envie de ressortir en vitesse.

Enfin, dans un coin, la Fille de Lune vit un lit, sur lequel une couverture bougeait faiblement, au rythme d'une respiration saccadée. Doucement, elle s'approcha, ne sachant pas comment elle serait reçue. À sa grande surprise, une voix s'éleva, faible et résignée :

– Qui es-tu et que me veux-tu, Fille de Lune qui n'est pas maudite ?

Maëlle opta pour la franchise, espérant que ce choix lui serait profitable.

– Je suis venue de la part de Morgana... C'est au sujet du talisman de Maxandre... Elle croit que vous détenez peut-être la solution à sa disparition...

La jeune femme avait parlé lentement, laissant entre chaque phrase un temps de réflexion. La manœuvre porta ses fruits.

– Et pour qui cherche-t-elle un bijou de cette valeur ?

Sans savoir pourquoi, Maëlle répondit que c'était pour elle, mais la vieille femme, toujours cachée sous sa couverture, ne fut pas dupe.

– Même si tu es une Fille de Lune, tu n'as pas les talents ni la puissance que nécessitent la possession d'un talisman comme celui-là !

La voix avait beaucoup gagné en assurance, en l'espace de quelques minutes. Maëlle eut même l'impression qu'un sentiment de colère couvait. Elle se fit plus prudente.

– Vous avez raison, ce n'est pas pour moi, c'est pour une jeune femme de la lignée maudite. Elle aura besoin du véritable pendentif dès son retour de Brume et c'est pourquoi je suis ici. Il faut absolument que nous puissions localiser l'original...

De longues minutes s'écoulèrent dans un pesant silence que rien ne vint troubler. Sous sa couverture de laine rêche, Miranda pleurait doucement, maudissant le sort qui voulait que ce ne soit pas l'une de ses descendantes qui vienne chercher le cadeau empoisonné laissé par Alana. Elle aurait survécu si longtemps en vain...

Inquiète, Maëlle s'approcha lentement. Elle ne croyait pas que la femme puisse être dangereuse. La Fille de Lune s'arrêta à moins d'un mètre du lit, attendant que Miranda brise le silence. Celle-ci se redressa d'abord lentement, s'appuyant dans l'encoignure des murs, les jambes allongées sur la paillasse. Elle soupira longuement, avant de tendre la main droite vers Maëlle, les larmes roulant toujours sur ses joues sillonnées de rides profondes. Sur sa paume, la copie du talisman semblait briller dans la pénombre. Dès que Maëlle le prit, il s'illumina brièvement, puis s'éteignit totalement.

– C'est la preuve que ce pendentif n'est pas fait pour toi. Si tel avait été le cas, il aurait irradié en permanence, jusqu'à ce que tu trouves l'original ou la façon de le faire s'éteindre...

Il n'y avait pas le moindre reproche dans la voix de Miranda, juste une immense lassitude. Elle continua sans même que Maëlle ait besoin de le lui demander.

– Si Morgana a su trouver le chemin jusqu'à moi, c'est parce que l'héritière du talisman de Maxandre s'est enfin fait connaître sur la Terre des Anciens. Je pourrai donc partir, comme je le souhaite depuis si longtemps, rassurée sur ma descendance et confiante en l'avenir...

La vieille femme s'interrompit, prise d'une violente quinte de toux. Maëlle aurait voulu lui venir en aide, mais elle ne savait pas encore comment utiliser ses dons de guérison sur une autre personne qu'elle-même. De toute façon, son instinct lui disait que ça n'aurait pas fait de différence ; cette femme était condamnée.

– Qui êtes-vous ? ne put-elle s'empêcher de demander, après que Miranda eut repris son souffle.

Son interlocutrice esquissa alors un sourire triste de sa bouche édentée. Elle plissa le front, comme si elle essayait de se souvenir de la réponse à cette question pourtant très simple. Elle répondit en pesant soigneusement ses mots.

– Pour la majorité des défenseurs de la Terre des Anciens et leurs ennemis, il y a déjà plus de soixante ans que je ne suis qu'un souvenir, une image floue qui revient parfois les hanter. Ils s'interrogent trop rarement sur ce qu'est devenue la Fille de Lune maudite qui a autrefois fui vers Brume. Pour Alana, déesse protectrice des gardiennes, je suis celle qui a permis à une précieuse relique de traverser les épreuves et le temps, préservant l'espoir et assurant l'avenir de la Terre des Anciens au détriment de ma propre vie. Pour les autres, je ne suis rien de plus qu'une vieille folle parfois rencontrée au hasard. Et très bientôt, je ne serai plus rien, alors que tous m'auront oubliée, ignorants de mon immense contribution...

Étrangement, il y avait beaucoup de soulagement dans la dernière phrase. Miranda avait hâte de quitter cette terre qu'elle jugeait ingrate...

– Mais pourquoi avoir accepté la requête d'Alana ? demanda Maëlle, qui doutait que la déesse ait imposé la vie à une Fille de Lune ayant manifestement perdu ses pouvoirs. Et pourquoi, si vous êtes une Fille de Lune, ne l'ai-je pas tout de suite ressenti ?

Le sourire édenté reparut, légèrement accentué.

– Je constate avec plaisir que tu écoutes attentivement et que tu sais analyser les réponses. C'est une qualité plutôt rare chez les humains en général, remarqua la vieille femme avec une pointe de sarcasme.

Penchant la tête, Miranda afficha une moue songeuse.

– J'ai acquiescé à la requête d'Alana dans l'espoir que ce talisman si précieux conduise à moi les femmes de ma descendance. Mon souhait le plus cher était de pouvoir les connaître et rendre l'âme avec la certitude d'avoir réussi quelque chose dans ma triste vie. Dans ma grande naïveté, je n'ai pas compris que je ne pourrais pas mourir tant qu'une Fille de Lune ne viendrait pas récupérer ce pendentif mystique.

À ces mots, Maëlle fut parcourue d'un long frisson.

– Pour ce qui est de ton autre question, poursuivit Miranda, ignorante du malaise soudain de Maëlle, c'est un cadeau de la déesse. Pour éviter que ne s'éteigne définitivement la lignée maudite, elle a fait en sorte que je ne sois plus repérable en tant que Fille de Lune par l'un ou l'autre des camps rivaux. Un cadeau très utile, mais combien cruel même s'il préservait ma vie, puisqu'il éloignait ainsi de moi mes descendantes...

De nouvelles larmes glissèrent sur les joues parcheminées de Miranda, sans que cette dernière fasse le moindre effort pour les retenir. Son regard se perdit, probablement plongé dans ses souvenirs. Elle sembla tout simplement oublier la présence de Maëlle. Ayant réussi sa mission, celle-ci se préparait à partir. Elle hésitait à abandonner Miranda, mais elle ne voyait pas ce qu'elle pouvait faire d'autre.

Lentement, la Fille de Lune recula vers la porte. Brusquement, Miranda se cambra. Elle rejeta la tête en arrière en même temps qu'elle tendait la main droite devant elle.

– Ne bouge plus, Fille de Lune ! dit-elle d'une voix à donner froid dans le dos. Ne bouge plus ou tu ne reverras jamais celle qui t'a envoyée jusqu'ici !

Sous le choc, Maëlle s'immobilisa. Avant qu'elle comprenne ce qui se passait exactement, Miranda lança d'autres directives, contradictoires.

– Écarte-toi ! Tout de suite !

La vieille femme, qui semblait dépourvue de la moindre étincelle de vie quelques minutes plus tôt, dégageait maintenant une aura de puissance qui fit tressaillir Maëlle. Celle-ci se poussa vers la droite en écarquillant les yeux, réalisant que Miranda ne la regardait pas, mais fixait un point derrière elle.

– Allez ! Entre ! cria Miranda d'une voix chargée de colère et de rancune. J'attends ce moment depuis tellement d'années !

Entre que je puisse voir une dernière fois le visage de celle qui m'a tant fait souffrir ! Viens constater les ravages qu'infligent des décennies de tristesse, d'attente et de déception.

Maëlle ne comprenait toujours pas de quoi il retournait. Miranda semblait en plein délire... Sans avertissement, la porte de la masure vola littéralement en éclats. Se profila alors à contrejour une vision de cauchemar. Maëlle crut même sa dernière heure venue. Paralysée par la peur, elle ne pouvait détacher ses yeux de la sorcière qui lui souriait, plus mauvaise que jamais. Sa précédente rencontre avec cette furie s'était soldée par la mort de sa mère et elle-même n'avait survécu que grâce à la magie de Morgana. Par contre, celle-ci l'avait prévenue, juste avant que Maëlle ne quitte la montagne, qu'elle ne pourrait plus la sauver comme elle l'avait fait ce jour-là. Morgana avait pris un risque énorme en défiant la réclusion imposée par les dieux de la Terre des Anciens. Comme elle l'avait déjà fait une autre fois par le passé pour entendre les prédictions de l'oracle de la Montagne aux Sacrifices, elle doutait que les divinités puissent lui pardonner une troisième offense.

Jamais Maëlle n'aurait pensé que Mélijna la retrouverait si vite. Morgana lui avait dit que la sorcière n'était pas au meilleur de sa forme. Naïvement, Maëlle avait cru que Mélijna ne prendrait pas le risque de se déplacer si loin.

– Tu crois peut-être que j'ai peur d'une vieille sorcière qui se terre peureusement depuis des siècles, incapable d'affronter ce qu'elle est, c'est-à-dire la honte de la lignée maudite ? gronda Miranda. Celle par qui tout a failli être perdu, celle qui n'a pas le courage de ses illustres aïeules et qui s'imagine aujourd'hui qu'elle va me faire la leçon...

Mélijna émit un ricanement qui n'avait rien d'humain.

– Même si tu crois encore en valoir la peine, j'ai le regret de t'annoncer que tu ne m'intéresses pas du tout, Miranda.

La sorcière pivota vers Maëlle, qui n'avait toujours pas bougé depuis cette apparition cauchemardesque. D'une voix doucereuse, elle lança :

– Ainsi, ma jolie, tu comptais pouvoir m'échapper ? Tu apprendras que personne n'échappe bien longtemps à Mélijna, personne !

Sans réfléchir, Maëlle rétorqua :

– Naïla et Alix ont bien réussi, eux !

La réplique eut l'effet d'une gifle sur la sorcière. Ses yeux rétrécirent jusqu'à ne plus former que deux fentes et elle serra ce qui lui restait de dents dans un grincement sinistre. Sans plus attendre, elle tendit la main vers Maëlle et prononça trois mots dans la langue des Anciens. La Fille de Lune perdit aussitôt le contrôle de son corps ; elle ne pouvait plus faire le moindre geste ni proférer la moindre parole. Ses yeux seuls témoignaient de son affolement. La sorcière éclata d'un rire maléfique.

– C'était vraiment trop facile. Et moi qui croyais que cette petite garce avait des pouvoirs que je n'avais pas su déceler à son arrivée.

Méchamment, elle ajouta :

– Tu ne vaux pas mieux que ta pauvresse de mère, qui n'a même pas su se défendre. Triste réalité que celle des nouvelles Filles de Lune aux pouvoirs si médiocres.

Mélijna contemplait sa capture avec une satisfaction bien visible. Elle allait enfin pouvoir retrouver cette énergie qui lui faisait si cruellement défaut depuis quelques mois. La vieille harpie se voyait déjà capturant Alix et Naïla, prenant possession des trônes mythiques au détriment d'Alejandre et anéantissant à jamais les Filles de Lune. Elle dut se faire violence pour revenir au présent. Elle ne pouvait pas se permettre de rêver, pas encore. Dans quelques minutes, ce serait possible, lorsqu'elle aurait tué Maëlle et bu le contenu de la petite fiole suspendue à son cou. La suite ne se déroula toutefois pas comme prévu.

Absorbée par sa victoire prochaine, Mélijna avait oublié Miranda. Celle-ci ne bougeait pas et respirait à peine, consciente que son ennemie ne lui prêtait pas la moindre attention. Elle attendait le bon moment pour intervenir. Elle patientait depuis des décennies, quelques minutes de plus n'y changeraient rien.

Quand Miranda fut certaine de pouvoir agir avec un excellent potentiel de réussite, elle remua doucement les lèvres, puis accéléra progressivement la prononciation des mots soigneusement choisis. Lentement, un murmure commença à emplir la pièce, comme une vibration qui s'accentua au fur et à mesure que Miranda égrenait sa litanie sortie du fond des âges. Elle ne pouvait plus utiliser la magie traditionnelle depuis son retour de Brume, mais elle avait su développer autre chose, une forme de sortilège autrefois apprise dans un monde différent de celui-ci, sur une île où personne ne se rendait plus.

La vibration prit de l'ampleur, s'étalant, englobant les rares meubles, le lit, les lattes du plancher, ce qui restait de la porte béant sur ses gonds. Mélijna fronça les sourcils. Elle se tourna vers sa rivale et tenta de contrer sa magie. Au bout de quelques secondes, l'effet diminua et un sourire triomphant étira les lèvres minces de la sorcière.

– Tu croyais peut-être que tes restes de magie pourraient contrecarrer mes plans alors que j'étudie depuis des siècles ? Pauvre vieille folle !

Certaine de son avantage, Mélijna ne prit pas davantage de précautions et reporta son attention sur Maëlle.

– Je n'en espérais pas moins de toi, Mélijna..., murmura Miranda avant de se remettre à psalmodier dans la langue des Anciens.

De fait, elle avait cessé ses incantations aussitôt que Mélijna lui avait porté attention, encourageant cette dernière à croire qu'elle aurait le dessus. Maëlle, de son côté, attendait le bon moment pour se précipiter vers la porte. Par télépathie, Miranda lui avait transmis la formule permettant de se défaire de l'emprise de la sorcière. Dès que cette harpie détournerait à nouveau son attention, elle devait se libérer et disparaître, ne se préoccupant que d'elle.

La vibration prit de l'ampleur une nouvelle fois, gagna des sommets de puissance, incitant à croire à un début de tremblement de terre. Comprenant qu'elle n'avait pas réussi à neutraliser la magie de Miranda, Mélijna opta pour une solution radicale : tuer la magicienne. Ce qu'elle aurait d'ailleurs dû faire en arrivant, mais elle n'imaginait pas que Miranda put avoir en elle autant de ressources. Mélijna prononça alors une terrible formule. Les yeux de Maëlle s'agrandirent. Elle savait que la vieille femme allait bientôt mourir, mais elle s'efforça de ne pas y penser, se concentrant pour disparaître.

Au grand étonnement de Mélijna, qui avait oublié que deux Filles de Lune maudites ne peuvent s'entretuer, Miranda ne tomba pas raide morte comme elle aurait dû, elle s'embrasa. L'effet de surprise fut toutefois de courte durée. Puisque le résultat serait le même que celui qu'elle recherchait, Mélijna jugea que c'était suffisant et se retourna. Cette fois, la stupeur la cloua sur place et la rage l'envahit à la vitesse de l'éclair. À l'endroit où aurait dû se trouver Maëlle, il n'y avait personne. La sorcière tenta de la repérer avec ses sens, mais elle dut renoncer et sortir de la bicoque. La combustion de Miranda s'était propagée au lit, de même qu'aux murs de la cabane ; l'habitation ne serait bientôt plus qu'un tas de cendres.

À l'extérieur, la fureur de Mélijna atteignit son paroxysme lorsqu'elle dut admettre que la jeune Maëlle lui avait glissé entre les doigts pour la troisième fois. Elle quitta les lieux encore plus lasse, et regagna son repaire sans même un regard en arrière. Alana, pour sa part, poussa un soupir de soulagement. Maëlle était sauve et Miranda avait quitté cette terre dans la dignité, par ses bons soins.

Quelques heures plus tard, sous les rayons de lune, dans les décombres fumants de la masure, un objet brillait faiblement. Sous certains aspects, Miranda avait survécu...

*　　*
*

De retour chez Morgana, une Maëlle déboussolée avait narré les récents événements. La magicienne comprit que la jeune femme n'était pas prête, pas plus que sa magie, pour affronter les dangers de la Terre des Anciens. Elle devrait attendre encore et s'exercer beaucoup avant de se voir confier une seconde mission. Morgana décida de ne pas raconter à Maëlle le passé de Miranda, confirmant simplement que c'était une Fille de Lune de la lignée maudite. La Recluse prétexta ne pas très bien connaître la vie de cette femme. En vérité, jusqu'à aujourd'hui, elle croyait la connaître. Pourtant, en ce moment, elle s'interrogeait. Elle se jura de découvrir le fin mot de l'histoire.

*　　*
*

Appuyé contre le tronc d'un chêne immense, Kaïn regardait la montagne devant lui en grommelant. Il devait y pénétrer pour rencontrer le dirigeant des gnomes et sa sorcière, mais il n'en avait aucune envie. En fait, c'était la dernière chose dont il ait envie ! Malheureusement, il n'avait plus le choix. Voilà déjà trop longtemps qu'Andréa souffrait, en partie par sa faute, et il était grandement temps qu'il fasse quelque chose. Son geste ne le rachèterait sûrement pas aux yeux de celle qu'il aimait, mais cela aurait au moins le mérite de redonner vie à une femme aussi puissante que bénéfique pour la Terre des Anciens.

Lentement, le Sage se détacha de l'arbre et avança vers le sentier qui en sillonnait le flanc. Il y avait près de sept siècles qu'il n'avait pas mis les pieds dans la plus importante ville des gnomes, et ce genre de visite ne lui manquait nullement. Pour lui, les gnomes possédaient une puissance qui dépassait de beaucoup celle du commun – comme tous les élémentaux, d'ailleurs – mais, au contraire des sylphes et des glyphes, ils étaient trop bêtes pour s'en servir. Pathétique !

En chemin, la physionomie de Kaïn se modifia. Ses oreilles elfiques disparurent, sa peau prit un aspect cuivré reflétant la lumière du soleil, son corps musclé s'amincit et s'allongea de plusieurs centimètres, ses cheveux châtains devinrent d'un roux flamboyant et dans ses yeux apparurent, à la place des pupilles, de petites flammes dansantes. La transformation était complétée lorsqu'il atteignit l'entrée de la grotte principale. Sans se soucier des convenances, il fit pivoter la pierre bloquant l'accès et pénétra dans les tunnels.

Sa présence ne mit que quelques secondes à être connue. Des bruits se firent entendre dans le long couloir et Fénon se précipita à la rencontre de Kaïn moins de cinq minutes plus tard. Le gnome fit une brève révérence au visiteur inattendu et déclara, cachant mal sa surprise :

– Mais, mais... Pourquoi personne ne nous a prévenus de la venue d'un émissaire des salamandres ? Je... Je... Nous aurions pu vous recevoir comme il se doit...

Intimidé par la taille de l'élémental, qui faisait bien le triple de sa hauteur sinon plus, Fénon bafouilla de plus belle. D'un geste impatient, Kaïn balaya les excuses du représentant officiel des gnomes. Il grommela, dans la langue du feu :

– Je dois immédiatement voir Phénor. La situation est urgente, alors conduis-moi à lui sans plus attendre.

Fénon, qui maîtrisait parfaitement cette langue étrange – travail d'émissaire oblige –, fit signe à Kaïn de le suivre. Ce dernier pénétra dans la grande salle sous les yeux de nombreux gnomes qui voulaient voir l'élémental, visite aussi rare qu'importante. Phénor et Oglore se tenaient tout au fond, ostensiblement nerveux. Les élémentaux du feu et ceux de la terre ne se parlaient plus que par obligation, bien qu'ils soient du même côté, celui des opposants au régime de Darius. Cette visite était donc aussi surprenante qu'imprévue.

– Je suis venu vous prévenir que de nombreuses expéditions pour retrouver les trônes mythiques sont en route. Trois d'entre elles ont un très grand potentiel de réussite...

Le Sage laissa sa phrase imprégner l'esprit de Phénor et d'Oglore avant de poursuivre.

– Heureusement, l'une d'elles a une vision semblable à celle que nos peuples préconisent par rapport à la domination des autres mondes : elle ne pose donc pas de problème. Je sais de source sûre que les deux autres comptent demander l'aide des sylphes et des glyphes pour mener à bien leur quête. Je suppose que nos rivaux refuseront, mais je préfère que nous ne prenions pas cette chance. Ces groupes sont trop bien organisés...

– Vous venez donc quêter une association pour que nous arrêtions ensemble cette progression...

Sur le visage de Phénor se lisait une étrange satisfaction. Le dirigeant se voyait déjà négocier le partage des pouvoirs à venir. Un instant, le Sage eut envie de ne pas le détromper, mais il opta plutôt pour une attitude défensive et protectrice de son peuple d'emprunt.

– Oui et non...

Silencieuse depuis l'arrivée de la présumée salamandre, Oglore prit la parole, un tantinet arrogante.

– Alors qu'est-ce que vous nous voulez ?

Elle ne goûtait pas tellement cette visite inhabituelle et avait hâte de savoir à quoi s'en tenir. Ignorant délibérément la sorcière, Kaïn s'adressa à Phénor.

– Je viens seulement vous dire que mon peuple s'occupera du groupe qui traversera la chaîne de montagnes volcaniques. Nous ne laisserons personne fouler l'un des plus grands symboles de notre puissance sur le feu. Par contre, je vois mal pourquoi nous devrions nous préoccuper du groupe qui traversera l'autre section de la chaîne de montagnes, celle qui recèle la majeure partie de vos richesses...

Les yeux de Phénor s'agrandirent sous l'effet de la surprise. Non seulement il se demandait comment l'élémental pouvait connaître l'endroit où les gnomes cachaient les trésors qu'ils extrayaient du sous-sol, mais aussi :

– Jamais aucune expédition n'est passée par là ! La piste qui traversait autrefois les montagnes à cet endroit s'est depuis longtemps perdue !

– Il semble que tous n'aient pas oublié..., rétorqua Kaïn, sarcastique. Vous auriez peut-être dû être plus prudents...

Piquée au vif, Oglore répliqua :

– Nous avons été très prévoyants dans le choix de notre lieu d'entreposage et... Et je ne vois pas pourquoi nous discutons de tout ça avec vous. Vous avez transmis votre message, alors vous pouvez partir.

– Oglore a raison, renchérit Phénor. Vous pouvez partir...

N'ayant pas encore obtenu ce qu'il était venu chercher, Kaïn ne pouvait quitter les lieux si vite. Tandis qu'il réfléchissait à la meilleure façon de soutirer à la sorcière l'ongle dont il avait besoin, un cri de douleur se fit entendre.

Phénor et Oglore se regardèrent, avant de jeter un œil vers Kaïn, craignant ses questions.

– Ce n'était pas un cri de gnome, mais bien une plainte humaine. Vous avez recommencé à faire des prisonniers ?

L'interrogation, lourde de sous-entendus, dérangea les deux acolytes. Phénor et Oglore étaient réputés pour leur propension à ne pas respecter les trêves avec les humains – ou toute autre créature. Oglore tenta d'atermoyer.

– Oh, mais ce n'est pas un humain comme ceux que mentionne le dernier traité de paix. Ce n'est ni un Être d'Exception ni une Fille de Lune ni quelqu'un de ce genre. En fait, c'est un paysan qui s'est aventuré dans nos galeries et qui a refusé de rebrousser chemin, prétextant que la grotte était sur ses terres. Nous voulons simplement lui faire comprendre qu'il peut être très dangereux de ne pas respecter les règles non écrites de la Terre des Anciens. Nous le relâcherons dès qu'il fera preuve de compréhension, susurra Oglore d'une voix qui aurait donné envie de vomir aux plus endurcis.

Kaïn haussa ses sourcils roux, esquissant une moue dubitative, alors qu'un nouveau cri, d'origine gnome, cette fois-ci, résonnait. Il profita de la consternation de Phénor et d'Oglore pour demander :

– Je peux le voir, ce prisonnier ?

C'était exactement ce que les deux gnomes voulaient éviter en lui racontant leur petite histoire. Sachant qu'il valait mieux ne pas s'obstiner, Oglore acquiesça d'un signe de tête, avant de quitter la salle par une ouverture derrière le trône. Phénor et Kaïn la suivirent. Une série de jurons se fit alors entendre dans une langue propre aux êtres détenteurs de grands pouvoirs et Kaïn comprit où avait disparu Madox depuis quelque temps. Même s'il était extrêmement puissant, le Sage n'avait pas encore trouvé le moyen de fouiller magiquement les souterrains des gnomes.

Depuis leur naissance, Kaïn s'était fait un devoir de repérer magiquement les enfants d'Andréa deux à trois fois par mois, parfois plus, probablement pour se donner bonne conscience. Depuis l'arrivée de Naïla, il avait souvent omis de se livrer à son petit rituel. Résultat : il savait Laédia prisonnière depuis trop longtemps. Madox avait dû tenter de la sauver et s'était visiblement fait prendre. Les Déüs oubliaient trop souvent que les souterrains des gnomes ne toléraient aucune magie autre que celle de ses habitants. Et l'épée ne pouvait pas tout régler, dans la mesure où les belligérants étaient rarement en nombre égal.

Oglore avançait lentement dans le couloir menant aux cachots. Elle cherchait un moyen de se débarrasser de leur encombrant visiteur sans laisser de traces. Il ne fallait surtout pas qu'il devine la valeur de l'homme qu'elle avait réussi à capturer ni son importance pour le peuple des gnomes. Tout allait si bien depuis quelques jours, pourquoi avait-il fallu que cette salamandre débarque aujourd'hui avec ses supposées nouvelles importantes ? Elle n'aurait pas pu attendre un jour ou deux de plus ? Une nouvelle série de plaintes monta, mélange de gnome et d'humain. Oglore pressa le pas. Pourvu que Madox ne soit pas parvenu à se défaire de ses liens.

Le spectacle qui s'offrit à eux au détour d'un couloir tenait du cauchemar. À tout le moins pour Oglore. Plus d'une douzaine de gnomes gisaient sur la pierre, morts. Un peu plus loin, Madox livrait une lutte acharnée à trois gnomes armés. Bien que l'équation soit inégale, le Déüs avait le dessus. Sa force, son expérience et sa volonté de vaincre étaient décuplées par sa rage et la haine qu'il vouait aux élémentaux de la terre.

Furieuse, Oglore se précipita vers les combattants, oubliant la présence de Kaïn. Celui-ci regarda la scène avec curiosité, malgré le sérieux de la situation. De toute façon, il ne pouvait pas intervenir pour le moment. Il avait rarement pu observer le fils d'Andréa d'aussi près...

Oglore rejoignit les belligérants au moment où le dernier gnome rendait l'âme. Elle voulut jeter un puissant sortilège, mais elle rata sa cible. Surprise de son insuccès, Oglore mit trois secondes de trop à réagir. Laps de temps suffisant pour permettre à Madox de lui envoyer un redoutable coup d'épée au flanc gauche. La blessure ne mit malheureusement que quelques secondes à se refermer. Madox jura. Il savait parfaitement qu'il ne ferait jamais le poids face à l'affreuse sorcière tant que celle-ci serait dans son univers. Sans sa puissante magie, le Déüs luttait pour rien, mais il ne pouvait se résigner. D'un grand geste, il brandit à nouveau son épée vers Oglore, qui leva alors la main pour se défendre à l'aide d'un sortilège. Madox trancha le doigt pointé vers lui. Les yeux de la sorcière s'écarquillèrent de surprise. Si elle pouvait soigner ses blessures en un temps record, Oglore ne pouvait rattacher à son corps un membre sectionné. Grâce à une formule, elle cautérisa la plaie sanglante, mais perdit ainsi un temps précieux. Quand elle regarda enfin autour d'elle, le jeune homme avait disparu. Inutile de dire que la colère d'Oglore inquiéta même Phénor.

* *
*

Juste à l'entrée des souterrains, Madox reposait, inconscient. Il mit quelques minutes avant de recouvrer ses esprits. La dernière chose dont il se rappelait, c'était d'avoir été aspiré à l'extérieur des grottes. Comment cela était-il possible ? Il haussa les épaules. L'important, c'était qu'il se soit sorti de ce guêpier vivant. Pour le reste...

Il lui fallait maintenant retrouver la trace de sa sœur. La sorcière de Phénor avait laissé partir Laédia le lendemain de la capture de Madox. Ce n'était pas une faveur qu'elle avait accordée à Madox, loin de là. Il avait supplié la sorcière de laisser l'adolescente à ses côtés. Mais Oglore n'avait que faire des demandes de son prisonnier. Laédia était très mal en point et tenait à peine debout quand elle avait quitté les souterrains, les yeux bandés et sous bonne escorte. Dans les jours suivant son départ, Oglore s'était fait un plaisir de rappeler au jeune homme que sa sœur était probablement morte avant d'avoir rejoint le plus petit village, les gnomes l'ayant abandonnée dans une région inhabitée.

* *
*

Kaïn avait difficilement pu conserver une attitude neutre face à la déconfiture d'Oglore, surtout qu'il en était responsable. Il avait transféré à Madox, pour une seule utilisation, le pouvoir qui lui permettait, depuis sa naissance, de circuler magiquement dans les grottes des gnomes. Il ne pouvait pas condamner à la prison, à la torture ou à la mort le fils d'Andréa. Pas après tout le reste... Il lui fallait maintenant être des plus prudents parce qu'il ne pourrait utiliser lui-même ce pouvoir pour sortir aujourd'hui.

Apparence d'élémental de feu oblige, il avait paru légèrement ennuyé, mais sans plus, par la disparition du prisonnier. Pendant de longues minutes, la sorcière avait déblatéré, maudissant tous les dieux des gnomes et de la Terre des Anciens pour les revers incessants qu'elle et son peuple essuyaient depuis des siècles. « Et puis quoi encore ? » se gaussa Kaïn, qui connaissait des peuples mille fois plus éprouvés que ces maudits gnomes. La diversion provoquée par la disparition de Madox avait toutefois eu un effet inespéré. Dans la cohue qui avait suivi, le Sage avait discrètement récupéré le doigt de la sorcière et l'avait dissimulé sous les écailles de sa peau cuivrée. Il avait l'ongle tant convoité. Restait maintenant à quitter les lieux sain et sauf.

Ce fut plus facile qu'il ne le pensait. Préoccupés par les conséquences des récents événements et catastrophés par la mort de plusieurs gnomes, Oglore et Phénor furent on ne peut plus heureux de voir s'en aller le représentant des salamandres. Ils ne prirent même pas la peine de le faire raccompagner à la sortie.

*   *

*

Aujourd'hui, Andréa souhaitait que Myrkie fasse une nouvelle tentative de communication avec Naïla. L'Insoumise Lunaire savait que sa fille aurait bientôt un besoin désespéré d'aide et de conseils.

Andréa était l'une des rares Filles de Lune à rêver la vie de ses enfants. Elle ne faisait pas de rêves prémonitoires autres que ceux concernant sa progéniture. Et dans ce domaine, elle excellait. Toutefois, ce don était rarement une sinécure, parce qu'elle était trop souvent dans l'incapacité d'intervenir et devait se contenter d'assister, impuissante, aux événements.

Pour que la communication entre Myrkie et Naïla soit simple et efficace, il fallait réunir les herbes nécessaires à la concoction d'une potion essentielle, ce que la gamine fit. Après avoir discuté avec Andréa, elle regagna les profondeurs des souterrains pour se rendre aux sources chaudes. Il n'y avait qu'à partir de cet endroit qu'elle pouvait établir le contact, mais elle ignorait pourquoi. Andréa s'était bien gardée de lui dire que c'est parce qu'elle était dans un vide temporel, un lieu sur lequel l'écoulement du temps n'avait pas d'emprise. Myrkie passait d'une époque à une autre depuis des années, sans jamais s'en être rendu compte.

*   *

*

Concentrée sur l'étrange mixture qui mijotait dans son immense chaudron, Mélijna n'entendit pas son ravel se poser sur son perchoir. Devant le manque de réaction de sa maîtresse, Griöl lança un cri. La sorcière sursauta. Elle espérait ce retour depuis tellement longtemps qu'elle n'osait croire que l'oiseau avait accompli sa mission avec succès. Elle l'interrogea donc avec une certaine appréhension. À son grand soulagement, l'oiseau à tête de loup répondit avoir retrouvé l'Insoumise Lunaire. Elle se cachait sur le territoire des Insoumises, endroit où Mélijna ne pouvait aller. Il fallait attendre qu'Andréa quitte ces terres de glace. Pour le moment, qu'elle soit toujours en vie suffisait à contenter la sorcière.

Sur le chemin du retour, le ravel avait croisé le jeune homme aux cheveux roux, aux frontières des Terres Intérieures. Il cheminait avec un groupe d'hommes extrêmement restreint pour les ambitions que Mélijna le soupçonnait de nourrir. Il se nommait Yaël. Ce n'était donc pas Mévérick, mais il y avait de fortes probabilités qu'il soit son descendant direct. La ressemblance était trop frappante pour tenir du hasard. « Excellente nouvelle », se réjouit la sorcière. Un descendant de Mévérick avait bien plus de chances que quiconque de réussir là où tous les autres avaient échoué. Mais le bonheur de la sorcière fut de très courte durée...

Tandis que Mélijna se demandait jusqu'à quel point ce jeune homme avait hérité des qualités et des pouvoirs de son aïeul, Griöl lui renvoya une image qui la glaça jusqu'à l'âme, si tant qu'elle en eût une. Sur la plaine, lors d'un bref affrontement, une femme, en tous points semblable à Mélijna dans la trentaine, avait apporté une aide magique à Yaël. En reconnaissant sa sœur Séléna, la sorcière sut qu'elle avait un problème de plus avec le rouquin, contrairement à ce qu'elle pensait un peu plus tôt. La présence de Séléna évitait tout questionnement : Yaël n'était pas du même côté qu'Alejandre. Jamais sa jumelle n'aurait accepté de servir les forces du mal et les opposants à Darius. Ce n'était même pas envisageable. De plus, les Filles de Lune qui recevaient l'honneur de revenir sous forme de spectre avaient toujours pour mission de veiller sur un défenseur de la Terre des Anciens. Une très mauvaise nouvelle pour Mélijna, qui se demandait depuis combien de temps cet honneur ultime avait été accordé à sa sœur. Le spectre de Séléna risquait de devenir encombrant dans les mois à venir. De longues heures de recherches s'annonçaient encore pour trouver comment s'en débarrasser...

Aussitôt, Mélijna commença à consulter ses grimoires. Au bout de quelques heures, elle s'autorisa une courte pause, le temps de boire une généreuse rasade de la potion qui mijotait toujours. La formule qu'elle avait découverte dans le volume relié en peau de dragon lui permettait de maintenir ses forces à leur niveau quasi optimal jusqu'à ce qu'elle puisse mettre le grappin sur Maëlle. Le problème, avec cette potion, c'est qu'elle ne se conservait pas plus d'une semaine. Et pour préserver sa pleine efficacité, elle ne devait jamais cesser de bouillir. De plus, sa préparation exigeait au moins quarante-huit heures. Mélijna ne pouvait donc jamais s'absenter plus de quelques jours si elle voulait avoir en permanence l'usage de ses pouvoirs et de sa forme physique. Aux effets spectaculaires s'opposaient des contraintes qui l'étaient tout autant. Vivement la réapparition de Maëlle qu'on en finisse une fois pour toutes.

* *
*

Partis du château depuis près de trois semaines, Alejandre et ses hommes arrivaient enfin en vue de la frontière des Terres Intérieures. Normalement, c'était ce jour-là que les mancius devaient rejoindre l'armée du sire de Canac pour la poursuite de la mission. Tous les hommes présents avaient été prévenus que des êtres différents allaient bientôt se joindre à eux, mais Alejandre appréhendait tout de même ce moment. La cohabitation entre les mancius et les humains n'ayant jamais été facile par le passé, il serait surprenant qu'elle le devienne subitement. Heureusement, Mélijna devait se présenter dans la journée du lendemain pour calmer les esprits qui risquaient de s'échauffer et décourager, à l'aide de la magie, les hommes qui pourraient avoir envie de se rebeller. Le sire dormit très mal cette nuit-là, craignant la défection des mancius, la rébellion des humains, la mort de Mélijna – même si sa santé semblait avoir pris du mieux depuis quelque temps – et combien d'autres plaies qui menaçaient de tout faire échouer. Comme une confirmation à ses craintes, Alejandre vit le jour se lever sur une pluie froide, un

377

amoncellement de nuages à l'horizon et un échange houleux entre deux des hommes qu'il avait choisis pour mener les régiments distincts qu'il avait constitués pour un meilleur contrôle.

– Ça commence bien, maugréa-t-il en se dirigeant vers les belligérants.

Narc et Hélie étaient sur le point d'en venir aux coups. Autour d'eux, un attroupement s'était formé. Les hommes s'ennuyaient ferme ; une bonne bagarre divertirait. L'arrivée d'Alejandre refroidit sensiblement les ardeurs.

– Que se passe-t-il ?

– Hélie prétend que la venue des mancius se fera à notre détriment et que nous deviendrons des faire-valoir, nous faisant massacrer pour qu'eux puissent poursuivre leur route jusqu'aux trônes...

– Et toi, qu'en penses-tu ? s'enquit Alejandre.

– J'ai pris votre défense, sire, s'empressa de répondre Narc. Jamais vous ne trahiriez ceux de votre race pour vous rallier à des créatures qui ont si peu en commun avec nous. Sinon, je pourrais bien avoir envie de joindre mes poings à ceux d'Hélie...

Ne pouvant laisser passer une telle menace sans réagir, Alejandre tua toute ambiguïté dans l'oeuf.

– Nous avons, Mélijna et moi – le nom de Mélijna suffisait souvent à dissiper, à lui seul, toute envie de révolte –, demandé l'aide des mancius parce que nous voulions qu'ils servent de bouclier. Nous devions nous assurer de garder le maximum d'hommes en excellente condition. Il fallait donc qu'un peuple assume les pertes. Satisfaits ?

Le ton sans réplique calma les esprits. Le sourire de Narc fut triomphant alors qu'Hélie se détourna en ronchonnant, convaincu qu'il avait raison. Quand tous se furent dispersés, Alejandre marmonna entre ses dents :

– Si vous saviez combien je me fiche de savoir qui, des hommes ou des mancius, assumera le plus de pertes. Pourvu que j'atteigne mon but, c'est tout ce qui compte...

33

L'enfer

J'ouvris les yeux dès l'aube et je bondis sur mes pieds. La chaleur créée par mes Âmes régénératrices pendant la nuit se dissipa dès que je laissai mes couvertures pour fouiller les environs. La journée s'annonçait splendide, mais j'étais anxieuse. Pendant deux jours, j'avais eu hâte de partir, l'espoir de quitter ce monde et de revoir Alix m'habitant. Heureusement, je savais que je pouvais revenir magiquement en arrière parce qu'en ce moment, je n'étais plus sûre de rien.

Partout autour de moi, il y avait encore de la neige, une immensité blanche à perte de vue, des glaces et des flancs de montagne. Spectacle d'une inhospitalité à faire frémir.

« Langevin, ma fille, me dis-je dans un soupir, secoue-toi parce que si Alix est ici sans magie, il risque de mourir avant que tu ne lui sois d'un quelconque secours. »

Je me souvins soudain que la pierre de voyage était plus à l'ouest par rapport à l'endroit où je me trouvais. Je suivis donc les berges tant bien que mal, dans la neige jusqu'aux genoux, me maudissant de ne pas avoir pensé à me munir de raquettes. Mes chaussons de peaux, doublés de laine épaisse, ne feraient pas le poids bien longtemps en cette période de dégel. Heureusement, j'avais troqué la jupe obligatoire pour un pantalon, trafiqué pour s'ajuster à ma grossesse.

Tout en marchant, je cherchais des traces de pas. Pourquoi n'étais-je pas capable de repérer magiquement mon Cyldias, comme lui pouvait le faire pour moi ? Il devait bien y avoir une façon !

Je sentais le désespoir monter lentement en moi et j'ignorais comment y remédier. J'étais autant sinon plus démunie que lorsque j'étais sur la Terre des Anciens. Au moins, là-bas, je pouvais demander à quelqu'un de m'enseigner les bases de mon savoir. Ici, je n'avais personne vers qui me tourner.

*   *

*

Dans sa caverne, Solianne venait tout juste de se pencher au-dessus de son chaudron. Elle se faisait un point d'honneur de repérer Naïla et Alix au moins deux fois par semaine, et ce, depuis leur naissance. Longtemps, pour Naïla, elle avait compris peu de choses par rapport à ce qu'elle voyait, mais elle savait la Fille de Lune maudite en sécurité et c'était l'essentiel. À partir du moment où son retour sur la Terre des Anciens était devenu une certitude, Solianne avait été plus attentive. Elle lui avait même quelquefois donné un coup de main en lui parlant par télépathie. Elle n'avait pas voulu faire davantage parce qu'elle souhaitait que la jeune femme apprenne à se débrouiller seule. Dans ce monde, il fallait souvent ne compter que sur soi-même... Jamais elle n'avait dévoilé son identité, pas plus qu'à Alix, à qui elle apparaissait en songes. Rares étaient ceux qui savaient qu'elle était la mère de l'enfant mystique attendu par son peuple. Tous pensaient qu'elle n'avait jamais enfanté et que c'était pour cette raison qu'elle avait renoncé à son droit de régner sur les Édnés. Solianne n'avait aucune envie d'expliquer ce qui s'était réellement passé ni pourquoi elle s'était retirée. Un jour, peut-être, quand elle n'aurait plus le choix. Mais il fallait d'abord que son fils revienne sur sa terre d'origine...

En soupirant, elle regarda les images se former lentement à la surface du sang de dragon et ses sourcils se froncèrent à s'en toucher. Chaque nouveau détail ajoutait à l'inquiétude qui sourdait en elle. D'un geste de la main, elle fit disparaître le film qui se déroulait sous ses yeux. Puis elle reprit les incantations depuis le début, avec encore plus de soin. Peut-être s'était-elle trompée...

Elle attendit ensuite patiemment que les images se forment à nouveau, se reprochant de s'être absentée de sa grotte pendant une période aussi cruciale. Elle n'avait pourtant pas eu le choix. Près d'une semaine s'était écoulée depuis sa dernière vision et elle craignait d'avoir manqué des événements essentiels à la compréhension de ce qui se passait aujourd'hui. Ses yeux s'agrandirent de surprise en constatant que le paysage et la personne qu'elle voyait n'avaient pas changé. Elle avait bien demandé à voir Alix en premier et c'est Naïla qui se tenait là, dans les légers remous du liquide pourpre. Ça n'avait pas de sens ! Les auras d'Alix et de Naïla ne pouvaient pas répondre au même appel ; c'était deux êtres complètement différents de par leurs origines et leurs pouvoirs. Bien qu'ils soient liés de façon beaucoup plus importante qu'ils ne le croyaient, il n'y avait pas de raison pour que ce phénomène se produise.

Elle remarqua alors que Naïla semblait de plus en plus désemparée. La Fille de Lune marchait de long en large, serrant les poings et marmonnant. Solianne la vit bientôt essuyer une larme et elle comprit que c'en était une de rage et de désespoir, non pas de tristesse. Mais que se passait-il donc ? Solianne avait souvent vu la jeune femme au bord de la crise de nerfs depuis son arrivée sur la Terre des Anciens, mais elle savait chaque fois que quelqu'un était sur le point de l'aider ou veillait sur elle. Il y avait aussi eu des épreuves nécessaires pour lesquelles il n'aurait pas été sain d'intervenir. Mais aujourd'hui, quelque chose clochait. En ce moment,

Alix aurait dû être entré en contact télépathique avec Naïla pour lui dire qu'il venait la chercher et cette réaction ne concordait pas. Se pouvait-il que la jeune femme ne veuille pas rentrer de Brume ? Ce serait surprenant, étant donné qu'elle se savait enceinte d'enfants qu'elle ne pouvait confier à n'importe qui...

Soudain, sous les yeux ébahis de Solianne, Naïla disparut de l'endroit où elle se trouvait pour reparaître quelques kilomètres plus loin, dans une baie. Comment avait-elle pu réussir pareil exploit ? Sur Brume, les Filles de Lune ne pouvaient avoir le plein usage de leur magie qu'après avoir mis au monde une fille pour assurer la relève de leur lignée. Il en avait toujours été ainsi. D'ailleurs, Naïla n'avait jamais usé de magie depuis son arrivée et la magicienne savait que ce n'était pas par crainte de représailles de la part des humains ni par choix, mais bien parce qu'elle en était incapable.

— Pourquoi peut-elle tout d'un coup se servir de sa magie ? se demanda Solianne à voix haute. Elle ne connaît même pas ses capacités, ni la portée de ses pouvoirs... Elle risque de ne faire que des bêtises dans un monde comme Brume !

Gontran, son dragon, grogna alors pour attirer son attention. Surprise de cette interruption, Solianne se tourna vers lui. L'animal mystique désigna simplement le gros grimoire aux pages jaunies qui trônait encore sur la table de travail de la magicienne. Solianne considéra d'abord son compagnon d'un air perplexe. Puis son regard s'éclaira brusquement avant de s'assombrir dangereusement. Pour une rare fois dans sa vie, elle craignit que ses actions n'aient causé un tort irréparable. Elle allait devoir trouver une solution au plus vite...

*   *

*

Seule dans la baie de Saint-Paul, je regardais autour de moi, animée d'un désespoir qui frisait l'hystérie. Partout ailleurs, il n'y avait que neige et glace. Nulle trace d'une quelconque activité humaine ou magique. Je me sentais bête et idiote, de plus en plus convaincue que je n'avais pas su interpréter correctement mes rêves et mon délire. Parce que je pouvais soudainement me servir de ma magie et qu'Alana m'avait parlé en songe, j'en avais déduit que c'était le signal de l'arrivée d'Alix, le moment où je devais retourner sur la Terre des Anciens. Pauvre gourde ! À ce moment précis, je me sentais exactement comme mon Cyldias me percevait depuis notre première rencontre : ignorante, incompétente et sans avenir. Qu'allais-je faire maintenant que j'avais quitté ceux qui m'avaient si bien accueillie avant l'hiver ?

Sous le timide soleil printanier, je m'appuyai au tronc d'un arbre dénudé pour réfléchir. Il me fallait absolument établir un contact avec quelqu'un dans l'autre monde. J'avais besoin d'aide et tout de suite. Une idée me vint finalement. Je détachai mon pendentif et le gardai dans ma main que je refermai. S'il me reliait à la Terre des Anciens par mes cauchemars, peut-être m'y reliait-il pour d'autres choses. Pendant de très longues minutes, je serrai de toutes mes forces le bijou, espérant pouvoir faire passer, dans ce contact prolongé, tout mon désespoir, toute ma solitude et mon incompréhension. J'étais démunie et désemparée. Personne ne viendrait donc à mon secours ?

*   *

*

Comme Kaïn se préparait à rejoindre la cité de Ramchad, une douleur fulgurante le cloua sur place. Les minutes s'écoulèrent ensuite en silence, sans que le Sage ose bouger. Non pas parce qu'il croyait qu'un danger le menaçait, mais plutôt parce qu'il ne savait pas comment réagir. Il n'y avait que trois personnes dans cet univers qui pouvaient agir de manière à provoquer cette sensation chez lui : l'une était morte depuis des siècles, une autre n'aurait jamais osé lui faire connaître sa souffrance – elle était beaucoup trop orgueilleuse pour ça –, il ne restait donc que sa fille. Mais Naïla n'aurait pas dû être en mesure de lui transmettre ses sentiments pour une raison extrêmement simple : sur Brume, elle n'avait aucun pouvoir. Que se passait-il donc ?

Incapable d'abandonner sa fille à son sort, Kaïn changea ses plans. En prenant cette décision, il retardait le moment où il viendrait en aide à Andréa. Même si cette dernière ignorait qu'il s'ingéniait à lever le sortilège qui pesait sur elle, il était conscient que chaque jour qui s'écoulait sans lui donner signe de vie ni s'expliquer risquait de lui causer passablement de problèmes le jour où il allait devoir l'affronter...

*　*

*

Myrkie tentait d'entrer en contact avec Naïla depuis plusieurs jours déjà, mais elle échouait sans cesse. Elle n'y comprenait rien ! Elle avait pourtant suivi les instructions d'Andréa à la lettre. Elle avait même recommencé plusieurs fois, croyant s'être d'abord trompée, mais les résultats demeuraient inchangés. Il fallait qu'elle parle à la jeune femme très rapidement. L'état d'Andréa s'était subitement détérioré au cours des derniers jours. Elle délirait dans son sommeil et ses Âmes régénératrices ne parvenaient plus à lui assurer un repos de qualité. L'Insoumise Lunaire prononçait à répétition le nom de sa fille et disait qu'il ne fallait surtout pas qu'elle meure, qu'elle devait absolument revenir sur la Terre des Anciens. Le prénom « Kaïn » était souvent revenu dans ses délires, à la grande surprise de Bredjna. Andréa semblait tenir cet homme responsable des déboires de sa fille, mais

386

personne n'aurait su dire comment ni pourquoi. Il fallait donc que Myrkie réussisse à transmettre le message qu'Andréa lui avait dicté dans un rare éclair de lucidité.

Une fois de plus, la gamine reprit ses incantations et observa avec attention la potion qui bouillait doucement dans la cavité rocheuse. Autour d'elle, quelques-uns de ses étranges amis la regardaient travailler avec une certaine fascination. Soudain, alors qu'elle croyait avoir échoué à nouveau, le contact se fit et l'image de Naïla apparut non pas à la surface de la potion, mais sur les eaux paisibles des sources thermales. Myrkie fronça les sourcils. Elle ne voyait pas pourquoi elle ne recevait pas l'image de la même façon que d'habitude, mais elle n'avait guère le temps de s'attarder à cet aspect du problème. Sans attendre, elle tenta de se faire entendre de la Fille de Brume.

*   *

*

Les dents aussi serrées que les doigts autour de mon pendentif, je ne pus retenir mes larmes, qui glissèrent sur mes joues, laissant un désagréable goût de sel sur mes lèvres. J'ignorais depuis combien de temps je me tenais ainsi, mais je savais par contre que ça ne semblait pas faire la moindre différence dans ma vie. Dans un geste rageur, je m'apprêtais à lancer mon collier, quand trois voix se manifestèrent en même temps dans ma tête. Surprise, je fermai instinctivement les yeux et des images s'imposèrent aussitôt à mon esprit. Je vis trois personnes différentes qui remuaient les lèvres : l'homme qu'Alix croyait être Kaïn, la femme-dragon et la gamine qui m'avait transmis un message de ma mère. Avant que je ne puisse prendre une décision, les deux adultes disparurent, laissant la gamine seule. Instantanément, sa voix se fit claire et précise.

– Comme la dernière fois, je suis venue vous transmettre un message de votre mère. Elle vous conjure de traverser immédiatement vers la Terre des Anciens. Si vous attendez davantage, vous risquez de ne pas survivre à votre accouchement. Vous ne pouvez pas vous débrouiller seule. Vos enfants seront bientôt à terme à cause de la magie dont vous êtes nouvellement porteuse.

La voix de la jeune Myrkie se fit pressante.

– Rejoignez votre Cyldias et traversez au plus vite... Il vous faut...

Je me préparais à lui dire que c'était justement ce fichu Cyldias que je ne trouvais nulle part quand le lien fut rompu. Je trépignais littéralement de rage. Je poussai un long hurlement, qui me laissa pantelante. Dieu que j'en avais assez de toute cette histoire !

Je fermai les yeux de lassitude et de frustration. Puis je les rouvris, me demandant si les deux autres essaieraient de communiquer avec moi à nouveau. Tout n'était peut-être pas perdu...

*   *

*

La surprise de Solianne, quand elle avait constaté qu'un Sage essayait d'entrer en communication avec Naïla, lui avait fait perdre le contact. Réaction primitive et stupide, mais elle n'y pouvait plus rien. « Au moins, elle est entre bonnes mains », se dit-elle. Avant de faire une nouvelle tentative, elle avait décidé de chercher l'empreinte de l'aura d'Alix. Elle ne pouvait peut-être pas le voir par le truchement du sang de Gontran, mais il vivait encore, elle en était certaine. Un être comme lui ne pouvait pas tout bonnement disparaître, même dans un autre monde. Le décès d'un enfant mystique s'inscrit automatiquement sur les tables de granite du temple sacré. Or, il n'y avait aucune nouvelle inscription depuis plusieurs mois. « Tant mieux », se réjouit Solianne, qui détestait voir mis à mort des nouveau-nés sans défense simplement parce qu'ils naissaient la nuit. Surtout que chaque nouvelle condamnation rappelait de terribles souvenirs à l'ancienne prétendante au trône des Édnés.

Dans un soupir, elle reprit donc son précieux grimoire et y chercha la formule dont elle avait besoin. De longues minutes plus tard, elle prononça l'incantation avec espoir. La réponse arriva rapidement, lui causant un choc considérable. Alix vivait toujours, mais dans un état cataleptique inquiétant. Il ne pouvait ni bouger, ni parler et son environnement semblait s'être solidifié autour de lui.

Solianne ne connaissait que deux causes à une telle entrave. La première était le sortilège qu'Ulphydius avait utilisé sur les Sages qui accompagnaient Darius au Sommet des Mondes. La seconde, elle la connaissait parce qu'elle en avait été témoin une fois. Cela se produisait quand un être recevait un apport magique excessivement puissant et qu'il n'y était pas préparé ou que son corps n'avait pas la capacité de l'assimiler en une seule fois. Comme ce pouvait difficilement être la première option, il fallait que ce soit la deuxième. Cela voulait donc dire qu'Alix s'était cristallisé à la suite du premier envoi magique et que Naïla avait absorbé le second. Ce qui expliquait que la jeune femme avait pu avoir accès à ses pouvoirs avant d'avoir rempli les critères des dirigeants ancestraux de la Terre des Anciens.

Mais tout ça n'avait guère de sens. Il était tout simplement improbable que la jeune femme ait pu recevoir un apport identique à celui qui avait pétrifié Alix. Même si plusieurs auraient dit que c'était normal puisque la Fille de Lune avait beaucoup plus de potentiel que son Cyldias, Solianne savait que c'était impossible en raison de la transformation que subissait en ce moment le corps de son fils. Son potentiel magique équivalait ainsi pratiquement à celui de Naïla. Il devait y avoir une autre explication. Malheureusement, l'Édnée n'avait pas le temps de la chercher. Elle devait guider la jeune femme pour qu'elle libère son Cyldias rapidement car Solianne ne pouvait le faire à partir de Bronan. La magicienne savait que la Fille de Lune n'avait plus beaucoup de temps devant elle avant son accouchement et il ne fallait surtout pas qu'il se produise sur Brume.

$$* \quad *$$
$$*$$

Tout comme Solianne, Kaïn avait sursauté en constatant que la détresse de la jeune femme avait attiré une autre présence que la sienne. Il avait tout de suite reconnu l'énergie mythique des Édnés et n'avait eu aucune difficulté à faire le lien avec le peuple d'origine du Cyldias. Il décida donc de commencer par repérer Alix qui aurait normalement dû se trouver dans les environs immédiats de sa fille, surtout qu'il était parti depuis quelques jours déjà. Quand sa puissante magie atteignit enfin l'Être d'Exception, il resta saisi et comprit, tout comme Solianne avant lui, ce qui s'était passé. Maintenant, que faire ?

Contre toute attente, Kaïn choisit de ne pas intervenir. Il voulait que sa fille se tire de cette situation par elle-même – il l'en savait parfaitement capable – pour deux raisons. La première étant qu'il fallait bien qu'elle apprenne à se débrouiller un jour ou l'autre. La deuxième, beaucoup moins justifiable, étant qu'il voulait voir si Naïla tenait au jeune homme autant qu'il le craignait. Au pire, se dit-il pour se déculpabiliser, l'Édné de sa vision lui viendrait certainement en aide...

$$* \quad *$$
$$*$$

De nouveau en proie à la colère, j'étais retournée sur les berges de ce qui allait devenir Saint-Joseph-de-la-Rive. Déterminée à montrer à tous les êtres de cet univers dément que je n'avais pas perpétuellement besoin d'eux pour réussir quelque chose, j'avais la ferme intention de retrouver mon Cyldias. Je fis donc le vide dans mon esprit et tentai de repérer une présence dans mon environnement, comme Alix me l'avait enseigné lorsque nous étions en route pour la demeure de Morgana. Je me trouvais bien bête de ne pas y avoir pensé plus tôt. Les yeux fermés, il ne fallut que quelques secondes pour que mon corps astral quitte son enveloppe charnelle et survole les environs. À mon grand désarroi, je ne vis rien, mais je perçus tout de même une présence. Je ne savais trop comment interpréter cette information. Selon ma perception, juste sous moi, il aurait dû y avoir un être doté de la faculté de réfléchir et de raisonner. Or, je ne voyais strictement rien.

Je regagnai mon corps et marchai ensuite jusqu'à l'endroit localisé quelques minutes plus tôt. Je ne voyais rien qui différait de tout le reste. Pas de traces dans la neige, pas d'amoncellements étranges, rien. Je ne pouvais quand même pas me mettre à creuser partout avec mes mains pour seul outil. L'étrange impression que j'avais ressentie couvrait un rayon de quelque dix mètres carrés. Il devait certainement y avoir une autre façon de faire.

« Réfléchis, Naïla, réfléchis. »

Mes yeux ne cessaient de fouiller l'espace, tandis que je cherchais désespérément la meilleure façon de parvenir à mes fins. Dans un monde logique, il n'y aurait pas de presse puisque je rechercherais très certainement un cadavre. Aucun être humain normal ne pouvait vivre enseveli sous la neige bien longtemps. Mais voilà, la logique et tout ce que je connaissais avaient rarement leur raison d'être depuis que j'avais découvert un autre univers.

– *Fais fondre toute cette neige, tu y verras beaucoup mieux.*

Je reconnus la voix de femme qui m'avait guidée vers la Montagne aux Sacrifices – et que j'avais à ce moment prise pour celle de ma mère – alors que je fuyais Alix et les hommes de Simon.

– Je veux bien, criai-je, exaspérée, mais je ne sais pas comment m'y prendre. Ces foutus pouvoirs viennent sans mode d'emploi.

– *Concentre-toi sur ton désir. Visualise-le...*

J'expirai bruyamment, avant de fermer les yeux et de me concentrer. Je n'eus aucune peine à imaginer qu'il n'y avait plus la moindre trace de neige à des kilomètres à la ronde puisque c'était mon souhait le plus cher. Une douce chaleur se propagea alors le long de mes bras, descendant jusqu'à l'extrémité de mes doigts, s'évaporant ensuite. Quelques secondes plus tard, je pouvais presque sentir l'odeur du printemps et le bruit caractéristique des ruisseaux qui coulent... J'eus la nette impression d'être passée d'une saison à une autre en quelques instants et je me demandai si je ne rêvais pas.

– *Ça suffit maintenant.*

La voix féminine interrompit soudainement mes réflexions. J'aurais juré qu'elle souriait alors qu'elle me parlait. Je soulevai timidement les paupières, craignant de ne voir encore et toujours qu'une immensité blanche et de devoir une fois de plus faire face à mon incompétence, mais j'avais tort. Dans un rayon d'une vingtaine de mètres, il ne restait plus la moindre trace de neige. Le sol avait même commencé à reverdir. Je clignai des yeux plusieurs fois d'affilée pour m'assurer que je n'hallucinais pas. La déception suivit toutefois ma joie d'avoir réussi puisque je ne voyais toujours pas la moindre trace de mon Cyldias. Je ne pouvais pas me tromper alors que nous étions sur les berges et que le foin salé, sous l'effet de ma magie, n'avait poussé que de quelques centimètres à peine. Pas de quoi cacher un corps.

En marmonnant, je refis une recherche de présence physique, mais je ne vis rien de plus que la fois précédente. Pourtant, je percevais clairement une présence, une présence vivante, je n'avais pas le plus petit doute là-dessus. Tout comme j'étais intimement convaincue que c'était mon Cyldias. Je fermai les yeux à nouveau et fit le vide dans mon esprit. Puis je tentai de communiquer par télépathie avec Alix. Pendant de très longues minutes, je répétai inlassablement l'appel à mon Cyldias.

*   *

*

S'il n'avait pas été dans l'impossibilité de bouger, Alix aurait sursauté. Dans sa tête résonnait la voix de Naïla , l'obligeant à reprendre contact avec la réalité. Son état d'inconscience du début avait graduellement cédé la place à un détachement volontaire de sa part l'empêchant de subir la torture perpétuelle d'être enfermé vivant. Il avait d'abord cru que c'était son imagination qui lui jouait de bien vilains tours, puisque la voix se faisait entendre en rêve, mais il dut bientôt se rendre à l'évidence : la jeune femme était réellement dans les parages. Il ne se faisait toutefois pas d'illusions. Une Fille de Lune ne pouvait utiliser ses pouvoirs dans le monde de Brume tant qu'elle n'avait pas enfanté une descendante lunaire. S'il avait trouvé cette règle parfaitement justifiable dans le passé, il n'y voyait aujourd'hui que des inconvénients...

*   *

*

Dans son délire, Andréa rêva une nouvelle fois. Alix s'imposa à son esprit. Le jeune homme était enfermé dans une chrysalide de verre en tous points semblable à celle de Kaïn autrefois. Puis elle vit sa fille qui se tenait non loin de lui, mais qui ne le voyait pas. Elle comprit alors pourquoi Naïla avait la pleine possession de ses pouvoirs. Dans son sommeil, l'Insoumise Lunaire cria comme un animal blessé. Elle craignait maintenant pour Naïla, sachant ce qui l'attendait et l'impossibilité de faire autrement. Elle aurait tellement voulu lui éviter la souffrance à venir, la désillusion possible, la rage de l'abandon. Elle avait l'impression de revivre une partie de sa propre vie et son âme se rebellait. Si elle n'avait pas été sous l'emprise de ce maudit sortilège, elle aurait elle-même tenté de délivrer le jeune homme, préservant ainsi Naïla. Mais elle n'ignorait pas que ce scénario n'avait de sens que dans son esprit. Dans la réalité, elle devait accepter le destin de sa fille. Le cœur de Naïla battait pour Alix pratiquement depuis le premier jour, et l'épreuve à venir n'allait rien y changer. Sinon le confirmer...

*   *

*

– *Concentre-toi sur ton environnement et tu me trouveras...*

J'avais reconnu la voix d'Alix, mais je ne le voyais toujours pas. J'avais beau regarder autour de moi, il n'y avait pas la moindre trace de mon Cyldias. N'en pouvant plus, je criai mon désespoir, sachant que personne ne risquait de m'entendre. Je hurlai ma colère envers l'univers de Darius, maudissant tous les dieux possibles et imaginables pour le calvaire qu'était ma vie. Je me laissai choir à genoux, frappant le sol humide de mes poings, mes joues inondées. C'est alors qu'une vibration se fit sentir dans tout mon corps, comme si la terre se préparait à une violente secousse. Le phénomène alla en s'amplifiant. Tout mon environnement semblait bouger. Tout, sauf une parcelle bien précise, juste en face de moi. Une masse informe restait immobile malgré la secousse toujours plus importante. En tremblant, je me levai et m'approchai, comme si j'étais sous hypnose. Je tendis lentement le bras pour toucher. Tout s'arrêta instantanément. Plus rien ne bougeait. Ce que j'avais effleuré des doigts apparut alors dans toute son horreur, m'arrachant un cri à glacer le sang. Dans une espèce de cocon translucide, le corps d'Alix était immobilisé en position fœtale et de multiples blessures étaient visibles.

Il est vivant. Il t'a répondu quand tu l'as appelé, il ne peut donc qu'être vivant. Il faut simplement que tu trouves le moyen de le sortir de là, mais il est vivant...

Comme une litanie, ces phrases résonnaient sans arrêt dans ma tête, m'évitant la crise de nerfs. J'avais besoin de cet homme, non pas juste parce que je croyais l'aimer, mais parce que sans lui, je craignais l'avenir. Même s'il était arrogant, condescendant et souvent déplaisant à mon égard, je voulais qu'il vive et, surtout, me protège. Je voulais aussi qu'il soit là le jour où je deviendrais une Fille de Lune digne de ce nom ! Parce qu'à part mon frère, je n'avais personne vers qui me tourner avec la confiance aveugle que j'avais en lui...

Je fis des dizaines de fois le tour de la masse, dans un état à mi-chemin entre l'émerveillement et l'horreur pure et simple. Je l'examinai sous toutes ses faces, sans trouver la moindre faille, le plus petit indice pour la briser. Je la frappai même du poing, la colère refaisant surface comme une bête qui avait seulement somnolé. J'avais réessayé d'entrer en contact avec Alix, mais c'était peine perdue. Je n'avais pas reçu la moindre réponse. Ses yeux clos ne me permettaient pas de croiser son regard étoilé. En désespoir de cause, alors que le soleil commençait à descendre lentement sur l'horizon, je choisis de raconter à cette masse informe l'histoire de ma vie. Mon Cyldias ne pourrait pas m'interrompre, me questionner, me faire sentir idiote, ni me reprocher quoi que ce soit, il ne pouvait que m'écouter. Et j'étais certaine qu'il le ferait avec attention. Je parlai donc ainsi jusqu'au lever du jour, incapable de m'arrêter pour dormir, convaincue que je devais aller au bout de ce récit, de ce que j'avais été, de ce que j'étais aujourd'hui et de ce que je souhaitais être. Je n'omis que mon espoir de voir mon amour pour lui payé de retour... Tout le reste y passa, y compris l'existence de Francis et d'Alicia de même que mon ras-le-bol devant son entêtement. Épuisée et transie, je sombrai dans la torpeur à l'aube, confiant mon corps à mes Âmes régénératrices et mon âme à l'Être d'Exception figé à mes côtés...

*   *

*

Alix n'avait rien perdu du récit de la Fille de Lune appuyée sur le bloc inanimé qu'il était devenu. Tout au long de la nuit, il avait écouté, malgré lui, la vie de cette femme qu'il aurait voulu détester pour que tout soit plus simple. Lorsqu'on connaît peu quelqu'un, on peut entretenir des chimères à l'infini, nourrissant ainsi notre désir de rester indifférent ou de haïr, sentiments beaucoup plus faciles à porter pour les êtres pensants que celui d'aimer, avec tout ce qu'il implique de responsabilité... surtout dans son cas... Découvrir le passé de Naïla ne fit donc qu'ajouter à son tourment intérieur. Il ne doutait plus de l'aimer ; il se l'était enfin avoué en traversant vers Brume. Jamais il n'aurait pris pareil risque sinon, même pour la Terre des Anciens, il le savait maintenant. Le problème se situait à un tout autre niveau ; il n'arrivait toujours pas à imaginer le quotidien de cette relation en devenir. Il avait toujours été très indépendant, surtout dans ses relations charnelles, et il avait pris soin de ne jamais s'enticher d'une femme de puissance, évitant les ennuis. Quelle ironie sachant que Naïla serait bientôt la Fille de Lune la plus puissante ayant vécu...

Alors que la jeune femme avait sombré dans un sommeil agité depuis peu, la voix de femme de ses songes se fit entendre, tirant Alix de sa réflexion.

— Je suis dans l'impossibilité de te venir en aide puisque ta libération ne peut ni se faire à distance ni par moi. Tu dois savoir que ce sortilège, même si c'est un résultat inattendu, entraîne une dette élevée envers la personne qui l'annihilera. Ce qui veut donc dire que tu seras redevable à Naïla...

Alix jura en son for intérieur plus qu'il ne l'avait jamais fait auparavant. Déjà que l'amour et son rôle de Cyldias conjugués risquaient de lui apporter une multitude d'ennuis, il n'avait pas besoin d'une dette en plus. Connaissant Naïla, il soupçonnait qu'elle se ferait un plaisir de lui rappeler qu'il lui devait la vie...

*   *
*

Je rêvais une fois de plus de la femme-dragon. Elle me parlait doucement, regardant avec bienveillance au-dessus d'un chaudron que je présumai contenir une potion de grande importance. L'énorme bête était toujours couchée à ses pieds.

— Tu dois délivrer Alix le plus rapidement possible. Tu as peu de temps, car ton accouchement est proche et la route encore longue jusqu'à la sécurité. Il n'y a qu'une seule façon de réussir : le don de sang. Je ne doute pas que tu comprennes ce que ça veut dire. En attendant, je veille sur toi...

*   *
*

Solianne se détourna de son chaudron pour rompre le contact, les larmes aux yeux. Elle avait donné ses instructions rapidement, un malaise persistant au creux de l'estomac.

Elle n'aimait pas cette manière archaïque de contrer la magie. Même si elle savait que Naïla et Alix étaient liés à jamais depuis la naissance de la jeune femme, elle se méfiait de ce nouvel enchaînement...

*   *

*

Andréa rêvait toujours, luttant avec hargne contre l'impuissance à laquelle elle faisait face. Sa fille était sur le point de lier irrévocablement sa vie à celle de son Cyldias et elle ne pouvait rien faire pour l'en empêcher. Ayant autrefois sauvé Kaïn de la même façon que Naïla allait libérer Alix, Andréa savait que plus rien ne parviendrait ensuite à briser le lien qui unirait les deux jeunes gens. Elle ne pouvait donc qu'espérer que l'avenir serait plus clément envers ce couple qu'il ne l'avait été pour elle et Kaïn. Dieu qu'elle haïssait parfois la magie et tout ce qu'elle englobait...

Excessivement rare, le don de sang échappait depuis toujours à toute logique, qu'elle soit magique ou psychologique. Bien que plusieurs aient tenté de comprendre comment fonctionnait cette méthode primitive pour rompre certains sortilèges, aucun n'avait réussi. Une évidence était cependant ressortie : ce contre-sortilège échappait à tout contrôle, le corps devenant soudain pourvu d'une volonté propre, se soustrayant ainsi à la raison de l'esprit et commettant des actes quasi insensés, parfois même mortels...

*   *

*

Je me réveillai en sursaut, alors que le soleil était encore haut dans le ciel de mars. La masse informe contenant mon Cyldias n'avait pas bougé, me narguant pour mon incompétence. Je jurai en silence. *Don de sang.* Trois mots qui se répercutaient toujours en écho dans mon crâne douloureux. Est-ce que le sacrifice d'une partie de ce qui coulait dans mes veines pourrait libérer Alix ? Il n'y avait qu'une façon d'en avoir le cœur net...

Dans mes maigres bagages, je récupérai la dague d'Alana. Dès que j'eus l'arme en main, mes gestes devinrent mécaniques, comme si quelqu'un d'autre avait pris possession de moi. Je dénudai le haut de mon corps, malgré le temps plutôt frais, confiant involontairement la responsabilité de l'apport de chaleur à mes Âmes régénératrices. Puis, d'un mouvement rapide, je traçai une diagonale sur mon torse, partant de l'épaule droite, passant entre mes seins et se terminant sous mon sein gauche. Alors que mon âme criait sa détresse devant cette solution radicale, ma main resserrait son emprise sur la dague qui s'enfonça dans ma chair beaucoup plus facilement qu'elle n'aurait dû. Le résultat ne se fit pas attendre. Je vis la blessure se teinter de rouge et la douleur devint rapidement cuisante, comme un fil de fer chauffé à blanc que l'on aurait délibérément glissé sur ma peau pour me faire hurler. Je serrai les dents et les larmes me vinrent aux yeux. Machinalement, je m'étendis sur la pierre translucide, sentant la tête me tourner, ne pouvant plus tenir debout. Je perçus le travail de mes Âmes tentant vainement de cicatriser la plaie. J'avais l'impression de sombrer, mon corps échappant toujours à mon contrôle. Ma dernière pensée consciente fut que c'était une réaction très exagérée pour une simple entaille sur le torse...

* *

*

Andréa hurla longtemps dans son sommeil, la cicatrice sur sa poitrine brûlant comme si elle venait tout juste d'être rouverte. Les Insoumises qui veillaient sur elles furent incapables de la réveiller et durent assister, impuissantes, à de longues minutes de détresse. Les larmes roulaient sur les joues de la Fille de Lune et sa douleur faisait peine à voir, mais personne n'y pouvait rien. Naïla avait sauvé son Cyldias, mais en utilisant la dague créée par Alana pour tuer les Filles de Lune maudites, elle avait commis une erreur. Elle risquait maintenant d'en mourir...

34

Une nouvelle formule

Depuis le départ d'Alix, Foch et Wandéline avaient repris leur étude du grimoire d'Ulphydius. Ils cherchaient surtout la signification de « *son secret repose à jamais à la naissance du jour...* » mais ils n'avaient toujours aucune piste. Dans la cheminée mijotait en permanence la potion de Vidas. Il faudrait y ajouter un nouvel ingrédient très bientôt. Ce serait le dernier avant que les écailles de la queue d'une sirène ne deviennent indispensables. Il fallait donc qu'Alix soit de retour le plus rapidement possible. Sinon... Eh bien, il ne resterait qu'à tout recommencer !

L'hybride et la sorcière préféraient ne pas y penser. Ils n'avaient guère envie de laisser la vie sauve à Mélijna pour une autre année. Ils voulaient qu'elle meure, chacun ayant ses raisons qu'il n'osait avouer à l'autre...

En soupirant, le demi-cyclope se pencha à nouveau au-dessus des pages manuscrites jaunies par le temps. Depuis quelques jours, lui et sa consœur étudiaient une formule particulièrement étrange. À la fin de la liste des ingrédients, il y avait une phrase pour le moins curieuse :

Parce que sans cette potion, nul ne parviendra à la frontière entre l'ombre et la lumière, la naissance du jour...

Ils étaient convaincus du lien entre cette formule et le secret d'Ulphydius. Toutefois, ça ne les avançait guère puisque la moitié des ingrédients n'existaient plus sur la Terre des Anciens. Foch grommela, songeant au temps qu'il avait consacré à l'histoire de la Terre des Anciens et des mondes qui l'entourent. Il avait cru que son savoir atteignait des sommets, mais il s'apercevait aujourd'hui qu'il lui en restait énormément à apprendre.

– Tu crois que ça pourrait être une potion de vision parallèle ?

Foch sursauta, n'ayant pas entendu Wandéline revenir. Préoccupé, il répondit :

– Tu veux dire qu'elle permettrait de voir ce que la magie aurait fait disparaître aux yeux du commun ?

Wandéline opina du chef.

– Si Ulphydius ne voulait pas que son précieux legs soit découvert par hasard, il n'avait d'autre choix que de le rendre invisible. Il s'assurait ainsi que seul quelqu'un à la recherche de ce qu'il avait caché puisse le découvrir. Très ingénieux de sa part !

– Si je comprends bien, nous devrons préparer une autre mixture étrange qui nous prendra... Attends un peu que je regarde...

Le vieil homme se pencha sur le grimoire avant de poursuivre :

– Deux longs mois...

Il grogna et adopta un air de fatigue exagéré que Wandéline ignora délibérément.

– Ce ne sera pas plus compliqué que ce que nous faisons en ce moment pour la potion de Vidas.

– Je te signale qu'il nous manque près de la moitié des ingrédients nécessaires. Et personne sous la main pour aller gentiment les chercher où ils se trouvent, c'est-à-dire dans le passé...

Wandéline eut alors un immense sourire.

– Mais nous n'avons besoin de personne mon cher Foch puisque tu es un ami du peuple des marais de Nelphas. Ils se feront certainement un plaisir de te fournir tout ce qui est ici demandé et qui a disparu de la Terre des Anciens avec le temps.

*　　*
*

D'un geste rageur, Kaïn lança le livre qu'il était en train de consulter. Il était dans la ville mythique de Ramchad, dans une bibliothèque dont peu connaissait l'existence, incapable de se concentrer. Il cherchait des informations sur l'emplacement de l'île conduisant à la cité perdue des elfes, Farmylle. Il était d'abord venu pour trouver une précision sur le sortilège permettant de lever la malédiction qui pesait sur Andréa. Mission accomplie... Il profitait maintenant de sa présence pour une autre recherche. Mais l'Insoumise Lunaire l'obnubilait. Il avait cette femme dans la peau, comme une tache de naissance dont on ne peut se défaire parce qu'elle est partie intégrante de soi. Le problème était simple, en fait ; il l'avait aimée plus que tout avant de s'en détacher sous prétexte qu'il devait sauver le monde qui l'avait vu naître. Il se savait coupable et cette culpabilité le rongeait plus qu'il ne voulait se l'avouer, ajoutant à son malaise. Jamais il n'avait pu oublier Andréa. Elle l'avait accompagné tel un fantôme tout au long de sa vie. Quand elle avait trouvé un autre homme, il s'en était réjoui pour elle, croyant que ce serait la fin de son calvaire, qu'il l'oublierait enfin, mais non ! Il n'avait pu s'empêcher de l'épier en secret, parfois de la suivre ou de l'aider. Jamais il n'avait pu se résigner. À cet instant, il eut une pensée incongrue pour Alix. Si la fille était comme la mère...

Tandis que ses yeux erraient sur les rayonnages, Kaïn fut brusquement tiré de ses réflexions par une note discordante. Son regard avait décelé quelque chose, mais quoi ? Il reporta son attention sur la section qu'il regardait distraitement quelques instants plus tôt et comprit ce qui n'allait pas. Dans la fresque qui ornait le haut d'une étagère au contenu particulièrement important, il manquait une pièce de monnaie, de celles qui avaient été frappées à l'effigie de Darius. Le Sage usa d'un sortilège pour vérifier que toutes les autres pièces se trouvaient bien à leur place. Malheureusement, il en manquait deux autres un peu plus loin... Une ombre de plus au tableau !

Quand la ville avait été désertée et mise sous la garde des sylphes et des sylphides, Darius avait magiquement rapatrié toutes les pièces de monnaie créées. Il en avait détruit la grande majorité, mais en avait tout de même conservé un certain nombre. Il les avait incrustées dans de magnifiques fresques décoratives, un peu partout dans la bibliothèque. Kaïn savait que ces pièces avaient une mémoire et donc la capacité de conduire un être doté de pouvoirs jusqu'à cette fameuse bibliothèque. Restait à souhaiter que les pièces volées ne tombent pas entre de mauvaises mains parce que le savoir que contenait cet endroit était aussi immense que dangereux...

*   *

*

Quelque part aux frontières des Terres Intérieures, Yaël discutait autour d'un feu de camp. Pour les hommes qui l'accompagnaient, leur chef parlait tout seul. Le mage disait d'ailleurs, toujours en riant, que ce comportement était un signe d'intelligence. Mais quiconque possédait quelques dons savait que ce n'était pas que l'intelligence qui dictait sa conduite au descendant de Mévérick, mais bien la nécessité d'en apprendre sans cesse davantage sur le passé de la Terre des Anciens. Quel meilleur moyen de parvenir à ses fins que d'écouter les récits d'une femme qui avait assisté à la déroute de son illustre aïeul et aux jours sombres qui avaient suivi ! Depuis que Yaël avait libéré le fantôme de Séléna, il saisissait la moindre occasion de lui poser des questions. Il ne pouvait espérer redresser les torts de Mévérick s'il ne connaissait pas mieux son histoire qu'à travers les rumeurs colportées dans les tripots mal famés de Nasaq.

Le jeune homme avait fait d'une pierre deux coups en retrouvant le médaillon de cette Fille de Lune hors du commun. Le spectre de Séléna avait des pouvoirs exceptionnels et savait s'en servir avec discernement et intelligence...

35

Urgence

Alix sentit soudain la matière qui le retenait prisonnier perdre de sa consistance. Ses membres étaient moins à l'étroit et son corps ne subissait plus d'oppression, mais plutôt un poids réel, comme si quelque chose était tombé sur lui. Il tenta alors d'ouvrir les yeux...

Le jour touchait à sa fin. Et il y avait effectivement quelque chose sur lui : le corps de Naïla. Sans attendre, Alix s'extirpa de son inconfortable position. Il éprouva cependant de la difficulté à se lever, ses membres étant ankylosés par sa retraite forcée et ses blessures toujours à vif.

Le manque de réaction de Naïla, le dos nu et les traces de sang sur les vêtements de la jeune femme l'affolèrent. Il chercha le pouls au creux de son cou. Le cœur battait très faiblement. Alix retourna soigneusement la Fille de Lune. Ses sourcils se froncèrent à la vue de la blessure qui traversait sa poitrine et de la dague toujours serrée dans sa main gauche. « Mais pourquoi a-t-elle fait ça ? » s'énerva-t-il, avant de réaliser bêtement que le geste de Naïla avait rompu le sort qui le retenait prisonnier. Le don de sang... Alix n'avait lu qu'une seule fois sur cette façon de rompre un sortilège particulièrement puissant et le souvenir qu'il en gardait le fit déglutir péniblement.

En jurant, Alix se servit de sa propre magie pour refermer la plaie qui avait pris une vilaine teinte violette. Si sa tentative sembla fonctionner, probablement parce que Naïla était maintenant près de lui, les résultats se firent tout de même attendre... Bien que le sillon soit peu profond, il suintait sans arrêt, laissait s'échapper un mince filet de liquide bleuâtre. Soudain, le Cyldias comprit. Se passant une main nerveuse dans les cheveux, il blasphéma à voix haute. Parviendrait-il à sauver Naïla alors que personne ne pouvait lui venir en aide ? Pourvu que les Âmes régénératrices de la jeune femme puissent combattre suffisamment longtemps et lui donnent le temps de trouver une solution...

*   *

*

Pendant plusieurs heures, dans une cellule temporelle, Alix essaya d'endiguer l'empoisonnement de la plaie. Il pansa aussi ses propres blessures et passa par toute la gamme des émotions, des meilleures jusqu'aux pires. Il fut même tenté d'abandonner... Stupidité ! Même quand Naïla n'était pas en mesure de le contredire ou de faire des bêtises, sa seule présence parvenait à le déstabiliser...

Voyant que ses efforts n'aboutissaient à rien, il envisagea de retourner dans son monde, avec la jeune femme dans les bras, pour quérir de l'aide. Mais ça n'avait guère de sens. Ils seraient alors tous les deux beaucoup trop vulnérables. Il ne pouvait pas y aller seul, risquant de revenir chercher un cadavre plutôt qu'une Fille de Lune mal en point. Il jura à nouveau, reprochant aux Sages d'autrefois d'avoir inventé les Filles de Lune, puis à Alana d'avoir créé cette maudite dague...

*   *

*

Du haut de sa voûte céleste, Alana faisait les cent pas, indécise. Elle était sur le point de voir mourir sous ses yeux la Fille de Lune qui devait rétablir l'équilibre de la Terre des Anciens. Elle savait qu'elle ne devait pas intervenir dans le destin des hommes, mais elle ne pouvait s'empêcher de penser que la jeune femme risquait de rendre son dernier souffle par sa faute. Maudite dague !

Quand Naïla s'en était servie lors de son assermentation, il n'y avait pas eu de problème puisqu'elle se trouvait dans le Sanctuaire de la Montagne aux Sacrifices et que les forces occultes de l'endroit la protégeaient. Et puis, l'entaille faite à ce moment n'était que superficielle. Alors qu'aujourd'hui... Alana rageait de n'avoir pas pensé qu'un jour, la jeune femme utiliserait peut-être à nouveau l'arme maudite et que, cette fois, elle serait à la merci de cette création divine.

Que faire ? Si la déesse sauvait la vie de l'Élue, elle serait soulagée, mais aussi coupable de ne pas avoir respecté le serment des dieux. Si elle ne le faisait pas, elle n'aurait bientôt plus personne à protéger... Les Filles de Lune n'avaient jamais été en nombre aussi restreint, ni si démunies et mal préparées à faire face à l'avenir. Une seule parmi toutes celles qui restaient était en sécurité en ce moment même. Les autres étaient toutes en situation périlleuse, en danger de mort ou totalement dépassées par la tâche à accomplir... Elle ne pouvait pas assister à la mort de la plus douée sans réagir !

Sa décision enfin prise, la déesse n'eut toutefois pas le temps de la mettre à exécution. On l'appelait ailleurs...

*   *

*

La sueur inondait le visage d'Alix, tandis qu'il marchait vers la pierre de voyage, le corps de Naïla dans les bras. Les signes vitaux de l'Élue ne cessaient de faiblir et il n'avait toujours pas trouvé de solution. Plus tôt dans la soirée, il avait remarqué des mouvements de plus en plus fréquents dans le ventre de la jeune femme. Il avait compris que les enfants sentaient la fin venir et refusaient de mourir avec leur mère. Même si Alix savait qu'un retour dans ces circonstances était de la folie, il ne voyait rien d'autre. Il fallait que la mer se retire au moins à mi-parcours pour que la pierre de voyage soit découverte et il doutait que la jeune femme puisse attendre une autre marée. Par acquit de conscience, il avait pris soin d'enlever l'étrange pantalon que portait Naïla pour la vêtir comme il se devait, avec les jupes qu'elle avait dans son sac.

Ses pieds s'enfonçaient dans la boue à chaque pas ; les monceaux de glace lui faisaient obstacle et le vent s'était levé de fort mauvaise humeur. De plus, ses pouvoirs refusaient à nouveau de fonctionner correctement, comme s'ils étaient déstabilisés. Seule sa vision de nuit lui demeurait fidèle. Alix avait l'impression de ne plus être le même depuis qu'il avait émergé de son cocon translucide et il ne comprenait pas pourquoi. Il n'avait malheureusement pas le temps de s'attarder à cette sensation, priant simplement pour que cet état de choses ne lui cause davantage de problèmes qu'il n'en avait déjà...

Alors que la lune éclairait le ciel comme une invite à la romance, il glissa au cou de Naïla la réplique du talisman de Maxandre, censée conduire à l'original. Même s'il doutait que la jeune femme puisse faire quoi que ce soit dans sa situation actuelle, il préférait le lui remettre maintenant. Alix traça ensuite du pied quatre symboles, demandant ainsi à revenir sur la Terre des Anciens au moment où le soleil se levait. Puis, les bras chargés de son fardeau, il traversa la frontière du temps et de l'espace.

*　　*

*

410

J'étais dans un état de semi-conscience, sans force aucune. Alix me portait dans ses bras. Je l'entendais sans cesse marmonner d'un ton qui me donnait à penser qu'il s'en prendrait à quiconque se mettrait sur sa route. Je compris bientôt que nous allions tenter une traversée et je me sentis encore plus mal. Pour ajouter à mon désarroi et à ma douleur de vivre, je ressentis de violentes contractions. Ce fut le coup de grâce. Jamais je ne survivrais à un accouchement en ce moment ! Je n'eus d'autre choix que d'admettre que j'allais probablement mourir et mes yeux s'emplirent de larmes sous mes paupières closes. Ma seule consolation : je perdrais la vie dans les bras de celui que j'aimais...

* *
*

Je sus immédiatement que nous étions dans l'entre-deux-mondes. La sensation de vertige et l'impression de tomber dans le vide n'avaient pas leur pareil. Pourquoi ouvris-je alors les yeux ? Je l'ignore. Il me semblait simplement que c'était ce que je devais faire à tout prix. Autour de moi, le néant, comme les autres fois, mais il y avait aussi une silhouette lumineuse tout près. Son visage me rappelait quelqu'un... Elle tendit une main vers moi et je vis quelque chose pendre entre ses doigts. Dans un réflexe, je tendis la main à mon tour, mais je ne pus saisir l'objet avant de sombrer dans l'inconscience...

* *
*

Sur la Terre des Anciens, aucune secousse n'annonça l'arrivée des voyageurs puisque ce retour avait été demandé par Alix. La traversée des rares êtres comme lui ne commandait pas une réaction des éléments. Tant mieux parce que la route serait encore longue avant la sécurité. Malheureusement,

411

la réapparition de la Fille de Lune maudite n'échappa pas à Mélijna, qui explosa littéralement de joie. Forte des retombées de la formule qu'elle avait réussi à concocter, elle disparut aussitôt pour reparaître sur les lieux de l'arrivée. Trop tard ! Alix et Naïla étaient déjà au sud du continent. Le Cyldias voulait partir vers Mésa le plus rapidement possible, sachant justement que la sorcière des Canac risquait de leur faire des misères. Il envoya un message à Foch pour lui demander de sécuriser leur route.

* *
*

À l'intérieur d'une frontière temporelle, Roderick était coupé de tout ce qui se passait sur la Terre des Anciens. Le retour de son fils et de la Fille de Lune lui échappa donc complètement. Un problème de moins pour les deux jeunes gens...

* *
*

Dès qu'il reçut la communication d'Alix, Foch en informa Wandéline. Ils partirent sur-le-champ pour le lac conduisant à Mésa. Ils arrivèrent au moment où les eaux commençaient à se retirer, mais ils n'eurent pas le temps de rejoindre les deux héros de ce monde en perdition, Mélijna se matérialisant sur la ligne d'horizon.

Foch et Wandéline jurèrent de concert.

Puis, dans un silence tacite, ils marchèrent à sa rencontre, espérant ainsi retarder sa progression.

La sorcière des Canac jura à son tour, sachant qu'elle n'aurait pas la partie facile. Elle avait reconnu l'aura de Wandéline, mais pas celle de son compagnon. Elle devait vite se débarrasser des importuns pour se consacrer à une tâche capitale : rattraper la Fille de Lune maudite avant qu'elle ne traverse vers Mésa.

La distance se rétrécissait maintenant entre les deux clans. Wandéline réfléchissait intensément à la meilleure méthode pour en finir au plus vite. Elle concentrait déjà sa magie dans le majeur et l'index de sa main droite, cherchant à y emmagasiner le plus de puissance possible pour que son premier sort affaiblisse son adversaire au maximum. Elle n'avait pas besoin de trop en faire, juste assez pour qu'Alix et Naïla aient le temps de disparaître.

Foch, pour sa part, n'avait pas l'intention d'utiliser une quelconque forme de magie contre Mélijna ; il se savait bien loin de l'égaler. Il cherchait plutôt une façon de se servir de ce qui les entourait pour gagner du temps. Il exerçait peu de pouvoir sur les êtres en général, mais ses nombreuses lectures lui permettaient d'en avoir sur les quatre éléments.

Mélijna n'attendit pas d'être à la hauteur de ses adversaires pour agir. D'un seul geste, elle croisa l'auriculaire et l'annulaire de la main gauche, de même que le majeur et l'index, chaque duo formant une torsade. Elle prononça alors une incantation dans la langue aquatique, d'abord en murmurant, puis de plus en plus fort. Tout autour, le paysage amorça un changement radical. Le sol sec, pierreux, sans arbres ni arbustes qui encerclait l'îlot de verdure cachant le lac se métamorphosa. La terre devint soudain boueuse et collante, les pieds s'y enfonçant progressivement. Un marécage menaçait de prendre forme. Foch répliqua avec une formule sollicitant l'aide du vent. Avec une concentration exemplaire, il déplaça l'air chaud pour forcer une évaporation rapide de l'eau. Protégée parce qu'elle était l'initiatrice du sortilège, Mélijna continuait d'avancer comme si le sol n'avait pas subi la moindre transformation.

En colère de s'être ainsi fait surprendre comme une débutante, Wandéline riposta et Mélijna se mit à patauger dans sa propre création. Celle-ci contre-attaqua, créant des sables mouvants qui n'avaient pas d'emprise sur elle. Craignant de ne pas pouvoir maîtriser cette magie avant qu'elle ne les enlise, Foch et Wandéline disparurent pour reparaître à l'orée du bois où la formule n'avait plus d'effet. La colère déformant ses traits, Mélijna lança un nouveau sortilège, mais sans obtenir les résultats escomptés. Trop heureux de pouvoir servir, Foch détruisit aisément la barrière de feu que la sorcière avait élevée autour d'eux. Wandéline profita de la déconfiture de la sorcière pour lui envoyer un sort du peuple des golems, espérant – mais n'y croyant guère – réduire sa rivale à l'état de statue. Elle détestait prendre part à un combat de ce genre à l'improviste ; elle avait toujours été meilleure dans les combats planifiés. Dommage que Foch soit présent ; cela l'empêchait de se servir d'une partie de sa magie. Son vieil ami risquait de poser trop de questions et Wandéline n'était pas prête à avouer son allégeance première. Il était encore trop tôt...

* *

*

Un peu plus loin, Alix continuait d'avancer sans se préoccuper de ce combat. Il peinait à porter Naïla dans la mousse et le sol spongieux, incapable d'utiliser la magie pour s'aider. Contrairement à ce qu'il avait espéré, ses pouvoirs avaient toujours des ratés, même s'il était de retour dans son univers. Bien qu'il ait éprouvé quelques difficultés dans les semaines précédant son départ pour Brume, jamais il n'en avait eu autant que maintenant. Et le moment était vraiment mal choisi !

La présence de Naïla lui avait au moins évité l'épreuve du lac ; l'eau s'était mise à descendre dès que le corps de la Fille de Lune avait franchi le ruisseau. Le Cyldias marchait maintenant sur la mince bande de terre conduisant à l'île émergée. À l'instant même où il vit le triton nager vers lui, il entendit une forte déflagration en provenance de la forêt. Il était convaincu que Mélijna les avait repérés et suivis.

« Alana, faites que Foch et Wandéline retiennent cette furie assez longtemps pour que nous puissions partir. »

Alix voulut accélérer le pas, mais il en était incapable. La fatigue se faisait de plus en plus sentir, de même que les contrecoups de ses récents déboires. À trois reprises, il buta sur des pierres imaginaires, le corps de Naïla risquant chaque fois de le faire basculer dans les eaux profondes qui bordaient le passage. Fixant avec obsession l'île devant lui, il voyait chaque pas comme une victoire.

Alors qu'il touchait enfin au but, Alix perdit l'équilibre. Luttant pour se reprendre, il fit un faux mouvement et se retrouva sur le dos, le corps de Naïla sur lui. Le temps qu'il perdit à se dépêtrer le fit rager de plus belle.

– Mais que se passe-t-il ? demanda une voix bourrue. J'avais précisé que cette Fille de Lune devait venir seule...

Alix pivota sur lui-même pour faire face au gardien. Irrité par les dernières journées, il répliqua vertement :

– Et vous croyez qu'elle est en état de venir seule ?

N'attendant pas de réaction, il reprit, exaspéré :

– Si vous êtes incapable de me donner un coup de main pour sauver la vie de l'Élue, dites-moi au moins comment traverser. Je ne vous embêterai pas longtemps, croyez-moi !

Dans un effort surhumain, Alix reprit le corps de Naïla et regarda ensuite le triton droit dans les yeux. Pour sa part, le

Sage fixait le jeune homme avec une fascination dérangeante, voire déplacée, surtout en ce moment. Quand il parla enfin, le Cyldias n'eut pas davantage de réponse à sa question.

– Qui es-tu ?

C'en était trop. Cette antiquité aquatique ne voyait donc pas que le temps pressait ? Ce n'était pas le moment de faire son arbre généalogique. Sans répondre, Alix se mit à fouiller les environs d'un œil frénétique. La vie de Naïla fuyait entre ses doigts et il ne voyait toujours pas la moindre trace d'un passage. Pas d'arbre, de roche, de signe distinctif, rien. Au bord de la crise de nerfs, il se retourna vers le triton, mais sa phrase mourut sur ses lèvres...

*   *

*

Forte des nouvelles capacités qui l'habitaient, Mélijna eut bientôt le dessus sur ses adversaires. Elle n'avait fait qu'une bouchée de Foch, la magie de l'hybride ne lui permettant pas de se défendre correctement. Pour Wandéline, par contre, ce n'est pas Mélijna qui la mit hors d'état de nuire. Au moment où la sorcière des Canac lançait un nouveau sortilège en direction de sa rivale, celle-ci recevait un message télépathique déconcertant et inattendu :

– *Il se pourrait que j'aie besoin de toi à mes côtés plus tôt que prévu.*

La peau de Wandéline s'était couverte de chair de poule et elle avait perdu sa concentration. Voilà pourquoi Mélijna avait remporté la partie, s'empressant de poursuivre sa route, de crainte d'arriver trop tard pour retenir Naïla.

La sorcière n'avait eu aucune difficulté à atteindre le lac. Bien qu'elle n'ait jamais été assermentée, elle portait encore toutes les caractéristiques des Filles de Lune. Sur l'étroite bande de terre, elle faillit perdre pied quand elle se rendit compte que Naïla n'était pas seule... La sorcière se reprit quand elle constata qu'Alexis portait la jeune femme dans ses bras. Elle n'aurait donc pas à craindre d'affrontement avec la Fille de Lune maudite, seulement avec celui qui l'accompagnait. Elle devait tout de même se méfier puisqu'elle ne bénéficiait pas ici des mêmes conditions qu'au château ; Alexis pouvait utiliser sa magie à sa guise. Elle devait aussi tenir compte du triton, probablement le gardien du passage. Néanmoins convaincue de récupérer la Fille de Lune, elle avançait vers l'avenir.

*   *

*

À la vue de Mélijna, Alix pesta. Le fait qu'elle soit maintenant tout près d'eux voulait dire que Foch et Wandéline n'avaient pas fait le poids et que la sorcière était au sommet de sa forme. Mauvaise nouvelle !

La vision de cette vieille femme qui s'amenait sur l'île avec des allures de conquérante eut le mérite de sortir le triton de sa torpeur. Il poussa une exclamation de surprise avant de tendre la main dans la direction de Mélijna, tentant de la déstabiliser. Cette dernière vacilla dangereusement, mais elle finit par retrouver son aplomb et attaqua à son tour. Le triton reçut le sort en pleine poitrine, mais la douleur fut de courte durée, ses Âmes régénératrices étant de loin meilleures que celles de n'importe quelle autre créature du continent. Il riposta avec un mouvement des eaux visant à envoyer Mélijna par le fond, mais la sorcière para le coup de belle façon en s'élevant au-dessus des flots, technique de lévitation qu'elle maîtrisait à merveille depuis quelque cent ans.

Dans un froncement de sourcils, le triton comprit que la partie ne serait pas facile. Il allait devoir ouvrir le passage pour laisser passer la Fille de Lune et son Cyldias. Contrairement à ce qu'il pensait, le jeune homme avait peut-être une chance de survivre à la traversée. Mais pourquoi l'hybride et la sorcière ne lui avaient-ils pas dit que cet homme était si différent ? Ils devaient bien savoir que l'Être d'Exception était en pleine mutation !

Le triton tenta une nouvelle attaque. Il créa une cellule temporelle qui l'engloba, de même que la Fille de Lune et son Cyldias. Alix ne put s'empêcher de pousser un sifflement d'admiration. Bien peu de gens avaient la capacité de créer des cellules temporelles qui les soustrayaient soudain au regard des autres. Habituellement, cette magie ne fonctionnait que si l'on était déjà à l'abri des regards lors de la création.

– Nous avons peu de temps, alors écoutez-moi bien ! débita rapidement le triton. Dès que la cellule disparaîtra, le passage sera grand ouvert. Vous n'aurez que quelques minutes pour traverser. Vous n'avez qu'à pénétrer dans l'eau : le lac est une immense porte vers Mésa. Mais vous devez savoir que vous ne survivrez peut-être pas à la traversée. La Fille de Lune est dans l'incapacité de contrôler son passage et je suis loin d'être convaincu qu'un Être d'Exception, aussi exceptionnel soit-il justement, puisse traverser sans dommage. Mais comme vous n'avez pas d'autre choix...

Avant que le triton puisse conclure, la cellule disparut, brisée par une Mélijna en furie. Elle voulut s'emparer de Naïla, mais Alix recula précipitamment. Le triton s'interposa et une bousculade s'ensuivit dans laquelle aucun des protagonistes ne parvenait à utiliser sa magie convenablement. Alix, qui portait toujours Naïla, s'apprêtait à se glisser dans les eaux du lac tandis que le triton retenait Mélijna. La sorcière parvint à se dégager d'un mouvement brusque et agrippa le Cyldias par un bras. Elle tenta de l'emprisonner magiquement dans un espace clos, le temps de se débarrasser du gardien, mais le corps de Naïla ne supporta pas l'attaque. Sans même que la Fille de Lune en ait conscience, et en dépit de son immense faiblesse, son corps répliqua par un rayonnement lumineux d'une telle intensité que les trois êtres en présence fermèrent les yeux. Se sachant tout près de la rive, Alix en profita pour entrer précipitamment dans l'eau glacée. Il continua de reculer, convaincu que la moitié du corps devait être immergée pour que la magie opère. En même temps, d'un mouvement des bras, il tentait de replacer le corps de Naïla, mais un écueil lui fit perdre pied. Il tomba à la renverse, Naïla lui échappant. Une main tenant toujours la jupe de la jeune femme, il vit Mélijna qui se précipitait vers lui. Ce fut sa dernière vision avant qu'il ne disparaisse, aspiré par les eaux du lac.

*   *

*

J'avais vaguement conscience que quelque chose de grave se passait. Ma vie ressemblait à un immense brouillard dans lequel j'avançais à l'aveuglette. Mes paupières étaient trop lourdes pour que j'aie la moindre envie de les soulever et mes membres me faisaient souffrir le martyre. Dans mon ventre, régnait une agitation incroyable et incessante, mais je n'avais plus la force de hurler ma douleur. Je ne songeais qu'à mourir pour en finir au plus vite.

Nous nous déplacions sans arrêt et j'entendais confusément des voix. Soudain, sans que je m'y attende, je plongeai dans une eau glacée. Quelqu'un tirait sur ma jupe et une autre personne tentait de m'attirer dans une direction contraire. Puis ce fut le néant.

*   *

*

Les deux pieds dans le lac, Mélijna ahanait, consacrant toute son énergie à ne pas lâcher prise. Naïla s'enfonçait rapidement et la sorcière s'échinait à la retenir. Elle avança donc plus loin dans l'eau, même si elle avait cet élément en horreur. Elle tendit son autre main pour agripper Naïla plus solidement, mais la jeune femme se volatilisa soudain, laissant Mélijna bredouille. Comprenant que l'Élue allait encore lui échapper, la sorcière plongea sans réfléchir. Elle devait ramener sa proie maintenant. Si Naïla accouchait sur Mésa, retrouver les enfants deviendrait un calvaire.

*   *

*

Dès que la sorcière disparut, le triton sut qu'il devait absolument la ramener. Il fallait à tout prix éviter qu'elle entrave le voyage de la Fille de Lune, la place de cette dernière ne pouvant être ailleurs que sur Mésa. Le peuple des vouivres était reconnu pour ses aptitudes à guérir tous les maux. Le Sage entama donc une série d'incantations visant à inverser le processus de voyage tout en souhaitant qu'il ne nuise pas aux deux autres voyageurs, car il ne pouvait cibler une seule personne.

*   *

*

Dans l'entre-deux-mondes, trois êtres flottaient, leur voyage interrompu par la mélopée du vieux Sage. Ce dernier avait commencé trop tôt pour qu'Alix et Naïla soient en sécurité.

Le Cyldias ne pouvait plus faire le moindre mouvement. Autour de lui, il n'y avait que la noirceur totale, malgré ses pouvoirs de nyctalope, et pas le moindre son, comme si le temps s'était arrêté. Après quelques minutes de cette suspension qui sembla pourtant durer une éternité, des images étranges se mirent à défiler dans l'esprit d'Alix. Des dizaines de créatures aquatiques se succédaient, certaines lui étant familières, d'autres pas du tout. Puis une voix rocailleuse lui demanda simplement :

– Penses-tu trouver ici ce que tu as tant cherché ?

Et la ronde d'images reprit jusqu'à ce que le jeune homme se retrouve lui-même dans un environnement aquatique. N'ayant pas été prévenu de la fin du voyage, il ne put retenir son souffle.

Même s'il apercevait la lumière au-dessus de sa tête, Alix cherchait une formule qui lui permettrait de respirer sous l'eau, tout en nageant avec ardeur vers la surface. Malheureusement, l'air se fit de plus en plus rare et ses poumons le brûlèrent bientôt. Alix mettait l'énergie du désespoir dans ses mouvements de bras et de jambes, priant Alana de le laisser atteindre la surface. Il ne se rendait pas compte qu'on l'observait avec attention, concentré uniquement sur sa survie. Mais ce ne fut pas suffisant. Les dernières bulles d'air franchirent ses lèvres. Lentement, l'eau s'infiltra et Alix sombra...

* *
*

Mélijna savait qu'elle devait repérer la Fille de Lune pendant qu'elle était dans l'entre-deux-mondes. La sorcière ne pouvait pas se permettre une visite sur Mésa ; ses connaissances de ce monde étaient trop limitées et ses capacités physiques, instables. De plus, son statut de Fille de Lune non assermentée lui interdisait de voyager sans être accompagnée. Donc, si Naïla n'était pas dans l'espace-temps en même temps qu'elle au retour, Mélijna resterait coincée là-bas. Ce n'était surtout pas le moment d'aller mourir bêtement !

Contrairement à Alix, elle voyait très bien dans ce qui n'était pour lui qu'un vaste espace noir et pouvait même s'y mouvoir sans trop de difficulté. Elle avait l'avantage de son ascendance. Elle repéra rapidement Naïla, puis tenta de l'atteindre. La sorcière s'immobilisa brusquement, tellement fascinée qu'elle en oublia la jeune femme. Elle venait de comprendre pourquoi elle échouait à retrouver l'empreinte magique du talisman de Maxandre sur la Terre des Anciens ; il n'y était plus ! Ses plans changèrent aussitôt et elle se déplaça vers l'objet qui lui manquait pour que ses pouvoirs atteignent leur apogée et lui permettent de voyager seule. Alors qu'elle tendait une main avide vers le talisman, l'effleurant même du bout des doigts, elle se sentit aspirée vers l'arrière. Une fraction de seconde plus tard, elle était de retour sur l'île émergée du lac où l'eau montait dangereusement... Si on lui en avait laissé le temps, elle aurait pleuré de rage. Elle quitta l'endroit sans se rendre compte que le triton la suivait du regard, satisfait d'avoir évité des ennuis majeurs à la Fille de Lune et à son Cyldias et priant pour leur survie...

*   *

*

Je flottais dans l'espace-temps, ignorant vers quel monde je me dirigeais. Pour être honnête, je m'en fichais. Peu importait l'endroit où j'allais atterrir pour mourir. Pourvu que ce soit dans les délais les plus brefs, je promettais de ne pas critiquer...

Alors que les contractions ne me faisaient même plus la grâce de s'espacer, j'ouvris subitement les yeux. Comme lors de mon retour de Brume, je le fis instinctivement, mais l'effort, même pour un geste aussi banal, me donna envie de vomir.

Droit devant moi, la même silhouette lumineuse me tendait quelque chose. Il y avait bien peu de distance entre nous, comme si elle m'accordait une chance supplémentaire de m'emparer de ce qu'elle m'offrait. Le cœur au bord des lèvres, je cherchais de l'air, la tête me tournant de plus en plus. Je fermai les yeux, espérant apaiser cette sensation de vertige, mais ce fut peine perdue. Je rouvris les yeux sur le même spectacle, me demandant pourquoi le passage était si long, pourquoi je stagnais ainsi dans un environnement tout sauf accueillant. Par deux fois, la silhouette sembla regarder derrière elle avant de se rapprocher sensiblement, un bras toujours tendu, le visage maintenant suppliant, comme si j'allais lui apporter la délivrance qu'elle attendait. Dans un effort surhumain, je réussis à frôler l'objet d'un doigt avant d'être une nouvelle fois aspirée vers le néant.

Le choc fut brutal et l'eau plus glaciale encore qu'à mon départ. Mais ce n'était pas le pire. Une douleur fulgurante s'empara de mes jambes en même temps qu'elle me vrilla les tympans. Ma tête menaça d'exploser et j'eus l'impression que l'on me sciait les jambes. J'ouvris la bouche pour crier, mais l'eau s'y engouffra instantanément et, dans un gargouillis, je m'évanouis.

36

Retour à Nelphas

De retour chez Wandéline, les deux complices n'avaient pas discuté longtemps avant de se rendre à l'évidence : Nelphas recelait probablement tous les ingrédients dont ils avaient besoin pour leur nouvelle potion de vision parallèle. Dommage qu'ils ne puissent pas faire la même chose pour la potion de Vidas... Dans ce cas précis, beaucoup d'ingrédients provenaient d'êtres pensants, d'où la nécessité de traverser vers d'autres mondes.

Foch poussa un long soupir. Il marchait depuis plusieurs heures déjà dans les marais, reprenant le chemin du sanctuaire. Il ne s'y arrêta pourtant pas, se contentant d'y jeter un regard en coin. Il n'avait guère le temps de s'apitoyer sur les problèmes des autres aujourd'hui ; les siens lui suffisaient amplement. Il eut cependant une pensée pour Alix, perdu quelque part dans un univers pour lui aussi étranger que l'étaient ces marais pour le commun des mortels.

Deux heures plus tard se profila au loin le territoire des morgans. Peuple mystérieux s'il en est un, les morgans et les morganes étaient de petits êtres de moins d'un mètre, aux pieds palmés et à quatre bras. Ils avaient l'apparence anodine des enfants, un caractère enjoué et réservé à la fois, se suffisaient à eux-mêmes comme nation et prenaient très au sérieux la mission que Darius leur avait autrefois assignée : voir à ce qu'aucune espèce animale ou végétale ne disparaisse de la Terre des Anciens. Pour ce faire, les morgans pouvaient aller et venir, sans restriction aucune, dans le temps et l'espace. Ils avaient à leur disposition une faille temporelle unique et la protégeaient avec une férocité et un dévouement incroyables.

La venue de Foch ne passa pas inaperçue. Dès qu'il franchit la barrière magique des limites territoriales des morgans, le paysage se modifia. Les arbres atteignirent soudain des tailles gigantesques, les rochers se rétrécirent d'autant, rendant la progression difficile ; la verdure sembla plus menaçante, plus envahissante ; le débit des ruisseaux s'accéléra sensiblement. Tout concordait pour donner l'impression que ce marais jusque-là paisible allait engloutir, d'un instant à l'autre, le malheureux qui avait osé y mettre les pieds. Foch continua d'avancer comme si de rien n'était, sachant pertinemment que tout ça n'était qu'illusion pour décourager les intrus. Peu après, le village se profilait enfin à l'horizon.

*   *

*

– Je comprends vos motivations, mais il n'en demeure pas moins que l'un des ingrédients demandés figure sur la liste de ceux que nous ne pouvons donner qu'à un nombre très restreint d'individus.

Foch ouvrit la bouche, mais le morgan coupa court à ses protestations.

– Je le répète : je sais que vos intentions sont louables et qu'il n'est en aucun cas question d'une utilisation guerrière ou cruelle, mais nous ne pouvons pas accéder à votre requête.

– Réunissez le Conseil, ordonna Foch, exaspéré.

Le petit être eut un mouvement de recul, doutant d'avoir bien compris. Le vieux sage le détrompa, usant d'un ton très familier.

– Tu as très bien compris : je veux m'adresser au Conseil. Dépêche-toi de faire parvenir ma requête aux principaux intéressés...

Foch croisa les bras sur sa poitrine, sourcils froncés. Sa détermination eut raison des réticences du morgan. Le demi-cyclope se doutait bien que la poudre d'hystelle, une plante depuis longtemps disparue de la surface du continent, poserait problème. Lorsqu'il avait mentionné le végétal, le visage du morgan s'était fermé. Le problème résidait dans le fait que l'hystelle était l'ingrédient principal de toutes les potions d'obéissance, de possession d'esprit, de dominance psychique. Ce n'était pas un hasard si elle avait subi l'extinction ; elle avait été surexploitée... Pourquoi un ingrédient si étrange entrait-il dans la composition de la potion d'Ulphydius ? Mystère. Mais il y était, il fallait donc en trouver !

Foch marmonna entre ses dents, tandis qu'il attendait le retour du morgan. Le sage savait que les Anciens de la communauté ne pouvaient lui refuser le service qu'il était venu solliciter. Il avait beaucoup aidé ce peuple afin que les mécanismes de protection magique dont ils avaient besoin soient mis en place avec rigueur et fonctionnent parfaitement. Il fallait éviter à tout prix que cette communauté devienne une proie facile pour les êtres malfaisants, de plus en plus nombreux, qui sévissaient sur la Terre des Anciens. Alors que Foch se remémorait les quelques années de sa vie qu'il avait passées en ces lieux, le morgan revint.

– Ils vont vous recevoir.

Cette courte phrase avait été dite sur un ton où se mêlaient surprise et irritation. Ce n'était pas le village entier qui avait accueilli Foch autrefois, mais le Conseil, sur les recommandations d'un vieil ami. D'aucuns avaient reçu de mauvaise grâce cet étranger qui venait leur dire quoi faire et comment. Foch fut forcé d'admettre que le passage du temps n'avait pas dissipé toutes les tensions.

Il suivit la créature dans les rues sinueuses de ce singulier village où les chemins étaient pavés de troncs retenus par des lianes. La plupart des maisons étaient bâties à même les arbres, sur des plateformes, et des ponts de corde reliaient plusieurs habitations entre elles. Quant à la salle de réunion du Conseil, elle avait été construite sur un îlot rocheux, incongru dans ce décor, et n'était accessible que pour une poignée d'élus.

Foch y fit une entrée sous le signe de la méfiance. Quels que puissent être les services rendus autrefois, il semblait bien que ce fût oublié. L'air était aussi frais que l'accueil et l'humidité pénétrait les os de Foch, le soumettant à la torture. Décidément, le demi-cyclope se faisait vieux. Le représentant le plus âgé du Conseil alla droit au but :

– L'hystelle est un produit considéré comme dangereux. Nous ne...

– Je sais ce qu'est l'hystelle, le coupa Foch, sans façon, et pourquoi Darius la jugeait dangereuse. Par contre, je n'en veux pas une grande quantité. Je ne vois donc pas ce qui vous empêche de me donner satisfaction. Vous n'ignorez pas qu'un gramme de ce produit ne peut m'être d'aucune utilité dans une quelconque potion d'obéissance...

Ce n'était pas tout à fait vrai, mais les morgans n'avaient pas besoin de le savoir.

– Nous devons délibérer...

Foch se retint de lever les yeux au ciel, se contentant d'un faible sourire et d'un signe de tête approbateur. Il fallut plus d'une heure aux morgans pour rendre leur décision, mais celle-ci avait au moins le mérite d'être favorable. Le sage quitta aussitôt les marais, ses précieux ingrédients dans le sac qu'il portait en bandoulière. Avec un peu de chance, la mixture bouillotterait avant la fin de la journée.

*   *

*

Mélijna n'avait pas dormi depuis son retour. Elle ne décolérait pas d'avoir vu lui échapper, non seulement la Fille de Lune maudite et les enfants qu'elle portait, mais également la dague d'Alana. À quelques reprises durant le séjour de Naïla sur Brume, la sorcière avait ressenti les contrecoups des contacts entre la jeune femme et la dague sacrée. Elle s'était chaque fois juré de récupérer l'arme en même temps que l'Élue et de la détruire. Comme elle avait échoué sur toute la ligne, Mélijna cherchait maintenant, sans relâche, la meilleure façon de se débarrasser du spectre de sa sœur. Car si Naïla ignorait sûrement l'utilité de l'arme divine, il n'en était pas de même pour Séléna, qui se ferait certainement un devoir de la retracer. Elle ne comprenait toujours pas comment sa jumelle avait pu mériter de revenir sous cette forme, mais surtout comment le jeune Yaël avait découvert l'existence de cette précieuse alliée. Lasse, la sorcière se laissa choir dans son fauteuil et ferma les yeux. Elle fit le vide dans son esprit, chassant tout ce qui n'avait pas un quelconque rapport avec Séléna et les souvenirs qu'elle conservait de cette dernière. Elle inspira profondément, longuement. Si le spectre de Séléna avait une trentaine d'années, cela voulait dire qu'elle avait survécu au moins une dizaine d'années à la tentative d'assassinat de Mélijna. Qu'avait-elle fait pendant tout ce temps ? Où était-elle ?

Qui était le père de la Fille de Lune qu'elle avait engendrée à l'époque ? Quel exploit lui avait valu le privilège de revenir ? Il fallait bien que cet acte et son résultat – l'ascension de Séléna au titre de spectre – soient mentionnés quelque part pour que Yaël en ait eu connaissance et puisse en tirer profit. Ce qui lui traversa alors l'esprit lui parut d'une extravagance sans borne, avant qu'elle ne décide d'en avoir le cœur net.

Elle se leva, but une généreuse rasade de la potion qui lui permettait de vivre encore, puis disparut pour se matérialiser en plein cœur des ruines d'Anversy. Cette cité, dont la fondation datait d'une époque antérieure à celle de Darius, avait été complètement détruite lors de la dernière quête de Mévérick, avec l'aide d'Éléoda, deuxième traîtresse des Filles de Lune. Autrefois, Anversy était reconnue pour sa très forte densité de Filles de Lune provenant de tous les mondes. Elles s'y regroupaient pour y vivre en famille le peu de temps qu'elles avaient la possibilité de consacrer à cet aspect de leur vie, avant de retourner à leurs responsabilités respectives. Maintes fois, Mélijna avait rêvé de cette ville perdue des Terres Intérieures, sise au creux d'une vallée encerclée de montagnes quasi infranchissables. Une oasis particulièrement étrange au cœur du désert de Varanek. On ne pouvait y accéder que par magie, et encore...

En s'orientant selon ses souvenirs d'une vie antérieure, dans une suite ininterrompue de rues étroites et de ruelles se terminant en cul-de-sac, elle atteignit bientôt l'ancienne demeure de Mirione, l'oracle de l'endroit. Elle espérait que la magie du livre que son illustre aïeule Acélia avait confié à cet homme des siècles plus tôt n'avait pas cessé de fonctionner avec la destruction de la cité. Il fallait d'abord qu'il n'ait pas été anéanti en même temps que le reste...

Poussant avec précaution une porte qui béait sur ses gonds, la sorcière pénétra dans une vaste demeure de pierre oubliée du temps et des hommes. Elle entra dans chacune des pièces du rez-de-chaussée, cherchant magiquement un livre à l'aura particulière. Elle monta ensuite les marches conduisant à l'étage, mais elle n'eut pas davantage de succès. Nulle trace du précieux manuscrit. Elle ne pouvait guère se dire surprise que ses recherches se révèlent vaines. Elle était venue sur un coup de tête, d'après une légende datant de l'époque d'Acélia la Maudite.

La sorcière redescendit lentement les marches, se demandant si elle devait sonder la ville entière à la recherche d'une quelconque discordance magique. Comme elle franchissait la porte en sens inverse, elle fronça les sourcils. Elle n'avait rien remarqué dans la demeure qui puisse donner l'impression qu'un oracle y avait vécu. Il est vrai que près de quatre siècles peuvent modifier les apparences. Quoi que bien peu de gens avaient dû mettre les pieds dans ce village perdu au milieu de nulle part. Pouvait-elle s'être trompée dans l'interprétation de ses souvenirs ou Mirione avait-il pratiqué son art divinatoire dans un endroit différent de sa maison principale ? Mélijna s'obligea à faire une fois de plus le vide dans son esprit. Puis elle se concentra sur cet autre aspect de sa vie, qui revenait parfois la hanter, et qui lui rappelait qu'elle n'était pas le fruit du hasard, qu'elle avait une mission à accomplir sur la Terre des Anciens, celle que n'avait pu terminer Acélia : l'élimination pure et simple des Filles de Lune.

Assise sur une chaise poussiéreuse, la sorcière visualisait maintenant tout un pan de sa vie auquel elle n'avait pas réellement participé puisqu'elle était la réincarnation d'Acélia. Elle revit la ville d'Anversy de l'époque, animée, les rues grouillantes de vie et l'impression d'être dans un endroit hors d'atteinte du commun des mortels. Elle revit bientôt la maison de l'oracle, mais elle comprit son erreur en le voyant sortir de chez lui. Elle le suivit, prenant soin de noter mentalement certains repères, espérant que cette promenade ne s'éternise pas. Son souhait fut finalement exaucé lorsque l'hybride entra dans une seconde demeure. Juste au-dessus de la porte, un écriteau ouvragé témoignait du statut de l'individu : Mirione, oracle dévoué des Filles d'Alana.

Inconsciemment, Mélijna plissa le nez de mépris devant l'appellation de celles qui l'avaient rejetée, l'empêchant d'être l'une des leurs. Elle secoua la tête, chassant la vision et revenant à la réalité. Elle n'eut besoin que de quelques minutes pour arriver sur les lieux. L'écriteau avait disparu, sûrement victime du temps, mais c'était indubitablement le bon endroit. Dès son entrée, des relents de magie la traversèrent, témoins de ce passé déjà lointain. Tous ses sens en alerte, elle chercha la trace de ce qu'elle savait être de la magie « continue », c'est-à-dire une forme qui ne s'éteignait jamais – comme un objet dégageant en permanence une aura magique. Ses espoirs furent récompensés lorsqu'une étrange sensation la submergea pendant qu'elle scrutait la troisième et dernière pièce du bâtiment. Les vibrations émanaient du coin gauche.

A priori, elle ne vit rien de particulier. Puis, sans trop comprendre ce qu'elle faisait, elle se mit à psalmodier dans la langue sacrée des Filles Lunaires. Une longue suite de mots qui lui semblaient totalement dépourvus de lien entre eux s'échappèrent de ses lèvres sèches, résonnant dans la pièce trop vide. Tout d'abord discret, l'écho devint de plus en plus envahissant. Bientôt, l'endroit tout entier se mit à vibrer par la faute du son qui ne pouvait s'en échapper. S'obligeant à continuer, Mélijna sentit la migraine poindre sournoisement, lui faisant craindre de perdre sa concentration. Tout à coup, le grimoire fut là, tout simplement, flottant dans le coin gauche, la narguant presque. Épuisée par ses incantations et les vibrations, Mélijna n'eut même pas la force de tendre la main pour s'en emparer. Elle tomba évanouie...

* *
*

Vigor tentait de communiquer avec Mélijna depuis un bon moment, sans obtenir de réponse. Il avait besoin de la sorcière dans les plus brefs délais s'il ne voulait pas que celle-ci lui reproche ensuite son incompétence à veiller sur les Exéäs. Le garçon grandissait à vue d'œil depuis les trois dernières heures et son développement prenait de plus en plus de vitesse. Incapable de contenir cette poussée de croissance ahurissante, Vigor craignait que le bambin ne devienne un véritable danger. À ce moment même, et comme pour lui donner raison, l'enfant, qui ressemblait à un gamin de deux ans un peu plus tôt, tendit une main et, de ce simple geste, embrasa la cour intérieure du château des Canac. Non loin derrière, sa sœur s'amusait de son exploit en battant des mains...

37

Une vie pour une vie

*A*lix eut vaguement l'impression que son corps heurtait le fond, puis plus rien. C'est à ce moment que le pendentif en forme de mistral qu'il portait au cou se mit à briller d'une lueur argentée qui gagna rapidement en intensité. En l'espace de quelques secondes, l'effigie du peuple de l'air s'anima et souffla une minuscule bulle d'air. Celle-ci grossit à une vitesse fulgurante, jusqu'à englober totalement le jeune homme. Mais Alix n'était pas sauvé pour autant. Heureusement, dans son corps présentant tous les signes de la noyade, un phéno-mène étrange se produisit, en accord avec la transformation qu'il subissait depuis de nombreuses semaines déjà. Alors qu'il avait toujours utilisé la magie pour se guérir, des Âmes régénératrices qui sommeillaient en lui depuis sa naissance prirent vie et se mirent à l'œuvre afin de sauver leur porteur. Et c'est sous les yeux soupçonneux puis ébahis du peuple des vouivres que le Cyldias reprit lentement vie alors que la bulle d'air s'évadait vers la surface...

*   *

*

Dès que Naïla franchit la barrière de l'espace la conduisant sur Mésa, un typhon se créa autour de son point de chute. Ce signe des dieux, tant attendu par la communauté des sirènes, eut un écho chez tous les peuples de la mer sans exception. Les courants marins portèrent la nouvelle de la traversée d'une Fille de Lune jusque dans les recoins les plus secrets de Mésa et les réactions à cet événement exceptionnel furent aussi vives que contradictoires. Bien que cela suscitait une joie certaine chez les sirènes et les vouivres, il n'en allait pas de même pour les nixes et les sorcières d'eau. Dans chacun des clans, on s'organisa. Pour tous, le but premier consistait bien sûr à mettre la main sur la fameuse Élue. Après, il conviendrait de faire d'autres plans, selon le peuple qui aurait récupéré la précieuse jeune femme. Convergèrent donc en urgence des délégués de chacun des peuples vers l'île de Minorca.

* *
*

Sous l'eau, le corps de Naïla, déjà mal en point, perdait ce qui lui restait de vitalité à la suite de la transformation radicale qu'il avait subie. À peine aurait-on perçu un faible battement de cœur si l'on avait posé les doigts au creux de son cou. Par contre, une agitation fébrile se faisait sentir dans les entrailles de la jeune femme, les jumelles tentant désespérément de naître avant le trépas de leur mère.

* *
*

Les nixes, femelles d'un peuple nautique aux idées pernicieuses et aux comportements perfides, et les vouivres, superbes femmes capables de vivre aussi bien sous l'eau que sur terre ou dans les cieux, arrivèrent en même temps sur les lieux. Chacun ayant une connaissance exceptionnelle de l'autre, les deux peuples se jaugèrent du regard de longues minutes avant que les nixes bougent enfin, incapables d'attendre plus longtemps. Les vouivres, qui savaient que leurs vis-à-vis ne voudraient ni discuter ni agir de manière civilisée, avaient prévu l'attaque et ripostèrent de belle façon. La rixe qui s'ensuivit ne dura pas. Les alliées des sirènes l'emportèrent haut la main sur les nixes dont la stupidité n'avait d'égale que leur manque de savoir-vivre...

Le peuple vaincu quitta finalement les lieux, se jurant de revenir bientôt. Circa, la vouivre qui dirigeait le groupe, poussa un soupir de résignation. Elle détestait ces créatures idiotes qui ne cessaient de leur créer des problèmes sous prétexte qu'elles vivaient dans ce monde avant les vouivres. Et c'était comme ça depuis plus de sept siècles maintenant ! Comme si l'immensité du territoire ne suffisait pas pour établir une distance entre eux. Mais le moment était mal choisi pour penser à ces guerres intestines...

– Glissez-la doucement sur le brancard et portez-la jusqu'au village de Mesrine.

Surprise, l'une des brancardières demanda :

– Ne devrions-nous pas la conduire à notre reine ? Sa Majesté risque de ne pas être très heureuse si nous revenons à elle les mains vides, elle qui s'attend à recevoir la messagère d'Alana. Elle a sûrement déjà envoyé un message à la dirigeante des sirènes pour annoncer notre découverte.

D'un ton dur, Circa répliqua :

– C'est un cadavre que Sa Majesté accueillera si nous nous entêtons à suivre ses instructions. Jamais cette jeune femme ne se rendra jusqu'à la cité impériale dans l'état où elle se trouve.

D'un signe de tête, la brancardière signifia qu'elle comprenait, avant de donner un coup de main à ses sœurs qui manipulaient Naïla avec mille précautions. Observant la scène, Circa murmura pour elle-même :

– N'en déplaise à la reine, je doute que cette jeune femme survive jusqu'à Mesrine.

Les vouivres étaient de très belles femmes qui vivaient sous l'eau avec un corps en tous points identique à celui des humaines si ce n'est de l'escarboucle – un grenat à l'éclat vif – qu'elles portaient en permanence au front. Des écailles protégeaient leur corps et assuraient une plus grande fluidité à leurs mouvements dans l'eau. Elles étaient aussi détentrices d'une particularité fort prisée par les sirènes. C'est d'ailleurs pour cette raison que les deux peuples s'étaient d'abord liés d'amitié ; les vouivres avaient la faculté de se transformer, dès qu'elles quittaient l'élément liquide, en serpents ailés, gardant toutefois la tête et le torse des humaines. Elles étaient donc des messagères incroyablement efficaces pour une communauté qui ne pouvait survivre hors de l'eau. C'est aussi la raison pour laquelle elles vivaient sur Mésa au lieu de Dual. Leur association légendaire avec les sirènes avait joué pour beaucoup dans la décision de Darius.

Les vouivres eurent beau nager de toutes leurs forces, elles ne purent atteindre le village sous-marin de Mesrine à temps. À quelques lieues de leur destination, le corps moribond de la Fille de Lune fut pris de convulsions alors que les bébés à naître continuaient de se démener pour voir le jour. L'immense apport magique qu'ils avaient reçu sur Brume avait décuplé leur croissance et ils ne pouvaient plus rester enfermés. Ils se servaient de l'énergie vitale de Naïla pour accroître la leur dans l'espoir de se libérer de leur confinement. Les Âmes régénératrices de la jeune femme résistaient avec une volonté farouche, mais il était clair qu'elles ne pourraient pas lui éviter la mort à court terme si elles ne recevaient pas bientôt une aide appropriée.

Circa prit l'initiative de se réfugier dans une grotte qui débouchait sur une salle où l'air était rare, mais tout de même présent. Elle ignorait si l'enfant prendrait lui aussi la forme aquatique à sa naissance et ne pouvait risquer de le voir mourir noyé. En catastrophe, elle installa l'Élue sur une avancée rocheuse affleurant l'eau, sur un lit de plantes aquatiques. Sans attendre, elle fit signe à Bianka, sa vis-à-vis, de l'imiter. Toutes deux poussèrent alors sur le ventre de Naïla avec une puissance hors du commun. Sous la pression des deux vouivres, l'un des plis du nombril s'ouvrit légèrement. Satisfaite de cette réponse du corps pourtant agonisant, Circa continua de pousser sur le ventre rebondi, en alternant avec de courts massages. L'agitation sous la peau tendue ne laissait aucun doute quant à la vivacité de l'enfant à naître. Pendant ce temps, deux des vouivres présentes massaient les bras et la longue queue écaillée de la jeune femme. Une autre lui massait doucement les tempes en mouvements circulaires. Elles espéraient ainsi activer la circulation du sang et faciliter l'accouchement à venir.

Le travail des vouivres porta ses fruits et le nombril de Naïla laissa paraître une fente de plus en plus large. Elles se mirent bientôt à quatre pour forcer le passage en augmentant la pression et furent récompensées par la vision du sommet d'une tête dans l'ouverture ainsi créée. Circa était tout de même inquiète du manque total de réaction de la Fille de Lune ; pas le moindre gémissement, pas le moindre mouvement dans le reste de son corps, juste une passivité à faire frémir. Craignant le pire, la vouivre approcha son visage de celui de Naïla, espérant percevoir un souffle de vie. Elle chercha le pouls de la jeune femme, mais ne fut même pas certaine que ce qu'elle distinguait prouvait que la vie tenait bon. Une exclamation de surprise la fit se retourner. Bianka tenait à bout de bras un nourrisson gesticulant et hurlant et regardait, avec de grands yeux surpris, le sommet d'un second crâne. « Pourvu que ce deuxième enfant ne l'achève

439

pas », pensa Circa. Comme une réponse contraire à sa prière, Naïla rendit son dernier souffle quelques minutes plus tard alors que le deuxième enfant voyait le jour. Circa lâcha un juron digne des pires charretiers et se précipita pour masser énergiquement la poitrine de la jeune femme, technique léguée par de nombreuses générations de sirènes guérisseuses à leurs amies les vouivres.

*   *

*

L'âme à la dérive, je flottais dans une étrange lumière. J'avais l'impression de ne plus rien ressentir alors que mon corps me faisait souffrir le martyre à peine quelques secondes auparavant. J'avais vaguement eu conscience que mon ventre se délestait d'un poids, mais je ne parvenais pas à comprendre comment j'avais pu accoucher puisque j'étais dans l'incapacité de fournir le moindre effort. Je n'osais soulever les paupières, inquiète de ce que je pourrais découvrir. J'avais entendu des voix de femmes dans ma semi-conscience, jamais celle d'Alix. M'avait-il suivie dans cette traversée vers un autre monde ? Avait-il perdu la vie parce qu'il avait présumé de ses capacités à voyager ? Avait-il...

Ma réflexion fut interrompue par une voix que je connaissais même si je ne pouvais l'identifier.

– Tu vas maintenant devoir faire un choix déchirant, Fille de la nuit, Fille de Lune...

J'ouvris les yeux sur un épais brouillard. Point de sol sous mes pieds, rien que le vide. Devant moi, une silhouette lumineuse se déplaçait lentement sans le moindre point d'appui. Je reconnus Alana, déesse des Gardiennes des Passages et protectrice des Filles de Lune.

440

– Où suis-je ?

– À la frontière de la vie, Naïla, à la limite de ta propre vie...

D'un mouvement de la main, Alana balaya le brouillard à nos pieds et la scène qui m'apparut me laissa sans voix. Je me mordis la lèvre inférieure, espérant me tromper sur ce que je voyais.

– Suis-je...

La suite de ma terrible question resta coincée dans ma gorge, refusant de franchir mes lèvres. Alana dodelina de la tête à mon interrogation muette.

Bouche bée, je regardais avec une fascination morbide mon corps qui gisait en contrebas. Une femme à l'apparence surprenante était penchée sur ma dépouille et massait énergiquement mon torse alors que d'autres gesticulaient allègrement ou se tenaient la tête à deux mains. En retrait, deux de ces êtres étranges portaient dans leurs bras mes jumelles emmaillotées d'algues turquoise. Cette dernière vision me fit fermer les yeux un instant. Ce n'est qu'en ramenant mon attention sur moi-même que je réalisai que je n'avais plus de jambes, mais une longue queue couverte d'écailles. J'eus un hoquet de stupeur et me tournai vivement vers Alana.

– Qu'est-ce qui m'est arrivé ?

– Cette transformation t'a sauvé la vie à ton arrivée sur Mésa puisque la traversée se termine sous l'eau. Tu retrouveras ta forme initiale si un jour tu touches terre. Mais ce n'est pas ce qui est le plus problématique pour l'instant. Ton cœur a cessé de battre, fille de Brume, poursuivit Alana d'une voix douce. Comprends-tu ce que cela signifie ?

La déesse me regardait drôlement, craignant vraisemblablement que je n'aie pas saisi. Or, j'avais très bien compris, mais je ne parvenais pas à l'assimiler, à rendre cette situation réelle à mes yeux. J'étais plutôt habitée par un intense sentiment d'illogisme. Contre toute attente, je ne pus réfréner une irrépressible envie de rire qui frôlait la crise d'hystérie. Alana eut un froncement de sourcils et ouvrit la bouche pour parler, mais je ne lui en laissai pas le loisir.

– Depuis le temps que tous s'ingénient à me détruire et que plusieurs rêvent de me voir disparaître, je ne peux pas croire que la vie leur fasse pareil cadeau.

À ce moment, mon rire se transforma en ricanement amer.

– Dire que j'ai vécu tant d'aventures depuis mon premier départ de Brume, que je me suis fait violer par un imbécile, agresser par des sorcières tout droit sorties d'un cauchemar, que j'ai rencontré des créatures de légende et traversé un hiver chez les colons de la Nouvelle-France, enceinte d'enfants que je savais ne jamais pouvoir aimer, et qu'est-ce que je récolte ? Hein, qu'est-ce que je récolte ? La tristesse de mourir seule, loin de tous, pendant que mes bâtards ont la vie sauve et que la voie est maintenant libre pour tous les mécréants de l'univers de Darius. Eh bien, battez-vous sans moi !!!

J'éclatai en sanglots incontrôlables, même si aucune larme ne vint inonder les joues de mon corps devenu translucide.

– C'est Alix qui ne croira pas sa chance d'être enfin débarrassé de moi...

Au moment même où je formulais cette phrase, une réplique de Madox s'imposa avec violence à mon esprit : « Un Cyldias désigné meure en même temps que sa protégée. »

Cette pensée ajouta à ma détresse. Je m'apprêtais à questionner Alana sur le degré de vérité de cette affirmation quand je croisai son regard infiniment triste et son signe de dénégation.

– Un Cyldias désigné meure en même temps que sa protégée seulement s'il l'aime d'amour, Naïla..., murmura-t-elle d'une voix immensément douce.

Alix allait-il mourir avec moi ? Se pouvait-il qu'il m'ait aimée ? Ne me sentant pas le courage de poser ces questions à Alana, je ne le saurais probablement jamais et cette réflexion acheva de me déchirer. Je fixais la scène en contrebas et des millions de pensées tourbillonnaient dans ma tête. J'étais morte... Après avoir supporté tout ça, j'étais tout simplement morte ! Quelle ironie... Quel affront...

– ... devoir choisir si tu y retournes ou non...

À ces mots, je me redressai, étonnée.

– Qu'est-ce que vous avez dit ?

D'une voix pleine de bonté, Alana répéta :

– J'ai dit qu'il te fallait maintenant décider si tu voulais retourner à cette vie que tu t'apprêtes à quitter, avec tout ce qu'elle implique, ou si tu préfères accéder à une autre dimension...

– Vous voulez dire que je ne suis pas encore morte ? m'enquis-je d'une voix blanche.

– Peu de choses sont irréversibles pour une déesse. Tu dois par contre savoir que, advenant ta décision d'y retourner, il y aura un prix à payer...

J'avais l'impression de ne faire que ça, payer, depuis que j'avais fait connaissance avec le monde de Darius. Je ne voyais pas en quoi cette mise en garde pouvait influencer mon choix... Je me demandais plutôt jusqu'à quel point j'avais envie de continuer cette vie surréaliste. Tandis que je réfléchissais intensément, Alana me pressa :

– Il te reste peu de temps, Fille de Lune maudite. D'ici quelques minutes, il sera trop tard...

– Mais vous venez tout juste de me dire qu'il y a peu de choses irréversibles pour une déesse ! répliquai-je avec impatience. Et voilà que je dois me hâter...

– Bien que j'aie de grands pouvoirs, j'en ai très peu sur le destin des Êtres d'Exception. Ce n'est pas tant pour toi-même que tu dois te presser, Naïla, mais pour Alix. S'il meurt, ce qui ne saurait tarder puisqu'il ne vit plus que parce que j'ai suspendu le cours du temps pour toi comme pour lui, je n'aurai pas le pouvoir de le ramener à la vie...

– Comme si je n'avais pas assez du poids de ma propre vie..., soufflai-je, avant de donner mon accord pour retourner en enfer.

*   *

*

– *Accroche-toi, Alix ! Je t'en conjure, accroche-toi... Tu ne peux pas partir. Pas maintenant...*

Dans la tête d'Alix, les supplications de Solianne tournaient en boucle alors que les Âmes régénératrices de l'Être d'Exception travaillaient d'arrache-pied pour maintenir un soupçon de vie dans son corps meurtri. Le jeune homme reposait sur les berges d'une île de Mésa, luttant contre l'eau accumulée dans ses poumons, les blessures subies pendant la traversée, les conséquences de la faiblesse extrême de Naïla et les effets de la mutation en cours. Dans un état à la frontière de la mort, Alix souffrait le martyre, trop épuisé pour crier sa douleur. Incapable de créer une cellule temporelle pour se soustraire aux regards et à son environnement, il cuisait sous un soleil de plomb, la peau brûlée par le sel de mer. Naïla prit sa décision *in extremis*... Enfin libérées de cette menace de mort imminente, les Âmes régénératrices purent effectuer leur travail efficacement.

Un peu plus tard, lorsqu'il ouvrit les yeux, Alix ne tarda pas à les refermer. Non seulement il ne se souvenait pas de l'endroit où il était censé se trouver, mais il se sentait horriblement mal. Dans un haut-le-cœur, il roula sur le côté, vomissant un mélange d'eau de mer et de bile. Il s'obligea ensuite à respirer lentement, tentant de se remémorer les derniers événements, mais la douleur qui habitait son corps tout entier l'empêchait de réfléchir. Le jeune homme se traîna à l'ombre d'un arbre et se laissa sombrer dans la torpeur qui l'engourdissait.

Alix émergea trop tôt de son sommeil chaotique. Bien qu'il se sente légèrement mieux que quelques heures auparavant, ce bref repos était insuffisant. Il fit une tentative pour créer une cellule temporelle. Quatre essais furent nécessaires pour que sa magie fonctionne enfin. Soulagé, il put récupérer convenablement.

* *
*

Contrairement à ce qu'avait pensé Madox, il n'avait pas eu besoin d'aide pour retrouver sa sœur. L'adolescente n'avait jamais quitté le pied de la montagne où on l'avait laissée pour morte. À son arrivée, elle gisait, toujours inconsciente, à l'orée de la forêt qui bordait les hauts sommets qu'habitaient les gnomes. Quand le jeune homme l'avait prise dans ses bras, il avait pu constater son extrême maigreur. Bien qu'elle n'ait vécu que quelques semaines dans les souterrains des élémentaux de la terre, elle donnait l'impression d'y avoir été pendant de longs mois. Son visage émacié, ses vêtements déchirés, sa peau noire de saleté et ses traits tirés avaient offert à Madox une vision de cauchemar. Son fardeau appuyé sur sa poitrine, le Déüs avait disparu pour reparaître à l'intérieur de la cabane qui lui avait permis de guérir loin des regards. Il avait alors tout mis en œuvre pour soigner sa sœur. Tout s'était passé pour le mieux pendant les premiers jours. Laédia avait récupéré rapidement et avait bientôt été en mesure de raconter sa capture par des sbires à la solde des gnomes et son séjour dans les souterrains. Trop heureux de la voir si vite sur pied, Madox discuta même avec Morgana de la possibilité que la vieille femme héberge Laédia, le temps qu'il puisse lui assurer une véritable protection.

La situation se gâta quelques jours plus tard, alors que le Déüs avait dû quitter la cabane le temps de se procurer des vivres et de l'eau fraîche. Pas plus d'une heure... Quand il revint, il comprit immédiatement que quelque chose clochait. La pièce était étrangement silencieuse à son entrée. Alarmé, il se dirigea vers le lit où dormait Laédia à son départ, fortement aidée par une boisson dont la recette venait de Zevin. Il se pencha sur le corps de sa sœur avec appréhension et vit ses pires craintes se concrétiser ; Laédia ne respirait plus. Il se mit à hurler, la secoua violemment, lui cria qu'elle ne pouvait pas lui faire ça, qu'elle ne pouvait pas partir ainsi sans prévenir, que ça n'avait pas de sens. Puis vint le déni, ce refus de croire l'incroyable, de même que la colère et l'incompréhension – elle allait si bien à peine une heure plus tôt ! Lorsque le jeune homme se fut écorché les mains jusqu'au sang en frappant de ses poings les murs de la cabane de bois rond, lorsqu'il eut épuisé ce que son corps pouvait contenir de larmes, lorsqu'il eut injurié tous les dieux de cette terre ingrate et qu'il se fut maudit lui-même, convaincu d'avoir mal concocté la potion de Zevin, il s'effondra sur le sol, le corps secoué de spasmes douloureux...

*   *

*

Une jeune vie s'était éteinte, permettant à Naïla de renaître. Tel était, pour la Fille de Lune, le tribut à payer. Même si elle ne connaissait la victime que de nom et ne savait même pas que celle-ci mourait aujourd'hui pour elle, le jour viendrait où l'héritière maudite aurait à rendre des comptes sur ce départ prématuré...

*   *

*

Cette nuit-là, Andréa rêva de Laédia, ignorant que Naïla était la cause de ce décès soudain. L'Insoumise Lunaire ressentit la mort de sa fille comme un coup de poignard en plein cœur, mais elle n'eut pas la même réaction que Madox. Ce dernier coup du sort fut l'élément déclencheur d'un renouveau inattendu. Elle comprit enfin qu'elle ne pouvait indéfiniment se fier sur les autres pour lui redonner sa splendeur d'antan ni continuer de communiquer avec Naïla par le biais d'une gamine de douze ans. Il lui appartenait à elle, et à elle seule, de reprendre les rênes de sa vie. Tôt ou tard, Naïla reviendrait de son périple en territoire inconnu et elle aurait besoin d'un guide, mais surtout de cette mère perpétuellement absente. Personne ne parvenant à lever le sortilège d'Oglore, elle allait devoir mettre son orgueil de côté et communiquer avec Kaïn. Pour ce faire, il lui fallait transgresser une loi de la Terre des Anciens...

Surprises, les Insoumises virent Andréa quitter sa paillasse pour la première fois depuis son arrivée. Elle demanda à ce qu'on la laisse se déplacer seule dans le village souterrain et disparut bientôt dans l'un des nombreux dédales de couloirs qui composaient la cité. Elle mit plus de temps que la normale à rejoindre la cachette de Myrkie, mais elle eut la satisfaction d'y trouver la gamine ravie.

– Ne vous inquiétez pas. Personne ne nous trouvera ici ! l'accueillit cette dernière, sourire complice aux lèvres.

– Je sais, répondit Andréa, sourire indulgent aux lèvres, mais je suis certaine que tu ignores pourquoi il en est ainsi...

L'adolescente répondit, pleine de naïveté :

– Je pensais que c'était simplement parce que je voulais qu'il en soit ainsi... Après tout, je suis un peu magicienne moi aussi.

Andréa éclata de rire devant tant de candeur. Sa propre jeunesse lui semblait si loin.

– Ce n'est pas parce que tu le désires, mais bien parce que tu es dans un vide temporel. Tu deviens alors invisible aux yeux de la plupart des Insoumises. Il ne...

Myrkie l'interrompit :

– Comment m'avez-vous rejointe, dans ce cas ?

Les yeux d'Andréa pétillaient de malice quand elle expliqua :

– Je connaissais cet endroit bien avant toi, jeune fille. Mais il n'en est pas de même pour le reste de ton peuple et je crois qu'il serait préférable que tu continues à garder le secret.

À ces mots, le visage d'Andréa était redevenu sérieux. Myrkie hocha hâtivement la tête pour signifier qu'elle avait bien compris. Elle ne voulait surtout pas décevoir son amie.

– Les Insoumises ne viennent jamais dans cette partie des souterrains parce qu'elle conduit dans un cul-de-sac, très loin des zones habitées. Et maintenant, j'ai un service à te demander, continua Andréa en changeant de sujet. Tu veux bien faire le guet juste au cas où ? Je vais disparaître pendant quelque temps, mais ne t'inquiète surtout pas. Je peux te faire confiance ?

Inconsciemment, Myrkie redressa les épaules et se tint bien droite. La fierté brillait dans ses prunelles quand elle répondit par l'affirmative. Quelques instants plus tard, Andréa s'évapora sous ses yeux.

*   *

*

Devenue invisible, Andréa emprunta le couloir dissimulé qui prolongeait la cavité dans laquelle Myrkie se réfugiait depuis des années. Bien qu'elle puisse entrer dans le vide temporel, la fillette ne pouvait rien y voir de particulier ; sa magie primitive ne le lui permettait pas. Pour l'Insoumise Lunaire, la situation était différente. Elle repéra immédiatement le passage conduisant plus profondément dans les grottes. Tout en descendant les marches grossièrement taillées, elle maudit intérieurement la sorcière des gnomes pour la millionième fois au moins. Cette mégère l'obligeait à faire appel à Kaïn et c'était la dernière chose dont Andréa avait envie. Maudit soit ce sortilège de Ralent ! Il ne pouvait être rompu comme les autres sortilèges des gnomes, c'est-à-dire en perdant tout contact avec l'élément que ces êtres ignobles protégeaient. C'était une très mauvaise nouvelle, car elle impliquait qu'Oglore avait trouvé le moyen de parfaire son art et de l'amener à un niveau jusqu'à ce jour réservé aux espèces beaucoup plus douées.

Andréa revint rapidement de sa courte excursion. Myrkie se garda bien de poser la moindre question et laissa la Fille de Lune retourner vers la cité souterraine. Si elle savait se montrer patiente, elle finirait bien par apprendre ce que cachait réellement cet endroit. Pour sa part, Andréa avait chaleureusement remercié la jeune fille pour son aide, consciente que cette reconnaissance lui assurait sa discrétion. Il lui fallait maintenant se procurer le nécessaire pour concocter la potion particulière qui requérait l'ingrédient crucial reposant désormais dans la poche de sa jupe.

38

Sorcières d'eau

Les nourrissons s'époumonaient allègrement dans les bras de deux vouivres en extase d'avoir aidé à les sauver. Les petites étaient de véritables Filles de Lune puisqu'elles s'étaient transformées quelques minutes seulement après leur naissance pour s'adapter au monde qui les avait vu naître. Seule Circa restait de glace devant la supposée beauté du spectacle, se gardant bien de dire pourquoi ; elle se devait d'en parler à la reine d'abord. Heureusement, toutes crurent que son manque d'enthousiasme résultait de la concentration extraordinaire dont elle faisait usage pour sauver la mère.

Le corps de Naïla n'en pouvait vraiment plus de tous ces changements aussi majeurs que brusques. Petite lueur d'espoir, les signes vitaux de l'Élue étaient maintenant stables et ses Âmes régénératrices continuaient leur travail sans entrave, après que l'on eut craint le pire. Circa prit alors une décision, consciente qu'elle allait provoquer des remous, mais convaincue que c'était la seule option dans les circonstances. Prévenues de la déconfiture des nixes, les sorcières d'eau n'allaient pas tarder à faire leur apparition pour réclamer la jeune femme, qui serait sûrement mise à mort sans aucune autre forme de procès. Elle était beaucoup trop menaçante pour ce peuple de vieilles femmes aigries. Circa et ses compagnes ne pourraient pas faire le poids devant ces furies et elles n'avaient pas le temps d'appeler des secours.

Elle renvoya donc toutes ses compagnes, sauf les brancardières. Celles qui partaient avaient pour mission de ramener les enfants en lieu sûr, dans les murs de la cité impériale des sirènes. Quoi qu'en dise la reine des vouivres, Naïla ne serait pas du voyage. « Compte tenu de ce que je m'apprête à faire, pensa Circa, je risque de ne jamais revoir les murs qui m'ont vu naître, alors inutile de m'inquiéter avec de possibles représailles... » La plus jeune des brancardières demanda, visiblement anxieuse :

– N'aurions-nous pas été plus en sécurité escortées par nos compagnes ?

D'un air qu'elle voulait digne et brave, Circa répondit :

– Non, parce que nous nous rendons chez les sorcières d'eau...

Les deux vouivres écarquillèrent les yeux, avant de s'écrier en chœur :

– Mais on ne peut pas faire ça !

Circa espérait gagner du temps en jouant une carte à laquelle les sorcières ne s'attendaient pas, mais qui pouvait faire la différence entre une Fille de Lune morte et une Fille de Lune vivante...

*   *

*

Derrière Alix s'élevait une forêt bigarrée où les feuillus et les conifères croissaient côte à côte dans un amalgame étrange. De chaque côté, une large bande riveraine parsemée de cailloux et de bois blanchis par le sel et rejetés par la marée.

– Comment vais-je faire pour me sortir de ce pétrin ? rageait-il. Et où peut bien être Naïla ?

Enfin remis de ses multiples blessures, il devait maintenant retrouver la jeune femme. Elle était sûrement vivante puisqu'il respirait toujours. Il avait tenté de sonder les environs, mais l'écho de la présence de Naïla lui était revenu de toutes parts, ses pouvoirs continuant de fonctionner par intermittence.

Le Cyldias réfléchissait à toute allure. La vie sur Mésa était concentrée sous l'eau et en bordure de celle-ci, mais quelques peuples vivaient aussi en marge ; les nains, entre autres. Darius leur avait fait cadeau d'un refuge dans ce monde après qu'ils eurent passé la majorité de leur vie persécutés par les peuples qui habitaient maintenant Dual de même que par les géants de Golia. Ceux-ci les avaient longtemps considérés comme des jouets vivants pour leurs enfants aux comportements cruels. Ces petits êtres de quatre-vingt-dix centimètres étaient pacifiques et se mêlaient très rarement aux conflits, quels qu'ils soient. Ils n'aspiraient qu'à vivre en paix de façon permanente.

Contrairement à ses tentatives pour localiser Naïla, il parvint à repérer une douzaine de créatures dont l'aura correspondait à celle des nains.

Pour une fois, sa magie fonctionna à merveille. Trois petits bonshommes barbus atterrirent à ses pieds, se débattant furieusement contre la force invisible qui les avait menés jusqu'ici. Quand ils comprirent qu'ils n'avaient d'autre choix que de se soumettre, ils adoptèrent un air boudeur et renfrogné qui arracha un rare sourire à Alix. Dans leurs vêtements de peaux, les pieds chaussés de mocassins et les cheveux hirsutes, ils n'avaient pas l'air bien méchant...

Pressé par le temps, Alix alla droit au but :

– J'arrive de chez les Anciens. Je suis un homme de confiance de Darius et je recherche une jeune femme qui a traversé en même temps que moi, mais qui doit être encore sous l'eau. Comment fais-je pour la retrouver ?

Les trois nains inclinèrent la tête d'un même mouvement vers la droite, puis vers la gauche. Ils se mirent soudain à parler tous ensemble, dans une cacophonie assourdissante. Alix les fit taire d'un geste, avant de pointer un index sur le plus dodu. Mais ce dernier, au lieu de s'adresser à Alix, se tourna vers ses voisins et demanda, comme si le Cyldias ne pouvait pas le comprendre :

– Vous croyez qu'il parle de la fille des légendes ?

Les deux autres opinèrent du bonnet avec enthousiasme. Le nain joufflu reprit la parole, mais il n'aida pas beaucoup :

– Le mieux que nous puissions faire, c'est de vous dire à qui faire appel pour obtenir des réponses. Consultez donc les sorcières pour savoir où cette femme s'est retrouvée...

Devant le froncement de sourcils d'Alix, le petit homme haussa les épaules :

– Que voulez-vous ! Nous avons pour politique de ne jamais nous mêler de ce qui ne nous concerne pas... Vous savez, ajouta-t-il avec un sérieux exagéré, ça évite des tas d'ennuis...

Sur ce, il afficha un immense sourire, attendant vraisem-blablement qu'Alix le félicite. Ce dernier rageait intérieure-ment, mais il s'efforça à la politesse.

– Et je les déniche où, ces sorcières ?

– Oh, pas bien loin, répondit le nain, balayant négligemment l'air de sa main droite. Vous passez la butte là-bas et vous devriez rapidement trouver...

Sans plus de cérémonie, les trois bonshommes disparurent en gambadant dans les bois. Alix se dirigea donc vers ladite colline et la gravit. Le spectacle qui l'attendait au sommet n'avait absolument rien en commun avec le paysage derrière lui. Au pied de la colline – beaucoup plus haute de ce côté-ci que de l'autre –, un marécage s'étendait à perte de vue. Aussi loin que le regard pouvait porter, on voyait des arbres desséchés et de grandes mares d'eau stagnante. Çà et là, des carcasses d'animaux et d'autres créatures émergeaient en partie de plaques de boue gluante et verdâtre. Des roches et des troncs couverts de mousse jonchaient le sol spongieux. Pour finir, une dizaine d'oiseaux de proie attendaient patiemment sur leur branche l'heure du prochain goûter. « Charmant », pensa Alix, sarcastique.

Au beau milieu de ce petit paradis trônait une douzaine de cabanes de bois rond dont les cheminées fumaient. Comment on pouvait bâtir dans un endroit pareil, Alix n'en avait pas la moindre idée. Mais il allait devoir trouver le moyen d'attirer l'attention des habitants. Manquant de temps pour une approche subtile, il lâcha un cri :

– Ohé ! Il y a quelqu'un ?

À sa grande surprise, les portes des bicoques s'ouvrirent toutes, sans exception. Sur le seuil apparurent de petites femmes très laides, même d'aussi loin. Alix comprit brusquement que ces sorcières étaient bien particulières ; c'étaient des sorcières d'eau.

Ces femmes de petite taille – un mètre vingt pour les plus grandes – avaient une réputation à faire pâlir d'envie Mélijna. Elles étaient reconnues pour leur cruauté sans bornes avec tout être vivant, parfois même vis-à-vis de leurs consœurs. Elles consacraient leur vie entière à rechercher de nouvelles façons de faire souffrir autrui et à inventer des potions et sortilèges qui sèmeraient la mort et la destruction sur leur passage. Avant la Grande Séparation, elles vendaient à prix d'or tout ce qu'elles créaient pour alimenter les guerres entre les peuples. Darius les avait donc isolées dans ce monde perdu où elles ne risquaient pas de causer des dommages irréparables. Alix ne doutait pas un seul instant qu'elles avaient continué de parfaire leurs connaissances et leur art, attendant patiemment, de génération en génération, qu'arrive le moment d'étaler toute leur puissance...

Pour l'heure, Alix ne craignait pas le moins du monde ces vieilles femmes aigries. L'arrivée d'un humain signifiait qu'un passage avait été ouvert et que des possibilités d'échanges pouvaient être prises en considération. Il ne fallait donc pas que le visiteur trépasse. Du moins, pas tout de suite...

Une des sorcières se dirigea vers lui, se déplaçant légèrement au-dessus de la fange. Elle s'arrêta à trois mètres du Cyldias et lui adressa un magnifique sourire, qui dévoila les dents manquantes et la langue fourchue. Ses cheveux en broussaille avaient une teinte identique à l'environnement et le même aspect sale et négligé. Elle dévisagea Alix, avant de l'examiner des pieds à la tête, sans complaisance aucune. Ses yeux se posèrent longuement sur la bague que le jeune homme portait au doigt et elle fronça imperceptiblement les sourcils. Quand elle prit la parole, ce fut d'une voix nasillarde et fort désagréable.

– Que nous veux-tu, fils de la Terre des Anciens ? Parle vite et que ta requête soit bonne si tu ne souhaites pas finir comme d'autres messagers sans intérêt.

Pour ponctuer sa phrase, elle désigna un squelette partiellement immergé, insinuant que la vie d'Alix était menacée.

Le jeune homme esquissa un sourire sardonique qui fit tiquer son interlocutrice.

– J'ai besoin d'aide pour retrouver une précieuse jeune femme. Vous ne verrez certainement aucun inconvénient à me donner un coup de main...

Il laissa délibérément sa phrase en suspens. La sorcière plissa les yeux jusqu'à ce qu'ils ne soient plus que deux fentes. Puis, voulant probablement tester les capacités de son visiteur, elle prononça une courte formule. L'effet se fit sentir instantanément dans le corps d'Alix. Son sang s'arrêta de circuler, engourdissant ses membres. Mais les Âmes dont le Cyldias se savait maintenant porteur contrecarrèrent cette magie sans difficulté. Comprenant qu'il valait mieux mettre cartes sur table sans délai, Alix reprit à son compte la formule précédemment lancée, priant Alana que sa magie opère. La sorcière d'eau évita le piège, mais elle jugea que les pouvoirs de cet homme exigeaient une discussion loyale.

– Qui cherches-tu ?

– Une Fille de Lune arrivée hier.

Il ne lui servait à rien de cacher la nature de Naïla puisque ces femmes étaient parfaitement capables de reconnaître une Fille d'Alana.

– Pourquoi cherches-tu l'Élue des Dieux ?

« Qu'est-ce que c'est encore que cette appellation ? » pensa Alix.

– Vous savez où elle est ?

– Réponds d'abord à ma question...

Craignant les intentions des sorcières d'eau à l'égard de Naïla, Alix choisit de s'éloigner de la réalité :

– J'ai été chargé de la traquer afin de l'empêcher définitivement de nuire, mais j'ai perdu sa trace après son passage par la porte de voyage.

Un sourire mauvais étira les lèvres de la vieille femme.

– Nous ne sommes donc pas les seules à croire que cette femme est une nuisance pour la survie de notre monde. Nous nous ferons un plaisir de t'aider à la retrouver. Et nous te laisserons le soin de bien faire ton travail ensuite..., conclut-elle, une étincelle de méchanceté dans l'œil.

« C'est ça, songea Alix. Si jamais quelqu'un veut plus tard vous reprocher de l'avoir fait disparaître, vous pourrez vous en laver les mains et dire que ce n'est pas vous... » Il se garda toutefois d'exprimer sa pensée à voix haute.

– Dites-moi simplement comment parvenir jusqu'à elle, dit Alix, ignorant délibérément le sous-entendu.

– Oh, tu n'auras même pas à lui courir après ; elle viendra jusqu'à toi. Et pas plus tard qu'en fin de journée. Les nixes nous ont promis qu'ils nous la livreraient pieds et poings liés. Tu pourras donc t'en débarrasser sous nos yeux et on s'en lavera les mains.

Le rire d'intense satisfaction de la vieille donna envie de vomir à Alix. Sur ce, la sorcière tourna les talons.

Le Cyldias n'aurait pas trop de temps devant lui pour trouver le moyen de les sortir, Naïla et lui, de ce mauvais pas...

*   *

*

Circa et ses acolytes avaient quitté la grotte sous-marine avec une appréhension certaine. Elles étaient pleinement conscientes que leurs chances de sauver la Fille de Lune égalaient celles de revoir un jour leur ville, c'est-à-dire presque nulles. Toujours aux aguets, elles rejoignirent la plage d'une petite île perdue, celle-là même où Alix s'était échoué plus tôt. Les vouivres sortirent de l'eau, offrant un spectacle des plus extraordinaires. Les nains, qui prétendaient ne jamais s'occuper d'autrui, ne manquèrent rien de l'événement. À mesure que le corps des trois femmes émergeait de l'eau, il se modifiait. Des ailes se déployaient dans leur dos et leur corps parfait, préalablement couvert d'écailles émeraude chatoyantes, se dévoilait dès qu'elles touchaient le sol avant de se recouvrir d'écailles différentes. Une queue de serpent remplaçait maintenant leurs jambes.

Les vouivres portaient une jeune sirène sur un brancard qu'elles durent bientôt abandonner : les algues dont il était constitué se désagrégeaient au contact de l'air et de la lumière. Elles en fabriquèrent un autre, très précaire aux yeux des nains, et y réinstallèrent la sirène. Cette dernière semblait particulièrement mal en point. Sa poitrine se soulevait faiblement, au rythme d'une respiration saccadée. Son état devait d'ailleurs inquiéter les vouivres puisque l'une d'elles se pencha à maintes reprises sur le corps étendu avant de lancer le signal du départ.

De fait, Circa était de plus en plus inquiète. Dès sa sortie de l'eau, la Fille de Lune aurait dû reprendre sa forme humaine. Or, seules ses branchies avaient disparu. Était-elle trop faible pour se transformer complètement ? Allait-elle rester ainsi indéfiniment ? L'accouchement avait-il altéré ses capacités magiques ? Au moins, cette situation avait l'avantage de lui donner un coup de main. Elle modifia donc son plan initial.

* *
*

459

J'émergeai dans un état de semi-conscience, me demandant si ma rencontre avec Alana tenait du rêve ou de la réalité, avant de conclure que je n'avais pas halluciné. Mon corps me faisait souffrir le martyre. Si la déesse m'avait rendu la vie, elle ne m'avait pas fait la faveur d'un corps en meilleure forme. Et ce n'était rien par rapport à ce qu'avaient subi mes jambes ; elles n'existaient tout simplement plus ! De là-haut, j'avais pu constater qu'elles avaient été remplacées par une longue queue recouverte d'écailles corail au lustre vulgaire. Qu'allais-je bien pouvoir faire de cet appendice encombrant ?

Délivrée des enfants, je n'entendais rien qui puisse me permettre de les localiser dans mon environnement. Et je n'avais aucune envie de savoir ce qu'ils étaient devenus. En parfaite mère indigne, je me dis « Bon débarras ! » J'avais d'autres chats à fouetter pour le moment. Je tentai de me redresser, sans y parvenir. Je fis une seconde tentative, les yeux toujours fermés, mais une voix teintée d'un étrange accent me chuchota à l'oreille de me tenir tranquille et, surtout, de ne pas faire montre de la moindre capacité physique. À l'anxiété qui perçait dans le ton, je compris que j'avais tout intérêt à suivre ces conseils.

*   *

*

Les trois vouivres responsables de Naïla avançaient stoïquement vers le marais. Déjà, ces horribles femmes avaient perçu l'approche de la Fille de Lune puisqu'on notait une certaine agitation en contrebas. Circa ouvrait la marche, tête haute, regard froid et calculateur, même si ce n'était qu'une façade. Elle n'avait d'autre choix que d'assumer sa décision et de donner l'impression de ne craindre rien ni personne. Sur le brancard, le corps de Naïla bougeait au rythme des cahots sur le sentier, sans plus. Circa priait de toutes ses forces pour que la jeune femme respecte la demande faite quelques minutes plus tôt. Si elle voulait marchander, il ne fallait surtout pas que les sorcières croient que la Fille de Lune était en état de leur nuire.

Lorsque les vouivres arrivèrent aux limites du terrain palustre, deux douzaines de sorcières d'eau répugnantes flottaient au-dessus du bourbier malodorant. Leurs yeux brillaient d'un éclat dérangeant de convoitise et de cruauté tandis que leur rictus méprisant devenait triomphal au fur et à mesure que s'approchait leur proie. Déjà, les sorcières se voyaient acquérir une puissance phénoménale, grâce à l'Élue des Dieux, de même qu'elles espéraient pouvoir capturer les trois vouivres pour expérimenter sur elles. À l'écart, Alix observait la scène, son cœur battant la chamade. De sa position, il avait sondé le corps de sa protégée et ce qu'il y avait décelé ne l'enchantait guère. L'inquiétude et l'appréhension se lisaient sur ses traits et il dut se faire violence pour ne pas se précipiter à la rencontre des vouivres. Comment allait-il se sortir de cette situation infernale sans que Naïla perde la vie ?

– Que nous voulez-vous ? demanda l'une des sorcières, contenant difficilement son excitation.

– Vous livrer une usurpatrice.

Des murmures coururent aussitôt dans les rangs des mégères et leur porte-parole fronça les sourcils. Circa savait que les sorcières d'eau, bien qu'elles possédaient une magie puissante, étaient dans l'incapacité de sonder un être pour en mesurer la puissance. Dans ce domaine, elles devaient se fier uniquement à leur instinct.

– N'est-ce pas une Fille de Lune que vous portez avec tant de soin ? Les signes annonçant son arrivée ne trompent pas, de même que son aura. Essaierais-tu de nous duper, oiseau des mers ?

Circa dut réprimer son envie de servir une leçon à cette harpie. Elle avait toujours détesté cette appellation ridicule d'*oiseau des mers*. C'était d'un commun ! Comme si elle était une vulgaire mouette ! Elle répliqua néanmoins avec beaucoup de patience et un brin d'insolence, désirant montrer qu'elle leur était supérieure.

– Si j'avais cru un instant que cette femme était bien celle qu'elle prétendait être, je ne vous l'aurais certainement pas livrée sur un plateau. Je me serais plutôt empressée de la conduire en sécurité. Que croyez-vous ? Que j'ai pour vous une estime telle que je laisserais entre vos mains destructrices un être d'une si grande importance ? Ne voyez-vous pas qu'elle a une queue propre au peuple des sirènes ? Si elle était une Fille de Lune, elle aurait repris sa forme humaine...

Circa avait parlé avec toute l'arrogance et la conviction dont elle était capable. Ce jeu dangereux lui pesait. Deux des sorcières firent mine de s'avancer vers Naïla, mais la vouivre créa immédiatement un cercle de protection autour d'elles. Les vouivres avaient bien peu de pouvoirs, mais ceux qu'elles maîtrisaient se situaient au-dessus de la moyenne. Les sorts de protection comptaient parmi leurs spécialités.

– Un instant ! Je n'ai pas terminé. Comprenons-nous bien : si je vous la livre, c'est uniquement parce que je sais qu'elle ne passera pas la nuit sans votre aide. Je vous demande de ne pas la tuer, mais bien de la guérir.

– Et pourquoi ferions-nous cela ? s'exclama la porte-parole, tombant des nues devant cette effronterie.

– Parce que cette femme vient tout de même d'un autre monde que le nôtre et qu'elle a su tromper même les dieux puisqu'elle a été annoncée comme une Fille de Lune et qu'elle n'en est pas une. Ne croyez-vous pas qu'elle pourrait vous en apprendre beaucoup sur ces passages que vous cherchez depuis si longtemps ?

Toujours méfiantes, les sorcières d'eau échangeaient des regards indécis.

– Pourquoi nous donnerais-tu cette chance de découvrir un autre passage ? Habituellement, les vouivres ne pactisent pas avec nous, elles s'ingénient à nous détruire...

– Tous les peuples qui composent notre univers ont besoin d'un nouveau passage conduisant vers la Terre des Anciens. Le seul que nous connaissons refuse de fonctionner. C'est devenu un enjeu vital pour notre survie à long terme. Je sollicite votre aide parce que je n'ai pas d'autre choix. Cette femme doit vivre pour que nous puissions l'interroger. Après, vous en ferez ce que vous voudrez...

Circa savait que cet argument massue, ajouté à celui d'un possible passage, devrait lui permettre de remporter son pari. Elle espérait ensuite pouvoir envoyer les brancardières quérir des renforts pendant qu'elle-même resterait au chevet de la Fille de Lune. Il était hors de question qu'elle la laisse seule entre les mains de ces mégères. Elle préférait courir le risque d'y laisser sa propre vie.

Les sorcières se consultèrent du regard, la convoitise et l'avidité se lisant sur tous les visages.

– Nous acceptons, mais...

Le silence devint vite pesant. Circa attendait la suite.

– Vous resterez TOUTES ici en attendant qu'elle reprenne conscience... ou non.

Circa ravala un soupir de désillusion. Comme les vouivres ne pouvaient pas communiquer par télépathie, elles n'auraient d'autre choix que d'attendre la mort avec résignation. Circa ne croyait pas pouvoir se sortir de ce guêpier sans aide extérieure. Elle avait souhaité ardemment que son arrêt sur cette île ne serait qu'une transition pour sauver la Fille de Lune, mais elle risquait maintenant de perdre plus que l'Élue des Dieux...

* *

*

Je n'avais rien manqué de la conversation qui venait de se dérouler. J'avais fort bien saisi les enjeux des heures à venir. Même si j'avais toujours l'impression qu'un rouleau compresseur m'était passé sur le corps, je savais que je ne pourrais pas compter indéfiniment sur les autres pour me sortir du pétrin. Un jour ou l'autre, il faudrait bien que j'assume ce que j'étais de par ma naissance. Il était temps que le changement amorcé sur Brume donne des résultats. Premièrement, il fallait que je connaisse mon environnement et les limites avec lesquelles je devais composer. Aurais-je la capacité de sonder ? Les sorcières d'eau pouvaient-elles communiquer par télépathie ? Pouvaient-elles, elles aussi, sonder ?

Tandis que je réfléchissais à tout cela, les vouivres se mirent en marche. Une voix, que je présumai être celle d'une sorcière d'eau, débita une longue litanie. Quelques minutes plus tard, on me roulait sans ménagement de mon brancard à une paillasse nauséabonde. Je retins un haut-le-cœur alors que l'odeur s'insinuait en moi. Des mains commencèrent à me tripoter, cherchant vraisemblablement la source de mon mal. Un mélange de voix désagréables se fit entendre simultanément sur les causes, les remèdes et je ne sais quoi encore. Cette attention accordée aux moindres replis de mon corps était le moment propice pour quitter mon enveloppe terrestre afin d'avoir une image de mon environnement, et de mes problèmes par la même occasion.

Je vis une douzaine de petites femmes laides et répugnantes penchées sur mon corps de sirène. On aurait carrément dit une mauvaise scène d'un conte de Disney. En retrait, trois femelles étonnantes se tenaient bien droites, de grandes ailes repliées dans leur dos, leur corps couvert d'écailles et leur queue de reptile luisant doucement dans la pénombre. Je présumai qu'elles veilleraient sur mon corps le temps de ma courte absence puis je sortis de la cabane. À peine dehors, je trouvai ce que je n'osais espérer : Alix. Mon cœur fit probablement un bond dans mon corps resté à l'intérieur.

Il était adossé à un tronc d'arbre desséché. Son allure donnait une bonne idée de ce qu'avait dû être la traversée : il était sale, la barbe trop longue, les cheveux hirsutes, les vêtements déchirés et d'humeur, à première vue, massacrante. Bref, la routine ! Comment avait-il réussi à faire accepter sa présence aux sorcières d'eau et qu'avait-il bien pu leur raconter ? Aucune idée ! Mais le seul fait qu'il soit là me rassurait drôlement. Je n'avais nul besoin d'explorer plus loin. Il me fallait plutôt entrer en contact avec mon Cyldias.

De retour sur ma paillasse crasseuse, je me rendis compte que plus personne ne prenait mon corps pour un sujet d'expérimentation. La douzaine de sorcières étaient en plein conciliabule alors que les vouivres veillaient de près sur la sirène que j'étais devenue. Je n'osais imaginer ce qu'avait bien pu penser Alix en voyant mon état. Mais je n'en avais cure pour le moment. Je n'avais jamais été aussi décidée à prouver que j'étais bel et bien celle que je devais être. Avant que je n'aie pu établir un premier contact avec mon Cyldias, une sorcière s'approcha et me fit boire une mixture au goût aussi insipide que son odeur était sucrée.

Je n'ouvris pas les yeux et n'avalai que de très petites gorgées, m'étouffant presque. Je voulais éviter de montrer la moindre amélioration à mon état. Je sentais toujours mes Âmes à l'œuvre dans mon corps torturé et c'était tout ce qui comptait.

*   *
*

– Nous aurais-tu trompées, chevalier des Anciens ? Les vouivres sont convaincues que cette femme n'est pas une véritable Fille de Lune. Et toi, tu dis être à la poursuite d'une Fille d'Alana. Qui dit vrai ?

Les sorcières avaient fait entrer Alix dans la minuscule cabane pour le confronter aux nouvelles venues. Mais le Cyldias avait prévu le coup. Les vouivres savaient aussi bien que lui que Naïla était une Fille de Lune tout ce qu'il y a de plus vrai ; elles devaient avoir d'excellentes raisons de taire la vérité.

– Eh bien, il semble que nous ayons un problème ! lança Alix, s'efforçant de paraître le plus sérieux possible. Je ne vois pas de solution autre que d'attendre que cette femme se réveille. Qui peut savoir ce qu'elle nous révélera alors ? Il sera encore temps, à ce moment-là, de prendre une décision la concernant.

– Pourquoi ne l'élimines-tu pas immédiatement ? Ça réglerait le problème et...

– N'étiez-vous pas d'accord avec les vouivres pour lui donner la possibilité de vous indiquer un passage vers la Terre des Anciens avant de l'éliminer ?

– Tu peux très bien le faire ! Si tu as pu venir jusqu'ici, c'est que tu connais aussi les chemins qui mènent d'un monde à un autre. Quant à la Fille de Lune, il nous tarde de récupérer le talisman qui se créera à sa mort. Tant de puissance à portée de main...

Alix cherchait désespérément à gagner du temps. Comme si les Dieux l'exauçaient, un immense tintamarre se fit entendre à l'extérieur. D'un seul mouvement, la petite cabane se vida, ne laissant que les vouivres, de même qu'Alix et Naïla. Exactement ce dont le Cyldias avait besoin. Il tenta aussitôt d'engendrer une cellule temporelle pour contenir tout ce beau monde indéfiniment. Bien qu'il dut s'y prendre à trois reprises, il y parvint finalement...

39

Vivre d'espoir

De retour dans l'antre de Wandéline, Foch et la sorcière s'empressèrent de préparer les ingrédients pour la potion de vision parallèle. Dès que ce fut fait, ils poussèrent, à l'unisson, un soupir de contrariété. Il ne restait qu'à faire bouillir la mixture, mais ni l'un ni l'autre n'avait envie d'attendre deux longs mois avant de poursuivre leurs recherches.

– Pourquoi faut-il donc que ça mijote aussi longtemps ?

Excédé, le mage amorça une série de va-et-vient à travers la pièce, marmonnant entre ses dents. Il n'avait jamais été très doué pour les potions, contrairement à Wandéline.

– Probablement parce que c'est le temps nécessaire pour que chaque ingrédient libère son plein potentiel...

Alors même que Wandéline prononçait ces mots, elle trouva la solution à leur problème. Elle expliqua rapidement à Foch de quoi il retournait. Si elle distillait chaque ingrédient séparément, avec un alambic, elle récolterait ainsi leur huile essentielle respective, qu'elle réunirait ensuite dans un bouillon concentré à l'extrême, qu'elle ferait mijoter. La vieille femme était convaincue que d'ici quelques jours à peine, ils obtiendraient le résultat final. Le visage de Foch s'éclaira.

Pendant que Wandéline s'activait à ses chaudrons, Foch poursuivait sa lecture du grimoire d'Ulphydius. Prenant garde à ne pas toucher le manuscrit avec ses doigts – le document ne tolérait pas les mages blancs –, il tournait chaque page à l'aide d'une petite baguette de saule. Il dut cependant faire appel à Wandéline alors que deux feuillets semblaient collés l'un à l'autre. La sorcière les sépara, puis y jeta un coup d'œil en même temps que son compagnon.

– Ce dessin représente une partie des îles de Hasik, s'étonna Wandéline.

En marge du texte d'une formule de torture particulièrement cruelle, une main maladroite avait griffonné le contour de quelques îles de l'archipel, de même que le signe de Darius : une pyramide d'étoiles à l'intérieur d'un astre. Foch se frotta le menton, songeur.

– On dirait les îles complètement au nord, celles où...

Le sage ne termina pas sa phrase, s'écriant plutôt :

– Mais elle est là la limite entre l'ombre et la lumière, Wandéline ! C'était pourtant simple... Comme tu n'as pas besoin de moi pour distiller tout ça – il embrassa l'alambic et les ingrédients du regard –, je vais faire un tour là-bas pour m'assurer que je ne me trompe pas. Je t'explique dès mon retour...

Sans que Wandéline puisse ajouter quoi que ce soit, il se volatilisa.

* *
*

Toujours sous le choc de la mort de sa sœur, Madox fonctionnait davantage par automatisme que par réflexion. Il avait fait disparaître le corps de Laédia par crémation, puis avait recueilli les cendres par magie. Il avait ensuite confié l'urne à Morgana. Le cœur lourd, sans nouvelles d'Alix et de Naïla, il réunit les plus proches collaborateurs du Cyldias. Ensemble, ils firent le bilan des derniers événements. Rapidement, il fut décidé que le plus urgent était de garder un œil sur le sire de Canac. Même si celui-ci était considéré comme un imbécile, c'était un imbécile potentiellement dangereux de par son alliance avec Mélijna et les mancius. Cherchant désespérément à se changer les idées, Madox se porta volontaire pour infiltrer les troupes d'Alejandre et surveiller l'avancement de sa quête. Il était de loin le plus doué des hommes présents. Après les dernières recommandations de prudence de la part de Zevin, il disparut. Il ne fallut que quelques heures à Madox pour trouver la position des troupes d'Alejandre et les rejoindre. Dans cette masse de guerriers hétéroclites, son arrivée de nuit passa totalement inaperçue.

Madox profiterait de sa nouvelle situation de soldat au sein des troupes désordonnées d'Alejandre pour glaner le maximum d'informations. En écoutant les doléances, les récriminations, les désirs et les espoirs, il savait que l'attention assaisonnée d'une certaine compassion serait le meilleur moyen de favoriser les confidences. Et le plus important : les problèmes des autres lui feraient oublier les siens...

* *
*

Après s'être procuré le nécessaire, Andréa retourna dans la faille où le temps demeurait en perpétuelle suspension. Heureusement que sa concoction ne demandait pas de mitonner car l'Insoumise Lunaire était toujours incapable de produire un feu magique durable. Dans une carafe de verre taillé, elle fit glisser un à un les ingrédients qui s'y accumulèrent en couches successives dans une série de couleurs contrastantes. Elle fixa le résultat avec une fascination étrange, comme si elle souhaitait ne pas avoir à continuer le processus, comme si elle désirait que l'expérience s'arrête là. Elle laissa échapper un profond soupir, avant de sortir la dague qu'elle avait également apportée. Dans un geste mécanique, elle s'entailla le poignet droit. Elle pressa ensuite les lèvres de la plaie pour activer l'écoulement du sang dans le goulot. Dès qu'il y eut contact entre les ingrédients et le liquide écarlate, un grésillement se fit entendre. Une légère émanation tangerine s'éleva, en même temps qu'une odeur difficilement qualifiable. Bien que ce fut la deuxième fois qu'Andréa se voyait dans l'obligation d'utiliser cette méthode pour rejoindre Kaïn, les motivations d'aujourd'hui avaient peu en commun avec celles d'autrefois alors qu'elle lui avait annoncé sa grossesse. À cette pensée, les larmes lui montèrent aux yeux et elle dut se faire violence pour ne pas se laisser aller à pleurer comme une enfant. D'un geste rageur, elle augmenta la pression sur son poignet meurtri, contrebalançant ainsi le travail de ses Âmes qui essayaient de refermer la plaie. Il fallait davantage de sang pour que la magie opère avec efficacité.

Quelques minutes plus tard, l'Insoumise relâcha la pression. Le cœur au bord des lèvres, elle tentait tant bien que mal de faire abstraction de l'odeur qui se dégageait maintenant de la carafe devenue chaude. De petites bulles envahissaient le liquide, à l'image d'une boisson gazeuse fraîchement décapsulée, crevant la surface en une série continue. Andréa ferma les yeux, se concentrant sur son désir de retrouver Kaïn, essayant d'oublier la douleur de sa coupure au poignet, mais surtout celle du sentiment permanent d'échec qui la hantait depuis des mois. Lorsqu'elle rouvrit enfin les yeux, elle jura. Kaïn lui avait fermé son esprit !

*   *
*

Debout à la frontière nord du territoire des Insoumises, Kaïn hésitait à poursuivre sa route jusqu'au plus important village. Indétectable pour tous depuis des siècles, sauf Andréa et sa fille, il ne s'inquiétait pas que les gardiennes du territoire lui cherchent noise. Il ne pouvait pas en dire autant de son ancienne flamme...

Depuis près de quinze minutes, un grésillement perpétuel faisait rage dans son crâne, lui rappelant de douloureux souvenirs. Andréa essayait d'entrer en contact avec lui, mais les protections qu'il avait mises en place l'empêchaient de répondre : son corps ne se montrait pas réceptif à la tentative. Il aurait pu remédier rapidement à la situation, mais il tergiversait encore. Tant et si bien que le contact fut rompu avant qu'il ne réagisse. À sa grande surprise, il reçut un choc qui ressemblait à une forte décharge électrique. Bien que la douleur fut cuisante, elle lui arracha néanmoins un véritable sourire. Andréa prenait décidément du mieux malgré le sortilège d'Oglore.

Le sourire du Sage s'effaça presque aussitôt, son corps étant traversé par une nouvelle vague de douleur, beaucoup plus vive, mais surtout plus longue que la précédente. Étonnamment, elle ne semblait pas provenir de la même personne. De façon introspective, il analysa les traces laissées par ce curieux passage. Sa surprise décupla quand il se rendit compte que c'était bel et bien Andréa qui lui avait envoyé la seconde décharge, mais elle l'avait fait par le biais d'une tierce personne afin de s'assurer que le message se rendrait. Ainsi, elle avait compris qu'il avait fermé son esprit à de possibles tentatives de communication avec elle...

La seconde décharge n'étant qu'une annonce, le message de l'Insoumise suivit, toujours par le biais d'un tiers. Elle disait avoir besoin de son aide pour rompre un sortilège dont elle était victime, mentionnant où elle se trouvait, ignorant que Kaïn le savait déjà. L'intermédiaire terminait par cette promesse désagréable : « Et ne m'oblige surtout pas à prendre les grands moyens pour te retrouver. »

Pour la deuxième fois en peu de temps, Kaïn esquissa un sourire sans équivoque. Il n'y en avait pas deux comme Andréa dans ce monde. Quoique si leur fille lui ressemblait... Le Sage eut une bonne pensée pour le *pauvre* Cyldias de cette dernière...

*   *
*

Faisant les cent pas dans la grotte abritant la faille temporelle, Andréa ne décolérait pas. Que cet imbécile ait fermé magiquement son esprit à toute tentative de communication de sa part la mettait hors d'elle. Mais qu'est-ce que ce crétin croyait ? Que ce stratagème digne d'un collégien allait suffire ? Comment un homme aussi puissant pouvait-il se montrer si bête et immature dans ses relations avec autrui ? Heureusement, l'arrivée impromptue de Myrkie avait permis à l'Insoumise de livrer son message. Restait maintenant à attendre. Pour tuer le temps, elle se concentra sur le moyen de faire venir Kaïn à elle s'il ne répondait pas à son appel dans les trois jours. Elle était on ne peut plus sérieuse quand elle avait dit qu'elle le retrouverait coûte que coûte...

*   *
*

Sous un soleil de plomb, les hommes fidèles à Yaël avançaient péniblement. Leur chef rageait de ne pas pouvoir les protéger plus efficacement du soleil, mais la magie de Séléna avait des limites. Il ne pouvait tout de même pas espérer que cette Fille de Lune puisse avoir une quelconque influence sur l'astre solaire. Le jeune homme souhaitait que les pertes qui résulteraient de la traversée du désert de Wilmer ne seraient pas trop importantes. Il espérait de tout cœur que Séléna avait raison et qu'il ne restait que deux jours à cette traversée macabre. Que n'aurait-il pas donné pour avoir la possibilité de voyager de nuit ! Toutefois, le spectre le lui avait fortement déconseillé. Lorsque les hommes étaient en marche, il ne pouvait pas les protéger d'un dôme magique comme il le faisait la nuit. Comme plusieurs créatures nocturnes, séjournant sous les sables le jour, se réveillaient pour chasser au clair de lune, il aurait été très imprudent de se déplacer.

*   *

*

Le triste sire de Canac avançait légèrement en retrait de la tête de son armée. Il se méfiait des attaques-surprises et s'arrangeait toujours pour que de pauvres hères lui servent de bouclier en cas de besoin. Plongé dans ses pensées, il réfléchissait aux risques que des guerres internes n'éclatent dans les rangs au cours des prochaines heures. Alors que les mancius avaient rallié ses forces comme promis, les mutants et leurs familles cheminaient tout de même à l'écart. On s'étudiait de part et d'autre et la tension était palpable. Mélijna serait-elle capable de contenir la fureur de l'un ou l'autre des camps si nécessaire ? Alejandre en doutait et ce n'était rien pour le rassurer. Si seulement il pouvait briser le sortilège qui l'empêchait d'utiliser ses pouvoirs...

*   *

*

475

En compagnie de ses singuliers acolytes, Saül surveillait la progression de la marée humaine du jeune sire de Canac, de même que l'avancement des troupes de Yaël. Le moment venu, il interviendrait...

40

Apprentissage

À peine Alix eut-il prononcé la formule pour soustraire les vouivres et Naïla à l'emprise du temps que d'étranges phénomènes se produisirent. En premier lieu, les vouivres, de constitution totalement différente, ne purent être englobées dans l'espace-temps ; elles se figèrent plutôt, à l'image de statues de marbre. Alix se souvint alors de ce que son maître de magie temporelle lui avait autrefois expliqué. Tout dépendant de l'espèce, de l'endroit et du moment, tous ne répondaient pas de la même façon aux différentes magies temporelles. Il était extrêmement difficile de le prévoir et il fallait vivre avec les conséquences de ce que l'on provoquait. En ce qui concernait les vouivres, le jeune homme soupçonnait l'escarboucle qu'elles portaient au front de les protéger de certaines formes de magie. Il était prêt à parier qu'elles retrouveraient leur mobilité dès que le sort serait rompu. Par contre, la deuxième chose était plus bizarre et inexplicable en soi.

Au lieu de rester au même endroit et de simplement arrêter le cours du temps, lui, Naïla et les statues des vouivres s'étaient retrouvés dans un environnement totalement différent. Autour d'eux, il n'y avait strictement rien. Rien de rien ! Le corps de Naïla reposait directement sur le sol de pierre d'une immense grotte vide.

– Mais qu'est-ce que c'est que cette histoire encore ! gronda Alix. Comme si je n'avais pas assez de problèmes ! Je n'ai même pas de lit pour y étendre Naïla.

Bien qu'il fut soulagé d'avoir enfin la Fille de Lune sous les yeux, il ne pouvait s'empêcher de s'inquiéter pour elle. Sa pensée purement matérielle eut alors un effet étonnant : un lit se matérialisa instantanément. Alix fronça les sourcils, réfléchissant à toute vitesse. En même temps, il souleva le corps de Naïla et le déposa sur la paillasse nouvellement arrivée. Il fit ensuite un test pour vérifier l'extravagante théorie qui venait de germer dans son esprit. Sans prononcer le moindre mot, il se contenta d'espérer une couverture de laine, des vêtements pour lui et Naïla, de la nourriture, de même qu'un guérisseur. S'il ne s'était pas trompé, tous ses désirs se verraient comblés sauf la présence du guérisseur. Quelques secondes à peine suffirent pour le conforter dans sa théorie. Il couvrit Naïla, jeta un œil distrait aux vêtements et à la nourriture avant de se remettre à réfléchir.

Ce qu'il venait d'accomplir n'avait aucun sens. Cette puissante forme de magie était réservée aux Sages particulièrement doués et possédant une longue expérience de même qu'aux Filles de Lune assermentées depuis plus d'une centaine d'années ou d'une puissance hors du commun. Bien que Naïla fasse partie de cette dernière catégorie, il était impossible qu'elle soit la cause de ce prodige. Les désirs réalisés étaient ceux du Cyldias et non de la Fille de Lune.

Alix avait autrefois appris que ce pouvoir résultait d'une maîtrise parfaite du temps, de l'espace et de tous les éléments qui composaient les univers de Darius. On pouvait alors choisir de créer une cellule temporelle à l'endroit même où l'on se trouvait ou bien se transporter dans un espace temporel : un endroit créé de toutes pièces qui répondait à un besoin spécifique et immédiat. On pouvait ensuite y faire apparaître tout ce dont on avait besoin, exception faite des êtres de chair et de sang. Lorsque le mage mettait un terme au sortilège, il réapparaissait à son point de départ. Or, Alix n'aurait pas dû être capable d'une telle magie. Décidément, il y avait bien des aspects de sa vie et de ce qu'il était qui lui échappaient depuis quelque temps... Il sonda le corps de Naïla en profondeur, cherchant les marques de blessures. Il se traita d'imbécile en réalisant soudain que la jeune femme n'était plus enceinte. Où étaient les nouveau-nés ? Il allait devoir les retrouver avant de quitter Mésa et s'assurer qu'ils seraient élevés dans le plus grand secret, par des êtres compétents, jusqu'à ce qu'il puisse venir les récupérer en toute sécurité. Pour le moment, il devait se concentrer sur cette immense queue de poisson. Cet appendice aurait dû disparaître sitôt la Fille de Lune hors de l'eau. Était-ce seulement la faiblesse qui avait entraîné cette incongruité ? Il l'espérait.

Au terme d'une longue réflexion, il en vint à la conclusion que les blessures de Naïla nécessitaient davantage de repos et de temps qu'une intervention magique. Commença alors une longue veille.

* *
*

Les effets de la potion ingurgitée par Naïla durèrent plus de quarante-huit heures. Lorsqu'elle commença à s'agiter, Alix plongea la jeune femme dans un sommeil artificiel qu'il espérait voir se prolonger quelques jours pour favoriser une guérison totale. À sa grande surprise, son sortilège s'étira sur plus de dix jours, l'inquiétant même. Encore une bizarrerie qu'il lui faudrait éclaircir. Ou ses pouvoirs refusaient de fonctionner ou bien ils en faisaient trop ! Heureusement, les Âmes régénératrices de la Fille de Lune veillaient aux multiples fonctions vitales, libérant le jeune homme de ce souci.

Pendant tout le temps que dura ce sommeil réparateur, Alix pansa magiquement ses propres blessures, se lava et changea de vêtements. Il profita de ce temps d'arrêt forcé pour réfléchir aux différents changements qu'il percevait en lui et dont il ne cernait pas la source. Même s'il n'en retirait à peu près que des bienfaits, il se méfiait. La magie n'apportait rarement que des avantages. Alors qu'il tentait diverses expériences magiques, cherchant à connaître les limites de ses capacités, Naïla s'agita sur sa couche, faisant craquer la paille, puis ouvrit les yeux.

*   *

*

– Où suis-je ? murmurai-je en clignant des paupières dans la demi-pénombre.

Je n'entendais rien autour de moi et ce silence avait quelque chose d'oppressant. Puis une réponse vint, qui me réconforta.

– Dans une cellule temporelle.

Bien que je ne sache pas ce que c'était, le fait qu'Alix y soit avec moi me suffisait. Je tentai de me redresser et y parvint sans peine, à ma grande surprise. Je m'adossai ensuite à la paroi de pierre contre laquelle ma paillasse était poussée. D'un regard, j'embrassai mon environnement, mais je n'en retirai pas la moindre information pertinente, si ce n'est que nous étions dans une grotte. Je laissai échapper malgré moi :

– Encore une fichue caverne ! Il n'y a donc rien d'autre dans cet univers ?

La réplique ne se fit pas attendre, cinglante.

– Désolé, Majesté, les châteaux étaient tous pris...

« Certaines choses sont immuables, me dis-je. Comme le comportement de mon Cyldias à mon égard... » Pourtant, en dépit du sarcasme de la remarque, son ton semblait moins revêche qu'à l'habitude. J'allais répliquer lorsque je me rendis compte que j'avais retrouvé mes jambes. Surprise, je bredouillai :

– Où est ma queue de sirène ?

Je dus donner l'impression d'une gamine déçue d'avoir perdu quelque chose qui lui plaisait particulièrement parce que la riposte de mon Cyldias fusa, agacée :

– Disparue alors que vous récupériez vos forces physiques et magiques. Et c'est très bien ainsi. Je n'aurai pas à vous porter dans mes bras. J'ai déjà donné plus que ma part...

Quelle que soit la portion de ma vie qui m'avait échappé, il était clair que j'avais été un poids pour Alix, dans tous les sens du terme. Je n'avais pourtant pas l'intention de m'en excuser et le lui dis sans détour.

– Et c'est ma faute si vous vous êtes retrouvé prisonnier d'une espèce de pierre translucide et que j'ai dû me taillader la peau pour vous en sortir ? Ne me remerciez surtout pas de vous avoir sauvé la vie encore une fois ! C'est bien plus facile de...

– Non, mais je rêve ! siffla-t-il. Madame pense que je vais chanter ses louanges parce qu'elle m'a supposément sauvé la vie. Je vous rappelle que si vous aviez réussi votre traversée sans vous gourer, je n'aurais pas été obligé d'aller vous chercher au péril de ma vie. Et si vous aviez réfléchi un tant

481

soit peu, vous ne vous seriez pas servi d'une dague créée pour tuer les Filles de Lune maudites pour vous creuser un sillon sur la poitrine...

Sa voix s'était sensiblement durcie au fur et à mesure qu'il parlait, laissant présager une sainte colère. Mais je n'en avais cure. Ma propre colère risquait de prendre le dessus.

– Comment étais-je censée savoir que cette dague avait été forgée dans ce but précis, hein ? Vous ne m'expliquez jamais rien, mais je devrais tout savoir. Vous trouvez que c'est logique comme façon de penser ?

– Plus logique que le fait que vous soyez une Fille de Lune, certainement !

Je m'étais levée pour le confronter, ayant l'impression qu'il me dominait lorsque j'étais assise. Pour sa part, il s'était rapproché inconsciemment. Nous nous faisions maintenant face, la frustration engendrée par nos obligations mutuelles alimentant notre exaspération face aux épreuves qui nous accablaient sans relâche.

– J'en ai drôlement marre de courir sans cesse derrière vous pour réparer vos gaffes. Et j'en ai plus qu'assez de tenter de vous garder en vie alors que vous vous ingéniez à vous mettre les pieds dans les plats...

– Parce que vous croyez que je le fais exprès ! éclatai-je de rage mal contenue.

Je m'étais avancée en vociférant, jusqu'à me retrouver sous son nez. Ma pulsion première : lui cracher à la figure qu'il me devait la vie deux fois plutôt qu'une, ma résurrection par Alana ayant évité qu'il ne passe l'arme à gauche. Mais cette phrase ne franchit jamais mes lèvres, envahissant plutôt mon esprit par ses ramifications. Le fait qu'il me doive la vie impliquait qu'il m'aimait... Et si je n'avais pas eu le loisir d'y repenser depuis ma rencontre avec Alana, voilà que cette possibilité s'imposait à nouveau, me déstabilisant. Je perdis le fil de notre dispute et restai là, bouche bée, incapable de poursuivre sur ma précédente lancée.

– Vous ne le faites peut-être pas exprès, mais vous ne semblez pas non plus vous creuser les méninges pour l'éviter ! Je ne vais tout de même pas vous prendre en pitié ! Si vous n'êtes pas capable de...

Mais je ne l'écoutais plus qu'à demi, tétanisée par une sensation d'irréel. Son comportement à mon égard n'avait rien d'amoureux ; pourtant, les récents événements prouvaient le contraire.

– ... se demander si vous êtes capable de faire quelque chose par vous-même !

Il me dévisageait maintenant avec acrimonie. Ma fureur reprit instantanément de sa vigueur, intensifiée par mon sentiment de frustration face à son entêtement, et ma main vola. Elle n'atteignit pas sa cible, freinée dans son élan par celle d'Alix. J'essayai de me dégager, mais il tint bon, le regard traversé d'une lueur inquiétante. Un bref instant, je me trouvai plongée dans le passé et je revis Alejandre avant de me ressaisir, confrontée à la couleur unique des yeux de mon Cyldias. Il respirait bruyamment, sa poigne de fer encerclant mon poignet. Le corps secoué de tremblements, je fulminais. J'aurais voulu lui arracher ses yeux si particuliers simplement pour retrouver mon aplomb. Je tentai de reculer, tirant énergiquement sur mon bras gauche. J'aurais voulu m'enfuir loin de lui, mais en même temps, je devais dompter une incroyable envie de me précipiter dans ses bras puissants. J'avais besoin d'espace, mais aussi de réconfort, de recul autant que de chaleur humaine. Il ne me laissa aucune chance, resserrant même son emprise sur mon bras.

Je fis une ultime tentative pour me libérer. Si, un instant, je crus qu'il me lâchait enfin, je déchantai rapidement. Il desserra son étreinte, lâchant même mon poignet une seconde, avant de se pencher légèrement vers moi et d'attraper mes bras, me ramenant brusquement à lui. Tout se passa trop vite. Déséquilibrée, je me retrouvai le nez dans sa poitrine. Je serrai les dents et les poings, inspirant avec force. Dans une impulsion désespérée, je tentai encore une fois de me dégager. En vain. Je voulus le griffer, mais ma position me permit à peine d'effleurer sa peau.

– Ça suffit comme ça ! Calmez-vous ou je ne réponds plus de rien !

Alix avait voulu parler d'une voix dure, mais je perçus autre chose, comme une menace. Poussée dans mes derniers retranchements, je plantai mes yeux dans les siens et sifflai entre mes dents serrées, haletant encore de mon effort d'affranchissement :

– Vous allez faire quoi ? Me battre ? Me torturer ? Me violer ? Allez-y, ne vous gênez surtout pas. De toute façon, nos rapports pourraient difficilement être plus désastreux qu'ils ne le...

Je ne finis jamais ma phrase. Il plaqua ses lèvres sur les miennes avec une telle violence que nos dents s'entrechoquèrent. Sa langue se fraya insidieusement un passage et la chaleur de sa bouche se répandit comme une traînée de lave dans mon corps en manque. Un désir sauvage monta en moi, comme un affront à ma fureur. Mes propres sens me trahissaient. Je tentai de me soustraire à son emprise, mais ses mains lâchèrent prestement mes bras pour se souder à mes hanches, m'empêchant de reculer. Image parfaite de mes sentiments contradictoires, ma bouche restait rivée à la sienne. Je mordis sa lèvre inférieure. Loin de le décourager, il resserra son étreinte, plaquant son corps contre le mien. Ses mains se refermèrent sur mes fesses dans une poigne presque douloureuse. Instinctivement, j'en fis autant.

Des mois de désir refoulé remontèrent instantanément à la surface, attisant le feu qui couvait depuis trop longtemps. Sans quitter ses lèvres, de peur que les miennes, assoiffées, ne les retrouvent plus, je déchirai sa chemise tandis que ses mains s'insinuaient sous mon corsage. Elles épousèrent bientôt mes seins, dont les pointes se durcirent sous le mouvement circulaire de ses pouces. Je glissai alors mes mains sous la ceinture de son pantalon. Comme un signal, nos gestes se firent encore plus avides. Nos vêtements atterrirent pêle-mêle sur le sol avant même que je ne réalise que nous étions nus. Les caresses d'Alix oscillaient dangereusement entre la douceur et la rudesse, voire l'urgence. Ma respiration se fit plus saccadée tandis qu'il me poussait vers la paillasse. Fermement agrippée à son cou, je sentais son souffle chaud au creux de mon épaule. Le désir pulsait dans mon sexe, brut, presque douloureux. Me tenant d'une seule main, il me déposa sur le lit avec une délicatesse inattendue. Lorsqu'il s'allongea sur moi, je l'accueillis d'emblée entre mes jambes, pressant mes hanches contre les siennes dans une invite sans équivoque. Son membre dur palpitait en moi, me possédant déjà. Je plantai mes ongles dans son dos alors qu'il empoignait mes cheveux à deux mains, tirant ma tête vers l'arrière. Son lent mouvement de va-et-vient, auquel je me joignis, devint de plus en plus rapide. En quelques minutes, nous atteignions l'extase, dans une jouissance libératrice, qui me laissa pantelante et à bout de souffle.

Ce moment intense prit fin abruptement quand j'entendis Alix jurer tout près de mon oreille. « Ça y est, me dis-je, voici venu le pénible retour à la réalité. » Mon protecteur roula sur le côté, vers le mur. J'ouvris les yeux, fixant la voûte. Contre toute attente, les larmes me montèrent aux yeux, l'appréhension de ce qui allait suivre me gagnant. Je craignais de payer cher ce moment d'égarement de la part de mon Cyldias.

Silencieuse, je me levai à la hâte, ramassant ma jupe et mon corsage sans un regard derrière. Je m'attendais à ce qu'il en fasse autant, mais je ne perçus que quelques crissements de paille, puis plus rien. Les mains tremblantes, je m'habillai gauchement. Je pris ensuite une longue inspiration avant de me retourner pour lui faire face. À ma grande surprise, il était toujours sur la paillasse, les coudes appuyés sur les genoux, les mains dans les cheveux, les yeux au sol. Je l'entendis respirer profondément à maintes reprises, mais il n'émit aucun commentaire.

J'ignorais quoi dire pour rompre le silence pesant qui s'était installé. Nous n'avions jamais été aussi seuls au monde, dans tous les sens du terme. Plantée là comme une vulgaire potiche, le cœur et le corps encore troublés par nos ébats, je ne savais que faire. En désespoir de cause, je demandai stupidement :

– On peut rester combien de temps ainsi, hors de portée de tous ?

Changement de sujet maladroit, mais combien nécessaire.

– Le temps qu'il faudra...

Réponse laconique, qui ne m'aidait en rien. Je le fixais toujours, incapable de détacher mes yeux de son corps musclé, couvert de cicatrices. Nerveuse, je croisai les bras sur ma poitrine. Je frissonnai soudain, la chair de poule hérissant mon dos. L'endroit était humide et l'air trop frais. La chaleur du désir évaporée, il ne me restait rien pour me garder au chaud.

– Vous pourriez faire du feu ?

Ma question le fit tressaillir, puis hocher la tête de droite à gauche, sans quitter le sol des yeux.

– Vous êtes censée être la Fille de Lune la plus puissante de la Terre des Anciens et vous n'êtes même pas fichue de vous tenir au chaud...

Il releva la tête à la fin de sa phrase, me regardant droit dans les yeux, ricanant avant d'inspirer profondément.

– Quand donc allez-vous prendre votre avenir en main au lieu d'attendre que quelqu'un le fasse pour vous ?

– Espérons qu'il me faudra moins de temps que vous n'en prenez pour avouer que vous m'aimez !

J'avais répliqué haut et fort, le laissant coit. Encore frustrée, je serrai les dents et me concentrai sur mon besoin de chaleur comme si ma vie en dépendait. Quelques secondes plus tard, j'eus le bonheur de sentir une onde bienfaisante se répandre en moi. Fière de moi, je défiai Alix, qui détourna les yeux, visiblement mal à l'aise. Était-ce le fruit de ma réussite ou ma remarque... ?

Considérant probablement que ce tête-à-tête avait assez duré, Alix se leva soudain. Il était toujours nu, ce qui ne semblait pas le déranger outre mesure. Pour ma part, je devais faire de notables efforts pour faire abstraction de ce détail. Me tournant le dos, mon Cyldias se pencha nonchalamment, son arrogance retrouvée, pour récupérer ses vêtements. Je haussai les sourcils, intriguée. Non seulement son dos était couvert de cicatrices effrayantes, mais il avait une marque étrange à la naissance des fesses. Inconsciemment, je me rapprochai. Il se releva à ce moment, me donnant une vue d'ensemble – au demeurant fort agréable – de ce qui représentait un dragon. Quelle marque singulière ! Je n'avais jamais entendu parler d'une tache de naissance aussi définie. Il est vrai que, dans ce monde étrange, j'étais loin d'avoir tout vu...

– Pourquoi cette marque sur...

Je fus incapable de finir ma phrase, craignant de dire des bêtises.

– Un héritage de mes ancêtres, semble-t-il... Vous appréciez la vue ?

Il s'était retourné lentement pour me faire face. Difficile de nier que j'appréciais, en effet. Rougissante, je détournai les yeux, ce qui me valut un sourire narquois.

Il regardait sa chemise ruinée. Finalement, il la laissa tomber, comprenant qu'elle était inutilisable. Je soupirai, incapable de prendre une quelconque décision quant à la suite des événements. Mon protecteur le fit bientôt pour moi.

– Nous allons profiter du fait que nous sommes hors d'atteinte pour parfaire une partie de vos pouvoirs sous-utilisés. Nous ne verrons que l'essentiel pour ensuite sortir d'ici, nous débarrasser des sorcières d'eau, retrouver vos enfants et regagner la Terre des Anciens.

Je fronçai le nez à l'énoncé de ce programme très chargé à mon avis. Je ne dis rien cependant, jugeant le moment mal choisi pour remettre nos différends sur le tapis.

*   *

*

Aux dires de mon Cyldias, il s'écoula quatre longues semaines avant qu'il ne me considère prête à affronter la vie qui m'attendait. Je ne maîtrisais pas encore parfaitement tous mes pouvoirs, mais j'avais progressé de belle façon comparativement à mes rares essais précédents. Restait maintenant à savoir si j'aurais autant de succès dans la vraie vie.

Fidèle à ses habitudes, Alix ne m'avait rien épargné. J'avais de nombreuses ecchymoses et des courbatures à force de reproduire des gestes propres à lancer des sortilèges, de même qu'à me défendre physiquement. Mon Cyldias estimant que la seule maîtrise de la magie ne pourrait pas toujours suffire, il avait pris un malin plaisir à m'apprendre les rudiments du combat à mains nues et l'utilisation d'armes blanches. Malgré les rapprochements que nécessitait ce genre d'apprentissage, jamais mon protecteur n'avait cédé à l'appel du désir, faisant montre d'une incroyable retenue. Malheureusement, ma propre anatomie était de plus en plus réfractaire à l'abstinence.

– C'est aujourd'hui que nous allons revenir sur Mésa, au moment même où nous en sommes disparus. Tu dois donc – à mon grand soulagement, il avait finalement délaissé le « vous » – reprendre la même position sur la paillasse et, surtout, ne pas ouvrir les yeux avant mon signal. Je vais tenter de nous sortir de ce mauvais pas sans que tu aies à intervenir, mais je ne sais pas si ce sera possible. Sinon...

Il marqua une courte pause, avant d'ajouter en me lançant un regard en coin :

– Il faudra que l'on use de méthodes moins diplomates.

Malgré mes progrès, il n'avait toujours pas réellement confiance en moi. Il doutait que je puisse être efficace dans la vraie vie. Il n'avait peut-être pas tort, mais jamais je ne l'aurais admis devant lui.

– Comme je l'ai déjà mentionné, reprit-il, les vouivres, même si elles reprendront leur forme d'origine et leur vitalité, ne pourront pas nous aider. Elles n'ont que peu de pouvoirs magiques et ceux-ci ne sont pas agressifs, mais plutôt guérisseurs et défensifs. Nous ne devrons donc compter que sur nous deux. Tu y parviendras ?

Le ton narquois, voire sarcastique, de la dernière remarque me donna soudain des envies de meurtre. S'il était moins déplaisant ou arrogant qu'avant, il lui arrivait encore de laisser libre cours à sa nature première. Il refusait également d'aborder la question d'amour entre nous, ignorant la moindre allusion à ce sujet. J'étais donc de plus en plus nerveuse et la dualité de mes sentiments face à lui menaçait de me rendre agressive. De plus, je n'étais pas convaincue que notre mise en scène fonctionnerait. Alix ne portait plus les mêmes vêtements, moi non plus, et j'avais perdu ma queue couleur corail.

– Allons-y qu'on en finisse, fut tout ce que je trouvai à répondre, avant de m'étendre sur la paillasse, les yeux clos, une couverture de laine couvrant le bas de mon corps.

Quelques instants plus tard, nous étions de retour dans la bicoque d'une sorcière d'eau.

*   *

*

Incommodée par la longue utilisation d'une cellule temporelle par Alix, Delphie avait dû reporter à plus tard son projet de se rendre dans le village voisin. Le dernier mois avait été difficile pour elle. Elle n'avait pas perdu conscience, ni fait d'horribles cauchemars comme d'habitude. Mais elle se sentait souvent confuse, perdait parfois le fil du temps, était distraite, fixant indéfiniment un point sur l'horizon.

490

Plus que jamais, toutefois, elle se promit de trouver quelqu'un pour l'aider à éclaircir la situation, et ce, dès qu'elle irait mieux...

* *

*

Il n'y avait personne autour de nous, semble-t-il, si ce n'est les vouivres dont je reconnus immédiatement les voix. Elles avaient donc retrouvé leur mobilité. Alix n'eut même pas le loisir d'émettre le moindre commentaire, la porte de la masure s'ouvrant à la volée sur un courant d'air.

— Mes imbéciles de consœurs ne se sont pas rendu compte que nous vous avions laissés seuls, maugréa une voix déplaisante. Heureusement, je suis moins bête qu'elles.

— Que se passe-t-il ? s'enquit Alix.

— Les nixes, qui étaient censées nous ramener la Fille de Lune que nous avons déjà, ont cru bon de se racheter en capturant certaines de vos compagnes.

Circa s'écria :

— Elles n'ont rien à voir dans cette histoire ! Relâchez-les !

La sorcière émit un ricanement sinistre.

— Vos pouvoirs de transformation nous fascinent depuis des siècles, mais nous avons rarement la chance de pouvoir étudier l'une d'entre vous. Vous seriez stupide de croire que nous vous ferons la grâce de les relâcher.

— Je prendrai leur place...

Le ricanement de la sorcière redoubla.

– Vous ne prendrez pas leur place, vous leur tiendrez compagnie. Vous ne vous imaginiez quand même pas que nous vous laisserions partir...

J'eus un pincement au cœur en pensant que je ne pourrais probablement pas leur sauver la vie, mais je n'y pouvais rien. Il y a des choses que l'on doit accepter comme elles sont. La vouivre ne répondit pas. Puis la porte s'ouvrit une fois de plus.

– Qu'est-ce que tu attends pour la tuer ?

– Vous êtes consciente qu'une fois morte, elle ne pourra plus vous être d'aucun secours.

– Il me semblait, jeune homme, que tu connaissais bien les Filles de Lune ?

– Pourquoi cette question ? demanda Alix, méfiant.

– Tu dois donc savoir que, si elle est une véritable Fille de Lune, sa mort sera inévitablement suivie de l'apparition...

– ... d'un talisman renfermant ses pouvoirs et son savoir. Je sais aussi qu'il faut être une Fille de Lune pour en retirer son essence magique.

– Peut-être, mais il n'en demeure pas moins qu'un talisman entre nos mains vaut plus qu'une Fille de Lune en si piètre état et qui ne voudra pas coopérer. De plus, comme il est écrit que le retour d'une Fille de Lune sur Mésa entraînera immanquablement d'immenses bouleversements et la disparition de la plupart des espèces qui y vivent, je ne vois pas pourquoi nous ne tenterions pas d'éviter pareille carnage. Je ne suis peut-être pas une admiratrice des vouivres et des sirènes, mais je tiens à préserver ma vie et celle de mes semblables. Et les nixes ont beau être bêtes, elles n'en sont pas moins utiles. Ceci étant dit, j'aimerais bien qu'on en finisse. Plus vite on pourra étudier les vouivres et le talisman, mieux ce sera.

Alix contint son exaspération. Une part de lui appréhendait la suite. Même si Naïla avait grandement progressé, sa magie était encore souvent instable et dangereuse. Il adressa une courte prière à Alana, puis adopta une tactique plus offensive.

– Puisque vous ne semblez pas vouloir changer d'idée, je suppose que je n'ai d'autre choix que de m'exécuter.

Alix s'approcha lentement de Naïla. À peine avait-il tendu les mains au-dessus de la jeune femme qu'un cri se fit entendre. Une sorcière d'eau pointait la couverture qui recouvrait les jambes de la Fille de Lune. Alix jura intérieurement. Jusqu'à présent, personne n'avait remarqué l'apparition de la couverture. La sorcière qui semblait mener le petit groupe s'approcha et tira d'un coup sec sur le tissu rêche. Un murmure se répandit quand les jambes de la jeune femme s'offrirent aux regards.

– Quand s'est-elle transformée ? Et d'où vient cette couverture ?

La suspicion se lisait maintenant sur les visages. Une sorcière tendit soudain la main devant elle, mais Alix para le coup par un retour de sortilège. La sorcière se trouva aussitôt ligotée par une espèce de corde végétale d'un vert criard.

– *Tu peux cesser ta mascarade, princesse. J'ai besoin d'un coup de main...*, lança Alix par télépathie.

*   *
*

493

Cette nouvelle habitude de m'appeler princesse m'irritait au plus haut point. Je n'avais malheureusement pas le temps de lui dire ma façon de penser. J'ouvris les yeux et me redressai subitement, à la surprise générale. Les quelques secondes de commotion qui suivirent furent amplement suffisantes pour que je sème la panique dans les rangs des sorcières d'eau. Grâce à un sortilège de répulsion, je repoussai la dizaine de femmes contre les murs de la cabane. Puis, créant une pression insoutenable dans la boîte crânienne de quatre d'entre elles – le maximum de victimes que je pouvais faire en une seule fois –, je les conduisis à l'évanouissement. Concentrée sur ma tâche, je ne pus éviter un sortilège qui me frappa en pleine poitrine. La sensation de brûlure intense me fit hurler de douleur et de rage. Je relevai la tête, déterminée à me venger, mais une seconde charge m'atteignit aux jambes, me faisant vaciller. Les yeux brouillés par des larmes de souffrance, sentant avec soulagement mes Âmes à l'œuvre, je tentai d'atteindre deux des sorcières qui me faisaient face. J'utilisai la même médecine qu'elles, c'est-à-dire les brûlures. Les cris de fureur qui me répondirent m'encouragèrent, mais ma satisfaction fut de courte durée. Une sensation d'engourdissement se répandit bientôt dans mes membres déjà affectés par les brûlures. Je dus fournir de gros efforts pour ne pas tomber. Source de mon malaise, l'une des sorcières affichait un écœurant sourire de contentement. Il me fallut quatre sortilèges différents pour venir à bout de cette harpie. Je ne m'en sortais toutefois pas indemne. Mon bras droit refusait maintenant toute extension et un sifflement lancinant me vrillait les tympans, m'empêchant d'entendre correctement. Je commençais à m'essouffler sérieusement. Sur ma gauche, je percevais la silhouette d'Alix qui se débattait. Je ne voyais plus que deux sorcières encore debout, mais je n'eus pas le loisir de m'en réjouir alors que des dizaines de petits êtres bizarres – sûrement des nixes – s'agglutinaient sur le seuil.

– Saloperie de bestioles ! ne pus-je m'empêcher de jurer.

Alix m'ayant dressé un portrait détaillé de la faune de Mésa, je n'avais guère envie de me battre avec ces êtres dépourvus de pouvoirs, mais trop bien pourvus de crocs acérés semblables à ceux des crocodiles. Ils ne mordaient pas, ils déchiquetaient. Tandis que trois d'entre eux fonçaient droit sur moi, l'engourdissement de mes membres continuait de prendre de l'ampleur. Un cri de douleur de même qu'un juron m'informa qu'Alix ne s'en tirait pas sans peine. Alors que l'environnement devenait glacé, je me débarrassai enfin des deux dernières sorcières d'eau qui m'attaquaient. Trop tard toutefois pour avoir le temps de parer à l'attaque des nixes qui fondirent sur moi en une nuée nauséabonde. Je sentis bientôt des dizaines de petites dents s'enfoncer dans ma chair tandis que je tombais à la renverse. C'est à ce moment que la rage déferla en moi, aussi salvatrice que destructrice. Je hurlai une formule sortie des tréfonds de ma mémoire et une lumière aveuglante illumina l'endroit devenu trop étroit pour nous contenir tous. La voix d'Alix cria *non* dans mon crâne juste avant qu'un bruit infernal se fasse entendre, suivi de vagues successives de chaleur et de froid. Puis plus rien...

*   *

*

En entendant l'incantation de Naïla, Alix comprit qu'il devait se protéger s'il ne voulait pas se retrouver inapte à se défendre pour une très longue période. Ou pire, perdre la vie. La bulle protectrice qu'il forma autour de lui eut tout juste le temps de se refermer avant que le désastre ne s'amorce. Le Cyldias ignorait d'où la jeune femme tenait ce sortilège, mais il savait qu'elle était incapable de le maîtriser. De fait, une chaleur intense et un froid mordant se firent bientôt la lutte, détruisant pratiquement toute forme de vie. Le cataclysme ne dura pas plus d'une minute.

Ayant mis un terme à sa protection, Alix constatait les dégâts. Autour de lui, plus la moindre trace de la cabane de bois ; rien que des restes calcinés et une écœurante odeur de chair carbonisée. Naïla n'était qu'évanouie, le sort ne pouvant atteindre mortellement celle qui le jetait. Par contre, ses vêtements avaient roussi parce qu'elle n'avait pas su se protéger autrement que par instinct. Elle ne risquait plus rien pour le moment.

À l'extérieur comme à l'intérieur des limites de la masure, des dizaines de nixes reposaient, soit grillés, soit gelés, paradoxe étrange de ce sortilège d'un autre temps. Deux ou trois sorcières d'eau respiraient toujours, mais c'était les râles de l'agonie. Difficile de croire que l'une ou l'autre puisse survivre plus de quelques minutes. Des trois vouivres, seule la poitrine de Circa se soulevait encore faiblement. Elle tenta de parler lorsque Alix se pencha sur elle.

– Les enfants... elles sont dangereuses...

La créature se mit à tousser, puis elle roula sur le côté en crachant du sang.

– Elles sont – les mots se perdirent dans une quinte de toux – royaume des sirènes.

Dans un ultime effort, Circa agrippa le bras d'Alix et râla une dernière mise en garde :

– Quittez ce monde avant qu'il ne soit...

Le reste de la phrase mourut sur les lèvres de la vouivre. Il se produisit alors un phénomène étrange. L'escarboucle que Circa portait au front se détacha soudain et tomba sur le sol, gelé à cet endroit, dans un tintement déplacé. D'instinct, Alix ramassa ce trésor inespéré et le fit disparaître.

- 41 -

Une nouvelle ère

Complètement au nord, seul sur le littoral de la plus grande île du territoire d'Hasik, Foch jubilait, convaincu qu'il avait découvert ce que signifiait *à la limite entre l'ombre et la lumière*. Cette partie du monde des Anciens – environ le tiers des îles de l'archipel – passait plusieurs mois par année dans la noirceur la plus totale. Le demi-cyclope était désormais certain que le moment où l'astre solaire renaissait représentait cette limite dont parlait Ulphydius. Restait à trouver à quel endroit exactement reposait le secret du sorcier disparu. Pour ce faire, il faudrait attendre le prochain lever de soleil, c'est-à-dire un bon bout de temps. À moins d'utiliser la faille temporelle d'une île un peu plus au sud...

Tandis que le vieil homme s'apprêtait à retourner chez Wandéline pour lui faire part de la bonne nouvelle, une douleur cuisante lui vrilla les tempes, lui faisant fermer son œil unique. Le mal se propagea rapidement à son visage ridé. Comprenant que sa vie dans la peau d'un humain normal allait prendre fin, Foch voulut tout de même partir. Malheureusement pour lui, sa magie refusa d'opérer, entravée par la mutation. Il put tout juste envoyer un message télépathique à sa consœur avant de perdre connaissance.

*   *

*

Sitôt le message de Foch reçu, Wandéline quitta sa maison pour le retrouver. Elle abandonna sa réussite, soit la potion permettant de rejoindre la limite entre l'ombre et la lumière, avec une pointe de regret. Mais à qui pourrait-elle annoncer son triomphe, si ce n'est à son ami en détresse ?

Le spectacle qui attendait la sorcière sur l'île lui enleva toute envie de célébrer. Elle comprit alors quel individu avait permis à Foch de vivre sous la forme humaine ; Saül était le seul être de sa connaissance capable d'effectuer une transformation se concluant, des années plus tard, par un résultat diamétralement opposé. Elle serra les dents pour ne pas hurler sa colère mêlée d'un certain désarroi. Pourquoi pareille punition aujourd'hui ? Que s'était-il passé entre Foch et Saül pour que ça se termine ainsi ? Son ami savait-il avec qui il avait fait affaire autrefois ? Dans un douloureux soupir de résignation, elle figea magiquement le corps de son ami devenu cyclope pour une période indéterminée, le temps qu'elle trouve une solution à ce nouveau problème, bien plus urgent que tous les autres. Elle avait absolument besoin de Foch pour réussir la potion de Vidas. Sans lui, il était impossible qu'Alexis lui accorde son aide...

*   *

*

Trop occupée avec Foch, Wandéline ne perçut pas la présence de Saül sur une île voisine. Ce dernier surveillait magiquement l'île d'Ulphydius depuis plus d'un siècle et accourait dès qu'on y posait un pied.

Le sorcier avait attendu, dans l'espoir que Foch ait percé le secret de l'endroit. Il avait jubilé en sondant l'esprit du vieil homme. Il connaissait bien l'emplacement de la faille temporelle des îles de Hasik. Il ne lui restait qu'à s'emparer de la potion que Wandéline concoctait puis à revenir s'approprier le

secret d'Ulphydius. Après, il pourrait s'asseoir sur le trône...
ou s'asseoir avant et s'approprier le reste des pouvoirs après ?
Il faudrait voir...

Afin de s'assurer que rien ne viendrait entraver sa réussite prochaine, il avait déclenché l'achèvement du sortilège autrefois utilisé pour Foch. Pour faire honneur à sa puissance, Saül n'avait pu s'empêcher d'empirer les effets de sa magie, transformant le sage en un cyclope particulièrement repoussant. Dans cet univers, il n'y avait pas de place pour l'amitié. Le vieil homme aurait dû le savoir...

*   *
*

Dans la ville d'Anversy, l'évanouissement de Mélijna fut de bien courte durée. Elle reprit rapidement ses esprits et s'empara du précieux grimoire. Enfin, elle allait connaître le parcours de sa détestable sœur et découvrir ce qui lui avait permis d'accéder au rang de spectre. La sorcière se fit violence pour ne pas ouvrir le livre sur-le-champ. Elle regagna les profondeurs du château des Canac, ignorant que sa visite en ces lieux oubliés n'était pas passée inaperçue.

Dans un coin de la pièce, Séléna jura en silence. Elle était arrivée trop tard pour contrer les agissements de la sorcière. Ignorant l'étendue des pouvoirs de sa jumelle, elle n'avait pas pris le risque de l'attaquer. Son statut de spectre ne lui assurait malheureusement pas l'avantage sur tous. Comme pour son ancienne condition de Fille de Lune, elle devait sans cesse améliorer son savoir et perfectionner sa magie. Elle se promit cependant de reprendre le grimoire à Mélijna. Sa sœur n'était pas la seule à pouvoir tirer parti de son contenu. Séléna se trouvait bien bête de ne pas avoir pensé à ce précieux manuscrit...

*   *
*

Adossée à la paroi de pierre, Andréa suivait mentalement la progression de Kaïn dans les souterrains des Insoumises. Alors qu'elle souhaitait sa présence quelques heures plus tôt, elle l'appréhendait maintenant de plus en plus. Tant d'années et d'épreuves les séparaient que ce contact ne pouvait qu'être embarrassant, voire incommodant. Elle ne savait plus que penser. La seule chose dont elle était convaincue, c'est qu'elle n'avait jamais cessé de l'aimer, à son grand désespoir d'ailleurs.

Kaïn se matérialisa enfin au détour du tunnel où l'attendait Andréa. Dès qu'il la vit, il sut que son cœur lui appartenait toujours. Bien que le passage du temps et les épreuves aient laissé leurs marques, sa beauté ne se démentait pas. L'appréhension au cœur, le Sage s'avança.

La gorge nouée, Andréa fut incapable d'invectiver Kaïn comme elle l'avait si souvent imaginé depuis des années. Elle resta sans voix, le cœur battant. Les sentiments contradictoires qui se bousculaient dans sa tête l'empêchaient d'avoir la moindre réaction. Elle se sentait ridicule, mais n'y pouvait rien. Elle bredouilla finalement :

– Tu en as mis du temps...

Kaïn, qui aurait voulu avoir la prestance du Sage important qu'il était, ne réussit qu'à avoir l'air d'un collégien pris en faute. Le rouge lui monta même aux joues. Il maudit la faiblesse dont il faisait preuve devant cette Fille de Lune si particulière. Pour ajouter à son supplice, il bafouilla :

– Je sais, je... Je n'ai pas d'excuses...

Honteux de ce piètre aveu, il ferma les yeux un court instant. Quand il les rouvrit, ce fut pour plonger dans les yeux dissemblables d'Andréa qui s'était avancée vers lui, le

500

touchant presque. Un silence pesant s'installa entre eux et dura de longues minutes. Les yeux d'Andréa s'emplirent de larmes, mais ne quittèrent pas le regard troublé de Kaïn. Le Sage aurait voulu se détourner, mais il en était incapable, affrontant l'incompréhension et la détresse de la Fille de Lune. Lorsque la tension devint insoutenable et le silence, assourdissant, ils s'étreignirent avec violence. Andréa pleura longuement et sans retenue, rompant les digues qu'elle avait érigées pour se protéger. Kaïn la serra à lui briser les os, transférant dans cette étreinte ses regrets de n'avoir pas été à la hauteur, de l'avoir déçue et trahie. Quand ils se séparèrent enfin, Kaïn déposa dans la main d'Andréa le nécessaire pour lui redonner ses pleins pouvoirs. Ensemble, ils mirent tout en œuvre pour que le sortilège datant de l'époque de Darius perde son emprise sur le corps de la Fille de Lune. Deux jours plus tard, Andréa avait regagné tout ce qu'elle avait perdu au cours des dix dernières années, et même plus. Elle décida de conserver l'ongle d'Oglore... au cas où.

42

La fin d'un cycle

— Puisque je te dis que je ne sais pas d'où je tiens ce sortilège ! Il m'est apparu clairement en tête sous l'effet de la colère, c'est tout ! grondai-je, exaspérée.

J'endurais une migraine atroce et le feu roulant de questions d'Alix me portait dangereusement sur les nerfs. Oui, j'avais provoqué la mort des vouivres et j'en étais sincèrement désolée. Mais mes regrets s'arrêtaient là. Le plus important était que nous étions débarrassés de toutes les autres bestioles. Point à la ligne !

— Et maintenant, qu'est-ce qu'on fait ? m'enquis-je, après avoir levé les yeux au ciel.

— Il faut retrouver les enfants. Je ne crois pas que nous puissions retourner sur la Terre des Anciens sans d'abord nous assurer qu'ils sont en sécurité et surveillés de près.

— Tu parles comme si nous ne pouvions pas les éliminer sans autre forme de procès...

— Mais c'est le cas, si ce sont des Filles de Lune ! Jusqu'à l'âge de seize ans, les Filles d'Alana sont sous la protection de la déesse et ne peuvent être mises à mort...

– Non seulement, je n'en voulais pas, mais en plus je ne peux pas m'en débarrasser ! grinçai-je.

Je m'apprêtais à demander comment nous allions nous y prendre pour retrouver ces horribles enfants dans un monde que nous ne connaissions point quand des exclamations étonnées me parvinrent. Je me retournai pour voir une bonne douzaine de vouivres au sommet de la crête jouxtant le marais. La première surprise passée, elles tentèrent de nous rejoindre. Un curieux phénomène se produisit alors. À peine l'une d'elles franchit-elle la limite des marécages que des centaines de pieux commencèrent à émerger de la gangue boueuse, formant bientôt une palissade infranchissable. Probablement un système de protection mis en place par les sorcières d'eau. D'un accord tacite, nous disparûmes, Alix et moi, pour reparaître au sommet de la colline.

*   *

*

Une discussion animée suivit notre arrivée près des vouivres venues en renfort à Circa. De longues explications avaient été données de part et d'autre. Les vouivres réagirent fortement à l'annonce de la mort de trois des leurs. Elles insistèrent pour se rendre sur les lieux en volant. Trois messagères revinrent bientôt et déposèrent dans la main de celle qui devait être leur dirigeante deux grenats étincelants. Une grave discussion s'ensuivit. Un grenat manquait à l'appel. Je tournai vers Alix un regard interrogateur auquel il répondit par un haussement d'épaules nonchalant.

– *Cette histoire ne nous concerne pas. Nous avons suffisamment d'ennuis sans nous mêler des affaires des autres.*

Il n'avait pas tort. Nous attendîmes donc qu'elles aient terminé.

*   *

*

Une heure plus tard, nous étions sur l'île de Rajvol. Déserte et entourée de récifs, elle surplombait le royaume des sirènes. C'est là que les vouivres avaient conduit mes filles après leur naissance. J'allais devoir m'y rendre seule puisque Alix n'avait pas la possibilité de se transformer. Il m'avait raconté sa mésaventure lors de son arrivée, ignorant ce qui lui avait finalement sauvé la vie, et n'avait nulle envie de tenter l'expérience à nouveau.

*　　*

*

Laissé seul sur le rivage sablonneux, Alix poussa un soupir de soulagement. Il n'en pouvait tout simplement plus de garder un visage impassible alors qu'une douleur insoutenable vrillait son corps entier. Dès que les vouivres, la représentante des sirènes venue les accueillir et Naïla eurent disparu sous l'eau, le Cyldias vomit sur la plage. Il était victime de plus en plus souvent de vagues successives de douleurs lancinantes, de maux de tête persistants, de même que de subtils changements qu'il ne parvenait pas à s'expliquer. En cellule temporelle, il avait dû déployer des efforts inimaginables pour que Naïla ne se rende compte de rien. Son corps semblait sous l'emprise de profondes modifications, comme si on lui avait jeté un puissant sortilège de mutation.

Il se souvenait fort bien d'avoir expérimenté un sortilège de ce genre quand il était gamin et les résultats n'avaient pas été des plus heureux. Il s'était senti mal pendant de longues semaines et il avait fallu l'intervention de Mélijna pour inverser le processus et éviter qu'il ne finisse ses jours dans la peau d'un magnifique mouton angora. Cette pensée lui arracha un faible sourire entre deux nausées. Vivement qu'il puisse revenir sur la Terre des Anciens pour demander l'avis de Foch sur ce qui lui arrivait. Au souvenir de son vieil ami, il plongea la main dans sa poche pour la dixième fois au moins depuis que la sirène envoyée à leur rencontre lui avait remis les écailles qu'il lui avait demandées. Il avait le précieux ingrédient sollicité par Foch pour la potion de Vidas. Épuisé, le jeune homme s'endormit sur la plage, sous le couvert de l'invisibilité. Si quelqu'un avait survolé l'île pendant son sommeil, il aurait remarqué d'étranges lueurs émanant de l'endroit où Alix reposait, bien que son corps ne soit pas visible...

* *
*

Dans son antre, Solianne observait son fils en mutation. Elle ne se réjouissait plus autant, par contre. Jamais le jeune homme n'aurait dû subir autant d'effets secondaires. Bien qu'elle sache que ce genre de transformation n'allait pas sans pleurs ni grincements de dents, et s'étalait sur une très longue période, elle n'avait jamais entendu dire que les douleurs fussent récurrentes, s'intensifiant même jusqu'à devenir insoutenables. Après tout, Alix ne passait pas d'une forme humaine à une forme animale ou inanimée, ce qui aurait pu causer de tels effets. Elle allait devoir faire des recherches. Quant aux filles que la jeune Naïla avait mises au monde, Solianne avait seize ans pour trouver une solution définitive.

* *
*

La sensation de l'eau circulant librement dans mes poumons me fascinait. Dieu que j'aurais aimé pouvoir m'attarder à la transformation que mon corps subissait dès que je pénétrais dans l'eau de Mésa. Alors que je nageais à l'aide de la longue queue – aujourd'hui dorée – que je traînais derrière moi, je m'extasiais silencieusement sur le paysage à couper le souffle. Autour de moi, des algues géantes se balançaient au gré des courants ; des milliers de poissons de toutes les formes, tailles et couleurs nageaient, se pourchassaient, fuyaient. Un fond couvert de sable et de galets, des coquillages aux mille formes, des centaines de petites créatures plus bizarres les unes que les autres, tout cela m'étourdissait et je n'avais pas la moindre seconde pour admirer ces merveilles.

Nous entrâmes bientôt par le portail en corail, nageâmes quelques minutes encore sous le regard mi-curieux, mi-inquiet des habitants de la cité et franchîmes finalement les portes d'un palais aux dimensions modestes. Bien encadrée par les vouivres, je m'immobilisai au pied des marches conduisant à la souveraine.

Magnifique sirène aux longs cheveux aquamarine, au visage délicat et à la queue d'un bleu marine profond, elle me sourit d'emblée. Mise au fait des derniers événements, la reine transmit ses condoléances aux vouivres pour la perte de trois des leurs. Sachant que je disposais de peu de temps et que mon Cyldias m'attendait sur la plage, la reine m'amena sans délai dans une pièce reculée du palais. En chemin, elle me proposa de veiller aux soins et à l'éducation de mes jumelles jusqu'à ce qu'elles aient l'âge de commencer leur entraînement de Filles de Lune. Surprise, je lui demandai pourquoi elle me rendrait cet immense service. Elle m'expliqua que sa cité était l'un des endroits les plus inaccessibles de l'univers de Darius, que sous la forme de sirènes mes filles mettraient des années avant de découvrir leur origine véritable, que le fait que j'aie accouché ici avait certainement une significa-tion cachée et, argument ultime, je ne pouvais tout simple-ment pas envisager de voyager avec des nourrissons. Elle fit alors apparaître un parchemin sur lequel étaient inscrites les principales clauses de cette garde. Je signai avec soulage-ment, sachant d'instinct que c'était la meilleure solution. Mes jumelles seraient élevées loin des regards indiscrets et bien peu de gens seraient au fait de leur existence. Serait-ce suf-fisant jusqu'à ce que nous trouvions comment régler le pro-blème qu'elles posaient ? Je l'espérais. Quelques instants plus tard, nous entrâmes dans la chambre des enfants.

Là, blotties dans deux coquillages, dormaient *mes filles*. Je m'approchai lentement, soudain curieuse. Je fixai les poupons d'un œil froid. D'abord, je n'éprouvai absolument rien. Puis une étrange sensation s'empara de moi, une envie irrésistible de tordre le cou de ces êtres que j'avais mis au monde sans le vouloir. Je dus faire des efforts surhumains pour juguler les pulsions destructrices qui menaçaient de me submerger, me poussant au meurtre. Inconsciemment, puis consciemment, je tentai de prendre la dague d'Alana que je passais habituellement dans la ceinture de ma jupe, mais j'en fus incapable. L'arme semblait s'être fondue à même les écailles de ma queue, processus génial pour que je ne la perde pas, mais combien désagréable en cas de besoin. Il n'y avait pourtant pas d'autre façon de tuer ces monstres qu'en leur enfonçant la dague en plein cœur. À cet instant, j'étais convaincue que c'était ce qu'elles allaient devenir : des monstres. Une main ferme se posa alors sur mon épaule, m'obligeant à détourner les yeux un instant :

– Vous ne pouvez rien faire pour le moment. Je comprends votre désir puisque j'ai aussi perçu l'aura de ces enfants, mais il vous faudra attendre qu'elles soient en âge de se défendre pour les éliminer. Voilà pourquoi elles doivent rester loin de vous jusqu'à ce jour. Vous avez des choses plus urgentes à accomplir. Qui sait ? Peut-être trouverez-vous entre-temps une solution moins radicale que cette terrible extrémité...

Consciente que la reine ne connaissait pas l'utilité de la dague d'Alana et que j'avais beaucoup de temps devant moi, je hochai la tête. Je me tournai pour regarder une dernière fois ces enfants que je ne pourrais jamais aimer. L'image de ma fille Alicia s'imposa alors à mon esprit avec une telle force que je fermai les yeux. J'avais perdu une enfant que j'avais aimée de tout mon cœur et tout ce que la vie m'offrait en échange, c'était une haine viscérale. Quelle cruauté ! Sous mes paupières closes, les larmes glissèrent doucement pour se mêler à l'eau de mer, me laissant un arrière-goût amer. Plusieurs minutes me furent nécessaires pour chasser de mon esprit la sarabande de souvenirs qui avaient refait surface...

Quand je jetai enfin un œil aux jumelles, je remarquai quelque chose d'insolite. Quelque chose qui allait me marquer à jamais et me hanterait périodiquement pendant le reste de mes jours. Dormant sans couvertures, mes filles remuaient à peine. Lorsque l'une d'elles bougea la tête, l'autre en fit autant dans la seconde qui suivit et vice versa quand la deuxième remua la queue. Je fronçai les sourcils. Examinant attentivement l'un des bébés, dans l'attente d'un nouveau mouvement, j'écarquillai les yeux de stupéfaction. La moitié du corps du poupon semblait translucide, même la queue. Je fermai les yeux et hochai la tête, incrédule. Je les rouvris et regardai à nouveau. Après quelques secondes d'attention soutenue, je dus me rendre à l'évidence : je n'hallucinais pas ! Curieuse, je fixai la deuxième jumelle. Même phénomène, à la différence près que ce n'était pas le même côté du corps qui devenait translucide. Une idée effroyable me traversa alors l'esprit : j'avais mis au monde une seule enfant à deux têtes et chaque moitié avait décidé de vivre indépendante l'une de l'autre ! Je découvrirais bien plus tard que c'était pourtant la triste vérité...

La reine des sirènes me confirma avoir elle aussi observé ce « prodige », mais elle me rassura : bien peu d'êtres étaient capables de discerner cela. Par ailleurs, mes filles le dissimulaient déjà de magistrale façon en rendant réaliste leur moitié translucide. Je n'étais toutefois pas certaine que ce dernier détail soit une bonne nouvelle. Si elles pouvaient faire de la magie de ce niveau à cet âge, qu'est-ce que ce serait plus tard ?

* *
*

Je refis surface plusieurs heures après avoir quitté Alix. Je repérai magiquement mon Cyldias dès ma sortie de l'eau. La douleur première causée par la mutation de mes jambes était maintenant plus supportable. Les vouivres m'avaient affirmé que ce serait de moins en moins pire chaque fois. Je ne m'en plaindrais pas !

— Il ne reste plus qu'à rentrer pour affronter l'avenir...

J'avais prononcé ces mots à mi-voix, encore effrayée par ce qu'ils impliquaient. Même si je me sentais plus en confiance et que je maîtrisais beaucoup mieux mes pouvoirs, il n'en demeurait pas moins que l'insécurité m'habitait encore. Et que dire de cette fichue réplique du talisman de Maxandre que je portais au cou. Rien que le fait de penser que j'allais devoir essayer de récupérer ce bijou alors que la traversée était déjà pénible en elle-même...

— Ce sera ta dernière chance de le récupérer...

Je sursautai. Je savais qu'Alix ne dormait pas, mais je ne croyais pas qu'il puisse lire dans mes pensées.

— Facile de savoir à quoi tu penses : ta main est crispée sur le pendentif à t'en blanchir les jointures, lança-t-il, un brin insolent.

Je lâchai le médaillon sur-le-champ, comme si son contact m'était soudain devenu insupportable.

— Je sais que ce sera ma dernière chance. Et c'est bien ce qui m'inquiète ! avouai-je avec franchise.

— Tu crois être en mesure de retrouver le passage par lequel nous sommes arrivés ? s'enquit Alix, changeant délibérément de sujet.

– Je l'ignore. Je n'ai pas la moindre idée de la façon dont je suis censée m'y prendre pour repérer un passage. Je me demande...

Songeuse, je fermai les yeux, m'obligeant à faire le vide. Puis, sans un mot, je retournai vers l'océan et y plongeai. Une fois sous l'eau, je serrai dans ma main la réplique du talisman de Maxandre et attendit. J'étais pratiquement convaincue que ce bijou, puisqu'il n'était qu'une copie, pouvait me conduire à l'original. Je fermai les yeux de nouveau, attendant qu'une quelconque vision se manifeste dans mon esprit. Il suffit de quelques minutes pour que différents paysages s'imposent en rafale. Je constatai rapidement que tous se trouvaient sous l'eau. Je sortis et, devant le regard interrogateur de mon Cyldias, je mis un doigt sur mes lèvres avant de répéter mon expérience. Cette fois, un seul endroit m'apparut, sur la terre ferme : une espèce de petite mare envahie par la végétation. J'avais donc vu juste. Selon l'élément, la terre, l'eau – et peut-être même le feu et l'air –, je pouvais trouver les passages en me servant du talisman. Je confiai ma trouvaille à Alix.

– Je préfère la terre ferme, histoire de ne pas risquer la noyade comme la dernière fois, commenta-t-il, renfrogné.

– Le seul hic, c'est que tu ne peux pas t'y rendre magiquement si tu n'y es jamais allé, c'est ça ? demandai-je, flairant un nouvel obstacle.

Il répondit d'un hochement de tête, toujours maussade. Pour une fois, le problème, c'était lui, pas moi. Douce vengeance...

– C'est loin d'ici ?

Je me mordis la lèvre inférieure, soudain embarrassée. Même si j'avais vu les lieux, je n'avais pas la moindre idée de l'endroit où c'était. Une idée m'effleurant l'esprit, je m'enquis :

– Est-ce que ma magie me permet, à l'instar de Mélijna, de conduire quelqu'un jusqu'à moi ? Je veux dire : comme cette sorcière l'a fait pour toi quelques jours après mon arrivée sur la Terre des Anciens...

Les lèvres d'Alix s'étirèrent sur un magnifique sourire, découvrant ses canines indisciplinées et provoquant en moi une bouffée de chaleur importune. Il ne souriait pas assez souvent...

– Probablement. C'était l'un des premiers enseignements que l'on donnait aux Filles de Lune parce qu'il leur permettait de ramener à elles les êtres qu'elles surprenaient à tenter de traverser et qui s'enfuyaient magiquement. Je présume que cette magie vous est maintenant donnée au Sanctuaire de la Montagne aux Sacrifices puisque les Sages ne sont plus là pour l'enseigner et que le principe est extrêmement simple : pas de formule, pas d'incantations ni de potion, juste la force de la pensée visuelle et du désir. De toute façon, on n'a guère d'autre choix...Vivement que l'on disparaisse sans laisser de traces...

Il avait raison. Nous convînmes de partir peu après l'aube.

*   *

*

J'ouvris les yeux dès le lever du jour. J'avais très mal dormi. Les nuits étaient chaudes et humides sur Mésa, rendant le sommeil inconfortable. J'avais sommeillé sur ma couverture, me retournant des dizaines de fois, incommodée par des insectes qui vivaient probablement sous le sable. Je réfrénai mon envie de plonger pour me rafraîchir, craignant de me transformer alors que je n'en avais pas besoin. Épineux problème que je devrais éclaircir avec Morgana si je revenais vivante.

Après un bref échange, il fut décidé que je partirais et rapatrierais mon Cyldias aussitôt sur place. Concentrée sur l'image dans ma mémoire, une main refermée sur le pendentif, je disparus pour reparaître en plein centre d'une clairière. Comme je n'avais préalablement visualisé que la mare, je ne m'attendais pas à me retrouver en plein cœur d'une nouvelle communauté de sorcières d'eau. Tandis que j'imposais le visage de mon Cyldias à mon esprit tourmenté par la vision de ces horreurs synonymes de graves problèmes, elles sortaient de leurs masures. Tout se passa alors très vite.

Je reçus un premier sortilège en pleine poitrine, reculant sous le choc. Je n'étais alors qu'à quelques mètres de l'étang. Je ripostai de mon mieux, compte tenu de mon énervement. Je n'avais pas encore vu Alix se matérialiser et je peinais à maintenir mon désir de le faire venir à moi tout en me défendant. Je réussis à atteindre deux de ces horribles femmes, mais une douleur au flanc droit me fit tourner la tête, en cherchant la provenance. Je tentai de neutraliser la sorcière qui se trouvait non loin de moi, mais je savais d'ores et déjà que je ne serais pas de taille seule. À ce moment, je reçus trois décharges magiques en même temps. Une étrange sensation se répandit dans mes membres, qui me donnèrent dès lors l'impression de me figer lentement. Je ne pourrais bientôt plus bouger. Pendant que je lançais un ultime sortilège avant que mes doigts refusent de répondre à mon cerveau, je vis Alix apparaître à mes côtés. À la vue du spectacle, sa surprise fut totale. Il se reprit rapidement mais un sortilège l'atteignit alors qu'il se plaçait devant moi. Il recula par réflexe, me poussant ainsi à la renverse puisque je n'avais plus le plein usage de mes membres. Je basculai dans l'étang.

Des cris de rage me parvinrent comme je touchais l'eau. Au contact de l'élément liquide, les effets du sortilège se dissipèrent instantanément et je m'enfonçai dans le néant. Je compris trop tard que je venais de franchir le passage...

* *

*

Dès qu'Alix vit les traits des sorcières d'eau se décomposer sous l'effet de la fureur, il comprit que Naïla venait de partir. Sans plus attendre, il recula de quelques pas et se laissa lui aussi tomber à la renverse...

* *

*

— *Le talisman, le talisman, le talisman, le talisman, le talisman...*

Je n'entendais que cette litanie dans mon esprit en effervescence. Je savais que c'était probablement ma seule chance de mettre la main sur le précieux pendentif. Dans l'obscurité la plus totale, j'essayais de me maîtriser de mon mieux, réfrénant mon angoisse et tentant de faire abstraction de la pression douloureuse qui s'exerçait sur mon corps. Je regardais autour de moi avec frénésie. Intuitivement, je refermai la main sur la réplique qui pendait à mon cou, espérant que quelque chose se passe et vite, craignant de m'évanouir bientôt.

Je vis enfin le talisman devant moi, suspendu dans l'infini de l'espace, et je tendis une main pour le saisir. À ce moment, la pression devint insupportable. Je perdis conscience alors même que mes doigts se refermaient sur le précieux talisman de Maxandre...

* *

*

Alix ouvrit les yeux. Couché sur le dos, il remarqua d'abord que le ciel était d'un noir d'encre. Sa connaissance magique des rouages du temps l'informa qu'il était au beau milieu de la nuit. Son réflexe suivant fut de chercher l'empreinte de Naïla autour de lui à l'aide de ses sens. Il la repéra à quelques mètres... C'était déjà ça. Il fallait maintenant qu'ils se déplacent rapidement en lieu sûr, idéalement chez Morgana, où Mélijna ne pourrait pas repérer Naïla. Plus tard, le Cyldias s'ingénierait à trouver le moyen de rendre la jeune femme indécelable pour tous, y compris les Filles de Lune maudites. Pour l'heure, il créa une cellule temporelle englobant Naïla, afin qu'ils échappent à toute recherche. Quitte à en subir les conséquences...

*   *

*

Alix ne trouvait Naïla nulle part. Nyctalope depuis toujours, il ne pouvait pas ne pas la voir. Elle aurait dû être là, à trois ou quatre mètres de lui. Mais voilà, il n'y avait strictement personne. Pas la moindre trace d'un corps. Ça n'avait aucun sens ! Il percevait pourtant l'essence de la jeune femme autour de lui, comme une aura. Il sonda à nouveau les environs. Il n'y avait nulle part où se cacher, pas la moindre cavité naturelle, la plus petite forêt ou habitation, rien. Que la plaine aride à l'infini et un étang incongru dans ce désert – que le Cyldias présuma semblable à celui dans lequel il s'était laissé tomber sur Mésa. Si au moins il savait où il se trouvait ! Il hocha la tête. Ça ne changerait rien puisque la Fille de Lune aurait dû être là...

Concentré à s'en rendre malade, Alix cherchait l'endroit exact qui lui donnait l'impression que la jeune femme était présente. Il s'arrêta pile sur l'emplacement, mais ne vit rien. Toujours rien. De colère et de frustration, il flanqua un coup de pied dans l'un des innombrables monticules de sable qui jalonnaient les environs. Son geste impulsif mit au jour un curieux objet. Alix se pencha pour le ramasser, son cœur battant la chamade. Ce qui lui traversa alors l'esprit le remplit d'une angoisse comme il n'en avait jamais ressenti. Naïla ne pouvait pas être morte en traversant ! Pas une femme de sa puissance ! Et pourtant...

À sa mort, chaque Fille de Lune, peu importe sa puissance, son vécu, ses épreuves et ses connaissances, laisse derrière elle un talisman contenant l'ensemble de ce qu'elle a été. À n'en pas douter, c'était le médaillon de Naïla qui reposait dans sa paume soudain glacée.

La colère qui l'envahit atteignit des sommets jusqu'alors inégalés. Les yeux levés vers le ciel, il maudit Alana de toutes ses forces, convaincu qu'elle aurait pu éviter ce drame et ce qu'il impliquait. Fulgurante, la rage se propagea à tout son corps, se mélangeant à une indicible tristesse. Le caractère immuable de sa découverte lui arracha un hurlement de bête blessée à mort.

C'est à ce moment que se brisèrent en lui les dernières résistances face à la mutation qui s'opérait depuis plusieurs semaines déjà, la complétant enfin. La douleur fut telle qu'il tomba à genoux et se replia sur lui-même, incapable de crier sa détresse. Insoutenable, le mal lui fit monter les larmes aux yeux et comprima sa poitrine, l'empêchant de respirer. Il crut que la mort de Naïla avait sonné sa propre fin. Il n'avait pourtant pas besoin de cette extrémité pour accepter ce qu'il avait mis si longtemps à s'avouer. Il était malheureusement trop tard quand le *Je t'aime* tant attendu mourut sur ses lèvres alors qu'il serrait, à s'en blanchir les jointures, le talisman de *sa* Fille de Lune...

* *
*

516

Sur la plaine, à des milliers de kilomètres d'Alix, tandis que les troupes avançaient à pas de tortue sous le soleil encore vif d'une fin d'après-midi, les nuages apparurent brusquement, obscurcissant le ciel en quelques minutes à peine. Des éclairs zébrèrent l'horizon et le tonnerre gronda. Alejandre tomba subitement de cheval. La douleur fulgurante qui l'assaillit lui fit perdre tous ses moyens. Il se recroquevilla, le corps secoué de spasmes. Ses compagnons les plus proches se mirent instantanément à la recherche de l'un des cinq guérisseurs qui suivaient les hommes dans leur périple hasardeux.

Le premier qui se présenta se révéla impuissant. Il ne parvenait pas à cerner la source du mal qui affectait le sire de Canac. Il n'y avait ni blessure apparente ni maladie reconnaissable. Par contre, il sentit une étrange énergie circuler dans le corps d'Alejandre, une énergie destructrice et malsaine, voire effrayante. Mais le guérisseur n'était pas le seul à percevoir ce changement.

* *
*

Roderick, qui espionnait Alejandre, comprit pour sa part qu'il était trop tard pour ravir l'incroyable puissance d'Alexis. Il allait devoir changer ses plans. Mais seulement quand il aurait calmé la rage incommensurable qui palpitait actuellement dans ses veines. Il préféra disparaître.

* *
*

Madox, qui ne se tenait jamais loin du frère d'Alix, retint difficilement le chapelet de jurons qui lui monta aux lèvres. L'aura magique que dégageait maintenant cet imbécile aurait fait frémir même son horreur de sorcière...

* *
*

Alana, depuis sa voûte céleste, et Solianne, au-dessus de son chaudron, étaient toutes deux consternées. Tandis que la mutation d'Alix donnait le premier Sage d'Exception depuis des siècles, promettant de grandes réalisations, la rupture du sortilège de Dissim dans le corps d'Alejandre annonçait un nouveau calvaire...

43

Le Talisman de Maxandre

Il n'y avait rien d'autre que le vide autour de moi, comme si je flottais dans l'espace. Dans ma main droite, je serrais le fameux talisman de Maxandre. Je ne voulais surtout pas qu'il m'échappe, mais en même temps, je le savais responsable du fait que je n'étais pas revenue sur la Terre des Anciens. Des pensées m'assaillaient, inquiétantes. Alix était-il resté sur Mésa ou avait-il réussi sa traversée ? Me cherchait-il ? Que pouvais-je bien faire ici ?

Je pivotai sur moi-même une nouvelle fois, scrutant l'obscurité dans l'espoir d'y voir enfin quelque chose. Peine perdue. Être nyctalope n'y changeait rien, puisqu'il n'y avait rien. Je retins un soupir de lassitude puis osai faire un premier pas, qui me précipita dans une nouvelle spirale...

*   *

*

J'atterris dans un environnement totalement inconnu. Une vaste plaine s'étendait à perte de vue. Il faisait nuit. Au loin, un feu brillait tel un phare. Je m'en approchai, lentement. Une vieille femme était assise sur une pierre, regardant fixement les flammes. J'étais persuadée qu'elle ne m'avait pas entendue et pourtant elle m'accueillit ainsi :

– Bienvenue dans mon univers, Fille de Lune maudite. J'espère que tu as fait bon voyage...

Bien que le commentaire semblât étrange, il n'y avait pas la moindre ironie dans le ton, seulement un soupçon de lassitude. Pas un instant, je ne doutai qu'elle connaissait mon histoire.

– Vous êtes Maxandre..., murmurai-je simplement.

Ma main toujours refermée sur le talisman de cette ancienne Grande Gardienne, je n'ajoutai rien. J'attendais. La magicienne leva enfin les yeux vers moi puis m'observa en silence, son visage demeurant inexpressif.

– Te crois-tu prête à accomplir ce que tous attendent de toi ?

Cette simple question réveilla l'angoisse qui sommeillait en moi. Que répondre sans décevoir, tout en demeurant honnête ?

– Je ne sais pas, avouai-je finalement. J'aimerais tellement vous répondre oui mais je n'en ai pas la moindre idée. Peut-on vraiment être prête pour ce genre de défis ?

Moue dubitative aux lèvres, Maxandre dodelina de la tête. Puis elle me sourit chaleureusement.

– Je ne crois pas...

Le silence devint lourd.

– C'est un peu pourquoi j'ai osé défier les dieux et dévié ta route. Je ne voulais pas que tu retournes sur la Terre des Anciens avec mon talisman sans être certaine que tu puisses en retirer tous les bénéfices. Il y a tout de même des limites à t'éprouver sans jamais t'épauler...

La dernière phrase avait été dite d'un ton réprobateur. Enfin quelqu'un qui refusait de croire que je devais sans cesse subir sous prétexte que j'étais née pour ça !

– Est-ce que...

Je ne savais pas trop comment formuler la question qui me brûlait les lèvres. Maxandre pencha la tête vers la droite, curieuse.

– Êtes-vous un fantôme ? me lançai-je enfin, rougissante.

Je me sentais bête, mais j'avais besoin de savoir. Elle sourit.

– En quelque sorte... Je suis un spectre. Un spectre qui attend depuis plus de trente ans que son héritière retrouve le talisman autrefois laissé sur la Terre des Anciens. Alana a jugé que je méritais cet ultime honneur...

– Pourquoi alors n'êtes-vous pas apparue à ma mère ?

– Parce qu'Alana m'avait prévenue que ta mère n'était pas celle que j'attendais ! Une fois devenue immatérielle, j'ai longuement discuté avec la déesse, qui me divulgua certains secrets de la Terre des Anciens. Elle me dévoila également une part de l'avenir de ta mère, de même que du tien. À la suite de ces révélations, il devint évident que je ne pouvais confier mon talisman qu'à la descendante future de Darius...

– Mais je ne suis pas une descendante de Darius..., protestai-je.

– Sais-tu qui est ton père, Naïla ?

– Non, murmurai-je d'abord. Mais j'ose croire que s'il y avait un descendant de Darius vivant sur la Terre des Anciens, tous le sauraient depuis longtemps, affirmai-je ensuite, sûre de moi.

— Personne ne cherche jamais de descendant de Darius puisque tous sont depuis toujours convaincus que le grand homme n'a pas eu d'enfant. Ton père lui-même ne sait pas qu'il est le fils de l'homme qu'il a tant admiré.

À cet instant précis, le déclic se fit. Il n'y avait qu'un seul être au monde qui pouvait être à la fois mon père et le fils de Darius : Kaïn, ce Sage qu'Alix croyait libéré de sa prison de verre depuis l'époque où ma mère avait fait son apparition sur la Terre des Anciens.

— Je constate que tu as déjà compris. Cela prouve que tu écoutes ce que disent les gens autour de toi.

— Vous lisez dans mes pensées ! m'exclamai-je.

M'adressant un sourire sibyllin, la magicienne acquiesça.

— Ne t'inquiète pas ! Bien peu de gens savent le faire. Toi, par contre, tu en es capable. Je te montrerai donc comment, ainsi que la façon de fermer ton esprit aux intrusions de ce genre.

— Vous allez m'enseigner ? m'écriai-je, incrédule.

Qu'une femme de légende me fasse pareille proposition me laissait bouche bée.

— Mais bien sûr ! Pourquoi crois-tu que j'aie interrompu ton voyage si ce n'est pour parfaire tes connaissances et t'enseigner ?

*   *

*

Maxandre veilla à ce que Naïla dorme deux jours entiers, d'un sommeil dépourvu du moindre rêve. À son réveil, la magicienne entama avec son apprentie la longue route vers la puissance et les connaissances, route qui allait s'étendre sur deux longues années incroyablement chargées...

*   *

*

Deux ans... Deux ans s'étaient écoulés depuis que j'avais basculé dans l'étang des sorcières d'eau sur Mésa. Deux années au cours desquelles je n'avais eu de cesse d'apprendre sur l'univers de Darius, de parfaire ma magie et de me préparer à l'étrange vie qui m'attendait.

Assise au coin du feu, je savourais ma dernière soirée loin des drames de la Terre des Anciens. Je devais regagner la réalité dès demain. Maxandre me faisait face, le regard perdu au loin. Elle allait se retrouver seule une fois de plus et je savais que cette solitude à venir lui pesait. Je lui avais proposé de me suivre – je savais qu'elle avait le droit de le faire –, mais elle avait décliné mon offre. Bien qu'elle rêvait de voir cet univers revivre sa splendeur d'autrefois, elle n'avait aucune envie de participer à la traversée du désert qui précéderait ce renouveau. Elle ne s'en sentait pas le courage. Je ne pouvais lui en vouloir. Elle allait pourtant me manquer énormément. Elle était la seule que j'avais pu côtoyer pendant de longs mois, et ce que nous avions partagé n'avait pas son pareil. J'avais parfois eu l'impression d'être revenue chez moi et les avantages ainsi retirés étaient immenses, mais surtout bénéfiques.

– Tu te sens prête ?

Perdue dans mes pensées, je sursautai. Je passai nerveusement la langue sur mes lèvres. Maxandre m'avait demandé la même chose deux ans plus tôt et je me souvenais très bien d'avoir répondu que je ne le savais pas. Tout comme en ce moment. Ce n'était pas une question de confiance en soi, de pouvoirs ou de connaissances.

– Je suppose que je ne le serai jamais..., lâchai-je finalement. Mais là n'est plus la question. À l'origine, je n'avais pas choisi cette vie ni ce destin tandis qu'aujourd'hui, je l'accepte. Je pense que ça change tout...

Maxandre acquiesça.

*   *

*

À l'aube, Naïla disparut. Au cou de Maxandre, le talisman à l'origine de ce séjour prolongé dans l'espace-temps se désintégra, ayant accompli ce pour quoi il avait été créé...

44

Nouveau départ

Terrassé par la douleur de sa mutation et le sentiment de perte causé par la découverte du talisman de Naïla, Alix s'était évanoui. Une cellule de protection s'était instantanément formée autour de lui, le dissimulant parfaitement. Solianne profita de cette perte de conscience pour s'immiscer dans le subconscient de son fils, lui expliquant succinctement les derniers événements :

– Ce qui vient de se produire ne se préparait pas seulement depuis quelques semaines, mais bien depuis ta naissance. Cette nuit, tu es devenu un Sage d'Exception, Alix. L'aboutissement d'une mutation extrêmement rare, qui ne s'était d'ailleurs pas produite depuis plusieurs siècles sur la Terre des Anciens. Tu possèdes maintenant autant, sinon plus de pouvoirs que tous les êtres que tu as pu croiser au cours de ton existence. À toi de parfaire tes dons et de développer ta magie pour redonner enfin à ton monde la paix à laquelle il aspire. Si tu veux en savoir davantage, n'oublie pas que je t'attendrai toujours sur Bronan...

Quand Alix ouvrit les yeux, l'aube nimbait l'horizon. La douleur avait déserté son corps. Dans sa main, il sentait le poids du talisman de Naïla et il s'interrogeait. La Fille de Lune ne pouvait être morte en traversant puisqu'il vivait toujours. Mais comment savoir ce qui lui était arrivé ?

Le Cyldias se redressa. Assis dans le sable, il se mit à maudire sa vie, mais surtout le jour où s'étaient effondrés les remparts qu'il avait érigés autour de son cœur. Rien ne serait plus jamais pareil. Avec l'amour venaient la peur, le doute, les incertitudes et quoi encore ? Tous des sentiments avec lesquels il frayait peu ou pas jusqu'à aujourd'hui. Dans un soupir, il se mit debout. Il ferait une dernière tournée des environs avant de créer une cellule temporelle pour se donner le temps de comprendre ce qu'il était devenu.

*　*
*

Alix passa un peu plus d'une année dans une cellule temporelle inoffensive pour sa sœur. Comme il avait créé l'espace-temps pour parfaire ses dons et ses pouvoirs, il ne nuisait à la vie de personne. Il s'était découvert un nombre impressionnant de dons rarissimes, parfois même dangereux, qu'il avait exploités au maximum, poussant souvent ses expérimentations jusqu'à l'extrême. Il se croyait aujourd'hui prêt à tout affronter, même l'amour qu'il portait à Naïla...

*　*
*

Cette traversée fut la moins éprouvante de toutes parce que je maîtrisais ma magie comme jamais. Je supportai la pression, évitant l'évanouissement et, pour la première fois, j'étais consciente à mon arrivée sur la Terre des Anciens. Maxandre m'avait assuré que j'arriverais exactement à l'endroit prévu à l'origine, si ce n'est avec un léger décalage de temps qui ne devrait pas me porter préjudice. À ma grande surprise, j'atterris dans le sable.

Légèrement étourdie, je me relevai et époussetai les grains sur ma jupe. Un bref tour d'horizon me permit de constater qu'il n'y avait probablement pas âme qui vive à des kilomètres à la ronde. Je ne m'inquiétais pas d'être repérée magiquement puisque Maxandre avait usé d'une très vieille forme de magie pour me soustraire, à vie, à toute détection, que je sois Fille de Lune maudite ou non. Je ne demeurais repérable que pour mon Cyldias, Madox, mon père et ma mère. Une vraie bénédiction !

Première étape de ma nouvelle vie : retrouver Alix. Il ne devait pas être bien loin puisque nous étions partis du même point. S'il n'avait pas immédiatement ressenti ma présence, c'était probablement parce qu'il s'était évanoui pendant la traversée. Je fis donc un repérage magique, cherchant son empreinte. Je fronçai les sourcils. Je percevais bien l'aura de mon Cyldias, mais elle dégageait beaucoup plus de puissance que ce à quoi je m'attendais. Je savais depuis longtemps avoir hérité d'un protecteur hors du commun, mais je ne m'imaginais pas que ce fut à ce point. Je me dirigeai vers la source de ce que je ressentais, quelques dizaines de mètres plus loin, même si je ne voyais rien. Puis je compris : il était en cellule temporelle. Ce qui signifiait que j'étais dans une suspension du temps : j'étais arrivée dans la dizaine de secondes séparant la disparition d'Alix de sa réapparition. Il n'y avait que moi pour réussir quelque chose de semblable ! Le temps resterait donc suspendu indéfiniment jusqu'à ce que j'y mette un terme.

Je m'accordai quelques minutes de réflexion, réalisant soudain que nos retrouvailles ne seraient sûrement pas aussi simples que je me l'imaginais quelques instants auparavant.

J'avais tendance à oublier que deux années s'étaient écoulées pour moi depuis notre dernière conversation et seulement quelques heures pour lui. Il n'avait pas la moindre idée de ce que j'avais accompli, ignorant tout de mon étrange parcours. D'un autre côté, que pouvais-je bien faire sinon le confronter et m'expliquer ? De toute façon, rien n'avait jamais été simple entre nous ; je ne serais pas déstabilisée s'il en allait toujours ainsi.

J'esquissai un demi-sourire. Alix m'avait souvent manqué, tout comme son tempérament impétueux et ses remarques narquoises, mais il avait aussi habité mes rêves par son omniprésence. Il est certain que je n'avais plus besoin de lui comme avant, puisque j'étais vraisemblablement devenue ce qu'il me reprochait de ne pas être autrefois. Est-ce que ça suffirait ? J'allais bientôt le savoir. Au moment où je permis au temps de reprendre sa course, Alix apparut à moins d'un mètre de moi.

* *
*

Le Cyldias sursauta, manquant perdre pied. Certain que personne ne pouvait l'attendre alors que l'endroit était désert quand il s'était évanoui dans la nature, Alix n'avait pas pris le temps de sonder l'espace avant de revenir. La main sur la poitrine, le cœur battant la chamade, il fixait d'un œil hagard la Fille de Lune debout devant lui. Et lui qui la croyait disparue ! D'où sortait-elle ?

En la regardant bien, il constata que ses cheveux étaient plus longs, auréolant son visage d'un charme nouveau. Ses vêtements aussi étaient différents. Plus seyants. Elle avait changé, et pas qu'un peu, dégageant une puissance perceptible sans faire usage de la moindre magie. Il voulut la sonder, mais sa tentative s'avéra vaine, entravée par la magie de la jeune femme. Toujours silencieux, Alix passa une main sur

528

son menton fraîchement rasé, songeur. S'humectant les lèvres, il chercha ses mots, ne sachant comment briser la glace. En toute vraisemblance, il n'y avait pas qu'à lui que le temps avait bien servi... Par réflexe, il glissa ensuite la main à son cou pour saisir le talisman de Naïla, qu'il portait en permanence depuis plus d'un an. À sa grande surprise, il n'en trouva pas la moindre trace ; il ne restait que les trois breloques héritées de Justin.

*   *

*

Dès que Naïla avait regagné la Terre des Anciens, Alana avait fait disparaître le talisman. Ce dernier n'ayant été créé que pour assurer le retour de la jeune femme hors de l'espace-temps, il n'avait désormais plus de raison d'être...

*   *

*

J'observais mon Cyldias, muette. Lui aussi semblait avoir profité du temps que l'on arrête pour se refaire. Ses cheveux trop longs bougeaient doucement dans la brise chaude du désert. Il se tenait les jambes écartées, bras maintenant croisés, songeur. Cette vision eut sur moi le même effet électrisant que par le passé. La sensualité irradiait par tous les pores de sa peau, exacerbant la mienne. De là, cette pensée incongrue : avait-il pensé à moi pendant son isolement ? J'eus un sourire involontaire en songeant que, si tel était le cas, il ne me le dirait certainement pas !

Le silence s'installa, témoin de notre malaise. Pour un étranger qui passerait par hasard, nous aurions probablement donné l'impression de deux protagonistes s'étudiant avant un combat. Ce qui m'inspira. Sans même bouger un cil, je lui envoyai un sortilège de lévitation, chose qui m'était impossible auparavant et il le savait très bien. Il ne le para pas, probablement pour évaluer mes capacités. Lorsqu'il s'éleva doucement, ses lèvres s'étirèrent sur un semblant de sourire. Il répliqua par un sortilège de répulsion, que je lui renvoyai avec facilité. Son sourire se fit encore plus franc quand je bloquai ensuite aisément un puissant sortilège d'entrave. Pendant quelques secondes, il m'étudia, puis il fit une nouvelle tentative pour me sonder. Cette fois, je ne m'opposai pas, le laissant constater ce que j'étais devenue, du moins au niveau de la magie. Aucune formule ne permettait de juger à quel point une personne avait gagné en maturité.

Ses yeux rétrécirent lentement jusqu'à former deux minces fentes. Je ne pus m'empêcher de lui renvoyer un sourire en coin, sûre de moi. Je ne m'étais jamais sentie aussi sereine en sa présence. Il utilisa alors un sortilège d'attraction que je ne connaissais pas. Surprise, je réagis trop tard pour le contrer et me retrouvai à moins de trente centimètres de lui. Une fraction de seconde, je maudis mon manque de vigilance, avant que mon corps, s'opposant à la logique de mon cerveau, ne ressente une incroyable bouffée de chaleur. Je n'avais pas la moindre envie de résister à un sortilège de ce genre jeté par Alix...

Je le regardai droit dans les yeux, mais restai coite. Après tout, c'était lui qui avait initié ce rapprochement. Je constatai que son magnifique regard étoilé avait toujours la même beauté ensorcelante. Restant difficilement maîtresse de moi, j'attendis. Dans un souffle rauque, il demanda :

– Où étais-tu passée ?

– Je me suis appliquée à devenir une vraie Fille de Lune, répliquai-je dans un murmure, hypnotisée.

– Tu as réussi ?

Le ton était mi-sérieux, mi-moqueur.

– Je ne sais pas, ripostai-je dans un haussement de sourcils innocent. Tu en penses quoi ?

– Que ça s'annonce pas trop mal...

Il avait une moue grave, mais les yeux rieurs. La dualité de ses réactions témoignait de ses interrogations : comment devait-il composer avec cette nouvelle Naïla ? Qui étais-je devenue en dehors de l'Élue en pleine possession de ses pouvoirs ?

– Et toi, qu'as-tu fait ? ne pus-je m'empêcher de demander. Tu sembles différent...

Cette fois, j'eus droit à un véritable sourire, mais le ton était on ne peut plus sérieux :

– Je me suis découvert une multitude de talents, d'une puissance semblable à la tienne. Reste à voir ce que ça m'apportera comme ennuis...

Un bref instant, son regard se perdit au-dessus de ma tête, résigné, et son sourire s'effaça. Il ne se leurrait pas plus que moi sur l'avenir. Ce qui me rassurait. Je ne me retrouverais donc pas seule face à l'adversité.

– Tu as récupéré le talisman de Maxandre...

C'était davantage une affirmation qu'une question. Je hochai simplement la tête.

– D'où cette nouvelle puissance...

Nouveau hochement de tête, puis le silence, encore. Un long silence rempli de non-dits. Bien que nous étions tous deux extrêmement puissants, aucune magie ne pouvait nous

531

venir en aide à cet instant précis. Nous étions tout ce qu'il y avait de plus humain, avec les appréhensions, les doutes et l'espoir que ça implique.

Combien de temps dura ce passage à vide ? Je serais bien embêtée de le dire. Mais je fus soulagée quand Alix, songeur, y mit fin d'une remarque.

– Étrange que Mélijna ne se soit pas déjà pointée...

– Maxandre a fait en sorte que je ne sois plus repérable pour personne, excepté pour toi et ma famille immédiate. Mélijna ne sait donc pas que je suis de retour.

– Maxandre ? rétorqua Alix, surpris.

J'allais devoir donner quelques explications...

*   *

*

Quittant le désert, nous étions reparus à l'orée d'une forêt quelques dizaines de kilomètres plus loin. Assis tous deux au pied d'un arbre, je racontai mes deux dernières années à Alix ; il fit de même pour ses treize derniers mois. Nous n'étions pas plus à l'aise en présence l'un de l'autre, même après nos récits respectifs. Peut-être parce que nous nous en étions tenus aux explications terre à terre, évitant soigneusement d'aborder notre relation autrement que par le biais de notre coopération obligée. Toujours est-il que le silence avait repris ses droits et ne se privait pas pour envahir le moindre espace. Je cherchais désespérément comment rendre harmonieux les jours et les mois à venir. De guerre lasse, je soupirai, tandis que mon Cyldias en faisait autant, ce qui m'arracha un sourire. Je lui jetai un regard en coin pour découvrir que lui aussi m'observait.

– Que fait-on maintenant ?

Je ne doutai pas un instant qu'il avait compris le double sens de ma question. Il haussa les épaules. Il me répondit sans se tourner vers moi, fixant plutôt un point sur l'horizon, son sourire évanoui.

– Pas la moindre idée. Cette situation est pire que tout ce que j'ai pu affronter jusqu'à ce jour...

Il se passa une main nerveuse dans les cheveux.

– Je n'arrive pas à imaginer ma vie s'il fallait que... Je ne sais plus si... Et si jamais...

Il ne finit aucune de ses phrases. Il ferma les yeux et, comme s'il voulait chasser des images douloureuses de son esprit, appuya sa tête sur le tronc d'arbre derrière lui.

– Et si on essayait simplement..., murmurai-je dans un souffle.

Je m'interrompis avant de reprendre, plus décidée :

– Je veux dire... On sait que, en temps normal, c'est un calvaire. Ça ne peut pas vraiment être pire, non ? Peut-être qu'une certaine complicité nous aiderait à passer à travers ?

Je m'étais levée pour continuer, me tenant simplement debout devant lui, désarmée. Il me fixait de ses yeux troublants et, comme toujours, un désir presque douloureux m'envahit, comme une coulée de lave. Ce fut à mon tour de fermer les yeux. Nous en sortirions-nous jamais ?

– Qu'est-ce que tu crains tant ? La peur d'être déçu ? m'enquis-je d'une voix tremblante.

Je gardai les yeux fermés, redoutant ce que je pourrais lire dans ses iris étoilés. Un silence pesant, et interminable, me soumit littéralement à la torture.

– Non, celle de m'abandonner à l'amour pour ensuite te perdre...

Je tressaillis quand il posa une main sur ma hanche. J'ouvris les yeux pour regarder le sol à mes pieds, incapable de le confronter.

– Je suis un solitaire, Naïla. Depuis toujours, je mène une vie où il n'y a pas de place pour les sentiments ni l'amour, sauf celui que je porte à la Terre des Anciens...

Je comprenais très bien ce qu'Alix voulait dire. Je ne pouvais pas lui en vouloir ; son rôle de Cyldias avait chambardé son univers, comme celui de Fille de Lune avait chamboulé le mien.

Il prit mon menton entre ses doigts, m'obligeant à relever la tête. Ce simple contact électrisa mes sens, mais je m'obstinai à fuir son regard, craignant ce qu'il pourrait ajouter, convaincue que ce serait d'une logique implacable.

– Naïla, regarde-moi.

Cette voix chaude et caressante, trop rare chez lui, et d'autant plus précieuse, me donna la chair de poule. Mon besoin de cet homme était devenu viscéral. Je lui obéis, plongeant mes yeux dans les siens, souhaitant désormais m'y perdre.

– Je t'aime..., souffla-t-il dans un murmure à peine audible.

Sous le choc, je vacillai. Le calvaire qui m'attendait nécessairement dans cet univers mythique fut instantanément relégué au second plan. Plus rien d'autre n'existait qu'Alix et sa déclaration saisissante. Alors que je rêvais de cet instant depuis des années, je ne trouvai rien à répondre. J'ouvris la bouche, avant de la refermer bêtement. Je ne pouvais quand même pas rétorquer un *moi aussi*, aussi banal que ridicule.

– C'est bien la première fois que tu ne répliques pas à une déclaration aussi lourde de sens...

Ses lèvres s'étirèrent en un sourire mi-charmeur, mi-narquois qui me fit fléchir. Mon souffle devint presque haletant.

– Probablement parce que, pour une rare fois, je n'ai pas envie de m'opposer..., dis-je enfin, avec un sourire incertain qui accentua le sien.

– Dans ce cas, tu ne t'opposeras pas non plus à ceci...

Il se pencha pour m'embrasser, ses lèvres douces et voraces avivant le désir sourd qui imprégnait chaque parcelle de mon corps. Quand il se détacha finalement de moi, il chuchota simplement :

– Je pense que nous devrions poursuivre cette conversation ailleurs. Laisse-moi te guider...

Je n'opposai pas ma magie à la sienne et nous disparûmes.

*   *

*

Dans un autre espace-temps, à ce moment précis, Saül s'assit tout bonnement sur le trône d'Ulphydius, triomphant...

535

Glossaire

Avertissement : Les descriptions suivantes sont faites uniquement dans le but de rafraîchir la mémoire des lecteurs en leur donnant certains points de repère concernant les principaux personnages, de même que certains personnages secondaires. Vous comprendrez aisément que je ne pouvais trop en dire, au risque de révéler à ceux qui n'auraient pas encore lu les aventures de Naïla, des éléments compromettants... Aussi, sachez que si vous succombez à la curiosité et consultez ce glossaire avant même d'avoir lu les tomes 1 et 2, vous risquez de vous priver du plaisir de la surprise !

Acélia la Maudite : Première Fille de Lune à avoir trahi ses consœurs. Elle s'est associée à Ulphydius et rêvait d'éliminer toutes les Filles de Lune, s'assurant ainsi de la suprématie sur les passages.

Alana : Déesse qui veille sur les Filles de Lune et en est responsable.

Alejandre : Sire de Canac, descendant présumé de Mévérick, jumeau d'Alix.

Andréa : Mère de Naïla.

Anversy : Ville fantôme sise au creux d'une vallée inaccessible au commun des mortels, elle fut détruite lors de la quête de Mévérick. Les Filles de Lune, toutes origines confondues, s'y regroupaient pour vivre en famille le peu de temps qu'elles pouvaient consacrer à cet aspect de leur vie, avant de retourner à leurs responsabilités respectives.

Bronan : Le plus étrange des mondes créés par Darius et les Sages ; on y retrouve entre autres les Édnés.

Brume : Nom donné au monde des humains parce que chaque passage y conduisant, sauf le passage maudit, est dissimulé par un banc de brume.

Chinork : Hommes sans tête, au visage sur la poitrine et aux pieds aux antipodes, gardiens de la Montagne aux Sacrifices. Yodlas est leur chef.

Conseil de Gaudiore : Assemblée constituée des Sages les plus respectés qui veillait autrefois sur tous les peuples.

Cyldias : Protecteur attitré d'une Fille de Lune. On ne choisit pas d'être Cyldias ; c'est un état d'être.

Darius : Très grand mage, il est le Sage qui dirigea autrefois la Terre des Anciens grâce à des méthodes pacifiques. Il ne rêvait que de paix pour l'univers qu'il avait créé en scindant la Terre des Anciens en plusieurs mondes parallèles : Bronan, Dual, Elfré, Golia, Mésa. Brume existait déjà depuis des millénaires.

Delphie : Demi-sœur d'Alix, c'est elle qui paie pour l'utilisation parfois inconsidérée des cellules temporelles par le Cyldias.

Déüs : Être d'Exception né de l'union d'un représentant de l'élite et d'une Fille de Lune.

Dual : Monde réservé aux mutants naturels tels que les gorgones, les centaures, les satyres, les harpies et les cyclopes.

Édné : Peuple mi-homme mi-dragon, vivant sur Bronan.

Éléoda : Deuxième Fille de Lune maudite à trahir ses consœurs ; c'est elle qui découvrit le passage maudit et en avertit Mévérick.

Elisha : Voyante particulièrement douée, capable de prédire l'avenir mais aussi de faire revivre en pensée le passé d'une personne pour en percer les secrets et les mystères.

Elfré : Monde des elfes, des nymphes et des très rares fées ayant existé.

Être d'Exception : Métis ayant différents pouvoirs.

Exéäs : Enfants mutants nés de l'union d'une humaine et d'un Être d'Exception qui a tenté de franchir un passage entre les mondes sans permission. Ils grandissent particulièrement vite et possèdent des pouvoirs hors du commun.

Foch : Érudit mi-cyclope mi-humain. Ami d'Alix et ancien protecteur des mancius.

Glyphes : Élémentaux de l'eau.

Golia : Terre des géants, peuple qui comporte quatre clans distincts : géants des plaines, des mers, des glaces et des volcans.

Hamien : Sage gardien d'un passage conduisant à Mésa.

Insoumises : Magiciennes condamnées par la Quintius et vivant sur Philizor, un territoire glacé.

Kaïn : Un des trois Sages emprisonnés lors du dernier affrontement entre Darius et Ulphydius.

Laédia : Fille d'Andréa, sœur de Madox et demi-sœur de Naïla. Comme seule la première fille conçue peut être une Fille de Lune, Laédia est née sans pouvoirs.

Madox : Fils d'Andréa et demi-frère de Naïla ; il est un Déüs.

Mancius : Humains devenus mutants à la suite d'une tentative de traversée vers un monde parallèle à la Terre des Anciens.

Maxandre : Fille de Lune d'ascendance elfique, elle était la dernière Grande Gardienne des Passages reconnue par ses pairs. Particulièrement douée, elle connaissait la magie noire comme la blanche. Elle est morte en laissant derrière elle un précieux talisman renfermant l'ensemble de son savoir et de ses pouvoirs.

Miranda : Fille de Lune maudite qui s'est autrefois réfugiée sur Brume ; elle est l'arrière-grand-mère de Naïla.

Mélijna : Sorcière des Canac, Fille de Lune non assermentée et réincarnation partielle d'Acélia.

Mésa : Terre d'accueil des nains, des vouivres et des peuples marins.

Mévérick : Seul sorcier qui se rapprocha significativement des trônes mythiques. Il est mort depuis quatre cent ans, à l'époque où Mélijna était encore très jeune.

Morgan : Petits êtres de moins d'un mètre, aux pieds palmés et à quatre bras, ayant l'apparence anodine des enfants. Darius leur a confié une mission de la plus haute importance : voir à ce qu'aucune espèce animale ou végétale ne disparaisse de la Terre des Anciens.

Morgana : Mieux connue sous le nom de la Recluse, elle ne quitte jamais sa montagne, conséquence imposée par les dieux pour une erreur de jeunesse.

Nathias : Sire de Canac défunt, père adoptif d'Alix et d'Alejandre. Il épousa Andréa sans son consentement lors de sa première traversée.

Oglore : Sorcière des gnomes.

Phénor : Dirigeant des gnomes, les élémentaux de la terre.

Quintius : Culte d'un dieu unique et sans nom. Ses dirigeants condamnent les êtres magiques, quels qu'ils soient.

Ramchad : Ville fantôme autrefois érigée en l'honneur de Darius.

Ravel : Oiseau magicien à tête de loup, fidèle à son maître jusqu'à sa mort. Mélijna et Wandéline en ont chacune un.

Roderick : Être d'Exception, il est le père d'Alix et d'Alejandre.

Salamandre : Élémentaux du feu, à l'apparence humaine, au corps mince et longiligne, à la peau cuivrée et aux cheveux roux ; des flammes dansantes remplacent les pupilles.

Saül : Sorcier particulièrement puissant, originaire de Dual, dont peu connaissent l'existence.

Séléna : Fille de Lune maudite morte il y a plus de deux siècles ; elle est la sœur jumelle de Mélijna et l'ancêtre de Naïla.

Solianne : Édnée d'ascendance royale, mère d'Alix et d'Alejandre.

Sylphes et sylphides : Élémentaux de l'air chevauchant des chevaux ailés, les mistrals.

Terre des Anciens : Univers autrefois dirigé par Darius d'où sont nés les six autres mondes à la suite de guerres intestines.

Thanis : Être d'Exception descendant d'un Sage, il est le père de Madox et Laédia. Il perdit la vie dans un combat contre un sorcier.

Uleric : Faux Sage travaillant pour le compte de Saül.

Ulphydius : Le plus puissant sorcier que la Terre des Anciens ait connu. Il est mort dans une bataille contre son plus grand rival, Darius.

Vouivre : Femmes capables de vivre aussi bien sous l'eau, que sur terre ou dans les cieux. Si elles ont un corps humain couvert d'écailles en milieu marin, elles prennent toutefois l'apparence d'un serpent ailé dès qu'elles quittent l'élément liquide, ne conservant que le torse et la tête intacts.

Wandéline : Sorcière et magicienne, c'est une Fille de Lune déchue, au passé trouble mais aux pouvoirs particulièrement puissants puisqu'elle pratique autant la magie blanche que la noire.

Yaël : Descendant direct de Mévérick qui s'est juré de racheter les fautes de son aïeul.

Ybis : Êtres qui n'ont qu'une moitié de corps, dans le sens de la longueur. Ils se déplacent en sautillant sur leur jambe unique, ont des pouvoirs magiques et vivent très vieux. Leur constitution particulière leur permet de se rendre immatériels et donc de voyager sans dommage d'un monde à un autre. Ceux qui accompagnent Saül sont jumeaux ; Fonzine et Fabius.